봉신연의

1판 1쇄 인쇄	2016년 8월 10일
1판 1쇄 발행	2016년 8월 19일
지은이	허중림
옮긴이	홍상훈
펴낸이	임양묵
펴낸곳	솔출판사
기획편집	홍지은, 임정림
교정교열	임홍열
편집디자인	오주희
마케팅	김지윤
제작관리	김윤혜, 김영주
주소	서울시 마포구 서교동 342-8
전화	02-332-1526~8
팩시밀리	02-332-1529
홈페이지	www.solbook.co.kr
이메일	solbook@solbook.co.kr
출판등록	1990년 9월 15일 제10-420호

ISBN   979-11-86634-96-7   04820

979-11-86634-94-3   (세트)

• 이 도서의 국립중앙도서관 출판예정도서목록(CIP)은 서지정보유통지원시스템
홈페이지(http://seoji.nl.go.kr)와 국가자료공동목록시스템(http://www.nl.go.kr/kolisnet)에서
이용하실 수 있습니다. (CIP제어번호:CIP2016014799)
• 잘못된 책은 구입한 곳에서 바꿔드립니다.
• 책값은 뒤표지에 표시되어 있습니다.

봉신연의

2

허중림 지음 ● 홍상훈 풀어 옮김

솔

강상

원시천존의 제자로 곤륜산에서
수행했으며 곤륜산 선인계의 지시에
따라 봉신 계획과 은주 역성혁명을
수행한다.

뇌진자

서백후 희창의 백 번째 아들로 천둥과
벼락의 기운을 타고났으며 등에
풍뢰시라는 날개를 달고 바람과
번개를 일으킨다.

백읍고

주나라 문왕의 장남으로 유리에 갇힌
아버지를 구하기 위해 주왕을
찾아가지만 달기의 모함에 의해
살해된다.

비간

상나라의 충신으로 달기의 꾐에
넘어간 주왕을 꾸중하며 스스로 배를
갈라 심장을 내준다.

무왕

아버지 희창이 사망한 후에 주 왕조를
세우고 강상을 중용하여 상나라를
격파한다.

문중

상나라의 태사太師로 주왕에게
간언하며 무왕을 막기 위하여 전력을
다하지만 결국 절룡령에서 전사한다.

양임

주왕에게 간언하다가 눈알이 뽑혀서
청허도덕진군에 의해 죽음을
모면하고 하늘과 땅속, 천 리 밖까지
보는 능력을 가지게 된다.

희창

주나라의 문왕으로 주왕에 의해
7년간 유리羑里에 구금되었다가
사면받고 강상을 발탁하여 국력을
키운다.

선계 3교의 계보

천교 闡教

태상노군
↓
원시천존　　연등도인, 강상
↓
남극선옹　　등화, 소진

곤륜산 12대선

구선산 도원동 광성자 ──────────── 은교
태화산 운소동 적정자 ──────────── 은홍
건원산 금광동 태을진인 ─────────── 나타
오룡산 운소동 문수광법천존 ──────── 금타
구궁산 백학동 보현진인 ─────────── 목타
옥천산 금하동 옥정진인 ─────────── 양전
청봉산 자양동 청허도덕진군 ──────── 황천화, 양임
금정산 옥옥동 도행천존 ─────────── 위호, 한독룡, 설악호
이선산 마고동 황룡진인
협룡산 비운동 구류손 ───────────── 토행손
공동산 원양동 영보대법사
보타산 낙가동 자항도인

✿ 종남산 옥주동 운중자 ──────────── 뇌진자
✿ 구정철차산 팔보영광동 도액진인 ───── 이정, 정륜
✿ 오이산 백운동 교곤, 소승, 조보
✿ 서곤륜 육압도인

✿ 용길공주

✿ 신공표

통천교주

벽유궁 ┌ 금령성모 —— 문중, 마씨 사형제 　　　→　일성구군 ┌ 금광성모
　　　│ 귀령성모 　　　　　　　　　　　　　　　　　　　　│ 진천군
　　　│ 다보도인 　　　　　　　　　　　　　　　　　　　　│ 조천군
　　　│ 무당성모 　　　　　　　　　　　　　　　　　　　　│ 동천군
　　　│ 규수선 　　　　　　　　　　　　　　　　　　　　　│ 원천군
　　　│ 오운선 　　　　　　　　　　　　　　　　　　　　　│ 손천군
　　　│ 금광선 　　　　　　　　　　　　　　　　　　　　　│ 백천군
　　　└ 영아선 　　　　　　　　　　　　　　　　　　　　　│ 왕천군
　　　　　　　　　　　　　　　　　　　　　　　　　　　　　│ 장천군
　　　　　　　　　　　　　　　　　　　　　　　　　　　　　└ 요천군

✿　구룡도 사성 ——————————— 왕마, 양삼, 고우건, 이흥패
✿　금오도 함지선
✿　구룡도 성명산 여악 ————————— 주신, 이기, 주천린, 양문휘
✿　봉래도 우익선
　　　일기선 여원 —————————— 여화
　　　법계 ————————————— 팽준, 한승, 한변
✿　분화도 나선, 유환
✿　구명산 화령성모
✿　아미산 나부동 조공명 ——————— 진구공, 요소사
✿　삼선도 세 선녀 ————————— 운소낭랑, 벽소낭랑, 경소낭랑
✿　고루산 백골동 석기낭랑, 마원
✿　장이정광선
✿　비로선

준제도인　접인도인

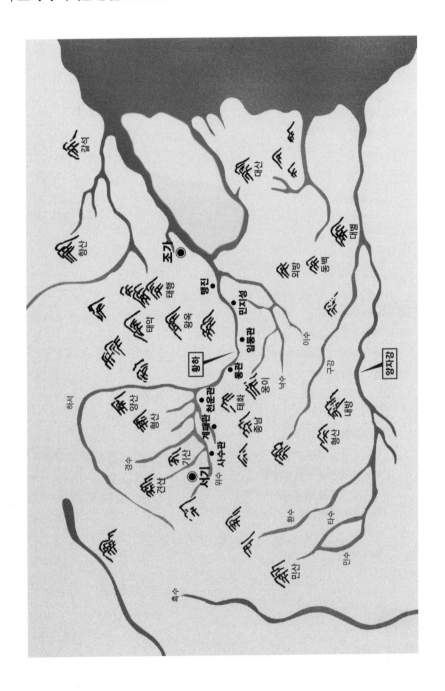

차 례

일러두기

- 이 책은 (明) 許仲琳 編著, 『封神演義』(上海:上海古籍出版社, 2000)를 저본으로 하고 (明) 許仲琳 著, 『封神演義』(北京:中華書局, 2009)와 (清) 許仲琳 著, 『封神演義』(北京:中國長安出版社, 2003)를 참조하여 원문을 교감한 후 번역한 것이다.

- 이 책은 기본적으로 전체 완역이지만 가독성을 높이기 위해 "詩曰", "以詩爲證"과 같은 장회소설의 상투적인 표현 가운데 일부는 번역을 생략하기도 하고 본문 가운데 극히 일부의 중복된 서술은 간략히 요약하는 방식을 취했다.

- 이 책에서 주인공의 이름은 본명 표기를 원칙으로 하였기 때문에 원문에서 '자아子牙' 와 같이 자호字號를 써서 표기한 것은 '강상姜尙'으로 바꾸었고 '희백姬伯'과 같이 성姓과 작위爵位를 합친 호칭도 '희창姬昌'으로 바꾸는 방식을 일괄적으로 적용했다.

- 이 책에 인용 또는 제시된 원문 가운데 시사詩詞와 부賦를 제외한 산문은 원문을 함께 수록하지 않고 번역문만 제시했다.

- 이 책의 주석은 온전히 역자 개인의 지식을 바탕으로 각종 자료를 검색하여 작성한 것이기 때문에 혹시 있을 수도 있는 오류 또한 역자의 책임이다.

- 이 책에서 저서는 『 』로, 단편 작품의 제목과 편명篇名과 시 및 노래의 제목은 「 」로 표기했다.

강상, 곤륜산을 내려오다
崑崙山子牙下山

강상이 이제 인간 세상에 내려오나니

흰머리에 수심 어린 표정 야인을 닮았지.

몇 번이나 자신을 속박하여 늙은이가 되었던가?

세 차례 세상에 나와 오히려 화만 냈구나.

반계°에서는 나는 곰이 되어 꿈에 들어가지 않았으니

위수에 상서로운 숲이 있을 줄 어찌 알았으랴?

왕조 교체기의 풍운 속에서 왕조의 기업 열어

팔백 년 동안 복된 나날 누리게 해주었지.

子牙此際落凡塵　白首牢騷類野人

幾度策身成老拙　三番涉世反相嗔

磻溪未入飛熊夢　渭水安知有瑞林

世際風雲開帝業　享年八百慶長春

한편 곤륜산 옥허궁에서 천교의 도법을 관장하는 원시천존은 열두 명의 제자가 속세의 재앙을 범함으로써 살신殺身의 징벌을 당하게 되었기 때문에 궁궐 대문을 닫고 강론을 중지했다. 또 호천상제昊天上帝가 열두 명의 신선 우두머리에게 신하로 복종할 것을 명령했기 때문에 천교闡教와 절교截教, 인도人道의 세 종교에서는 공동 논의를 통해 365명의 신선을 선발하여 다시 여덟 개의 부서[部]로 나누었다. 위쪽 네 부서는 우레[雷]와 불[火], 역병[瘟]과 북두성[斗]의 신이었고 아래쪽 네 부서는 여러 별자리의 신과 삼산오악三山五嶽의 신, 비를 내리고 구름을 일으키는 신, 선악善惡의 신이었다. 이때는 성탕의 왕조가 멸망하고 주나라 왕실이 흥성해야 할 시점이었으며 또 신들이 살계殺戒를 범하여 원시천존이 그들에게 벼슬을 내리고 강상이 재상의 복을 누리게 된 것이 교묘하게 그 운수와 맞아떨어진 결과였으니 결코 우연이 아니었다. 바로 이 때문에 '오백 년마다 제왕이 일어나니 그사이에 반드시 세상에 명성을 날리는 인물이 나타나게 되는' 것이다.

하루는 원시천존이 팔보운광좌八寶雲光座에 앉아 백학동자에게 분부했다.

"네 사숙 강상姜尚을 모셔 오너라."

백학동자는 복숭아밭으로 가서 강상에게 말했다.

"사숙, 천존께서 모셔 오라고 하셨습니다."

강상이 황급히 대전으로 가서 절했다.

"사부님, 부르셨사옵니까?"

"네가 곤륜산에 온 지 얼마나 되었느냐?"

"서른두 살에 올라와 부질없이 세월만 보내고 이제 일흔두 살이 되었사옵니다."

"네 운명이 박복해서 신선의 도를 이루기 어려우니 일단 인간 세상의 복이나 누려보도록 해라. 성탕의 운수가 다해 주나라가 흥성해야 할 때이니 네가 나를 대신해 신들에게 벼슬을 내리고 하산해서 현명한 군주를 보좌하도록 해라. 재상 노릇을 해보는 것도 여기서 사십 년 동안 수행한 보람이 아니겠느냐? 여기는 네가 오래 있을 곳이 아니니 어서 짐을 꾸려 하산하도록 해라."

그러자 강상이 간절히 호소했다.

"저는 진심으로 출가하여 지금까지 여러 해 동안 열심히 수행해 왔사옵니다. 비록 성취는 무척 더디지만 부디 자비를 베푸시어 미욱한 곳을 지적하여 깨달음을 얻게 해주시옵소서. 저는 힘들더라도 속세의 부귀영화는 바라지 않고 여기서 열심히 수행하여 신선이 되고 싶사옵니다."

"네 운명에 정해진 인연이 이러하니 하늘의 명에 따라야지 어찌 어길 수 있겠느냐?"

강상이 못내 아쉬워하자 남극선옹南極仙翁이 다가와 말했다.

"여보게, 좋은 기회라는 것은 만나기 어려우니 때를 놓치지 말아야 하네. 게다가 하늘의 운수가 이미 정해져 있으니 피할 수 없지 않은가? 자네가 비록 하산하더라도 공을 이루는 날이면 자연히 다시 산에 올라올 수 있을 걸세."

이에 강상은 어쩔 수 없이 거문고와 칼, 옷 등을 챙겨서 스승에게 무릎을 꿇고 작별 인사를 올리고 난 다음 눈물을 머금고 말했다.

"사부님의 분부에 따라 하산하게 되었사온데 훗날 어떻게 될지 모르겠사옵니다."

"이제 네가 하산하니 내가 여덟 구의 게송을 읊어주마. 나중에 효험이 나타날 것이니라."

이십 년 동안 궁벽하게 지내겠지만
인내심 갖고 분수 지키며 편히 지내라.
반계의 바위에서 낚시 드리우고 있으면
자연히 고명한 이가 너를 찾아오리라.
성군 보좌하여 아비 같은 재상[相父]이 되고
아흔세 살에 장수가 되어 병권 장악하리라.
제후들 회합하여 무오년 갑자일이 되면
아흔여덟 살에 신을 봉하기까지 또 네 해가 걸리리라.

二十年來窘迫聯　耐心守分且安然
磻溪石上垂竿釣　自有高明訪子賢
輔佐聖君爲相父　九三拜將握兵權
諸侯會合逢戊甲　九八封神又四年

그렇게 말하면서 원시천존이 덧붙였다.

"지금 하산하더라도 언젠가 다시 올라올 날이 있을 것이니라."

강상은 원시천존과 여러 도우道友들에게 작별 인사를 하고 나서 행낭을 지고 옥허궁을 나왔다. 남극선옹은 기린애麒麟崖까지 나와 전송하며 당부했다.

범수산하산(范睢山子牙下山)

강상, 곤륜산을 내려오다.

"앞길에 부디 보중하시게."

강상은 남극선옹과 작별하고 길을 걸으며 생각했다.

'내게는 위로 백부나 숙부, 형수도 없고 아래로 형제자매나 조카도 없으니 어디로 간단 말인가? 그야말로 숲을 잃은 새처럼 둥지를 틀 가지조차 없구나!'

그러다가 문득 의형義兄인 송이인宋異人이 조가에 살고 있다는 사실이 떠올라 거기로 가서 몸을 의지해야겠다고 생각했다. 그는 곧 흙의 장막을 이용해 순식간에 조가의 남쪽 성문에서 삼십오 리 떨어진 곳에 도착해 송이인의 집으로 찾아갔다. 그 집의 대문에는 여전히 푸른 버들가지가 드리워져 있었다.

'여기를 떠난 지 사십 년이 되었으니 풍경은 여전하지만 사람은 변했겠지.'

그는 대문 앞으로 다가가 문지기에게 말했다.

"원외랑員外郞께서는 댁에 계시는가?"

"댁은 누구십니까?"

"친구인 강상이 찾아왔다고 전해주시게."

장부를 정리하고 있던 송이인은 하인의 말을 듣고 황급히 밖으로 나가 맞이했다.

"아우! 어째서 수십 년 동안 소식이 없었는가?"

"못난 아우가 왔습니다."

두 사람은 손을 맞잡고 초가지붕을 얹은 사랑채로 가서 인사를 나누고 자리에 앉았다. 송이인이 말했다.

"늘 만나고 싶었는데 이제라도 다시 만났으니 정말 다행일세!"

"형님과 헤어진 뒤로 신선술을 수련했지만 인연이 없어서 뜻을 이룰 수 없었습니다. 이제 여기 와서 형님을 뵐 수 있으니 그나마 다행입니다."

송이인이 하인에게 어서 밥상을 차리라고 분부하고 물었다.

"소식素食°을 하는가? 아니면 고기도 먹는가?"

"출가한 몸이 어찌 훈채葷菜를 먹겠습니까?"

"술은 요지의 옥액이요 신선 세계의 경장[洞府瓊漿]이라 신선들도 반도회蟠桃會에 가니 술은 좀 마셔도 괜찮지 않은가?"

"형님 말씀대로 하겠습니다."

그렇게 해서 둘이 즐겁게 술을 마시는데 송이인이 물었다.

"그래, 곤륜산에서는 몇 년이나 있었는가?"

"어느새 사십 년이 되었더군요."

"허, 세월 정말 빨리 흐르는군! 거기서는 무얼 좀 배웠는가?"

"당연히 공부를 했지요, 그게 아니면 뭘 했겠습니까?"

"무슨 도술을 배웠는가?"

"물 길어 소나무에 주고 복숭아나무를 심고 불을 때고 화로에 부채질해서 단약을 제련하는 일 등을 했습니다."

"하하! 그건 하인들이나 하는 일인데 이야기할 거리가 되는가? 어쨌든 기왕 돌아왔으니 마땅한 일거리를 찾아야지 굳이 출가할 필요가 있는가? 다른 곳에 갈 필요 없이 우리 집에서 함께 지내세. 자네는 다른 사람과 달리 내 지기知己가 아닌가?"

"저도 그럴 생각입니다."

"옛말에 '불효에는 세 가지가 있는데 그 가운데 후사가 없는 것이

제일 크다'라고 했네. 자네도 나와 함께 지내게 되었으니 내일 혼사를 의논해보세. 자식이라도 하나 있어야 강씨 가문의 후손이 끊기는 일이 없지 않겠는가?"

강상이 손을 내저었다.

"형님, 그 일은 나중에 다시 이야기하십시다."

둘은 밤늦게까지 이야기를 나누었다. 강상은 곧 송이인의 집에서 살게 되었다.

이튿날 일찍 일어난 송이인은 혼사를 논의하려고 노새를 타고 마馬씨네 집으로 갔다. 그가 왔다는 보고를 받은 원외랑 마씨는 무척 기뻐하며 대문 밖으로 나와 맞이했다.

"무슨 바람이 불어 내 집을 다 찾아주셨는가?"

"외숙, 따님의 혼사를 의논하려고 왔습니다."

마씨는 무척 기뻐하며 인사를 나누고 자리에 앉았다. 차를 마시고 나자 마씨가 물었다.

"그런데 내 딸을 누구와 맺어주겠다는 것인가?"

"이 사람은 동해東海 허주許州 출신의 강상이라고 하는데 자는 자아子牙이고 별호는 비웅飛熊입니다. 저와 의형제를 맺은 사이라서 이 댁과 혼사를 맺으면 딱 좋을 것 같습니다."

"자네가 중매를 서니 틀림없겠지."

송이인이 백금白金 네 덩어리[錠]를 예물로 내놓자 마씨가 챙겨놓고 서둘러 술상을 차려 날이 저물 때까지 함께 마셨다.

한편 강상이 잠에서 깨어보니 하루 종일 송이인이 보이지 않는지라 하인에게 물었다.

"원외랑께서는 어디에 가셨느냐?"

"아침 일찍 출타하셨는데 아마 외상을 받으러 가신 모양입니다."

잠시 후 송이인이 돌아와 노새에서 내리자 강상이 이를 보고 대문 밖으로 나가 맞이했다.

"형님, 어디를 다녀오시는 길입니까?"

"아우, 축하하네!"

"무슨 말씀이신지요?"

"오늘 자네 혼사를 정했다네. 이야말로 맺어질 인연이라면 천 리를 떨어져 있어도 만나기 마련이라는 격일세."

"오늘은 날짜가 좋지 않습니다."

"음양은 서로 꺼리지 않고 운 좋은 사람은 하늘이 돕는 법일세."

"그나저나 어느 댁 규수입니까?"

"마홍馬洪의 딸일세. 재주와 용모가 모두 훌륭하니 아우한테 딱 어울리는 사람이네. 지금 예순여덟 살인데 아직 처녀일세."

송이인이 술상을 차려 축하해주면서 이렇게 말했다.

"길일을 택해 혼례를 치르세."

"형님께서 생각해주시니 이 은덕을 절대 잊지 않겠습니다."

그렇게 강상은 길일을 택해 마씨와 결혼식을 올렸다. 송이인은 잔칫상을 마련하고 이웃과 친지를 초청해 축하해주었다. 그날 강상은 마씨와 동방화촉을 밝히고 부부가 되었으니 그야말로 우연이 아니라 하늘이 정해준 인연이므로 이를 묘사한 시가 있다.

곤륜산 떠나 제왕의 나라로 가니
강상은 오늘 아내를 맞이했다네.
예순여덟 살 처녀와
일흔두 살 신랑이라네.

離却崑崙到帝邦　子牙今日娶妻房
六十八歲黃花女　七十有二做新郎

　　그런데 결혼을 한 뒤에도 강상은 늘 곤륜산을 그리워하며 신선의
도를 이루지 못했다는 생각에 마음이 불편했으니 마씨와 오순도순
즐겁게 지낼 기분이 생길 리 없었다. 그의 심사를 모르는 마씨는 그
저 그가 아무 짝에도 쓸모없는 사람이라고 생각했다. 어느덧 두 달
이 지나고 마씨가 강상에게 물었다.
　　"이 댁 아주버님은 당신의 고종사촌인가요?"
　　"의형이오."
　　"그렇군요. 친형제라 하더라도 언젠가는 헤어질 수밖에 없지 않
나요? 지금이야 아주버님께서 살아 계시니까 우리가 편히 지낼 수
있지만 나중에 그분이 돌아가시면 우리는 어쩌지요? 사람이 천지
간에 태어나면 밥벌이에 힘써야 한다고 하잖아요. 그러니 장사라도
좀 하셔서 우리 노후를 준비해야 하지 않을까요?"
　　"옳은 말이오."
　　"당신이 할 줄 아는 일은 뭔가요?"
　　"나는 서른두 살에 곤륜산에 들어가 도를 배웠기 때문에 무슨 밥
벌이 같은 것은 모르고 그저 조리나 엮을 줄 아오."

"그거라도 괜찮아요. 뒤뜰에 대밭이 있으니 몇 개 잘라다가 조리를 엮어 조가 성내에 내다 팔면 얼마라도 벌 수 있겠지요. 많이 벌든 적게 벌든 어쨌건 밥벌이를 할 수 있으니까요."

강상은 그녀의 말대로 대나무 껍질을 쪼개서 조리를 엮어 한 짐 짊어지고 조가로 갔다. 하지만 아침부터 해가 질 무렵까지 하나도 팔지 못했다. 그러다 신시(申時, 오후 3시~5시)가 되어 날이 저물려 하자 다시 그 짐을 짊어지고 삼십오 리를 걸어 되돌아왔는데 배도 고프고 해서 거의 뛰다시피 했다. 왕복 칠십 리를 다녀오고 나니 어깨가 빠질 지경이었다. 마씨가 대문 앞에서 보니 남편이 지고 간 짐을 그대로 지고 돌아오는 것이었다. 그녀가 뭐라고 하려 하자 강상이 먼저 말했다.

"여보, 당신이 잘못 생각한 것 같소. 내가 집에서 빈둥거린다고 조리를 엮어 팔라고 했는데 아무래도 조가 성내의 사람들은 조리를 쓰지 않는 모양이오. 어떻게 하루 종일 앉아 있었는데 하나도 팔리지 않고 이렇게 어깨만 빠지도록 아프냐 이 말이오."

"조리는 세상천지 어디에서나 쓰는 물건인데 당신이 장사를 잘못한 줄은 모르고 오히려 저를 탓하시면 어쩌자는 거예요?"

그렇게 부부가 말다툼을 벌이자 송이인이 그 소리를 듣고 다급히 달려와서 물었다.

"아우, 무슨 일인가? 왜 부부가 다투는 건가?"

강상이 자초지종을 이야기하자 송이인이 말했다.

"자네 부부뿐만 아니라 식구가 이삼십 명이라도 내가 먹여 살릴 수 있네. 그런데 굳이 이런 일을 할 필요가 있는가?"

그러자 마씨가 말했다.

"아주버님께서야 이렇게 잘 대해주시지만 저희도 뒷날을 준비해야지요. 설마 평생 아무 대책 없이 죽을 날만 기다리라는 말씀이신가요?"

"제수씨 말씀도 맞습니다만 하필이면 왜 이런 일을 합니까? 우리 창고에 있는 밀이 싹이 났으니 하인들을 시켜서 가루로 찧으라고 합시다. 아우가 그걸 가져가서 팔면 조리 엮는 것보다 낫지 않겠습니까?"

이에 강상이 조리를 챙겨 넣자 하인이 맷돌을 가져와 밀가루를 빻았다. 이튿날 강상은 그것을 지고 조가로 가서 사대문을 두루 돌아다녔지만 한 되도 팔지 못했다. 그는 배도 고프고 짐도 무거워 어쩔 수 없이 남쪽 성문으로 나왔다. 어깨가 너무 아파서 짐을 내려놓고 성벽에 기대 앉아 잠시 쉬는데 스스로 생각하기에 너무 운수가 풀리지 않는지라 이를 한탄하며 시를 한 수 읊었다.

네 차례나 현묘한 도를 배우러 곤륜산에 갔는데
어찌 알았으랴? 인연이 모자라 완성하지 못할 줄이야!
속세는 암울하기만 해서 눈 뜨기도 어렵고
덧없는 세상 분주히 살며 어떻게 짐 벗으랴?
둥지를 틀 나뭇가지 하나 빌려 살고 있지만
사랑하는 아내가 또 나를 구속하는구나.
언제나 평생의 뜻 이루어
계곡가에 조용히 앉아 참선을 배울 수 있을까?

四入崑崙訪道玄　豈知緣淺不能全
紅塵黯黯難睜眼　浮世紛紛怎脫肩
借得一枝棲止處　金枷玉鎖又來纏
何時得遂平生志　靜坐溪頭學老禪

그렇게 잠시 앉아 있다가 막 일어서려는데 누군가 그를 불렀다.

"여보시오, 잠깐 거기 서시오!"

강상은 첫 손님이 오나 싶어서 짐을 내려놓았다. 잠시 후 그 사람이 다가오자 강상이 물었다.

"얼마나 드릴까요?"

"한 푼[文]어치만 주시오."

강상은 팔지 않을 수도 없어서 어쩔 수 없이 고개를 숙이고 밀가루를 쓸어 담았다. 그런데 그는 봇짐장사를 한 지 얼마 되지 않아서 멜대를 길가에 놓고 노끈도 땅바닥에 내려놓고 있었다. 당시는 주왕이 무도해서 동남쪽의 제후 사백 명이 반란을 일으킨 상황이라 전황을 알리는 전령들이 대단히 긴급하게 오갔다. 무성왕은 날마다 군대를 훈련시켰는데 하필 대포 소리에 놀란 말 한 마리가 고삐를 풀고 나는 듯이 달려 도망쳤다. 강상은 허리를 숙이고 밀가루를 쓸어 담느라 미처 방비하지 못하고 있었다. 그때 뒤쪽에서 누군가 고함을 질렀다.

"여보시오, 말이 달려오고 있소!"

강상이 황급히 몸을 피하려 했지만 말은 이미 코앞까지 달려오고 있었다. 급하게 달려오던 말이 땅바닥에 있는 노끈에 발이 걸려버렸고 그 바람에 밀가루를 담은 두 개의 광주리를 대여섯 길[丈]이나 끌고 가버렸다. 결국 밀가루는 땅에 쏟아져 때마침 불어온 세찬 바람에 모조리 날아가버렸다. 다급해진 강상은 밀가루를 쓸어 모으려다가 온몸에 밀가루를 뒤집어썼고 밀가루를 사러 온 사람은 그 꼴을 보고 그냥 가버렸다. 강상은 오는 내내 한숨을 쉬며 송이인의 집에 도착했다. 그가 빈 광주리를 지고 돌아오는 것을 본 마씨는 무척 기뻐하며 말했다.

"조가 성내에서 밀가루가 이렇게 잘 팔리는군요!"

그는 마씨 앞에 광주리를 내던지며 짜증을 냈다.

"이게 다 못난 당신 때문에 생긴 말썽이 아니오!"

"밀가루를 다 팔았으면 잘된 일인데 왜 저한테 짜증이셔요?"

"지고 간 밀가루를 하나도 팔지 못하다가 오후에야 한 푼어치를 팔 뻔했소."

"광주리가 다 비었는데 혹시 외상으로 줘버린 건 아니겠지요?"

강상이 화가 치밀어 말했다.

"고삐 풀린 말의 발에 노끈이 걸리는 바람에 밀가루가 모조리 땅바닥에 쏟아졌고 바람까지 불어 다 날아가버렸소. 이게 다 못난 당신 때문에 생긴 일이 아니냐 이 말이오!"

그러자 마씨가 강상의 얼굴에 침을 뱉으며 말했다.

"자기가 쓸모없는 줄은 모르고 오히려 나를 탓하다니! 정말 하는 일 없이 밥만 축내는 식충이로군!"

"뭐라고? 이런 천박한 여편네 같으니! 어떻게 감히 남편 얼굴에 침을 뱉고 모욕해?"

두 사람이 들러붙어 서로 쥐어뜯고 싸우자 송이인의 아내 손孫씨가 달려와서 말렸다.

"서방님, 무슨 일로 동서와 싸우셔요?"

강상이 밀가루를 팔러 갔던 일을 들려주자 송이인이 웃으며 말했다.

"그까짓 밀가루 한 짐이 몇 푼이나 된다고 이 난리를 피우시는 겐가? 아우, 나 좀 보세."

강상은 송이인을 따라 서재로 가서 말했다.

"형님, 이렇게 우애를 베푸셔서 아우를 도와주시는데 제 시운이 맞지 않아 되는 일이 없으니 정말 부끄럽습니다."

"인생은 운수에 달린 것이고 꽃도 때를 만나야 피는 법일세. '황하도 맑아질 날이 있거늘 사람에게 어찌 운세가 필 날이 없겠는가?'라는 옛말도 있지 않은가? 아우, 나는 많은 점원을 거느리고 있어서 조가 성내에 있는 사오십 개의 주점과 여관이 모두 내 것일세. 내가 여러 친우들을 초청할 테니 자네가 그 사람들과 만나보시게. 매일한 가게씩 돌아가며 장사를 하고 한 바퀴를 다 돌면 다시 처음부터 하시게. 이렇게 생계를 꾸리면 괜찮지 않겠는가?"

"도와주셔서 정말 감사합니다."

송이인은 강상이 조가의 남쪽 성문 근처에 있는 장張씨의 주점을 관리할 수 있도록 해주었다. 그곳은 가장 번화한 곳이라 근처에 군사 훈련장이 있고 교통의 요충지라서 사람들이 많이 오갔다.

강상은 돼지와 양을 여러 마리 잡고 만두 등 간식거리를 쪄서 술과 안주를 잘 갖춘 다음 계산대에 앉아 장사를 시작했다. 그런데 그는 모든 신들의 우두머리이기도 하고 사람으로 태어난 날의 사주팔자도 좋지 않아서 아침 일찍부터 장사를 시작했지만 사시(巳時, 오전 9시~11시)가 다 되어가는데도 귀신조차 문 앞에 얼씬거리지 않았다. 정오 무렵이 되자 엄청난 소낙비까지 쏟아져 황비호도 군사 훈련을 하지 않았다. 무더운 날씨에 돼지고기와 양고기를 비롯한 음식은 금방 상해서 냄새를 풍겼고 만두 등 간식거리는 쉬어버렸으며 술도 시큼하게 상했다. 결국 맥없이 앉아 있던 강상은 점원들을 불러놓고 말했다.

"술이며 안주는 자네들이 모두 먹어버리게. 더 이상 놔뒀다가는 아깝게 버리게 될 테니 말일세!"

그리고 그는 시를 한 수 읊었다.

하늘이 나를 인간 세상에 태어나게 했는데
덧없이 세월만 보내며 어렵게 사는구나.
붕새의 날개 펼쳐 만 리를 날아오를 날 있으리니
그때는 아홉 겹 산이라도 날아 넘으리라!

皇天生我出塵寰　虛度風光困世間
鵬翅有時騰萬里　也須飛過九重山

날이 저물어 강상이 돌아오자 송이인이 물었다.

"오늘 장사는 잘되었는가?"

"정말 부끄럽습니다! 오늘은 밑천만 잔뜩 날리고 한 푼도 벌지 못했습니다."

26

"저런! 아우, 너무 걱정 말게. 지긋이 때를 기다릴 줄 알아야 진정한 군자가 아니겠는가? 나에게는 기껏해야 푼돈을 손해 본 것뿐이니 다른 방법을 알아보도록 하세."

송이인은 강상이 상심할까 봐 은화 쉰 냥을 꺼내 하인을 불러 강상과 함께 시장에 가서 살아 있는 소와 말, 돼지, 양을 사 오라고 했다.

"설마 살아 있는 것들이 썩지는 않을 게 아닌가!"

강상은 짐을 챙겨 시장에 나가 여러 날에 걸쳐 많은 돼지와 양을 사서 조가로 가져가 팔기로 했다. 그런데 당시는 주왕이 정치를 그르치고 달기가 수많은 백성을 해치며 간신들이 권력을 쥐고 있어서 조정은 그야말로 이리와 승냥이가 가득한 상황이었다. 이 때문에 하늘의 마음이 순조롭지 않아서 가뭄과 홍수가 자주 일어나는 바람에 조가에서는 반년 가까이 비가 내리지 않았다. 천자는 백성에게 하늘에 기도하고 가축의 도살을 금하라는 방문을 성문에 걸어 널리 알렸다. 그 사실을 몰랐던 강상이 소와 말, 돼지와 양을 성 안으로 몰고 들어가자 문지기가 고함쳤다.

"법을 어긴 자를 체포하라!"

그 바람에 깜짝 놀란 강상은 재빨리 도망쳤고 소와 말 등의 가축은 관청에 몰수되었다. 속수무책이 된 그가 안색이 흙빛으로 변해 허둥지둥 돌아오자 송이인이 다급히 물었다.

"아우, 어찌 된 일인가?"

강상은 긴 한숨을 내쉬며 말했다.

"여러 차례 형님께 은혜를 입었는데 하는 일마다 제대로 되는 게 없고 자본만 날렸습니다. 이번에는 돼지와 양을 팔려고 했는데 생각지도 않게 천자께서 기우제를 지내시면서 가축의 도살을 금지했다고 합니다. 그것도 모르고 성 안으로 가축을 몰고 들어갔다가 모조리 몰수당하고 자본만 날렸으니 쥐구멍에라도 들어가고 싶은 심정입니다. 아아, 이를 어쩌면 좋겠습니까!"

"하하! 관청에 은 몇 냥을 기부한 셈 치세. 굳이 그렇게 상심할 필요가 있는가? 아우, 뒤뜰에 가서 술이나 한잔 하면서 기분을 풀어 보세."

강상은 그제야 운수가 트이게 되어 뒤뜰에서 다섯 명의 신을 거둬들이게 되는데 뒷일이 어떻게 되는지는 다음 회를 보시라.

강상, 비파 정령을 불태워 없애다
子牙火燒琵琶精

요사한 잡귀 자주 나타나 나라의 운세는 기울어지고
도성에서 하늘의 뜻은 오래전에 꺾여버렸지.
괴이한 기운 별자리 침범한 이야기는 그만두고
정령이 어사 죽이게 되는 일이나 보자.
천 년의 수행은 지난 일 되어버리고
하루아침에 사로잡혀 노리개 신세 되었구나.
당시 신선의 술법을 얻지 않았더라면
비파 정령의 능력 어찌 볼 수 있었으랴?

妖孽頻興國勢闌　大都天意久摧殘
休言怪氣侵牛斗　且俟精靈殺多冠
千載修持成往事　一朝被獲若爲歡
當時不遇天仙術　安得琵琶火候看

그러니까 강상이 송이인과 함께 뒤뜰로 가서 주위를 둘러보니 과연 훌륭한 곳이었다.

담장은 높이가 몇 길이나 되고
대문과 벽은 맑고 그윽하구나.
왼쪽에는 금빛 가지 늘어뜨린 수양버들 두 줄로 늘어섰고
오른쪽 벽에는 몇 그루 소나무 서 있구나.
모란정은 완화루 마주 보고 서 있고
작약포는 그네까지 이어졌구나.
연못 안에는 연꽃이 피어 있고
비단잉어 왔다 갔다 노니는구나.
나무 향기 그윽한 시렁 아래에는
팔랑팔랑 나비 노닐고 있지.
그야말로 작은 정원의 풍경 봉래도 같아
천수 누리며 저녁 풍경 즐기지.

牆高數仞　門壁清幽
左邊有兩行金線垂楊　右壁有幾株別牙松樹
牡丹亭對玩花樓　芍藥圃連鞦韆架
荷花池內　來來往往錦鱗遊
木香蓬下　翩翩翻翻蝴蝶戲
正是　小園光景似蓬萊　樂守天年娛晚景

송이인은 강상의 기분을 풀어주려고 뒤뜰로 데려갔는데 강상은

그곳을 처음 가보았기 때문에 한참 동안 구경하고 나서 말했다.

"형님, 여기 공터에는 왜 다섯 칸쯤 되는 누각을 짓지 않았습니까?"

"그것을 뭐하러 짓는다는 것인가?"

"제가 형님께 은혜를 갚을 길이 없는데 만약 여기에 누각을 짓는다면 풍수에 따라 서른여섯 명의 옥대玉帶를 찬 벼슬아치가 나오고 금대金帶를 찬 벼슬아치는 참깨 한 말의 낱알 수만큼 나오게 될 것입니다."

"자네도 풍수를 볼 줄 아는가?"

"조금은 압니다."

"사실 여기에 예닐곱 번 건물을 지었는데 짓자마자 화재로 타버려서 더 이상 짓고 싶은 생각이 없네."

"제가 길일을 택해드릴 테니 그때 공사를 시작하십시오. 들보를 올리는 날에 형님은 그저 목수들을 잘 대접하십시오. 제가 여기서 사악한 기운을 제압하면 아무 문제가 없을 겁니다."

송이인은 그 말을 믿고 길일을 택해 공사를 시작했다. 들보를 올리는 날 송이인은 앞채에서 목수들을 대접했고 강상은 모란정에 앉아 어떤 괴물이 나타나는지 기다렸다. 잠시 후 거센 바람이 불어 돌이 구르고 모래가 날려 흙먼지가 일면서 불빛 속에서 요사한 도깨비들이 나타났는데 얼굴색이 오색으로 나뉘어 있고 대단히 흉맹해 보였다.

거센 바람 일더니

지독한 불길 날아오른다.

연기에 덮인 곳은 시커먼 안개로 앞이 흐릿하고

불길 이는 곳에는 수많은 불꽃 타오른다.

얼굴은 오색으로 나뉘어

붉고 희고 자줏빛에 푸르고 노란 것도 있구나.

커다란 주둥이에 송곳니 삐져나왔는데

수천만 줄기 노을빛 토해낸다.

바람이 불길의 기세 도와주니

화르륵 만 마리 황금 뱀 내달리는 듯하고

불길이 짙은 연기 감싸니

시뻘겋게 타올라 천지가 캄캄해진다.

산과 흙은 붉게 달아오르고

순식간에 만물이 일제히 무너져 내린다.

번갯불 번쩍이면

순식간에 천 개의 대문 모두 무너지니

그야말로 요사한 기운 담은 뜨거운 불길 하늘로 치솟아

비로소 구불구불한 언덕의 괴물 흉맹함 드러내는구나!

狂風大作　惡火飛騰

煙繞處黑霧蒙蒙　火起處千圍紅焰

臉分五色　赤白黑紫共青黃

巨口獠牙　吐放霞光千萬道

風逞火勢　忽喇喇走萬道金蛇

火繞煙迷　赤律律天黃地黑

山紅土赤　然時間萬物齊崩
閃電光輝　一會家千門盡倒
正是　妖氣烈火衝霄漢　方顯龍岡怪物兇

　모란정에 앉아 있던 강상은 다섯 마리 정령이 불빛 속에서 해코지하려는 것을 보고 황급히 머리를 풀어 헤쳐 손가락으로 요괴를 가리키며 칼을 휘둘렀다.

　"못된 것들, 당장 떨어져라!"

　그리고 다시 손을 한 번 뿌리자 공중에서 우렛소리가 울렸고 깜짝 놀란 요괴들은 다급히 무릎을 꿇었다.

　"신선님! 오신 줄도 모르고 저희가 무례를 범했사옵니다. 부디 크나큰 은덕을 베풀어 저희를 살려주시옵소서!"

　"요사한 것들! 여러 차례 불을 질러 건물을 무너뜨리고도 못된 마음을 버리지 않았구나. 이제 그 죄가 차고 넘쳤으니 응당 처형당해야 할 것이다!"

　그러면서 칼을 들어 요괴들의 목을 베려 하자 그들이 애원했다.

　"신선님, 도심道心을 지닌 분은 어디에나 자비를 베풀지 않사옵니까? 저희가 여러 해 동안 수행하여 득도했다가 잠시 하늘같이 지고하신 분에게 무례를 범했사오니 부디 불쌍히 여기셔서 살려주시옵소서! 이제 하루아침에 처형당하면 여러 해 동안 쌓은 공덕이 모두 수포로 돌아가지 않겠사옵니까?"

　그들이 땅바닥에 엎드려 간절하게 애원하자 강상이 말했다.

　"살고 싶다면 여기서 소란을 피워 백성을 해치지 마라. 내가 부적을 써줄 테니 너희는 즉시 서기산으로 가서 대기하고 있어라. 나중에 흙을 나르는 일이 있어서 부르게 될 것이다. 공을 세우면 자연히 정과를 얻게 될 것이니라!"

이에 다섯 요괴는 큰절을 올리고 떠났다.

어쨌든 그날은 들보를 올리는 길일이라 삼경이 되자 송이인이 앞채에서 목수들을 대접했다. 마씨는 올케 손씨와 함께 뒤뜰로 가서 강상이 무슨 일을 하는지 몰래 살폈다. 그들이 뒤뜰에 이르렀을 때 강상이 요괴들에게 명령하는 소리가 들려오자 마씨가 손씨에게 말했다.

"형님, 저 사람 혼잣말하는 것 좀 들어보셔요! 평생 사람 노릇도 못하고 헛소리만 늘어놓는 이가 어찌 성공할 수 있겠어요?"

화가 치민 마씨는 강상 앞으로 걸어가서 물었다.

"누구랑 이야기하는 건가요?"

"당신 같은 여인네는 모르겠지만 조금 전에 요괴를 제압했소."

"혼자 헛소리만 늘어놓던데 무슨 요괴를 제압했다는 거예요?"

"당신한테는 말해줘도 모를 거요."

마씨가 따지고 들려 하자 강상이 말했다.

"당신이 뭘 알겠소? 나는 풍수를 잘 보고 음양을 잘 안다오."

"팔자도 점칠 줄 알아요?"

"그거야 아주 잘하지만 점집을 낼 곳이 없을 뿐이지."

그때 송이인이 와서 말했다.

"방금 우렛소리가 들리던데 뭘 좀 보았는가?"

강상이 요괴를 굴복시킨 이야기를 들려주자 송이인이 감사했다.

"그런 도술을 부릴 줄 아는 것을 보니 아우가 수행한 게 헛고생이 아니었구먼."

그러자 손씨가 송이인에게 말했다.

"서방님께서 점을 잘 치시는데 점집을 낼 곳이 없다고 하시네요. 어디 곁채라도 있으면 점집으로 쓰시게 하면 좋을 것 같아요."

"얼마나 큰 건물이 필요한가? 조가 남쪽 성문이 가장 번화하니 하인들에게 그중 한 채를 청소해서 점집으로 쓰게 해주겠네. 그거야 어려울 거 없지!"

하인들은 그날로 즉시 남쪽 성문의 건물을 청소하고 몇 개의 대련을 걸었다. 왼쪽은 '오로지 현묘한 이치만 이야기하다[只言玄妙一團理]'라는 내용이었고 오른쪽은 '평범한 말이나 거짓말은 전혀 하지 않는다[不說尋常半句虛]'라는 내용이었다. 또 안쪽에도 대련을 걸었으니 그 내용은 이러했다.

무쇠 같은 입으로 인간 세상의 길흉 설파하고
괴이한 두 눈으로 세상의 흥성과 패망 살핀다.
　　　　一張鐵嘴識破人間凶與吉　　兩隻怪眼善觀世上敗和興

또 윗자리에는 다음과 같은 대련을 걸었다.

소매에 크나큰 천지를 담고
주전자에 해와 달처럼 영원한 세월을 담았도다!
　　　　袖裏乾坤大　　壺中日月長

강상은 길일을 택해 점집을 열었다. 시간은 흘러 어느덧 네다섯 달이 지났지만 손님이 한 명도 찾아오지 않았다.

그러던 어느 날 유건劉乾이라는 나무꾼이 장작 한 꾸러미를 지고 남쪽 성문으로 왔다가 점집을 발견하고는 곧 짐을 내려놓고 대련을 읽었다. 그러다가 '병 안에 해와 달처럼 영원한 세월을 담았도다'라는 구절까지 읽고 곧 안으로 들어갔다. 조가에 사는 파락호였던 그는 책상에 엎드린 강상을 보고 탁자를 탁 쳤다. 깜짝 놀란 강상이 눈을 비비고 살펴보니 신장이 한 길 다섯 자쯤 되고 눈빛이 살벌한 사람이 서 있었다.

"점치러 오셨소이까?"

"선생, 성함이 어찌 되슈?"

"저는 강상이라고 하는데 자는 자아이고 별호는 비웅입니다."

"한 가지 물어봅시다. '소매에 크나큰 천지를 담고 병 안에 해와 달처럼 영원한 세월을 담았도다'라는 게 무슨 뜻이오?"

"소매에 크나큰 천지를 담았다는 것은 삼라만상의 과거와 미래를 안다는 뜻이고 병 안에 해와 달처럼 영원한 세월을 담았다는 것은 장생불사長生不死의 술법을 안다는 뜻이지요."

"허풍이 심하시구먼! 어쨌든 과거와 미래를 안다면 점이 아주 정확하겠구려? 그렇다면 내 점을 좀 쳐주시오, 맞으면 스무 푼을 드리고 틀리면 주먹을 몇 대 날려주고 여기서 점집을 하지 못하게 하겠소."

그러자 강상이 생각했다.

'몇 달 동안 한 푼도 벌지 못했는데 오늘 들이닥친 이가 또 이런

주둥이만 살아 있는 작자라니!'

"그러면 괘첩卦帖을 하나 뽑아보시구려."

유건이 하나를 뽑아 건네주자 강상이 말했다.

"이 점은 당신이 내 말대로 해야 맞출 수 있소."

"그럽시다!"

"내가 이 괘첩에 네 구절의 글귀를 써줄 테니 아무 말도 말고 그냥 가지고 가시구려."

그리고 강상은 괘첩에 이렇게 썼다.

곧장 남쪽으로 가면
버드나무 그늘에 노인이 하나 있을 텐데
백이십 푼 벌고
만두 네 개와 술 두 잔을 얻어먹을 것이오.

一直往南走　柳陰一老叟

青蚨一百二十文　四個點心兩碗酒

유건이 그것을 보고 말했다.

"이 점괘는 틀렸어! 내가 이십 년이 넘도록 장작을 팔았는데 나한테 만두하고 술을 준 사람이 하나도 없었거든! 그러니 점괘가 틀린 게 아니겠어?"

"일단 가보시오, 틀림없이 맞을 거요."

이에 유건이 장작을 짊어지고 남쪽으로 가보니 과연 버드나무 그늘에 노인 하나가 서서 그를 불렀다.

"여보시오, 장작을 사겠소!"

유건이 속으로 '정말 점괘가 맞았구나!' 하고 생각하는데 그 노인이 말했다.

"이 장작을 얼마에 팔겠소?"

"백 푼이오."

그가 일부러 강상이 이야기한 것보다 스무 푼 적게 부르자 노인이 장작을 살펴보고 말했다.

"좋구먼! 장작이 잘 말랐고 꾸러미도 크게 묶었는데 백 푼만 달라고 하다니! 미안하지만 안으로 좀 날라다주겠소?"

유건이 장작을 안으로 날라다주는데 풀잎이 떨어졌다. 깔끔한 것을 좋아하는 그는 빗자루를 들고 마당을 깨끗이 쓴 다음 장작을 묶은 새끼줄까지 말끔하게 정리해놓고 노인이 돈을 주기를 기다렸다. 그때 노인이 나와서 마당을 보더니 중얼거렸다.

"오늘은 하인들이 일을 잘하는구먼."

그러자 유건이 말했다.

"노인장, 그건 제가 쓴 것이외다."

"허! 오늘 우리 아들 혼사를 마쳤는데 당신처럼 좋은 사람을 만나 이리 좋은 장작을 사게 되었구려."

그러더니 노인이 안으로 들어가자 잠시 후 어린 하인이 만두 네 개와 술 한 병, 사발 하나를 들고 나왔다.

"주인님께서 드리라고 하셨어요."

그러자 유건이 감탄했다.

"강 선생은 정말 신선이로구나! 하지만 내가 이 술을 한 잔 가득 따르면 다른 한 잔은 조금 모자랄 테니 그 점괘가 틀리는 셈이 아니겠어?"

유건은 술을 한 잔 가득 따라 마시고 다시 한 잔을 따랐는데 똑같이 가득 따라지는 것이었다. 유건은 술을 마시고 나서 노인이 나오자 말했다.

"원외랑님, 감사합니다."

노인은 돈 봉투 두 개를 꺼내더니 먼저 유건에게 백 푼을 건네주었다.

"이건 장작값이네."

그리고 또 스무 푼이 담긴 봉투를 주면서 말했다.

"오늘은 우리 아들에게 경사가 있는 날이니 이건 위로금으로 주는 걸세. 술이라도 사 먹게."

그러자 유건은 너무도 놀랍고 기뻤다. 그는 조가 성내에 신선이 나타났다고 생각하며 곧 멜대를 챙겨 들고 곧장 강상의 점집으로 달려갔다.

한편 아까 유건이 강상에게 험한 말을 하는 것을 들은 사람들이 강상에게 말했다.

"강 선생, 그 유가는 건드리기 곤란한 작자라오! 점괘가 맞지 않을 수도 있으니 어서 떠나시구려."

"괜찮소이다."

이에 사람들이 둘러서서 유건이 오기를 기다렸는데 잠시 후 유건이 나는 듯이 달려왔다.

"점괘가 맞았소이까?"

유건이 큰 소리로 말했다.

"강 선생, 정말 신선이십니다! 딱 맞았어요! 조가 성내에 이런 훌륭한 분이 계시니 만백성의 복입니다. 이제 모두 복을 받고 재앙을 피할 수 있게 되었어요!"

"점괘가 맞았다면 복채를 내셔야지요."

"스무 푼은 너무 헐값이군요."

그가 그렇게 중얼거리며 돈을 꺼내지 않자 강상이 말했다.

"점괘가 맞지 않았다면 다른 말을 하셔도 되지만 점괘가 맞았으니 복채를 내셔야지 왜 중얼거리기만 하시는 게요?"

"백이십 푼을 다 드려도 모자라겠소이다. 강 선생, 잠시만 기다리시구려."

유건이 처마 밑에 서 있노라니 남쪽 성문 쪽에서 가죽 허리띠를 차고 베적삼을 입은 사람이 서둘러 길을 걸어오고 있었다. 유건은 얼른 그를 쫓아가 붙들었다.

"왜 이러시는 게요?"

"다른 게 아니라 점 좀 쳐보고 가시라고 붙들었소이다."

"급히 전달할 공문이 있어서 점을 칠 시간이 없소."

"이 어르신은 정말 점을 신통하게 치시니 한번 쳐보고 가는 게 좋을 게요. 게다가 좋은 의사나 점쟁이를 추천해주는 것은 호의를 베푸는 일이 아니오?"

"정말 웃기는 분이구려. 점을 치고 안 치고는 내 마음이 아니오?"

그러자 유건이 버럭 화를 냈다.

"아니, 점 하나 안 치겠다는 거요?"

"안 치겠소!"

"그렇다면 내가 당신과 함께 강물에 몸을 던져버리겠소!"

그러면서 그가 남자를 덥석 끌고 강으로 달려가자 지켜보던 사람들이 말했다.

"여보시오, 유형 말씀을 들으시오. 그럴 만하니까 점을 쳐보라는 게 아니겠소?"

"별일도 없는데 무슨 점을 치라는 말씀들이시오?"

이에 유건이 말했다.

"점괘가 맞지 않으면 내가 대신 복채를 내겠소. 만약 맞으면 당신이 내게 술을 사시오."

유건이 이렇듯 사납게 굴자 그 사람은 어쩔 수 없이 강상의 점집으로 들어갔다. 그는 공무가 급했기 때문에 팔자를 점칠 여유가 없어서 그냥 주역점이나 칠 요량으로 괘첩을 하나 뽑아 강상에게 건넸다. 그러자 강상이 말했다.

"이건 어디에 쓸 점이오?"

"전량錢糧을 독촉하는 일에 관한 것이오."

"그럼 괘첩에 글을 써줄 테니 직접 맞는지 검증해보시구려. 이 괘는 간艮에 해당하니 전량은 물어볼 것도 없이 받을 것이고 얼마 정도 기다리면 은 백세 냥을 얻게 될 거요."

그 사람이 괘첩를 받아 들며 물었다.

"복채는 얼마요?"

그러자 유건이 말했다.

"이건 다른 점하고는 달리 한 번에 다섯 냥[錢]이오."

"당신이 점쟁이도 아닌데 왜 복채를 정하시는 게요?"

"점괘가 틀리면 그대로 돌려주겠소. 다섯 냥이면 싸게 해준 거요."

그 사람은 공무를 그르칠까 마음이 조급해서 은 다섯 냥을 주고 떠났다. 유건이 작별 인사를 하고 떠나려 하자 강상이 말했다.

"도와주셔서 고맙소이다."

사람들은 조금 전의 그 사람에 대한 점괘가 어찌 될지 궁금해서 강상의 점집 대문 앞에 서서 기다렸다. 그러자 잠시 후 그 사람이 와서 말했다.

"강 선생은 과연 인간 세상에 강림하신 신선이십니다! 정확히 백 세 냥을 받았으니 정말 복채 다섯 냥이 아깝지 않소이다!"

이때부터 강상의 명성이 조가를 진동하여 군인과 백성들이 다투어 점을 치러 몰려왔다. 한 번 점을 치는 데 다섯 냥이니 강상은 제법 많은 돈을 벌어 마씨도 좋아하고 송이인도 마음을 놓았다. 그러는 사이 세월이 쏜살같이 흘러 반년이 지났으니 원근의 백성들이 소문을 듣고 너도나도 점을 치러 달려왔다.

한편 남쪽 성문 바깥에 있는 헌원 무덤에는 옥으로 만든 비파 정령이 있었는데 달기를 만나러 조가로 가서 밤이면 궁중에서 사람을 잡아먹으니 어화원御花園의 태호석太湖石 아래에 백골이 산처럼 쌓여 있었다. 비파 정령이 궁궐에서 나와 소굴로 돌아가려고 요사한 빛을 타고 남쪽 성문을 지나다가 문득 사람들이 시끌벅적 떠드는 소리가 들려오자 슬쩍 살펴보니 강상이 점을 치고 있었다.

'어디 내가 한번 점을 쳐볼까? 어쩌는지 보자.'

정령은 상복을 입은 아낙으로 변하여 허리를 살살 꼬며 말했다.

"여러분, 실례합니다. 저도 점을 좀 쳐보려고요."

당시 사람들은 착해서 즉시 양쪽으로 갈라져 길을 터주었다. 강상이 한창 점을 치는 와중에 웬 아낙이 살랑살랑 걸어오기에 자세히 살펴보니 요괴였다.

'못된 것까지 나를 시험하러 오는구나. 오늘 저놈의 요괴를 제거하지 않으면 안 되겠구나!'

강상은 그렇게 생각하고 사람들에게 말했다.

"여러분, 남녀유별이니 먼저 이 젊은 부인의 점을 쳐주고 나머지 분들은 순서대로 해드리겠습니다."

"그러십시다, 우리가 양보하지요."

이에 그 요사한 정령이 들어와 자리에 앉자 강상이 말했다.

"부인, 오른손을 좀 봅시다."

"점만 치시는 줄 알았는데 손금도 보실 줄 아시나 보군요?"

"먼저 손금을 보고 나서 사주팔자를 보겠습니다."

정령이 속으로 웃으며 오른손을 내밀자 강상이 손목을 잡고 맥문脈門을 누르더니 단전에서 선천의 원기元氣를 운용하여 붉은 눈의 금빛 눈동자를 일으키고 요사스러운 빛을 꽉 잡아 눌러버렸다. 그가 아무 말도 하지 않고 가만히 쳐다보자 아낙이 말했다.

"손금도 보지 않고 아무 말도 없이 어째서 여자인 제 손을 잡고 계시나요? 어서 놓아줘요! 남들이 보면 뭐라고 하겠어요?"

내막을 모르는 주위 사람들이 일제히 고함을 질렀다.

"강상, 나이도 많은 사람이 어찌 그런 짓을 하시오? 그 여자의 미색을 탐하여 사람들 앞에서 창피를 주고 천자가 다스리는 세상에서 이런 무지한 짓을 저지르다니 정말 추악하구려!"

"여러분, 이 여자는 사람이 아니라 요사한 정령입니다."

"무슨 소리! 분명 여자의 몸인데 그따위 소리를 하는 게요?"

사람들이 빽빽이 둘러싸자 강상이 속으로 생각했다.

'손을 놓아주면 요사한 정령이 도망쳐 진상을 밝히기 어렵지 않겠는가? 기왕 이렇게 되었으니 요괴를 제거해 내 이름을 날려야겠구나.'

강상은 손에 가진 것이 없어서 눈에 보이는 대로 자줏빛 돌로 만든 벼루를 집어 들고 요괴의 정수리를 탁 내리쳤다. 그러자 즉시 뇌수가 터지며 요괴의 옷이 피로 물들었다. 그는 여전히 손을 놓지 않고 맥문을 누른 채 정령이 변신술을 쓰지 못하게 했다. 그때 양쪽에 모인 사람들이 고함을 질렀다.

"강상이 도망치지 못하게 지켜라!"

"점쟁이가 사람을 때려죽였다!"

사람들은 강상의 점집을 겹겹이 에워쌌다.

그때 마침 "물렀거라!" 하는 소리와 함께 아상 비간이 말을 타고 그곳을 지나다가 수하에게 무슨 일인지 물어보라고 했다. 그러자 사람들이 일제히 말했다.

"승상께서 오셨으니 강상을 잡아서 데려갑시다!"

비간이 말을 멈추고 물었다.

"무슨 일인가?"

사람들 가운데 하나가 나와서 무릎을 꿇고 말했다.

"나리, 여기에 강상이라는 점쟁이가 있는데 조금 전에 점을 치러 온 여자의 미색을 탐내서 욕을 보이려고 했사옵니다. 그런데 여자가 말을 듣지 않자 그자가 흉악한 마음이 일어 벼루를 들고 여자의 머리를 쳐버렸고 불쌍하게도 그 여자는 온몸이 피범벅이 되어 비명에 죽고 말았사옵니다."

"뭐라고? 어찌 그런 일이! 여봐라, 당장 그자를 잡아 오너라!"

그러자 강상이 한 손으로 정령을 질질 끌고 말 앞으로 다가와 무릎을 꿇었다. 이에 비간이 말했다.

"머리도 허연 노인이 어찌 국법을 모르고 백주 대낮에 여자를 희롱했느냐? 게다가 여자가 말을 듣지 않는다고 벼루로 때려죽였다고? 사람의 목숨은 하늘에 달린 것이거늘 이런 악당을 어찌 용서할 수 있으랴! 죄상을 낱낱이 문초하여 법을 바로 세우리라!"

그러자 강상이 말했다.

"나리, 제게 해명할 기회를 주시옵소서. 저는 어려서부터 공부를 하고 예절을 지키며 살았는데 어찌 감히 법을 어기겠사옵니까? 이 여자는 사람이 아니라 요사한 정령이옵니다. 근자에 요사한 기운이 황궁을 덮고 재앙의 씨앗이 천하에 널리 퍼져 있사옵니다. 저는 천자의 백성으로 인재를 아끼시는 폐하의 은덕에 감복하여 요괴를 없애고 사악한 마귀를 내쫓아 백성의 도리를 다하고자 하였사옵니다. 이 여자는 정말 요괴이옵니다. 나리, 부디 잘 살피시어 제가 살 길을 열어주시옵소서!"

그러자 주위에 있던 사람들이 일제히 무릎을 꿇고 말했다.

"나리, 이런 재야의 술사術士들은 교묘한 언변으로 거짓말을 늘어놓아 나리를 속이기 일쑤이옵니다! 저희 모두가 직접 목격했는데 분명 능욕하려다가 말을 듣지 않으니까 흉악한 심성을 드러내서 때려죽였사옵니다. 만약 이자의 말을 들어주신다면 억울하게 죽은 여자가 불쌍하고 백성들도 승복하지 않을 것이옵니다!"

이렇게 사람들이 중구난방으로 떠들어대는데도 강상은 아낙의 손을 놓지 않았다. 그러자 비간이 말했다.

"강상, 그 아낙은 이미 죽었는데 왜 아직 손을 놓지 않느냐?"

"손을 놓으면 정령이 달아나버리니 증명할 방도가 없어지지 않겠사옵니까?"

비간이 사람들에게 분부했다.

"여기서는 진상을 밝힐 수 없으니 내가 폐하께 아뢰어 흑백을 밝히도록 하겠네."

이에 강상은 정령을 잡아끌고 사람들에게 에워싸인 채 오문으로 갔다. 곧 비간은 적성루에서 하명을 기다렸고 주왕이 불러들이자 안으로 들어가서 엎드렸다.

"무슨 일로 오셨소?"

"남문을 지나다가 괴이한 일을 보았사옵니다. 어떤 점쟁이가 점을 치러 온 여자가 요괴라면서 벼루로 쳐서 죽였다고 하는데 그것을 목격한 백성들의 이야기가 다르옵니다. 점쟁이가 여자의 미색을 탐했고 여자가 따르지 않자 흉악하게 때려죽였다는 것이옵니다. 점쟁이의 말도 일리가 있고 백성들은 또 현장을 직접 목격한 터라 제가 함부로 처리하지 못하겠사오니 폐하께서 진상을 규명해주시기 바라옵나이다!"

그때 뒷방에서 비간의 말을 들은 달기가 속으로 비명을 질렀다.

'동생, 그냥 소굴로 돌아갈 일이지 뭐하러 점을 치러 갔단 말인가? 이제 못된 작자를 만나 목숨을 잃었으니 내가 기필코 복수해 줄게!'

이에 그녀가 나와서 주왕에게 말했다.

"폐하, 승상의 말씀으로는 참과 거짓을 분간하기 어려우니 그 점쟁이와 여자를 모두 적성루 아래로 끌고 오라고 하시옵소서. 제가 보면 전말을 알 수 있을 것이옵니다."

"알겠소, 그것이 좋겠구려. 여봐라, 점쟁이와 여자를 모두 적성루로 끌고 와라!"

이에 강상은 정령을 끌고 적성루 아래로 가서 계단 아래에 엎드렸다. 오른손에는 여전히 정령을 붙들고 있었다. 이때 주왕이 난간으로 나와서 말했다.

"너는 누구냐?"

"저는 동해 허주 사람 강상이라고 하옵니다. 젊은 시절에 스승님께 음양의 비법을 전수받아 요괴를 잘 알아볼 수 있사옵니다. 도성 남문에 살면서 점을 쳐서 생계를 꾸리고 있사온데 뜻밖에 요괴가 수작을 부려 저를 미혹하기에 천기를 간파하고 요괴를 제거하려 했사옵니다. 폐하의 하해와 같은 은덕에 감사하고 저에게 이런 능력을 전수해주신 사부님의 은혜가 헛되지 않았음을 알려 보답하려 했을 뿐 전혀 다른 뜻은 없사옵니다."

"짐이 보니 그 여자는 요사한 정령이 아니라 사람의 모습을 하고 있구나. 만약 요사한 정령이라면 어째서 본색이 드러나지 않는 것이냐?"

"정령의 본색을 보시려면 장작 몇 꾸러미를 가져와 이 요괴를 얹어놓고 불을 지르면 될 것이옵니다."

주왕은 즉시 적성루 아래로 장작을 가져오라고 분부했다. 그러자 강상은 요괴의 정수리에 원래 모습을 붙들어두는 부적을 찍고 나서 손을 놓고 여자의 앞섶을 풀어 가슴과 등에 부적을 그려 정령의 사지를 제압한 다음 장작 위에 올려놓고 불을 붙였다.

짙은 연기 땅을 덮고
검은 안개 하늘 끝까지 가렸구나.
바람이 불어 뜨거운 불꽃 일어나니
붉은 불길 노을보다 선명하구나.
바람은 불의 군대요
불은 바람의 사령관이라
바람은 불을 믿고 위세 부리고
사람은 바람 때문에 재앙을 당하는구나.
활활 타오르는 불꽃은
바람이 없으면 만들어질 수 없고
몰아치는 거센 바람은
불이 없으면 어찌 기세가 오를 수 있으랴?
바람은 불길의 기세를 따라
순식간에 하늘 관문 다 태우고
불길은 바람의 위세 타고

강상, 비파 정령을 태워 없애다.

어느새 대지의 문을 태워버린다.

금빛 뱀이 휘감으니

불의 재앙 피하기 어렵고

뜨거운 불꽃이 몸을 감싸니

갑작스러운 큰 재앙 어찌 피하랴!

그야말로 태상노군이 단약 만드는 화로를 뒤엎은 듯

한 덩이 불꽃이 온 대지를 구르는구나!

濃煙籠地角　黑霧鎖天涯

積風生烈焰　赤火冒紅霞

風乃火之師　火乃風之帥

風仗火行兇　人以風爲害

滔滔烈火　無風不能成形

蕩蕩狂風　無火焉能取勝

風隨火勢　須臾時燎徹天關

火趁風威　頃刻間燒開地户

金蛇串繞　難逃火炙之殃

烈焰圍身　大難飛來怎躲

好似　老君扳倒煉丹爐　一塊火光遍地滾

　　강상이 네 시간 동안 불로 정령을 단련했지만 정령의 온몸은 조금도 타지 않았다. 그러자 주왕이 비간에게 말했다.

　　"네 시간 동안 불길만 타오를 뿐 온몸이 타지 않으니 정말 요괴가 분명하구려!"

"이것을 보니 강상도 예사로운 인물이 아닌 것 같사옵니다. 그나 저나 대체 저 요괴의 정체는 무엇인지 모르겠사옵니다."

"그대가 강상에게 물어보도록 하시오."

비간이 적성루에서 내려와 물어보자 강상이 대답했다.

"요괴의 진짜 모습을 드러내는 것은 어렵지 않사옵니다."

그리고 강상은 삼매진화로 요괴를 태웠으니 이제 요괴의 목숨이 어찌 되는지는 다음 회를 보시라.

무도한 주왕, 채분을 만들다

紂王無道造蠆盆

전갈 항아리의 극악함이 이미 하늘을 가득 메워

무고한 궁녀들 피와 살 갉아 먹혔지.

아름다운 육신은 이미 묻힐 곳 없어지고

꽃다운 영혼은 아직도 역겨운 피비린내 풍기고 있지.

고향에서 꿈꾸며 부질없이 달을 노래했건만

이곳에서 당한 원통한 일 아직 끝나지 않았지.

원한의 기운 가득하여 하늘도 슬퍼하고

주나라의 왕업은 더욱 평안해졌지.

蠆盆極惡已滿天　宮女無辜血肉殘

媚骨已無埋玉處　芳魂猶帶穢腥膻

故園有夢空歌月　此地沉寃未息肩

怨氣漫漫天應慘　周家世業更安然

그러니까 강상은 삼매진화로 비파 정령을 불태웠다. 이 불은 예사로운 것이 아니어서 눈과 코와 입에서 분출된 것으로 정精, 기氣, 신神이 삼매三昧로 단련한 이것을 기르면 이離의 정화가 되는데, 그것이 일반적인 불과 함께하니 정령이 어찌 감당할 수 있었으랴? 요사한 정령은 불길 속에서 버둥거리며 고함을 질렀다.

"강상! 내가 너와 원수진 일도 없는데 왜 삼매진화로 나를 태우느냐?"

주왕은 불길 속에서 정령이 하는 말을 듣고 등줄기에 식은땀이 흘러서 눈을 휘둥그레 뜨고 입을 떡 벌렸다. 그러자 강상이 말했다.

"폐하, 누대로 들어가시옵소서. 곧 벼락이 칠 것이옵니다."

강상이 두 손을 일제히 뿌리자 갑자기 벼락이 번갈아 치면서 우렛소리와 함께 불길이 스러지고 옥으로 만든 비파가 나타났다. 그러자 주왕이 달기에게 말했다.

"요괴의 진상이 드러났구려."

그 말을 들은 달기는 심장을 칼로 도려내는 듯 가슴속이 기름에 끓는 듯 했다.

'나를 만나고 돌아갈 일이지 뭐하러 점은 쳤단 말이냐? 이제 못된 작자를 만나 원래 네 모습이 드러났으니 내 어찌 편히 지낼 수 있겠느냐? 내 기필코 저 강상을 죽이고 말리라!'

달기는 억지로 웃는 표정을 지으며 아뢰었다.

"폐하, 비파를 누각 위로 가져오라고 하시옵소서. 제가 현을 걸어 나중에 연주해드리겠사옵니다. 그리고 강상은 재능과 술법이 모두 뛰어난 것 같으니 벼슬을 내려 폐하를 보좌하게 하시는 것이 좋겠사옵니다."

"아주 좋은 생각이오. 여봐라, 그 비파를 누각 위로 가져오너라. 그리고 강상에게는 하대부下大夫의 지위를 내리나니 사천감司天監의 직무를 수행하도록 하라!"

강상은 성은에 감사하고 오문을 나와서 관복을 입고 송이인의 집으로 돌아갔다. 이에 송이인은 강상에게 잔치를 열어주었고 친우들도 모두 와서 축하해주었다. 며칠 동안 그렇게 잔치를 벌이고 나서 강상은 도성으로 가서 맡은 바 직무를 수행했다.

한편 달기는 적성루에 그 비파를 두고 천지의 영험한 기운과 해와 달의 정화를 받아 오 년 뒤에 본래 모습을 회복하여 성탕의 천하를 끝장내도록 안배했다. 어느 날 주왕이 적성루에서 잔치를 벌이고 술에 얼큰하게 취하자 달기가 춤을 추고 노래를 부르며 즐겁게 해주었다. 이에 삼궁의 비빈과 여섯 정원의 궁녀들도 모두 찬탄했다. 하지만 개중에 일흔 명 남짓한 궁녀들은 환호하지 않고 오히려 눈물을 글썽였는데 달기가 그것을 발견하고는 춤과 노래를 멈추고 물었다.

"너희는 원래 어디 소속이더냐?"

"중궁의 강 황후를 모시던 궁녀들이옵니다."

"뭣이! 너희 주인은 역모를 꾸미다가 처형당했거늘 너희가 오히려 원한을 품고 있으니 훗날 우환을 일으킬 게 분명하구나!"

이에 그녀는 주왕에게 아뢰었고 주왕은 버럭 화를 내며 어명을 내렸다.

"저것들을 모두 누각 아래로 끌어내려 금과로 쳐 죽여라!"

그러자 달기가 말했다.

"폐하, 그러지 마시고 저것들을 잠시 가둬두시옵소서. 제게 궁중의 커다란 폐단을 없앨 묘책이 있사옵니다."

이에 관리들이 궁녀들을 끌고 나가자 달기가 다시 아뢰었다.

"적성루 아래에 폭 스물네 길, 깊이 다섯 길의 구덩이를 파게 하시옵소서. 그리고 도성의 백성들에게 가구당 네 마리의 뱀을 바치게 해서 그것을 모두 구덩이에 넣어두시고 못된 짓을 한 궁녀들을 모조리 옷을 벗겨 구덩이에 처넣어 독사의 밥이 되게 하시옵소서. 이 형벌은 채분蠆盆이라는 것이옵니다."

"그거 정말 훌륭한 방법이구려! 그렇게 하면 정말 궁중의 폐단을 없앨 수 있겠구려."

주왕은 즉시 어명을 내려 사대문에 방문을 내걸도록 했다. 국법은 지엄한 것이라 백성들은 정해진 기한에 맞추어 용덕전에 뱀을 바칠 수밖에 없었다. 그렇게 해서 백성들이 날마다 조정을 드나드니 안팎의 구별도 없어지고 법과 기강은 완전히 사라져 정치는 갈수록 피폐해졌다. 게다가 도성에는 그렇게 많은 뱀이 없었기 때문에 백성들은 모두 외지에서 뱀을 사다가 바쳐야 했다.

하루는 문서방의 일을 담당하는 상대부 교력膠鬲이 상소문을 보고 있었다. 그런데 백성들이 네다섯 명씩 한 조가 되어 두세 줄로 늘어서 모두들 광주리를 하나씩 들고 아홉 칸 대전으로 들어가는 것이었다. 이에 그가 대전을 담당하는 관리에게 물었다.

"저 광주리에는 무엇이 들어 있느냐?"

"뱀을 바치러 온 백성들입니다."

"아니, 폐하께서 뱀을 어디에 쓰시려고?"

"저는 모르겠습니다."

교력이 문서방에서 나와 대전으로 가자 백성들이 머리를 조아리고 절을 올렸다.

"자네들이 들고 있는 것이 무엇인가?"

"천자께서 사대문에 방문을 내걸어 각 가구마다 네 마리씩 뱀을 바치라고 하셨사옵니다. 그런데 도성에 그 많은 뱀이 어디 있겠사옵니까? 그래서 모두들 백 리 밖까지 나가서 사다가 바치는 것이옵니다. 대체 폐하께서 이것을 어디에 쓰시려는 것인지 모르겠사옵니다."

"일단 바치도록 하게."

백성들이 돌아가고 문서방으로 돌아온 교력은 상소문을 볼 마음이 싹 사라져버렸다. 그때 무성왕 황비호와 비간, 미자, 기자, 양임, 양수楊修가 들어오자 서로 인사를 나누고 나서 교력이 말했다.

"여러분, 폐하께서 백성들에게 뱀을 바치라고 하셨다는데 그것을 어디에 쓰려고 하시는지 아십니까?"

이에 황비호가 대답했다.

"어제 훈련을 마치고 돌아오다가 보니 백성들이 각 가구마다 네 마리씩 뱀을 바치라는 방문을 읽고 모두들 원망하고 있더이다. 저도 여러분께 여쭤보려고 오늘 조정에 들어왔습니다."

그러자 비간과 기자가 말했다.

"우리도 전혀 모르는 일입니다."

"그렇다면 대전을 담당하는 관리를 시켜 알아보게 해야겠군요.

여봐라, 너는 폐하께서 그것을 어디에 쓰시려는지 잘 알아보고 사실을 알게 되면 즉시 보고하도록 해라. 제대로만 하면 아주 후한 상을 내리겠다."

"예!"

이에 관리는 곧 알아보러 떠났고 황비호 등도 각자 거처로 돌아갔다.

그로부터 이레쯤 후에 모든 백성들이 뱀을 바치자 담당 관리가 적성루로 가서 보고했다.

"도성의 백성들이 모두 뱀을 바쳤사옵니다."

이에 주왕이 달기에게 물었다.

"구덩이에 뱀을 다 채웠는데 이제 어떻게 할 것이오?"

"저번에 불유궁不遊宮에 가둬둔 궁녀들의 옷을 벗기고 손을 뒤로 묶어서 구덩이에 던져 뱀의 먹이로 주라고 하시옵소서. 이런 극형이 아니면 궁중의 폐단을 없앨 수 없사옵니다."

"그야말로 간악한 것들을 없애는 제일 좋은 방법인 것 같구려."

주왕은 곧 어명을 내렸다.

"여봐라, 준비가 끝났으면 저번에 가둬둔 궁녀들을 오랏줄로 묶어 끌고 나와서 채분에 처넣어라!"

잠시 후 궁녀들이 오랏줄에 묶여 구덩이 앞으로 끌려 나왔다. 일흔두 명의 궁녀들은 혀를 날름거리는 무시무시한 뱀을 보고는 무서워서 똑바로 쳐다보지도 못하고 일제히 비명을 질러댔다. 한편 문서방에 있던 교력도 이 일에 대해서 날마다 보고를 듣고 있었다. 그가 갑자기 들려오는 처참한 비명 소리에 놀라 황급히 밖으로 나오자 마침 대전을 담당하는 관리가 허둥지둥 달려와 보고했다.

"나리, 큰일 났습니다! 저번에 폐하께서 뱀을 모아 구덩이에 넣어두었다가 오늘 일흔두 명의 궁녀들의 옷을 벗기고 구덩이에 던져 넣어 먹이로 준다고 합니다. 그래서 제가 사실을 알아보고 이렇게 보고를 올리는 것입니다."

그 말을 들은 교력은 속에서 불길이 치밀어 황급히 내전으로 달려갔다. 그가 용덕전을 지나 분궁루를 거쳐 적성루 아래에 이르니 궁녀들이 알몸으로 밧줄에 묶인 채 눈물을 펑펑 흘리며 애절하게 비명을 지르고 있었다. 교력은 차마 눈 뜨고 보기 어려운 그 모습에 버럭 고함을 질렀다.

"어찌 이런 일이! 폐하, 아뢰올 일이 있나이다!"

주왕은 독사들이 궁녀를 잡아먹는 모습을 구경하려다가 뜻밖에 교력이 상주할 일이 있다고 하자 누각 위로 불렀다. 교력이 와서 엎드리자 그가 물었다.

"부르지도 않았는데 무슨 일로 오셨소?"

교력은 눈물을 흘리며 간언했다.

"다름이 아니오라 폐하께서 함부로 잔혹한 형벌을 시행하시는 바람에 백성이 해를 당하고 군주와 신하 사이의 거리가 멀어졌사옵니다. 이렇게 위아래가 서로 어긋나니 우주에는 벌써 불길한 징조가 꽉 들어차 있사옵니다. 그런데 이제 궁녀들이 무슨 죄를 지었기에 또 이런 잘못된 형벌을 시행하시는 것이옵니까? 어제 보니 뱀을 바치러 온 백성들이 저마다 원망에 차서 불평을 늘어놓았는데 지금 가뭄과 홍수가 잦은 마당에 백 리 밖까지 가서 뱀을 사 오느라 편히 지낼 수 없다고 했사옵니다. 제가 듣기로 백성이 빈곤하면 도적질을 하고 도적이 모이면 반란이 일어난다고 했사옵니다. 하물며 나라 밖에서 전쟁이 끊이지 않고 제후들이 반란을 일으켜 동쪽과 남쪽이 평안할 날이 없는지라 백성은 날마다 반란을 일으킬 생각을 하고 있사옵니다. 그런데도 폐하께서 어진 정치를 행하지 않으시고 매일 포학한 일만 일삼고 계시니 반고가 천지를 창조한 이래로 이런 형벌이 있다는 이야기는 들어보지 못했사옵니다. 대체 이 형벌의 명칭은 무엇이며 어느 왕조의 천자가 이런 형벌을 만들었사옵니까?"

"궁녀들의 폐단을 없앨 방법이 없어서 자주 그런 일이 생겨나기 때문에 채분이라는 이 형벌을 만들었소이다."

"사람의 사지는 살과 가죽으로 되어 있으니 이는 신분의 귀천을 막론하고 모두 마찬가지이옵니다. 그런데 이제 궁녀들이 구덩이에 빠져 독사가 물어대면 고통에 차서 괴로워할 것인데 폐하께서는 어찌 차마 그 모습을 보시려 하시옵니까? 그것을 보고도 폐하의 마음이 즐겁겠사옵니까? 게다가 궁녀들은 모두 여자로서 아침저녁으로 폐하의 시중을 들며 심부름이나 하는 이들인데 저들이 무슨 큰 폐단을 저질렀다고 이런 참혹한 형벌을 당해야 하는 것이옵니까? 부디 저들을 불쌍히 여기시고 하해와 같은 은덕을 베푸시어 생명을 아끼는 하늘의 덕을 실천하시옵소서!"

"경의 간언도 일리가 있지만 짐의 지적에 잠복한 우환은 쉽게 발견하기 어려운데 어찌 간단한 형벌로 다스릴 수 있겠소이까? 게다가 궁녀들은 아주 지독한 음모를 꾸미기 쉬우니 이렇게 다스리지 않으면 저들이 경각심을 갖지 않을 것이오."

그러자 교력이 고함을 질렀다.

"'군주는 신하의 머리요 신하는 군주의 팔다리'가 아니옵니까? 또한 '진실로 총명해야 군주가 될 수 있고 군주는 백성의 부모'라고 했사옵니다. 지금 폐하께서 모진 마음으로 덕을 잃으시고 신하의 간언을 무시한 채 함부로 포학한 일을 일삼으시며 고칠 마음조차 가지지 않으셔서 천하 제후들이 원망하게 만들었사옵니다. 동백후가 아무 죄도 없이 도륙당했고 남백후도 도성에서 억울하게 죽었으며 간언하는 신하는 포락형을 당했사옵니다. 그런데 이제 또 무고한 궁녀들을 채분에 밀어 넣으시려 하시옵니다. 폐하께서는 그저 내궁 깊은 곳에서 쾌락만 즐기시면서 간신의 말만 듣고 주색에 빠져 지내시니 이는 마음속에 언제 발작할지 모르는 중한 병을 앓고 계시는 것과 같사옵니다. 이야말로 큰 악창이 터지면 목숨도 따라 죽는다는 경우가 아니겠사옵니까? 그런데도 전혀 반성하지 않으시고 그저 욕망을 채우느라 법을 무너뜨리실 뿐 나라를 반석처럼 튼튼하게 만드는 방도는 전혀 생각하지 않고 계시옵니다. 선왕들께서는 근면하고 검소하게 생활하시며 천명과 백성을 경외하심으로써 비로소 사직을 태평하게 보전하고 중원의 백성과 오랑캐를 모두 순복하게 하셨사옵니다. 그러니 폐하께옵서도 마땅히 개과천선하시어 충성스럽고 현량한 신하를 가까이하시고 참언을 일삼는 간신을 멀리하시옵소서. 그렇게 하시면 사직을 보전하고 나라와 백성이 평안해질 것이옵니다. 저희는 폐하께서 혼미함에 빠지셔서 백성의 마음이 떠나 예측하지 못한 변고가 생기지 않을까 아침저녁으로 애를 태우고 있사옵니다. 사직과 종묘는 천자 개인의 것이 아니라고 하지 않사옵니까? 제가 감히 이렇게 심한 말씀을 아뢰는 것은 폐하께서 종묘와 천하를 중시하셔서 여자의 말만 믿고 충심 어린 간언을 물리치지 마시기를 바라기 때문이옵니다. 그것만이 만백성에게 큰 복을 주는 길이옵니다!"

주왕이 버럭 화를 내며 소리쳤다.

"이런 같잖은 놈 같으니! 감히 무지하게 성군을 비방하다니 이는 죽어 마땅한 죄가 아니더냐! 여봐라, 당장 저놈의 옷을 벗기고 채분에 던져 국법을 바로 세우도록 하라!"

이에 곁에 있던 관리들이 잡으려고 달려들자 교력이 호통쳤다.

"어리석은 군주가 무도하여 간언하는 신하를 죽이니 이 나라의 큰 근심이로다! 수백 년을 이어온 성탕의 왕조가 남에게 넘어가는 꼴을 나는 차마 보지 못하겠구나! 내 죽더라도 눈을 감지 못할 것이다! 하물며 간의대부諫議大夫인 나를 어떻게 채분에 넣을 수 있단 말이냐?"

그리고 주왕을 손가락질하며 꾸짖었다.

"어리석은 군주여! 이렇게 포악한 짓을 자행하면 결국 서백의 예언이 들어맞고 말 것이다!"

말을 마친 그는 적성루 아래로 풀쩍 뛰어내려 머리가 으깨져 비명에 죽고 말았으니 이를 묘사한 시가 있다.

일편단심 충정으로 나라 걱정하다가
선생은 적성루 아래로 뛰어내렸구나.

하늘이 성탕 왕조 멸망시킬 운수 미리 알았더라면
몸 버리고 피 흘리는 일 없었으련만!

> 赤膽忠心爲國憂　先生撞下摘星樓
> 早知天數成湯滅　可惜捐軀血水流

교력이 적성루에서 뛰어내려 죽는 것을 보고 주왕은 더욱 화가
치밀어 어명을 내렸다.

"궁녀들을 채분에 넣고 교력의 시신도 뱀의 먹이로 던져버려라!"

그러자 일흔두 명의 궁녀들이 일제히 아우성쳤다.

"천지신명이시여! 저희가 아무 잘못도 없이 이런 참혹한 형벌을
당하나이다! 달기, 이 천한 년! 우리가 살아서 네 살을 씹어 먹지는
못하지만 죽어서는 네 음흉한 영혼을 갈아 마시고 말겠다!"

궁녀들이 구덩이에 떨어지자 주린 뱀들이 휘감고 물어뜯으며 배
속으로 파고드니 비명이 온 궁중을 뒤흔들었다. 이를 구경하고 있
던 주왕에게 달기가 말했다.

"이런 형벌이 아니라면 어떻게 궁중의 큰 병폐를 없앨 수 있겠사
옵니까?"

주왕은 손으로 그녀의 등을 쓸었다.

"그대가 이런 신묘한 방법을 생각해냈구려. 정말 훌륭하오!"

그 말을 들은 주위의 궁녀들은 심장이 쓰리고 간담이 부서지는
듯했으니 이를 묘사한 시가 있다.

채분의 독사 사납기 그지없는데

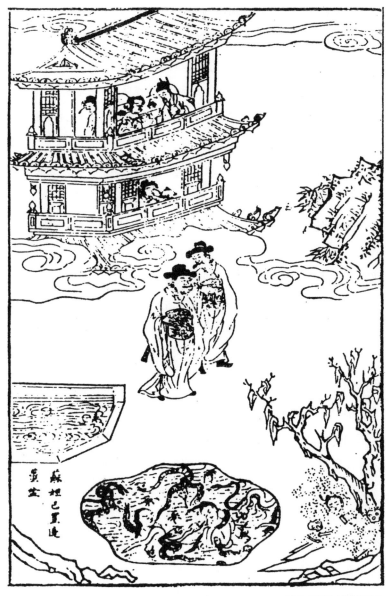

麻坦已具造
真生

달기, 채분을 만들게 하다.

재앙 만난 궁녀들이 구덩이에 빠뜨려졌구나.
보자마자 혼백은 천 리 밖으로 날아가고
처참한 죽음은 기름에 튀겨지는 것보다 더했도다!

董盆蛇蝎勢狰獰　宮女遭殃入此坑

一見魂飛千里外　可憐慘死勝油烹

어쨌든 주왕이 궁녀들을 구덩이에 밀어 넣은 것을 훌륭한 형벌이
라고 칭찬하자 달기가 다시 간언했다.

"폐하, 채분 왼쪽에는 늪을 하나 파고 오른쪽에는 연못을 하나 파
서 늪 안에 술지게미로 산을 쌓고 오른쪽 연못에는 술을 가득 채우
게 하시옵소서. 술지게미 산 위에는 나뭇가지를 가득 꽂아 얇게 썬
고기를 걸어두게 하시옵소서. 이것을 '고기의 숲[肉林]'이라고 하고
오른쪽에 술을 가득 채운 연못은 '술의 바다[酒海]'라고 하옵니다.
천자는 천하의 부귀를 모두 소유하신 몸이니 당연히 무궁하게 그것
을 누리셔야 하옵니다. 다만 이 '고기의 숲'과 '술의 바다'는 천자같
이 존엄한 분이 아니면 함부로 누릴 수 없게 하시옵소서."

"그대는 정말 특이한 것을 생각했구려. 정말 볼만하겠소! 기묘한
상상력을 가진 사람이 아니면 그런 생각을 해낼 수 없지."

주왕은 즉시 그녀가 말한 것과 같이 산과 연못을 만들도록 분부
했다. 결국 여러 날이 걸려 '술의 바다'와 '고기의 숲'이 만들어지자
주왕은 잔치를 열고 달기와 함께 감상했다. 그리고 한창 술을 마시
고 있을 때 달기가 간언했다.

"풍악도 지겹고 노래도 매일 들어서 짜증스럽사옵니다. 폐하, 궁

녀와 환관들에게 서로 치고받고 싸우게 만들어 이긴 사람한테는 연못 속의 술을 상으로 내리시고 진 사람은 쓸데없는 것들이니 어전에서 시중들게 해서 천자를 욕되게 하지 마시옵고 대신 금과로 머리를 쳐 죽여서 술지게미 안에 묻어버리시옵소서."

달기의 말이라면 무엇이든 들어주는 주왕은 즉시 어명을 내려 궁녀와 환관이 서로 싸우게 만들었다. 불쌍하게도 이 요괴가 궁중에서 무소불위의 권력을 휘두르는 바람에 궁녀와 환관들은 재앙을 당해 목숨을 잃게 되었다.

그런데 여러분, 달기는 왜 때려죽인 궁녀와 환관의 시신을 술지게미 안에 넣게 했을까요? 달기는 이삼경 무렵 깊은 밤이면 본색을 드러내 술지게미 안에 있는 시체를 먹고 요사한 기운을 보양하여 주왕을 미혹했기 때문인데 이를 묘사한 시가 있지요.

고기 걸어 숲 만들고 술로 연못 만드니
주왕의 무도함이 괴팍함의 끝을 보는 듯했지.
채분의 원기가 하늘 찌르고
포락형에 당한 원혼이 불가에 있구나.
문무백관은 사직 보좌할 마음 없어지고
군인과 백성은 궁궐 무너뜨리고 싶어졌지.
이 나라는 언제 끝나게 될까?
무오년 중순의 갑자일이지.

懸肉爲林酒作池　紂王無道類窮奇
蕫盆怨氣衝霄漢　炮烙精魂傍火炊

文武無心扶社稷　軍民有意破宮禍

將來國土何時盡　戊午旬中甲子期

그러니까 주왕은 달기의 말에 따라 주지육림酒池肉林을 만들어 전혀 거리낌 없이 행동하면서 조정의 기강이 엉망이 되더라도 제멋대로 황음무도한 짓을 일삼았다.

하루는 달기가 옥비파 정령의 원한을 떠올리고는 강상을 해치려고 음모를 꾸며 그림을 한 장 그렸다. 그날 적성루에서 주왕이 잔치를 벌이고 술이 얼큰하게 오르자 달기가 간언했다.

"제게 그림이 하나 있사온데 폐하께 보여드리고 싶사옵니다."

"어디 봅시다."

달기는 궁녀에게 그림을 걸게 했다. 주왕이 보니 그것은 새도 들짐승도 산수화도 인물화도 아니었다. 거기에는 높이가 네 길 아홉 자나 되는 높고 화려한 누각이 있었는데 난간은 마노瑪瑙를 깎아 만들고 기둥과 들보에는 귀한 옥이 장식되어 있어서 밤중에 상서로운 빛을 환히 비추며 이름이 '녹대鹿臺'라고 했다. 잠시 후 달기가 간언했다.

"폐하, 천하의 부를 다 가진 지고하신 천자께서 이 누대를 짓지 않으시면 웅장함을 과시하기에 부족하옵니다. 이 누대는 그야말로 요지의 옥궐玉闕이요 봉래산의 신선 누각과 같아서 폐하께서 아침저녁으로 연회를 벌이시면 선녀와 신선이 저절로 내려올 것이옵니다. 그렇게 진짜 신선들과 교유하시면 수명을 늘려 무궁한 복을 누릴 수 있사오니 저와 함께 그 복을 차지하여 인간 세계의 모든 부귀

66

를 영원토록 누리시옵소서.”

“아주 엄청난 공사가 될 터인데 누구에게 감독을 맡겨야겠소?”

“재능이 뛰어나고 음양에 대해 잘 알며 오행의 상생상극을 환히 꿰뚫는 사람이 필요하옵니다. 제 생각에는 하대부 강상이 유일한 적임자인 듯하옵니다.”

주왕은 즉시 강상을 불러오라고 어명을 내렸다. 사신이 강상을 부르러 비간의 저택으로 가자 비간이 황망히 어명을 받을 준비를 했다. 사신이 말했다.

“하대부 강상을 데려오라는 어명입니다.”

강상은 어명을 받고 나서 성은에 감사하며 사신에게 말했다.

“대인, 먼저 오문으로 가십시오. 저도 바로 따라가겠습니다.”

사신이 떠나자 강상은 은밀히 점을 쳐보고 일찌감치 액운을 알아내고는 비간에게 말했다.

“승상, 저를 발탁해주시고 늘 많은 가르침을 주셔서 감사합니다. 하지만 뜻밖에 오늘 이렇게 이별하게 되었으니 이 은덕을 언제나 갚을 수 있을지 모르겠습니다.”

“아니, 왜 그런 말씀을 하시오?”

“제가 점을 쳐보니 오늘은 이로움은 없고 불길하고 해로운 운수만 있었습니다.”

“선생은 간언하는 관리도 아니고 게다가 벼슬을 받은 지 얼마 되지 않아 폐하를 알현하게 되었으니 앞길이 순조로울 징조가 아니겠소? 이게 무슨 해로운 일이라는 말씀이오?”

“제가 서신을 하나 써서 서재의 벼루로 눌러두었으니 혹시 큰 재난이 닥쳐 해결할 길이 보이지 않으시거든 그것을 보시기 바랍니다. 승상의 한없는 은혜에 만분의 일이라도 보답하고자 위험에서 벗어날 길을 적어두었습니다. 그나저나 이제 작별하면 언제 또 뵐 수 있을지 모르겠습니다."

강상이 작별 인사를 하자 비간은 너무나 안타까워했다.

"선생, 정말 무슨 재난을 당하시게 되면 제가 폐하께 간언하여 아무 염려가 없도록 해드리겠소이다."

"운명이 이러하니 괜한 수고를 하실 필요 없습니다. 오히려 승상께서 거기에 연루될 수도 있을 테니까요."

강상은 비간의 전송을 받으며 곧 말에 올라 오문으로 갔다. 그리고 적성루 아래로 가서 하명을 기다렸다. 시종의 보고를 받은 주왕은 강상을 적성루 위로 불러놓고 말했다.

"그대는 녹대의 공사를 감독하라. 무사히 완공하면 벼슬과 봉록을 더해주겠노라. 짐은 절대 허언을 하지 않노라. 녹대의 모습은 이 그림과 같게 하라."

강상이 보니 그것은 높이 네 길 아홉 자에 화려한 지붕이 얹혀 있고 마노를 깎아 난간을 만들고 기둥과 들보에 보배로운 옥을 장식한 것이었다.

'조가는 내가 오래 머물 곳이 아니구나. 이 어리석은 군주에게 말로 일깨워주려 하면 틀림없이 듣지 않고 화만 낼 테지. 차라리 이것을 핑계로 여기를 빠져나가 은거해버리면 되지 않겠는가?'

강상의 운명이 어찌 되는지는 다음 회를 보시라.

제*18*회

강상, 군주에게 간언하고 반계에 은거하다
子牙諫主隱磻溪

위수 강물은 밤낮으로 졸졸 흐르는데
강상은 여기서 홀로 낚시질했지.
당시는 아직 나는 곰으로 꿈에 들어가지 않았으니
저무는 석양 보며 늙어감을 한탄한 것이 몇 번이던가?

渭水潺湲日夜流　子牙從此獨垂鉤

當時未入飛熊夢　幾向斜陽嘆白頭

그러니까 강상이 녹대의 그림을 보고 나서 주왕이 말했다.
"이 누대를 지으려면 공사 기간이 얼마나 걸릴 것 같은가?"
"이 누대는 높이가 네 길 아홉 자에 화려한 지붕과 난간을 만들어야 하기 때문에 공사 규모가 엄청나게 크옵니다. 적어도 삼십오 년은 걸려야 완공할 수 있을 것이옵니다."

이에 주왕이 달기에게 말했다.

"황후, 강상의 말로는 공사 기간이 삼십오 년은 걸릴 것이라고 하는데 짐이 생각하기에 세월은 너무 빨리 지나가니 젊을 때 즐겨야 하지 않을까 하오. 이렇게 인생이 짧으니 우리가 살면 얼마나 오래 살겠소? 이 누대를 짓는 것은 사실상 아무런 도움도 되지 않을 것 같소."

"강상은 속세를 벗어난 술사이니 걸핏하면 거짓말을 늘어놓지 않겠사옵니까? 그까짓 누대 하나 짓는 데 어떻게 삼십오 년이나 걸리겠사옵니까? 함부로 군주의 말을 거역하고 기만했으니 그 죄는 마땅히 포락형에 처해야 하옵니다."

"지당한 말씀이오! 여봐라, 강상을 끌고 가서 포락형에 처하라!"

그러자 강상이 말했다.

"폐하, 녹대를 짓는 일은 백성을 고생시키고 재물을 허비하는 일이오니 생각을 돌리시옵소서. 이것은 절대 해서는 안 될 일이옵니다. 지금 사방에 전쟁이 일어나고 홍수와 가뭄이 빈번하여 관청의 창고가 텅텅 비어 백성의 삶이 나날이 어려워지고 있사옵니다. 그런데 폐하께서는 나랏일에 관심을 기울이시어 백성과 더불어 평화로운 복을 누리지는 않으시고 매일 주색에 빠져 현명한 신하를 멀리하고 간신을 가까이하시면서 정치를 어지럽히며 충신을 죽이고 계시옵니다. 이에 백성이 원망하고 하늘이 근심하여 여러 차례 경계의 징조를 보였음에도 폐하께서는 전혀 반성하지 않으셨사옵니다. 그리고 지금은 또 요사한 계집의 말을 믿고 함부로 토목공사를 일으켜 만백성을 해치려 하고 계시니 폐하의 말년이 어찌 될지 저는 모르겠사옵니다! 폐하께서 저를 알아봐주신 은덕을 입었으니 어쩔 수 없이 충심을 다해 불경을 무릅쓰고 직간하는 바이옵니다. 제 간언을 듣지 않으신다면 지난날 경궁瓊宮을 지으려 하셨을 때의 폐단이 재현될 뿐이옵니다. 그렇게 되면 가련하게도 이 사직과 백성은 머지않아 남의 손에 들어갈 터인데 제가 어찌 차마 그것을 좌시하며 간언을 올리지 않을 수 있겠사옵니까?"

"뭐라고? 이런 가소로운 놈! 어찌 감히 천자를 비방한단 말이냐? 여봐라, 당장 이놈을 끌어내 해시형에 처하여 국법을 바로 세워라!"

이에 관리들이 달려들자 강상이 재빨리 몸을 빼서 적성루 아래로 나는 듯이 내달렸다. 그 모습을 보고 주왕은 화가 나기도 하고 우습기도 했다.

"황후, 저 늙은이 좀 보시구려. '끌어내라'라는 말을 듣기가 무섭게 예절이고 법도고 다 팽개치고 허둥지둥 내빼는구려. 그게 될 일이라고 생각한 모양이지? 여봐라, 당장 잡아 와라!"

이에 관리들은 용덕전과 아홉 칸 대전을 지나 강상을 쫓아갔다. 구룡교에 이르렀을 때 뒤쫓아 오는 관리를 발견한 강상이 말했다.

"여러분, 쫓아오실 필요 없소! 어차피 한 번 죽는 거 아니겠소?"

그러면서 그는 구룡교 난간을 짚고 아래로 풀쩍 뛰어내려버렸다. 관리들이 황급히 구룡교로 올라가보니 물방울 하나도 튀어 있지 않았는데 강상이 물의 장막을 이용해 도망쳐버린 것을 알 리 없는 그들은 어쩔 수 없이 적성루로 돌아가 그대로 보고했다. 그러자 주왕이 입맛을 다셨다.

"잘됐구나, 그놈의 늙은이!"

한편 강상이 다리 아래로 뛰어내리자 대전을 관리하는 네 명의 관리가 난간에 기대어 물을 바라보며 탄식을 금치 못했다. 그때 상대부 양임이 오문으로 들어오다가 그들을 발견하고 물었다.

"거기서 뭘 구경하는 것인가?"

"나리, 하대부 강상이 물에 뛰어들어 죽었습니다."

"아니, 무슨 일이 있었는가?"

"모르겠습니다."

이에 양임은 문서방으로 가서 상소문을 살폈다.

한편 주왕은 달기와 녹대의 건축에 대해 상의하고 있었다.

"이 공사를 누구에게 감독하게 하는 것이 좋겠소?"

"역시 숭후호밖에 없는 듯하옵니다."

이에 주왕은 즉시 숭후호를 불러들이라고 분부했다. 사신이 어명을 받들고 대전을 나와 문서방으로 찾아가자 양임이 물었다.

"하대부 강상이 무슨 일로 폐하의 심기를 거슬러 스스로 물에 뛰어들어 죽어버렸는가?"

"폐하께서 그 사람에게 녹대를 건축하라고 분부하셨는데 그 사람이 폐하의 뜻에 거스르는 간언을 했습니다. 그래서 폐하께서 잡아들이라고 어명을 내리시자 여기까지 도망쳐 물에 뛰어들어버렸습니다. 이제 그 공사는 숭후호가 감독하게 하셨습니다."

"녹대라는 것이 무엇인가?"

"소 황후께서 그려 바치신 누대인데 높이가 네 길 아홉 자이고 그 위에 화려한 건물을 얹어 난간은 마노를 깎아 만들고 기둥과 들보에는 보배로운 옥으로 장식한다고 합니다. 이제 그것을 숭후호가 감독하여 짓게 하셨지요. 제가 보기에 폐하께서 하시는 일은 모두 걸왕의 행태와 다를 바 없는지라 사직이 폐허가 되는 꼴을 차마 볼 수 없어 이렇게 나리를 찾아온 것입니다. 부디 폐하께 충심으로 간언하여 이 토목공사를 중지하게 해주십시오. 그래야 만백성이 흙을 져 나르느라 고생하고 상인이 재물을 갈취당하는 재앙을 막을 수 있지 않겠습니까? 이는 천하 백성을 아끼는 마음을 구현하는 일이니 나리의 성명도 대대로 남을 것입니다."

"일단 이 조서는 내리지 말고 기다리게. 내가 폐하를 알현한 뒤에 다시 처리하도록 하세."

양임은 곧 적성루 아래로 가서 하명을 기다렸다. 그러자 주왕이 그를 누대 위로 불렀다.

"무슨 간언하실 일이 있소이까?"

"제가 듣기로 천하를 다스리는 도리는 군주가 현명하고 신하가 올바르며 간언을 잘 들어주는 데 있다고 하였사옵니다. 그러므로 군주를 보좌하고 태자를 가르치는 사보師保를 두고 충성스럽고 현량한 신하를 가까이하며 간신을 멀리해야 하옵니다. 아울러 외국과 화친하고 민심을 따르면서 공이 있는 이에게 상을 주고 죄를 저지른 자에게 벌을 주는 것이 모두 타당하게 시행되면 천하가 순순히 따르고 사방팔방에서 군주의 덕을 우러르게 되옵니다. 그런데 지금 폐하께서는 후비의 말만 믿으시고 충신의 말은 듣지 않은 채 녹대를 지으려고 하시며 오로지 잔치와 가무를 즐기면서 개인적인 쾌락만을 추구하시어 만백성이 근심하게 만들고 계시옵니다. 저는 폐하께서 이 향락을 계속 즐기실 수 없게 만드는 내부의 우환이 염려스럽사옵니다! 그러니 속히 바로잡지 않으시면 그 우환을 고칠 수 없을 것이옵니다. 폐하께서는 지금 밖으로 세 가지 해독과 안으로 한 가지 해독을 지니고 계시옵니다. 먼저 세 가지 외환에 대해 말씀드리겠사옵니다. 첫째, 동백후 강문환이 백만 명의 정예병을 이끌고 아비의 복수를 하려고 해서 유혼관의 군사들이 편안할 날이 없고 삼 년 동안 고전하면서 여러 차례 전투에서 좌절해 군사들의 식량과 마초가 바닥을 보이는 점이옵니다. 둘째, 남백후 악순이 폐하께서 무고한 자기 아비를 살해했다고 여기고 밤낮으로 군사를 일으켜 삼산관을 공략하고 있사옵니다. 등구공鄧九公 또한 여러 해 동안 악전고투하는 바람에 창고가 비고 군사와 백성들이 실망하고 있다는 사실이옵니다. 셋째, 태사께서 북해에 원정을 나가셔서 십 년이 넘도록 강적들과 싸우면서 아직도 귀국하지 못하고 계십니다. 승부가 나지 않으니 길흉을 알 수 없는 상황이 아니옵니까? 그런데 폐하께서는 어찌하여 굳이 참언만 믿으시고 올곧은 선비를 죽이시는 것이옵니까! 구미호 같은 여자만 총애하고 참언을 해도 그 죄를 묻지 않으시니 날마다 소인배들이 폐하 앞에 가득하고 어진 군자들은 벼슬을 버리고 은거하고 있사옵니다. 내궁에는 안팎의 구별이 없어지고 환관이 내궁을 어지럽히고 있사옵니다. 이 세 가지 해독이 천하를 폐허로 만드니 사방에서 반란이 일어나고 있사옵니다. 폐하께서 직간하는 관리를 용납하지 않으시고 충성스럽고 올곧은 선비를 내치시다가 이제 또 아무 이유 없이 거대한 토목공사를 일으키려고 하시옵니다. 이렇게 되면 사직이 평안할 수 없을 뿐만 아니라 종묘도 위태로워지지 않겠사옵니까? 저는 조가의 백성이 이런 도탄에 빠지는 것을 차마 두고 볼 수 없사오니 부디 녹대의 건축을 중지하시어 백성이 즐겁게 생업에 임하도록 하시고 만일의 사태를 방비하셔야 하옵니다. 그렇지 않으면 민심이 떠나 만백성이 반란을 일으킬 것이옵니다. '백성이 소란을 일으키면 나라가 망하고 나라가 망하면 군주도 망한다'라고 하지 않았사옵니까? 육백 년 동안 평정했던 천하를 하루아침에 남에게 빼앗기지 않을까 두렵사옵니다!"

"뭣이? 가소로운 놈! 서생 주제에 어찌 감히 무지하게 군주의 심기를 거스르는 직언을 해대는 것이냐? 여봐라, 이놈의 두 눈을 도려내라! 지난날의 공을 참작해 이번만은 죽이지 않겠노라!"

"제 눈을 도려내는 것이야 두렵지 않사오나 천하의 제후들이 제가 그런 형벌을 받는 것을 차마 두고 보지 않을까 염려스럽사옵니다!"

관리들은 즉시 양임을 적성루 아래로 끌고 내려가 두 눈을 도려내어 주왕에게 바쳤다. 그런 상황에서도 양임의 충성심은 사라지지 않았는데 그때 한 줄기 원망의 기운이 청봉산靑峰山 자양동紫陽洞의 청허도덕진군淸虛道德眞君의 면전으로 날아갔다. 진군은 진즉에 자초지종을 알고 황건역사에게 지시했다.

"가서 양임을 구해 이곳으로 데려와라."

황건역사는 즉시 적성루로 가서 세 가닥 맑은 바람을 일으켜 기이한 향기를 가득 퍼뜨렸다. 이에 적성루 아래에서는 흙먼지와 모래가 날리며 '휭!' 하는 소리와 함께 양임의 육신이 사라져버렸고 주왕은 황급히 누각 안으로 들어가 흙먼지를 피했다. 잠시 후 바람이 스러지자 양쪽의 시종이 아뢰었다.

"양임의 몸뚱이가 바람에 날려 사라져버렸사옵니다!"

"허! 마치 저번에 태자를 처형하려 했을 때와 비슷한 상황이로구나. 이런 일이야 늘 일어나는 것이니 이상하게 생각할 필요 없다."

그리고 주왕은 다시 달기에게 말했다.

"녹대를 건축하는 일은 이미 숭후호에게 맡겨놓았소. 양임은 간언하다가 화를 자초했을 뿐이오. 여봐라, 속히 숭후호를 불러와라!"

이에 시종이 어명을 시행하도록 재촉하러 대전으로 나갔다.

한편 황건역사는 양임의 육신을 자양동으로 옮겨놓고 청허도덕진군에게 보고했다. 그러자 진군이 동부에서 나와 백운동자에게 호리병에 담긴 신선의 단약 두 알을 가져와 눈동자가 사라진 양임의 두 눈에 넣게 했다. 그리고 그는 양임의 얼굴에 선천진기先天眞氣를 불면서 소리쳤다.

"양임, 당장 일어나라!"

그야말로 오묘한 신선의 술법으로 인해 다시 살아난 양임은 두 눈에서 두 개의 손이 생겨나더니 두 손바닥 안에 하나씩 눈동자가 생겼다. 그 눈은 위로 하늘나라를 보고 아래로 땅 속을 보며 중간으로는 인간 세상의 모든 일을 알아볼 수 있었다. 얼마 후에 자신의 눈이 기형으로 변한 것을 알게 된 양임은 동부 앞에 웬 도사가 서 있는 것을 발견했다.

"도사님, 혹시 여기가 저승입니까?"

"아닐세, 여기는 바로 청봉산 자양동이고 나는 연기사煉炁士인 청허도덕진군일세. 자네가 일편단심 충정으로 주왕에게 직간하여 만백성을 구제하려다가 눈이 도려내지는 재앙을 당하는 것을 보고 내가 이곳으로 구해 온 걸세. 훗날 주나라 왕을 보좌하여 올바른 도를 이루도록 해주게.”

이에 양임이 큰절을 올리며 말했다.

“저를 구해주시고 다시 살려 인간 세상을 볼 수 있게 해주셔서. 감사합니다. 이 은덕을 어찌 잊겠습니까! 부디 저를 제자로 받아들여 주십시오!”

이때부터 그는 청봉산에 머물며 훗날 하산하여 온황진瘟瘟陣을 깨뜨리고 강상을 도와 공을 세우기만을 기다렸으니 이를 묘사한 시가 있다.

대부는 직간하다가 잔혹한 형벌 받아
눈이 도려내지니 그 소리 가슴 아파 차마 들을 수 없구나.
도덕진군이 오묘한 술법 펼치지 않았더라면
어찌 두 눈으로 하늘나라를 볼 수 있었겠는가?

大夫直諫犯非刑　剜目傷心不忍聽
不是眞君施妙術　焉能兩眼察天庭

한편 주왕은 숭후호를 불러 녹대의 건축을 감독하도록 분부했다. 이 공사는 대단히 방대해서 한없이 많은 경비가 들고 수없이 많은 인부를 줄줄이 동원하여 목재와 흙, 벽돌을 나르게 하며 말할 수 없는 고초를 겪게 했다. 각 지역의 군인과 백성은 셋에 둘이 징발되었고 집안에 남자가 하나밖에 없는 경우에도 노역에 동원되었다. 돈이 많은 이들은 뇌물을 주고 집에서 한가로이 지냈지만 가난한 이들은 고된 노역으로 수없이 죽어갔다. 이에 만백성이 두려움에 떨며 밤낮으로 평안할 때가 없어 남녀노소가 마음을 졸였고 군인들은 탄식을 그칠 날이 없었다. 때문에 집집마다 문을 닫아걸고 사방으로 도망쳐버렸다.

숭후호는 권세를 믿고 백성을 학대하여 불쌍하게 죽은 남녀노소가 이루 헤아릴 수 없었다. 그들의 시신은 모두 녹대 안에 채워졌고 그러니 조가에서도 재난을 피해 도망친 이들이 부지기수였다.

한편 강상은 물의 장막을 이용해 송이인의 집으로 갔다. 잠시 후아내 마씨가 그를 맞이했다.

"대부께서 어인 일로 집에 오셨습니까? 이야말로 경사로군요!"

"이제 벼슬은 그만두었소."

"아니, 무슨 일이 있었어요?"

"천자가 달기의 말만 믿고 녹대를 지으면서 나더러 공사를 감독하라고 하지 않겠소? 하지만 나는 만백성이 재난을 당하는 것을 차마 지켜볼 수 없어서 상소를 올렸는데 천자가 듣지 않고 오히려 진노하여 관직을 박탈하고 고향으로 돌려보냈소. 여보, 아무래도 주왕은 내 군주로서 자격이 없는 것 같으니 함께 서기로 가서 때를 기다립시다. 내 운이 돌아오면 높은 관직에 올라 일인지하만인지상一人之下萬人之上의 몸으로 조정의 정치를 담당하여 가슴에 품은 학문을 마음껏 발휘할 수 있을 것이오."

"당신은 명문 집안 출신도 아니고 기껏해야 재야의 술사에 지나지 않는데 천행으로 하대부가 되었으면 천자의 은덕에 감지덕지해야 하지 않나요? 누대를 짓는 일의 감독을 맡았으면 들어오는 돈도 많을 텐데 이것저것 따지지 말고 되는 대로 챙겨 왔으면 됐을 거 아니에요? 대체 당신이 얼마나 높은 벼슬아치라고 간언씩이나 하고 그랬어요? 아무래도 당신은 술사 노릇이나 할 팔자인가 보군요!"

"걱정 마시오, 이런 정도의 벼슬로는 내가 가진 재능과 학식을 다 발휘하지 못하니 내 평생의 뜻을 이루기 어렵소. 어서 행장을 꾸려 서기로 갑시다. 얼마 후면 공경公卿의 반열에 올라 당신도 일품부인一品夫人으로 패옥을 차고 진주로 장식한 모자를 쓰는 영예를 누릴 거요. 그러면 나도 벼슬살이한 보람이 있지 않겠소?"

"흥, 이미 늦었네요! 가진 벼슬도 누릴 복이 없으면서 빈손으로 다른 곳에 벼슬을 찾으러 간다고요? 그건 아무리 고심해도 몸을 맡길 곳이 없는 꼴이지 뭐예요? 가까운 곳의 벼슬을 버리고 멀리서 찾는 멍청한 짓을 하면서 일품의 벼슬을 바라다니! 천자께서 당신에게 공사 감독을 맡기신 것은 분명 배려해주신 건데 무슨 청렴한 관리나 된다고 그걸 뿌리쳐요? 지금은 지위 고하를 막론하고 벼슬아치들은 모두 시세를 따를 뿐이라고요!"

"당신은 여자라서 멀리 볼 줄을 모르오. 하늘의 운수는 이미 정해져 그저 빠르고 늦은 차이만 있을 뿐이니 각자에게는 자신의 운수가 있는 법이오. 나와 함께 서기로 가면 저절로 좋은 일이 생길 테니 때가 되면 당연히 넘치고도 남을 부귀를 누릴 수 있을 거요."

"부부로서 우리의 인연은 여기까지인가 보군요. 저는 조가에서 영원히 살지 절대 타향으로 가지 않을 거예요! 이제부터 저는 제 일을 할 테니 더 이상 다른 말은 하지 마셔요!"

"여보, 그게 무슨 말이오? 여자는 결혼하면 잘났든 못났든 남편을 따라야지 어떻게 헤어질 수 있다는 것이오?"

"저는 원래 조가 사람인데 고향을 등지라는 건가요? 이혼장을 써주고 각자 살 길을 찾아 떠나도록 해요. 저는 절대 안 가요!"

"그러지 말고 나와 함께 갑시다. 나중에 무한한 부귀를 누리는 영예로운 몸이 되게 해주겠소."

"제 운명은 그저 이런 정도라서 큰 복을 누릴 팔자는 아니네요. 당신 혼자 가서 일품 벼슬아치로 호사를 누리세요. 저는 그냥 여기서 궁하게 살겠어요. 그리고 출세하면 당신도 복 많은 부인을 다시 얻으면 될 거 아니에요!"

"후회할 짓은 하지 마시오!"

"이게 내 팔자니까 절대 후회하지 않을 거예요!"

이에 강상은 고개를 끄덕이며 탄식했다.

"당신, 나를 너무 우습게 보는구려! 나에게 시집왔으면 나를 따라가야 하는 게 아니오? 내 기어이 당신을 함께 데려가겠소!"

"좋게 말할 때 이혼장을 써요! 안 그러면 내 친정에 말씀드려서 당신을 데리고 조가로 들어가 천자를 뵙고 시시비비를 따질 테니까요!"

그렇게 부부가 다투고 있을 때 송이인이 아내 손씨와 함께 와서 강상을 설득했다.

"아우, 이 혼사는 내가 주관했네. 제수씨가 자네와 함께 가지 않겠다니 그냥 이혼장을 써주시게. 자네는 출중한 인재이니 어찌 훌륭한 배필이 없겠는가? 무엇하러 굳이 저 사람에게 연연하느냐 이 말일세. '마음이 떠난 사람은 붙잡아두기 어렵다'라는 속담도 있지 않은가? 억지로 강요하면 결과가 좋지 않은 법이라네."

"형님 그리고 형수님, 저 사람이 저에게 와서 여태 제대로 호강을 누려보지 못했으니 차마 보내기가 안타깝습니다. 그런데도 저 사람은 굳이 저를 떠나려 하는군요. 형님께서 그렇게 말씀하시니 이혼장을 써주겠습니다."

강상은 이혼장을 써서 손에 들고 말했다.

"여보, 여기 이혼장을 쓰기는 했지만 아무래도 부부는 함께 있는 게 좋지 않겠소? 이것을 받으면 우리 사이는 끝이오."

하지만 마씨는 한 점의 미련도 없이 손을 내밀어 이혼장을 받았다. 그러자 강상이 탄식했다.

청죽사의 독니
나나니벌의 꼬리 침
둘은 그래도 괜찮지만
제일 지독한 것은 아낙의 마음이로구나!

青竹蛇兒口　黃蜂尾上針

雨般由是可　最毒婦人心

마씨는 그대로 짐을 챙겨 친정으로 돌아가 개가해버렸다.

한편 강상은 짐을 꾸리고 송이인과 손씨에게 작별 인사를 했다.

"두 분께서 저를 지금껏 보살펴주시고 이끌어주셨는데 뜻밖에도 오늘 이렇게 작별하게 되었습니다."

그러자 송이인이 술상을 차려 전별 잔치를 열어주고 제법 먼 곳까지 전송해주었다.

"아우, 어디로 갈 생각인가?"

"서기로 가서 몇 가지 일을 해볼 생각입니다."

"뜻을 이루거든 소식이라도 전해주게. 그래야 나도 안심하지 않겠는가?"

그리고 두 사람은 눈물을 흘리며 작별했다.

송이인이 먼 길 떠나는 강상 전송하니
헤어지는 두 사람 마음도 쓸쓸하구나.
진한 우정으로 은혜와 의리 깊었으니
머리 긁적이며 몇 번이나 떠나기를 망설였던가?

異人送別在長途　兩下分離心思孤

只爲金蘭恩義重　幾回搔首意踟躕

강상은 송이인의 집을 떠나 맹진으로 가서 황하를 건너 곧장 민지현을 거쳐 임동관臨潼關으로 갔다. 그때 조가를 벗어나 도망치는 칠팔백 명의 백성들이 보였는데 부자가 손을 잡고 통곡하고 형제가 마주 보며 슬퍼하고 부부가 눈물을 흘리며 분주히 길을 가고 있었다. 강상이 그들을 보고 물었다.

"여러분, 조가에 살던 분들이시오?"

그러자 사람들 가운데 그를 알아본 이가 있어 애절하게 호소했다.

"나리, 저희는 조가에 살던 백성들입니다. 주왕이 녹대를 짓는다며 숭후호에게 감독을 맡겼는데 그 죽일 놈의 간신이 백성들을 마구 징발하면서 돈 있는 것들은 뇌물을 바치고 편히 지내는데 가난한 이들은 인부로 끌려가 수만 명이 죽었습니다. 그렇게 죽은 이들은 모조리 녹대 아래에 묻어버리고 밤낮으로 쉴 틈도 없이 일을 시켰습니다. 저희는 그 고생을 견디지 못하여 결국 이렇게 도망치게 되었는데 뜻밖에 사령관 나리께서 저희를 내보내주지 않고 있습니다. 이대로 잡혀가면 비명에 죽을 수밖에 없으니 슬피 통곡하는 것입니다!"

"내가 사령관에게 인정을 베풀어 여러분을 내보내드리라고 이야기하겠소이다."

"정말 감사합니다! 나리께서 하늘같은 은혜를 베푸시어 죽은 몸이나 다름없는 저희를 다시 살려주시는군요!"

강상은 사람들에게 자신의 행낭을 맡기고 혼자 사령관의 거처로 찾아갔다. 그러자 하인이 물었다.

"어디서 오신 분이시오?"

"조가의 하대부 강상이 인사드리러 왔다고 전해주시오."

하인의 보고를 들은 장봉張鳳은 의아한 생각이 들었다.

'하대부 강상이 왔다고? 그 사람은 문관이라 천자와 가깝고 나는 무관이라 이런 변방에 살고 있으니 아무래도 내가 신세 질 일이 많겠지?'

이에 그가 수하에게 분부했다.

"안으로 모셔라!"

강상은 조회복이 아닌 도사의 복장을 하고 안으로 들어가 장봉을 만났다. 서로 인사를 나누고 자리에 앉자 장봉이 물었다.

"그대는 누구시오?"

"하대부 강상이라고 합니다."

"그런데 왜 도사의 복장을 하고 오셨습니까?"

"다름이 아니라 백성들이 고초를 겪고 있기 때문입니다. 천자가 어리석어서 달기의 말만 믿고 엄청난 토목공사를 일으켜 녹대를 지으면서 그것을 숭후호에게 감독하라고 했지요. 그런데 뜻밖에 그자가 백성을 학대하며 뇌물을 갈취하고 있소이다! 게다가 사방에서 전쟁이 끊이지 않고 하늘도 경계하려고 홍수와 가뭄이 빈번하게 일어나니 수많은 백성들이 노역으로 고생하다가 죽어 녹대 아래에 묻히고 있는 실정이외다. 천자는 황음무도하여 간신에게 미혹당하고 여우같은 계집은 교묘하게 천자의 지혜를 가리고 있소. 나더러 녹대의 건축을 감독하라고 했는데 내 어찌 나라를 망치고 백성에게 해를 끼칠 수 있겠소이까? 그래서 직간했더니 천자가 듣지 않고 오히려 나를 처벌하려고 하더이다. 물론 나도 벼슬살이한 은덕에 죽음으로 보답해야 마땅하겠지만 내 운수가 아직 다하지 않아서 사면받아 고향으로 돌아갈 수 있었소. 이렇게 해서 귀하의 영지를 지나게 되었는데 조금 전에 우연히 남녀노소가 서로 붙들고 너무나 애달프게 통곡하는 모습을 보았소이다. 만약 저들이 조가로 잡혀가게 되면 포락형을 받거나 채분에 던져져 독사의 먹이가 되는 극악한 형벌을 받아 육신이 가루가 되고 혼백은 스러져버릴 게 아니겠소이까? 무고한 백성이 그렇게 죽는다면 얼마나 억울하겠소이까! 그 모습을 보니 너무나 불쌍해서 이렇게 부끄러움을 무릅쓰고 사령관을 찾아왔소이다. 제발 저 백성들을 관문 밖으로 내보내주시구려. 저들에게 죽음에서 벗어나 살 길을 열어준다면 장군께서도 생명을 아끼는 하늘의 덕을 실현하여 하해와 같은 은혜를 베푼 셈이 되지 않겠소이까?"

그 말을 들은 장봉은 버럭 화를 냈다.

"재야의 술사가 하루아침에 부귀영화를 누리게 되었다면 당연히 군주의 은혜에 보답할 생각을 해야 하거늘 오히려 교묘한 언변으로 나를 미혹하려 하는구나! 게다가 도주한 백성은 불충한 자들인데 네 말대로 하면 나는 불의한 일을 저지르는 꼴이 되지 않겠느냐? 나는 천자의 명을 받아 관문을 지키고 있으니 신하로서 도리를 다할 수밖에 없다. 도망친 백성들은 국법을 어겼으므로 당연히 붙잡아 조가로 압송해야 하지만 이 관문 밖으로 내보내지 않으면 저들이 스스로 고향으로 돌아갈 수밖에 없으니 그것만으로도 나는 이미한 가닥 살 길을 열어준 셈이다. 국법으로 따지자면 너도 조가로 압송해야 마땅하지만 오늘 처음 만난 사이라는 점을 감안해서 그렇게까지는 하지 않겠다! 여봐라, 이자를 밖으로 끌어내라!"

그러자 부하들이 달려들어 강상을 밖으로 끌어냈다. 잠시 후 백성들이 강상에게 달려가서 물었다.

"나리, 저희를 내보내준다고 하던가요?"

"내가 이야기를 잘못 했는지 나까지 잡아서 조가로 압송하겠다고 하더구먼."

子牙出閒隱
磻溪

강상, 궁을 나와 반계에 은거하다.

그 말을 들은 백성들은 일제히 비명을 질렀다. 칠팔백 명의 백성들이 통곡해대니 그 소리가 온 들판을 울렸고 강상은 그 모습을 차마 눈 뜨고 보기 어려웠다.

"다들 울지 마시오, 내가 여러분을 관문 밖으로 내보내주겠소이다."

사람들은 그저 그가 위로하는 말인 줄로만 알았다.

"나리도 나가지 못하시면서 어떻게 저희를 구해주시겠다는 말씀입니까?"

하지만 그중에 강상이 예사로운 인물이 아님을 알고 있던 이들은 간절하게 애원했다.

"나리, 그렇게만 해주신다면 저희를 다시 살려주는 은혜를 베푸시는 것이나 마찬가지입니다!"

"관문을 나가고 싶은 분들은 해질 무렵에 내가 시키는 대로 하시오. 눈을 감으라고 하면 바로 감고 바람 소리가 들리더라도 눈을 뜨면 안 되오. 눈을 뜨면 넘어져 머리가 깨질 수도 있으니 그렇게 되더라도 나를 원망하지 마시오. 아시겠소?"

"예, 알겠습니다!"

이윽고 해질 무렵이 되자 강상은 곤륜산을 향해 절하고 중얼중얼 주문을 외어 흙의 장막을 이용해 백성들을 구했다. 사람들은 그저 바람 소리만 들었을 뿐인데 어느새 사백 리 밖으로 나가 임동관과 천운관穿雲關, 계패관界牌關, 사수관汜水關을 모두 지나 있었다. 그리고 금계령金雞嶺에 이르러 강상은 흙의 장막을 거두고 백성들을 땅에 내려놓았다.

"여러분, 이제 눈을 뜨시오!"

사람들이 눈을 뜨자 강상이 말했다.

"여기는 사수관 바깥의 금계령이라는 곳이니 바로 서기西岐 땅에 속하는 곳이오. 여러분이 가고 싶은 곳으로 잘 가시오."

이에 백성들은 큰절을 올리며 감사했다.

"나리, 하늘같은 은혜를 베푸시어 저희를 구해주셨는데 이 은덕을 어찌 갚을까요?"

그렇게 사람들이 떠나자 강상은 반계磻溪로 들어가서 은거했다.

조가를 버리고 멀리 도시를 떠나

술법 써서 흙의 장막으로 백성을 구했지.

위수 강가에서 낚시 드리우고

오로지 풍운 시절의 인연 기다렸지.

재앙당한 무길武吉을 인도하고

나는 곰의 어진 징조로 군주는 현인을 찾았지.

여든 살에야 밝고 성스러운 주군 만나

비로소 팔백 년 역사의 주나라 왕조 세웠지.

> 棄却朝歌遠市塵　法施土遁救民生
> 閒居渭水垂竿待　只等風雲際會緣
> 武吉災殃爲引道　飛熊仁兆主求賢
> 八十才逢明聖主　方立周期八百年

그러니까 날이 새고 백성들이 살펴보니 과연 자신들은 서쪽 기주의 금계령에 와 있었는데 그곳을 지나자 바로 수양산首陽山이었다. 그들은 계속해서 연산과 백류촌白柳村을 지나 기산으로 갔다. 그렇게 칠십 리를 가서 기주 땅에 도착하자 그들은 성으로 들어가 풍경을 살폈다. 그곳은 백성의 삶이 풍요롭고 길을 가는 사람이 서로 양보하며 노인이나 젊은이 모두 서로를 무시하지 않고 저자에서도 겸손하고 화목했으니 그야말로 요·순이 다스리는 세상처럼 별천지였다. 이에 그들은 문서를 하나 작성해서 상대부의 저택에 바쳤고 그것을 산의생이 받았다. 이튿날 백읍고의 분부가 내려왔다.

"조가에서 도망친 백성들이 주왕의 횡포를 피해 우리 나라로 귀순했구려. 아내가 없는 이에게는 돈을 주어 결혼하게 하고 다른 사람들은 거처를 마련하게 하시오. 홀아비나 과부, 고아, 의지할 데 없는 이들은 삼제창三濟倉에 이름을 등록하고 양곡을 수령해 가도록 하시오."

산의생이 분부를 받들어 나가려고 하자 백읍고가 말했다.

"부왕께서 유리에 구금되신 지 칠 년이 되었으니 내가 조가에 가서 부왕을 대신해 속죄를 하고자 하는데 어떻게 생각하십니까?"

"공자님, 주공께서 떠나실 때 칠 년이면 액운의 기한이 다 차게 되니 자연히 돌아오게 될 것이라고 하셨으니 함부로 그 말씀을 어기시는 것은 아니 될 일인 듯합니다. 불안하시거든 자식의 도리를 지키시는 셈 치고 병졸을 하나 보내서 안부를 여쭈십시오. 군이 직접 위험한 곳으로 가실 필요가 있겠습니까?"

"부왕께서 친지 하나 없는 타향에서 칠 년 동안 고생하고 계시는데 자식 된 몸으로 차마 어찌 마음이 편하겠습니까! 나라를 세우고 가문을 일으킨다는 것은 모두 허사가 될 터인데 우리 아흔아홉 명의 아들이 무슨 소용이 있겠습니까? 조상께서 남겨주신 세 가지 보물을 가지고 조가에 들어가 천자에게 바치고 아버님의 죗값을 치르겠습니다."

그렇게 해서 백읍고는 조가로 떠나게 되는데 그것이 길한 일인지 흉한 일인지는 다음 회를 보시라.

백읍고, 진상품을 바쳐 부친의 죗값을 치르다
伯邑考進貢贖罪

충신과 효자 무고하게 죽나니

단지 상나라에 요사한 여우가 있었기 때문이지.

음란함 부끄러워 않고 먼저 수치스러운 제안을 했지만

올곧은 이가 어찌 훗날의 처벌 두려워했으랴?

차라리 만 번의 칼질 받아 고결한 이름 남길지언정

온갖 교태 받아들이지 않고 주왕처럼 되지 않았지.

역사책 더럽히지 않으려다 천 년의 한을 품었으니

손가락 꼽으며 구슬 같은 눈물 흘리게 하는구나!

忠臣孝子死無辜　　只爲殷商有怪狐

淫亂不羞先薦恥　　貞誠豈畏後來誅

寧甘萬刃留淸白　　不受千嬌學獨夫

史冊不汚千載恨　　令人屈指淚如珠

그러니까 백읍고가 조가로 가서 희창의 속죄를 하려 하자 상대부 산의생이 만류했다. 하지만 백읍고는 고집을 꺾지 않고 모친 태사에게 작별 인사를 하러 갔다. 모친이 말했다.

"네 부친께서 유리에 구금되셨는데 기주 안팎의 일을 누구에게 부탁하려 하느냐?"

"안쪽 일은 아우인 희발에게. 바깥일은 산의생에게. 군사 업무는 남궁괄에게 부탁했습니다. 저는 직접 조가로 가서 천자를 알현하고 진상품을 바친다는 명목으로 부왕의 속죄를 간청할까 합니다."

태사는 백읍고가 고집을 꺾지 않자 어쩔 수 없이 허락하면서 당부했다.

"그래, 그렇다면 조심히 다녀오너라."

모친과 작별한 백읍고는 곧장 대전으로 가서 아우 희발에게 말했다.

"아우, 동생들과 화목하게 지내고 기주의 옛 법도를 바꾸지 마시게. 나는 조가에 다녀올 터이니 늦으면 석 달, 이르면 두 달 정도 걸릴 걸세."

그렇게 당부하고 백읍고는 진상품을 챙겨 길일을 택해 조가로 출발했다. 희발은 문무백관들과 아흔여덟 명의 동생들을 데리고 십리 장정까지 나가서 전별 잔치를 열어주었고 백읍고는 사람들과 술을 마시고 나서 길을 재촉했다. 그는 붉은 살구꽃이 만발한 숲을 지나 버드나무가 끝없이 늘어선 오래된 길을 달렸다.

그러던 어느 날 백읍고는 사수관에 도착했다. 관문을 지키는 병사들이 진상품을 바치러 간다는 것을 알리는 두 개의 깃발에 '서백후'라고 적힌 글씨를 알아보았고 수하의 보고를 받은 사령관 한영韓築이 문을 열어주었다. 그렇게 백읍고는 다섯 관문을 통과해 민지현을 지나 황하를 건너 맹진을 거쳐 조가 성내로 들어가 황화관역皇華館驛에 여장을 풀었다. 이튿날 그가 역승에게 물었다.

"승상의 저택은 어디에 있느냐?"

"태평가太平街에 있사옵니다."

이튿날 백읍고가 오문 앞에 가보니 관리가 하나도 보이지 않았다. 그는 함부로 들어갈 수 없어서 그대로 되돌아올 수밖에 없었다. 그렇게 갔다가 되돌아오기를 닷새 동안 계속하다가 마침내 하얀 비단에 상소문을 써서 오문 밖에 서서 기다렸다. 마침 어느 대신이 말을 타고 도착했는데 알고 보니 아상 비간이었다. 백읍고가 그에게 다가가 무릎을 꿇자 비간이 물었다.

"그대는 누구인가?"

"죄인 희창의 아들 백읍고이옵니다."

그러자 비간이 황급히 말에서 내려 그를 부축해 일으켰다.

"공자, 일어나시게. 그나저나 무슨 일로 오셨는가?"

"부친께서 천자께 죄를 지으셨는데 승상께서 도와주셔서 목숨을 보전하실 수 있었습니다. 천지와 같이 높고 두터운 그 은혜를 부친과 저희 형제들은 결코 잊지 않겠습니다. 다만 부친께서 유리에 구금되신 지도 벌써 칠 년이 지났으니 자식 된 몸으로 어찌 마음이 편하겠습니까? 천자께서는 기필코 국법을 지키려 하시겠지만 가만히 당하고 있을 수만은 없기에 제가 산의생과 상의하여 조상께서 물려주신 보물을 천자께 바치고 부친의 속죄를 청해볼까 합니다.

승상님, 부디 하해와 같이 인자한 마음으로 유리에서 고생하는 제 부친을 불쌍히 여기시어 고향으로 돌아갈 수 있도록 은혜를 베풀어주십시오. 그렇게만 해주신다면 태산처럼 크고 하해와 같이 깊은 승상의 은덕에 기주의 백성이 모두 감격할 것입니다."

"무슨 보물을 바치시려는 것이오?"

"저희 시조始祖이신 고공단보古公亶父께서 남겨주신 칠향거七香車와 성주전醒酒氈 그리고 하얀 얼굴의 원숭이[白面猿猴]와 쉰 명의 미녀를 바칠까 합니다."

"칠향거라는 것은 무슨 보물이오?"

"헌원 황제께서 북해에서 치우를 격파하시고 남기신 것으로 사람이 타면 밀거나 당기지 않아도 어느 방향이나 원하는 대로 갈 수 있습니다. 성주전은 일종의 융단인데 술에 취한 사람이 이 위에 누우면 금방 깨게 되는 것입니다. 하얀 얼굴의 원숭이는 짐승이지만 삼천 가지의 짧은 노래와 팔백 가지의 긴 노래를 할 줄 알아서 잔치 자리에서 노래를 잘 부르고 손바닥 위에서 춤도 출 줄 압니다. 꾀꼬리처럼 목소리도 곱고 버들가지처럼 몸이 유연합니다."

"훌륭한 보물이기는 하나 지금 천자는 덕을 잃었는데 또 그런 장난감을 바치면 '걸왕의 횡포를 돕는 격'이 아닐까 싶네. 천자께서 그것들에 마음을 빼앗기면 오히려 조정의 혼란이 가중될 뿐이 아니겠는가? 그래도 구금된 부친을 위해 효도하겠다는 공자의 진심을 생각해서 내가 상소문을 폐하께 전해주겠네. 조가까지 온 보람은 있어야 할 테니까 말일세."

비간이 적성루 아래로 가서 하명을 기다리자 주왕이 그를 누각 위로 불렀다.

"짐이 부르지도 않았는데 무슨 상소할 일이라도 있소이까?"

"폐하, 서백후 희창의 아들 백읍고가 진상품을 바치며 아비를 대신하여 속죄하고자 하옵나이다."

"무엇을 바친다고 하더이까?"

비간이 상소문을 바치자 주왕이 읽고 나서 말했다.

"칠향거와 성주전, 하얀 얼굴의 원숭이와 미녀 쉰 명을 서백후의 죗값으로 바치겠다고 하는구려."

주왕은 백읍고를 누각 위로 불렀고 잠시 후 백읍고가 무릎걸음으로 나아가서 엎드려 아뢰었다.

"죄인의 아들 백읍고가 폐하를 알현하옵나이다."

"희창이 군주의 뜻을 거스르는 큰 죄를 지었는데 이제 그 아들이 진상품을 바치며 대신 속죄를 청하니 이 또한 효성스럽다고 할 만하도다."

"죄인 희창이 군주의 뜻을 거슬렀으나 사면받아 사형을 면하여 유리에 잠시 머물고 있사오니 저희 가족 모두 폐하의 하해와 같이 넓고 태산보다 큰 은덕에 감격하고 있사옵니다. 이제 어리석은 저희는 죽음을 무릅쓰고 아비를 대신하여 속죄하고자 하옵나이다. 제 아비에게 어진 자비를 베푸시어 다시 태어나는 복을 내리셔서 고향으로 돌아가게 해주신다면 저희 모자 등은 혈육이 다시 만날 수 있게 될 것이고 목숨을 아끼시는 폐하의 덕이 베풀어짐을 영원히 우러를 것이옵니다. 부디 성은을 베풀어주시기를 간절히 바라옵나이다!"

주왕은 지극히 슬픈 표정으로 간절히 청하는 그의 모습을 보고 그야말로 충신이요 효자인지라 감동을 금치 못했다. 그가 백읍고에게 일어나라고 하자 백읍고는 황은에 감사하며 난간 바깥에 공손히 섰다.

그때 주렴 안에 있던 달기가 자세도 우아하고 이목구비가 또렷하며 붉은 입술과 새하얀 이에 말씨도 부드러운 백읍고를 보고 시녀에게 분부했다.

"주렴을 걷어라."

이에 좌우의 궁녀들이 주렴을 걷어 황금 고리에 걸자 그녀가 밖으로 나왔다.

"황후, 서백후의 아들 백읍고가 진상품을 바치며 아비의 속죄를 청하고 있소. 참으로 가상한 일이 아니오?"

"듣자 하니 서기의 백읍고가 세상에 적수가 없을 만큼 절묘하게 거문고를 탄다고 하옵니다."

"그것을 어찌 아시오?"

"제가 여자라서 어려서부터 규방에만 있었으나 부모님께 들은 바가 있사옵니다. 백읍고는 음률에 두루 능통한데 특히 거문고를 잘 타서 『시경詩經』「대아大雅」의 음률을 깊이 깨치고 있다고 들었사옵니다. 폐하, 직접 연주를 시켜보시면 아실 것이옵니다."

주왕은 주색을 밝히는 인간인 데다가 이미 오래전에 요사한 기운에 미혹당했기 때문에 그 말을 듣자마자 즉시 백읍고더러 달기에게 인사를 올리게 했다. 백읍고가 절을 올리고 나자 달기가 말했다.

"그대, 거문고를 잘 탄다고 하던데 지금 여기서 한 곡 연주해줄 수 있겠소?”

"마마, 제가 듣기로 부모가 병환을 앓고 계시면 아들은 편한 옷을 입고 잘 먹어서는 아니 된다고 했사옵니다. 지금 제 아비가 죄를 지어 칠 년 동안 구금되어 수많은 고초를 겪고 계신데 제가 어찌 아비를 멸시하고 혼자 즐거워하며 거문고를 탈 수 있겠사옵니까? 게다가 제 마음이 갈기갈기 찢어져 있으니 어찌 음률과 박자를 맞출 수 있겠사옵니까? 그저 폐하와 마마의 귀를 어지럽히게 될 뿐이옵니다.”

그러자 주왕이 말했다.

"기왕 이리 되었으니 한 곡 연주해보도록 하라. 만약 연주가 훌륭하다면 네 아비를 사면하여 고향으로 돌아갈 수 있게 해주겠노라.”

이에 백읍고는 무척 기뻐하며 성은에 감사했다. 주왕이 거문고를 갖다주라고 하자 백읍고가 땅바닥에 책상다리를 하고 앉아서 무릎에 거문고를 얹고 열 개의 가는 손가락으로 「솔밭에 부는 바람[風入松]」이라는 곡을 연주했다.

휘영청 늘어진 버들가지 새벽바람에 흔들리고
반쯤 핀 복사꽃 햇살 받아 붉게 빛나는구나.
향긋한 풀은 수놓은 비단처럼 펼쳐져 있는데
수레에 몸 맡기고 각기 제 갈 길로 가는구나.

楊柳依依弄曉風　桃花半吐映日紅
芳草綿綿鋪錦繡　任他車馬各西東

伯邑考進貢贖罪

백읍고, 진상품을 바치고 부친의 죗값을 치르다.

백읍고가 연주를 마치자 그윽하게 울리는 여운이 마치 옥구슬이 짤랑거리며 구르는 듯 온 골짝의 소나무가 바람에 가지를 일렁이는 듯 맑고 아름답기 그지없었다. 그 소리를 들은 이들은 신선 세계에 있는 듯 가슴속에서 속세의 때가 말끔히 씻겨서 생황이나 다른 관악기를 연주하거나 박달나무 판자를 두드리며 부르는 노래는 너무나 속되게 느껴질 정도였다. 그야말로 '이런 음악은 하늘나라에 있을 법하니 인간 세상에서 몇 번이나 들을 수 있을까?'라는 감탄이 절로 나올 정도였다. 주왕은 무척 기뻐하며 달기에게 말했다.

"과연 황후께서 들은 소문 그대로구려! 백읍고의 연주는 그야말로 완벽하다고밖에 할 수 없겠구려!"

"천하에 소문이 자자한 백읍고를 직접 보고 연주를 들으니 백문百聞이 불여일견不如一見이라는 말을 실감하게 되옵니다."

주왕은 기뻐하며 적성루에 잔칫상을 차리라고 분부했다. 한편 달기는 백읍고의 보름달처럼 둥근 얼굴과 우아한 행동거지를 훔쳐보고 풍류가 동했다. 그에 비해 침침하기 그지없는 주왕의 얼굴에는 전혀 마음이 끌리지 않았다. 여러분, 주왕은 비록 제왕의 관상을 가지고 있었으나 주색에 빠져 지내는 바람에 얼굴이며 몸이 비쩍 말라버렸던 것이지요. 예로부터 미녀는 젊은이를 좋아한다고 했으니 하물며 요사한 정령인 달기는 어떠했겠소?

'거문고를 배운다는 핑계로 백읍고를 붙들어두고 기회를 봐서 유혹하여 운우지정의 쾌락을 즐겨야겠어. 저 사람은 젊으니까 나에게 더 많은 양기陽氣를 보태주지 않겠어? 이런 늙은이한테 연연할 필요 없지!'

달기는 백읍고를 붙들어두려고 즉시 주왕에게 아뢰었다.

"폐하, 하해와 같은 은전을 베푸시어 서백후 부자를 고향으로 돌려보내시옵소서. 다만 백읍고의 거문고 연주는 천하에서 가장 뛰어난데 지금 귀향하게 하시면 조가에서는 그 연주를 들을 수 없게 될 테니 정말 애석하옵니다!"

"그럼 어떻게 하면 좋겠소?"

"제게 일거양득의 좋은 방법이 있사옵니다."

"일거양득의 묘책이라니요?"

"폐하, 백읍고에게 잠시 이곳에 머물며 제게 거문고 연주를 가르치게 하시옵소서. 제가 잘 배우게 되면 나중에 폐하께 연주해드려서 신선 세계에 오르는 즐거움을 누리게 해드리겠사옵니다. 그렇게 되면 서백후는 죄를 사면해주신 폐하의 은덕에 감격할 것이고 조가에서는 뛰어난 거문고 연주가 끊이지 않을 것이니 이야말로 일거양득이 아니겠사옵니까?"

그러자 주왕이 달기의 등을 두드리며 말했다.

"과연 훌륭하구려! 정말 일거양득의 기막힌 방법이오! 백읍고, 그대는 여기에 남아서 거문고를 전수하라."

달기는 자기도 모르게 속으로 기분이 좋아졌다.

'이제 주왕에게 술을 먹여 취하게 해서 침상에 재운 다음 저자를 꼬드겨야겠어. 안 넘어올 리 없겠지?'

그녀는 황급히 술상을 마련하게 했다. 주왕은 달기가 호의를 베푸는 줄만 알았지 그녀의 마음속에 풍속을 망치고 윤리강상을 무너뜨리는 못된 욕정이 숨어 있는 줄은 몰랐다. 달기가 황금 술잔을 들고 주왕에게 말했다.

"폐하, 이 술을 드시고 장수하소서!"

주왕은 그저 좋아하며 기꺼이 받아 마시다가 어느새 정신이 몽롱해졌다. 그러자 달기가 궁녀들에게 황제를 부축하여 침실에 눕히게하고 백읍고에게는 거문고 연주를 가르쳐달라고 했다. 양쪽의 궁녀들이 두 개의 거문고를 가져와 달기와 백읍고에게 하나씩 건네주자 백읍고가 말했다.

"마마, 이 거문고는 안팎으로 다섯 가지 형태와 육률오음六律五音을 가지고 있사옵니다. 읊조리고[吟], 당기고[操], 구부리고[勾], 깎되[剔] 왼손은 용의 눈동자처럼 오른손은 봉황의 눈처럼 해서 궁宮, 상商, 각角, 치徵, 우羽 다섯 가지 음에 맞춰야 하옵니다. 또 여덟 가지 법이 있으니 바로 문지르고[抹], 당기고[挑], 뽑아내고[勾], 가르고[剔], 삐치고[撇], 밀고[托], 깎아 문지르고[刷], 치는[打] 것이옵니다. 또한 여섯 가지 금기와 일곱 가지 연주하지 말아야 하는 경우가 있사옵니다."

"여섯 가지 금기가 무엇인가?"

"애통한 소리를 듣고[聞哀], 슬피 통곡하고[慟泣], 무슨 일에 마음을 너무 쓰고[心事], 분노하고[忿怒情懷], 욕망을 억제하지 못하고[戒慾], 놀라는[驚] 것이옵니다."

"그럼 일곱 가지 연주하지 말아야 하는 경우는 무엇인가?"

"거센 바람이 불고 소낙비가 쏟아질 때, 너무 슬픈 일이 있을 때, 의관이 흐트러졌을 때, 술에 취하여 성품이 절제를 잃었을 때, 향기가 없고 외설적인 사람 앞에 있을 때, 음악을 모르고 속된 사람 앞에 있을 때, 불결하고 더러운 곳에서는 모두 연주하지 말아야 하옵니다. 이 거문고는 아주 오랜 옛날 성인이 남긴 음률이기 때문에 즐거우면서도 고상하여 다른 악기와는 대단히 다르옵니다. 이 가운데는 여든한 가지 대조大調와 쉰한 가지 소조小調, 서른여섯 가지 소리[音]가 있는데 이것을 설명하는 시가 있사옵니다."

소리가 평화로우니 마음 맑아지고
세상의 거문고 소리 천상의 음악이로다.
오랜 옛날 성인의 마음을 모두
석 자 오동나무에 부여했도다!

音和平兮清心目　世上琴聲天上曲
盡將千古聖人心　付與三尺梧桐木

백읍고가 그렇게 말하고 나서 거문고를 타자 형언할 수 없이 아름답고 오묘한 소리가 울려 퍼졌다.

그런데 사실 달기는 거문고를 배우는 것보다 백읍고의 빼어난 용모를 탐냈다. 그녀는 오로지 백읍고를 유혹하여 하늘을 나는 듯한 쾌락을 즐기고 싶은 마음뿐이었으니 거문고는 안중에도 없었다. 그녀는 백읍고를 유혹하려고 얼굴을 복사꽃처럼 물들이고 요염한 자태를 드러내며 은근한 추파를 던지고 붉은 입술을 벌려 속삭이듯 달콤하게 이야기하면서 그의 마음을 흔들어보려는 데에만 열중했다.

그러나 성인군자인 백읍고는 부친이 갇혀 고생하고 있기에 효도

하기 위해 멀고 험한 길을 달려 조가까지 와서 진상품을 바치고 속
죄하려 했다. 그는 부친과 함께 고향으로 돌아가기만을 바랐으니
어디 그런 데에 마음이나 있었겠는가? 마음이 철석같고 의지가 강
철 같은 백읍고는 한눈팔지 않고 거문고를 전수하는 데에만 열중했
다. 한편 달기는 두어 차례 유혹해보아도 백읍고가 요지부동 넘어
오지 않자 이렇게 말했다.

"거문고는 금방 배우기 어렵구나. 여봐라, 술상을 차려 와라."

잠시 후 궁녀들이 술상을 차려 오자 달기는 자기 옆에 자리를 마
련하고 백읍고에게 술을 대접하려고 했다. 혼비백산 놀란 백읍고는
황급히 무릎을 꿇고 아뢰었다.

"저는 죄인의 아들로 마마께서 사형을 면해주시고 다시 살 길을
열어주셔서 정말 하해와 같은 성덕을 입었사옵니다. 마마께서는 지
고하신 황후로서 나라의 어머니이신데 제가 어찌 감히 옆자리에 앉
을 수 있겠나이까? 그것은 죽어 마땅한 죄이옵니다!"

백읍고가 엎드린 채 고개조차 들지 못하자 달기가 말했다.

"그것은 아니지! 신하의 몸이라면 이 자리에 앉지 못하겠지만 거
문고를 전수하는 스승의 자격이라면 제자 옆에 앉아도 되지 않겠
는가?"

그 말을 듣고 백읍고는 속으로 이를 갈았다.

'이 천한 것이 나를 불충하고 부덕하며 불효하고 어질지 못하며
예의에 어긋나는 짓을 하는 무지하고 불량한 놈으로 만들려고 하는
구나! 우리 시조 고공단보께서 요 임금을 섬기며 사농司農의 직책을
맡아 수십 세대에 걸쳐 계승하면서 대대로 충성스럽고 훌륭한 신하

의 사명을 다했는데 이제 내가 아바마마 때문에 조가에 조회하러 왔다가 함정에 빠졌구나. 달기가 사악하고 음란하게 나라의 윤리강상을 무너뜨리고 풍속을 해쳐 천자를 모독하는 엄청난 짓을 저지르려 할 줄이야! 만 번의 칼질을 당해 죽는 한이 있더라도 어찌 우리 가문의 절개를 망칠 수 있겠는가? 그런 짓을 한다면 죽어 저승에 가서 조상의 얼굴을 어찌 뵐 것인가!'

달기는 백읍고가 아무 말도 없이 엎드린 채 마음이 흔들리는 기색을 보이지 않자 도무지 어쩔 수 없었다.

'내가 사랑하는 마음을 내보이는데도 전혀 눈길조차 주지 않는구나. 좋아, 다른 방법으로 다시 한 번 유혹해보자. 어디 그래도 마음이 움직이지 않는지 보자!'

달기는 궁녀들에게 술상을 치우게 하고 백읍고에게 일어서라고 했다.

"술을 마시지 않겠다고 하니 다시 거문고나 전수해주시구려."

백읍고가 다시 거문고를 타자 달기는 이전처럼 한참 동안 유혹하다가 갑자기 이렇게 말했다.

"나는 위에 있고 그대는 아래에 있어서 거리가 너무 멀어 현을 누르는 것이 자꾸 틀리니 아주 불편하오. 이러니 어떻게 금방 배울 수 있겠소? 서로 편하고 가까이서 연주하는 것을 바로잡아줄 좋은 방법이 있는데 그렇게 하면 좋지 않겠소?"

"오래 연습하다 보면 저절로 익숙해질 것이오니 너무 조급하게 생각하지 마시옵소서."

"그런 이야기가 아니오, 오늘 밤에 제대로 배워놓지 않으면 내일 폐하께서 물어보실 때 내가 대답할 말이 없을 테니 아주 곤란하지 않겠소? 차라리 그대가 여기로 올라와서 내가 그대 품에 앉고 그대가 내 손을 잡고 이렇게 저렇게 현을 누르라고 하면 금방 익숙해질 것인데 굳이 고생스럽게 세월을 질질 끌 필요가 어디 있느냐 이 말이오!"

그 말에 백읍고는 혼비백산했다.

'이미 운수가 정해졌으니 아무래도 그물에서 벗어나기 어렵겠구나. 차라리 깨끗하게 죽어 아바마마의 가르침을 저버리지 않는 것이 낫겠구나. 직간해서 기꺼이 죽음을 받아들이자.'

그는 곧 정색하고 아뢰었다.

"마마의 말씀은 저를 만고의 개돼지 같은 작자로 만드는 것이옵니다! 역사가가 이를 기록하면 마마께서 어찌 황후답다고 하겠사옵니까? 마마께서는 만백성의 어머니로서 제후들의 공물을 받으며 궁중의 지극히 존귀한 자리에서 육궁의 권력을 장악하고 계시옵니다. 그런데 이제 거문고를 배우는 일 때문에 존엄한 품격을 이처럼 훼손하시어 어린아이들이 노는 것처럼 하신다면 어찌 체통이 서겠사옵니까? 이 일이 밖에 알려지면 비록 마마께서 얼음과 옥처럼 고결하시다 한들 천하 만민이 또 어찌 믿겠사옵니까? 마마, 부디 조급하게 생각하시어 주위 사람들이 지극히 존엄하신 분을 모욕하게 만들지 않도록 하시옵소서!"

그 말에 달기는 얼굴이 벌겋게 달아올라 아무 대꾸도 하지 못하고 "물러가라!" 하고 명을 내렸다. 이에 백읍고는 적성루에서 내려와 관역으로 갔다. 그리고 달기는 깊은 한을 품었다.

'저런 하찮은 놈이 나를 이렇게 무시하다니! 내 본래 밝은 달에 마음을 맡기려 했거늘 뜻밖에도 그 달빛이 도랑에 가득할 줄이야! 오히려 네놈에게 수치스러운 모욕만 당하고 말았으니 기필코 네놈을 가루로 만들어 이 원한을 씻고야 말겠다!'

달기는 어쩔 수 없이 주왕 옆에서 잠을 잤다. 이튿날 주왕이 그녀에게 물었다.

"간밤에 백읍고에게 거문고를 배워서 이제 익숙해졌소?"

달기는 베갯머리에서 수작을 부려서 기회를 틈타 아뢰었다.

"폐하, 간밤에 백읍고는 거문고를 전수할 마음은 없고 오히려 불량한 생각으로 저를 희롱하는 말을 했사옵니다. 신하로서 예절을 전혀 지키지 않았사오니 저로서도 아뢰지 않을 수 없사옵니다."

"뭣이? 그 하찮은 놈이 어찌 감히 그런 짓을!"

그는 즉시 일어나 아침을 먹고 백읍고를 불러들이라고 어명을 내렸다. 그러자 관역에 있던 백읍고가 적성루 아래로 왔고 주왕은 그에게 누각 위로 올라오라고 했다. 백읍고가 올라와 바닥에 엎드려 절을 올리자 주왕이 말했다.

"간밤에 거문고를 전수하면서 왜 전심을 기울이지 않고 시간을 끌었는지 이유를 설명해봐라."

"거문고를 배우려면 심지가 단단하고 정성이 있어야만 정통한 경지에 이를 수 있사옵니다."

그러자 달기가 옆에서 말했다.

"거문고를 타는 법에 무슨 다른 법이 있겠소? 자세히 설명해주면 정통해지지 못할 이유가 없지 않소? 하지만 그대가 분명하게 가르

쳐주지 않고 애매한 말만 하니 내가 어떻게 그 음률의 오묘함을 깨달을 수 있겠소?"

주왕은 달기에게 들은 간밤의 일을 대놓고 말하기 곤란해서 백읍고에게 이렇게 말했다.

"다시 한 번 연주해봐라, 짐이 직접 들어보고 이야기하겠노라."

백읍고는 땅바닥에 무릎을 꿇고 앉아 거문고를 타며 속으로 생각했다.

'아무래도 연주 속에 에둘러 간언하는 내용을 담는 것이 좋겠구나.'

이에 그는 이렇게 노래를 불렀다.

한 조각 충심 푸른 하늘에 전하나니
주군이여, 한없는 장수 누리소서!
비바람 순조로우면 폐하의 복이요
산하를 통일하면 나라의 운수 영원하리라!

　　　　　　　一點忠心達上蒼　祝君壽算永無疆
　　　　　　　風和雨順當今福　一統山河國祚長

주왕이 조용히 들어보니 그 내용이 모두 군주에게 충성하고 나라를 아끼는 뜻일 뿐 비방하는 내용은 조금도 들어 있지 않은지라 백읍고에게 죄를 물을 수 없었다. 달기는 그런 속내를 눈치채고 도발했다.

"폐하, 백읍고가 바친 하얀 얼굴의 원숭이가 노래를 잘한다고 하니 그 노래를 들어보시는 것이 어떠하옵니까?"

"간밤에 거문고를 잘 못 배워서 연습하지 못했으니 오늘은 백읍 고로 하여금 그 원숭이를 누각 위로 데려오게 해서 한 곡 들어보는 게 좋겠구려."

어명을 받은 백읍고는 관역으로 가서 원숭이를 데려와 적성루에 바치고 붉은 우리를 열어 원숭이를 나오게 했다. 그리고 박달나무 판자를 주자 원숭이가 그것을 받아서 가볍게 두드리며 아름답게 노 래를 부르기 시작했는데 그 생황 같은 목소리가 누대를 가득 울렸 다. 소리를 높이면 봉황이 우는 듯했고 낮추면 난새가 흐느끼는 듯 아름다워서 시름에 겨운 사람이 들으면 눈살이 펴지고 기쁨에 겨운 사람이 들으면 손뼉을 치고 우는 사람이 들으면 눈물을 멈추고 현 명한 사람이 듣더라도 넋을 놓게 만들 정도였다. 그 소리를 들은 주 왕은 가슴이 무너지는 듯했고 달기는 취한 듯 몽롱해졌으며 궁녀들 은 세상에 드문 목소리라고 감탄했다. 그 노래는 신선의 마음을 끌 고 항아도 귀를 기울이게 할 정도여서 달기는 정신이 아득해지고 마음이 하늘 먼 곳으로 날아가서 그만 자기 형체를 숨기지 못하고 본색을 드러내고 말았다.

그런데 이 원숭이는 천 년 동안 수련하며 도를 닦아 십이중루十二 重樓°와 횡골橫骨°이 모두 없어진 상태였기 때문에 이렇게 노래를 잘 할 수 있었고 또한 화안금정火眼金睛°을 이루어 인간 세상의 요괴와 도깨비를 알아볼 수 있었다. 원숭이는 달기의 본색이 나타나자 누 각 위에 여우가 있는 것을 발견했다. 하지만 그것이 달기의 본색이 라는 사실은 몰랐으니 비록 도를 터득했다 할지라도 원숭이는 결국 짐승에 지나지 않았던 것이다. 그놈은 박달나무 판자를 팽개치고 황제와 황후가 앉은 자리로 풀쩍 뛰어가더니 손을 뻗어 달기를 낚아채려 했다. 달기가 흠칫 놀라 뒤로 피하자 주왕이 원숭이에게 주먹을 휘둘렀고 원숭이는 그만 누각 아래로 떨어져 죽고 말았다. 궁녀들의 부축을 받고 일어난 달기가 말했다.

"백읍고가 원숭이를 바쳐서 몰래 저를 암살하려 했는데 만약 폐하께서 구해주시지 않았더라면 저는 죽을 뻔했사옵니다!"

주왕이 진노하여 주위의 장수들에게 호통쳤다.

"백읍고를 잡아다가 채분에 처넣어라!"

이에 양쪽의 호위병들이 달려들어 백읍고를 붙들자 그는 연신 억울하다고 고함을 질렀다. 그때 주왕이 "잠시 놓아주도록 해라" 하더니 백읍고에게 말했다.

"네 이놈! 네가 원숭이를 시켜서 암살하려 한 것을 모두가 보았거늘 어째서 억울하다고 강변하는 것이냐?"

백읍고는 눈물을 흘리며 아뢰었다.

"원숭이는 산속의 짐승인지라 비록 사람의 말을 배웠다 한들 야성이 아직 없어지지 않았사옵니다. 게다가 이 짐승은 본래 과일을 좋아하지 불로 익힌 음식은 먹지 않사옵니다. 그런데 지금 폐하 앞에 차려진 상에 온갖 과일이 놓여 있으니 갑자기 그것을 먹고 싶은 충동에 박달나무 판자를 팽개치고 상으로 달려든 것이옵니다. 이 원숭이는 칼 같은 무기도 들지 않았으니 어떻게 암살할 수 있었겠사옵니까? 대대로 폐하로부터 깊은 은혜를 입은 제가 감히 그런 무모한 짓을 했겠사옵니까? 폐하, 통촉하여주시옵소서! 그래야만 제가 비록 육신이 조각조각 찢기는 책형磔刑을 당해 죽는다 할지라도 저승에서 눈을 감을 수 있을 것이옵니다!"

주왕은 한참 동안 생각하더니 이내 마음이 풀어졌다.

"황후, 백읍고의 말이 맞는 것 같소이다. 원숭이는 산속에 살던 짐승이니 야성을 지니고 있을 수밖에 없고 게다가 칼도 없이 어떻게 암살할 수 있겠소?"

주왕이 백읍고의 죄를 용서하자 백읍고가 황은에 감사했다. 그때 달기가 말했다.

"죄를 사면받았으니 다시 거문고를 타봐라. 노래 안에 충심이 담겨 있으면 괜찮겠지만 조금이라도 위험한 말이 들어 있다면 절대 용서하지 않을 것이니라!"

이에 주왕이 말했다.

"황후의 말씀이 아주 지당하구려!"

백읍고는 달기의 말을 듣고 속으로 생각했다.

'이번에는 저년의 올가미에서 벗어나기 어렵겠구나. 그렇다면 직간해서 만 번의 칼질을 당해 죽더라도 역사에 이름을 남기는 것이 우리 가문이 여러 세대에 걸쳐 충심을 잃지 않고 있었음을 보여주는 길이겠지.'

이에 백읍고는 땅바닥에 앉아 무릎에 거문고를 얹고 연주하며 노래를 불렀다.

현명한 군주 나와 덕을 펼치고 인의를 행하나니
차마 무거운 세금 지독한 형벌 썼다는 이야기 듣지 못했네.

포락이 타오르니 힘줄과 뼈 바스라지고

처참한 채분에 가슴마저 놀랐지.

만백성의 피는

끝내 주해로 들어가고

사방의 고기는

모두 육림에 걸렸구나.

베틀은 비었건만 녹대에는 재물 가득 쌓였고

쟁기와 호미 부러졌건만 거교°에는 곡식이 가득하구나.

현명한 군주시여, 참언하는 간신과 음란한 여자 내치시고

기강 바로잡아 천하가 태평하게 해주소서!

明君作兮布德行仁　未聞忍心兮重斂煩刑

炮烙熾兮筋骨粉　薑盆慘兮肺腑驚

萬姓精血　竟入酒海

四方脂膏　盡懸肉林

杼抽空兮鹿臺財滿　犂鋤折兮鉅橋粟盈

我願明君兮去讒逐淫　振刷綱紀兮天下太平

　　연주가 끝났지만 주왕은 그 음악을 이해하지 못했다. 하지만 요사한 정령인 달기는 그것이 군주를 비방하는 내용임을 알아듣고 백읍고에게 손가락질하며 꾸짖었다.

　　"대담한 놈! 감히 거문고 가락에 은밀히 비방을 담아 군주를 욕하다니 정말 괘씸하구나! 그야말로 사형을 면치 못할 극악한 작자가 아닌가!"

그러자 주왕이 달기에게 말했다.

"나는 잘 모르겠구려."

이에 달기가 그 내용을 자세히 설명해주자 주왕이 버럭 고함을 질렀다.

"당장 저놈을 잡아들여라!"

그러자 백읍고가 아뢰었다.

"마지막 단락이 하나 더 남아 있사오니 마저 들려드리겠사옵니다."

그리고 그가 다시 연주하며 노래를 불렀다.

군주이시여, 여색을 멀리하시고 기강을 다시 바로잡으시어
천하의 태평 위해 속히 황후를 폐하소서!
요사한 기운 없어지면 제후들도 기꺼이 승복할 것이요
음란하고 사악한 것 물리치면 사직이 평안할지니.
이 몸 해친다 한들 만 번의 죽음도 두렵지 않나니
달기를 죽여서 역사에 이름 드날리소서!

願王遠色兮再正綱常　天下太平兮速廢娘娘

妖氣滅兮諸侯悅服　却淫邪兮社稷寧康

陷邑考兮不怕萬死　絕妲己兮史氏傳揚

백읍고는 노래를 마치자마자 고개를 돌려 거문고로 상을 내리쳤는데 겨우 쟁반과 접시만 날릴 수 있을 뿐이었다. 달기가 그것을 황급히 피하다가 땅바닥에 쓰러지자 주왕이 버럭 화를 내며 소리쳤다.

"이런 못된 놈! 원숭이를 시켜서 암살하려다가 교묘한 말로 넘어가더니 이제 거문고로 황후를 치려 하다니 이는 분명 반역죄이니 사형을 면치 못하리라! 여봐라, 당장 이놈을 끌어내려 채분에 처넣어라!"

그때 달기가 궁녀들의 부축을 받으며 일어서서 말했다.

"폐하, 일단 저자를 누각 아래로 끌어내리시옵소서. 제게 적당한 방법이 있나이다."

주왕이 백읍고를 끌어내리게 하자 달기가 수하에게 네 개의 못을 가져와 백읍고의 손발에 박게 하고 칼로 살을 잘게 썰게 했다. 백읍고는 손발에 못이 박혀서도 호통을 멈추지 않았다.

"천한 것! 네가 성탕의 금수강산을 흔적도 없이 사라지게 만드는구나. 내가 죽는 것은 아깝지 않으니 충성스러운 명성과 효도를 다한 절개는 영원히 남을 것이기 때문이다. 천한 것! 내가 살아서 네 살을 씹어 먹지는 못하지만 죽어서 원귀가 되어 네 영혼을 먹어치우고야 말겠다!"

이렇게 해서 부친을 위해 조가에 온 효자는 불쌍하게도 수만 번의 칼질에 살이 발라져 처참하게 죽고 말았다. 잠시 후 주왕이 백읍고의 살로 젓갈을 담가 채분의 독사에게 먹이로 주라고 하자 달기가 말했다.

"아니 되옵니다, 듣자 하니 희창이 성인이라서 재앙과 복을 예측하고 음양에 대해서도 잘 안다고 하였사옵니다. 하지만 성인은 자식의 살을 먹지 않는다고 했으니 이제 주방의 요리사에게 백읍고의 살로 만두를 만들게 하여 희창에게 주시옵소서. 희창이 그것을 먹으면 거짓으로 명성을 얻은 것일 뿐 그자가 말한 재앙과 복, 음양은 모두 허튼소리에 지나지 않는다는 것이 판명되지 않겠사옵니까? 그런 다음에 그자를 사면하면 폐하의 어진 덕성을 널리 알릴 수 있을 것이옵니다. 만약 먹지 않는다면 속히 그자의 목을 베어 후환을 없애야 하옵니다."

"짐의 마음과 아주 딱 들어맞는 말씀이오! 여봐라, 주방의 인부에게 백읍고의 살로 만두를 만들게 하고 관리를 시켜 그것을 유리의 희창에게 가져다주게 하라!"

이제 희창의 목숨이 어찌 되는지는 다음 회를 보시라.

제*20*회

산의생, 비중과 우혼에게 몰래 뇌물을 먹이다
散宜生私通費尤

예로부터 권력 쥔 간신은 그저 재물만 좋아하여

교묘한 암계로 충성스럽고 현량한 이를 해쳤지.

황금과 은으로 살길 열어주기도 했지만

그러고도 돈주머니에 엽전 넣어달라고 했지.

제 한 몸 성공만 바랄 뿐 나라에 통한 남기는 줄 모르나니

재앙 남기고 어찌 집안 이어지기 바랄 수 있으랴?

누가 알랴, 뒤집어짐은 원래 정해지지 않은 것임을.

오나라의 칼° 거꾸로 잡게 되면 후회하게 되리라!

自古權姦止愛錢　搆成機殼害忠賢

不無黃白開生路　也要青蚨入錦纏

成己不知遺國恨　遺災那問有家延

孰知反覆原無定　悔却吳鉤錯倒捻

그러니까 서백후가 구금되어 있던 유리성은 지금의 하북河北 상주相州의 탕음현湯陰縣°이다. 희창은 매일 문을 닫아걸고 복희의 팔괘를 64개의 괘卦로 변화시키고 다시 384개의 효爻로 만드는 데 열중했다. 그 안에는 음양의 변화에 따라 하늘을 나누는 오묘한 뜻이 담겨 있었으니 나중에 이것을 『주역周易』이라고 부르게 된다.

하루는 희창이 한가하여 거문고를 타고 있는데 갑자기 현에서 살기를 담은 날카로운 소리가 났다.

'이건 무슨 괴이한 징조지?'

그는 황급히 연주를 멈추고 동전으로 점을 쳐보고는 사연을 알게 되자 자기도 모르게 눈물을 흘리며 중얼거렸다.

"아아, 내 아들이 아비의 말을 듣지 않고 처참한 재앙을 당했구나! 오늘 그 아이의 살을 먹지 않으면 죽음의 재앙을 피하기 어렵겠지만 차마 어떻게 자식의 살을 먹는단 말인가? 가슴을 칼로 도려내는 듯해도 통곡조차 할 수 없구나. 이 기밀이 누설되면 나 또한 죽음을 면치 못하기 때문이지."

희창은 그저 슬픔을 억누르고 눈물을 참으며 아무 소리도 내지 못하고 시를 지어 한탄했다.

외로이 충의를 가슴에 품고
재난당한 어버이 위해 만 리 길을 떠났구나.
유리성에 들어오기 전에
먼저 주왕의 누대에 올랐지.
거문고 타면서 요사한 아낙 없애려다가

순식간에 황제의 분노를 사고 말았구나.
가엾다, 젊은 나그네여
영혼은 운명을 따라 재가 되어 떠났구나!

孤身抱忠義　　萬里探親災
未入羑里城　　先登殷紂臺
撫琴除孽婦　　頃刻怒心推
可惜青年客　　魂遊劫運灰

희창의 노래를 들은 주위 사람들은 그 심사를 알고 모두 묵묵히 말이 없었다. 잠시 후 황제의 사신이 와서 어명을 전했다. 희창은 하얀 소복을 입고 어명을 받았다.

"죄인 희창이 처벌을 기다리옵니다."

희창이 어명을 받아 읽고 나자 사신이 용과 봉황의 무늬가 장식된 찬합을 가져와 오른쪽에 놓고 말했다.

"폐하께서 그대가 유리에 오랫동안 구금되어 있는 것을 측은히 여기시고 특별히 어제 사냥에서 잡은 사슴으로 만두를 만들어 하사하셨습니다. 이에 어명을 받들어 전하러 왔습니다."

희창은 탁자 앞에 무릎을 꿇은 다음 찬합을 열고 말했다.

"폐하께서 몸소 사냥하시는 수고를 하시고 오히려 죄인에게 사슴 고기 만두를 내려주시니 황공하기 그지없습니다. 황제 폐하 만세!"

그렇게 감사 인사를 하고 그는 연달아 세 개의 만두를 먹은 다음 찬합의 뚜껑을 닫았다. 사신은 희창이 아들의 살로 만든 만두를 먹는 것을 보고 속으로 탄식했다.

敬　費
直　尤
生
私
通

산의생, 비중과 우혼에게 뇌물을 먹이다.

'다들 희창이 하늘의 운수를 살피고 길흉을 잘 예측한다고 하더니 오늘 보니 자기 자식의 살도 알아보지 못하고 연달아 몇 개를 맛있게 먹는구나. 이러니 음양이니 길흉이니 하는 것은 모두 헛소리가 아니겠는가!'

희창은 아들의 살로 만든 만두임을 알고도 고통을 참으며 감히 슬퍼하는 표정을 드러내지 못했다. 그는 억지로 정신을 추스르고 사신에게 말했다.

"죄인 희창은 폐하의 하늘 같은 은혜에 직접 감사할 수 없는 처지이니 저를 대신해서 폐하께 인사를 전해주십시오."

그리고 엎드려 절을 올렸다.

"폐하의 빛나는 은덕이 유리까지 비춰주심을 감사하나이다."

사신이 조가로 돌아가서 그대로 보고했음은 물론이다.

한편 희창은 백읍고에 대한 생각에 가슴이 쓰라렸지만 감히 드러내놓고 통곡하지 못하고 남몰래 시를 지어 탄식했다.

기주에서 작별하고 여기로 오면서

강과 관문 건너 올 필요 없다고 말했거늘

그저 어리석은 군주에게 진상품 바칠 줄만 알고

천자의 심기 거스르게 될 줄은 생각지도 못했구나.

젊은이의 충심과 정성 부질없이 참극으로 끝나고

빗물처럼 눈물만 하염없이 흘리게 되었구나.

떠도는 혼령은 어디로 돌아갔을까?

역사에 이름 남긴 것은 예사로운 일이 아니로다!

一別西岐到此間　曾言不必渡江關
只知進貢朝昏主　莫解迎君有犯顔
年少忠良空慘切　淚多時雨只淸淸
遊魂一點歸何處　靑史名標非等閒

　이렇게 시를 쓰고 나서 희창은 수심에 잠겨 침식조차 모두 잊어 버렸다.

　한편 사신이 궁으로 돌아왔을 때 주왕은 현경전에서 비중 및 우혼과 바둑을 두고 있었다. 보고를 받은 주왕이 그를 불러들이자 사자가 아뢰었다.

　"아뢰옵나이다, 유리에 만두를 전했더니 희창이 성은에 감사하며 이렇게 말했사옵니다. '제 죄는 만 번을 죽어 마땅한데 폐하께서 다시 살 수 있는 은혜를 내려주셨으니 그것만으로도 이미 더할 나위 없는 은총이옵니다. 그런데 이제 몸소 사냥을 하시어 편히 지내고 있는 죄인에게 사슴 고기로 만두를 만들어 내려주셨으니 한없이 넓은 성은에 감격하여 몸 둘 바를 모르겠사옵니다.' 그리고 땅바닥에 무릎을 꿇고 찬합을 열더니 연달아 세 개의 만두를 먹고 머리를 조아려 성은에 감사했사옵니다. 또 제게 '죄인의 몸이라 폐하를 직접 뵙고 인사 올릴 수 없으니 대신 전해주십시오' 하면서 여덟 번의 큰절을 올렸사옵니다."

　주왕은 그 말을 듣고 비중에게 말했다.

　"그자가 평소에 하늘의 운수를 풀이할 줄 알고 길흉화복을 틀림없이 맞춘다고 명성이 높았는데 이제 제 자식의 살도 알아보지 못하고 먹었다 하니 사람들의 말을 다 믿을 수 있겠는가! 이제 그자를 구금해놓은 지도 칠 년이 지났으니 제 고향으로 돌려보낼까 하는데 두 분 생각은 어떠시오?"

그러자 비중이 아뢰었다.

"희창의 점은 틀림없으니 분명 제 자식의 살인 줄 알고 있었을 것이옵니다. 하지만 그것을 먹지 않으면 죽을 수밖에 없으니 자기가 살아날 것으로 여기고 어쩔 수 없이 먹었을 것이옵니다. 폐하, 그자의 계책에 걸려들지 않도록 부디 잘 생각하셔야 하옵니다."

"허나 그것이 제 자식의 살인 줄 알았다면 절대 먹지 않았겠지. 희창은 대단한 현자라고 하는데 어찌 그런 자가 자식의 살을 먹었겠는가?"

"희창은 겉으로 충성을 다하는 척하지만 안으로는 간사한 마음을 품고 있어서 모두 그 겉모습에 속고 있사옵니다. 그러니 그대로 유리에 구금해놓으시옵소서. 그렇게 되면 결국 함정에 빠진 호랑이요 조롱에 갇힌 새의 신세와 다를 바 없으니 죽이지 않더라도 그 예봉을 꺾어놓을 수 있사옵니다. 게다가 동쪽과 남쪽에서 이미 반란이 일어나 아직 평정되지 않은 상태가 아니옵니까? 그런데 지금 희창을 기주로 돌려보내시면 우환거리가 하나 더 늘어나는 셈이옵니다. 폐하, 통촉하시옵소서!"

"옳은 말씀이오."

결국 희창의 재난은 아직 기한이 차지 않아서 간신의 참소에 의해 석방이 저지되고 말았으니 이를 묘사한 시가 있다.

유리성에서 재난의 기한 아직 채워지지 않아

비중과 우혼이 천자 옆에서 참소하게 되었지.

기주에서 산의생이 계책을 쓰지 않았더라면

문왕이 어찌 고향으로 돌아올 수 있었으랴?

美里城中災未滿　費尤在側獻讒言

若無西地宜生計　焉得文王返故園

한편 백읍고를 따라 조가로 왔던 시종들은 주왕이 그를 죽여 젓갈을 담갔다는 소식을 듣자 밤낮을 가리지 않고 기주로 도망쳐 둘째 공자인 희발을 찾아갔다. 어느 날 희발이 대전에 앉아 있는데 단문관이 와서 보고했다.

"큰 공자님을 따라 조가로 갔던 장수들이 돌아와 하명을 기다리고 있사옵니다."

"어서 들여보내시게."

잠시 후 장수들이 들어와 통곡하면서 엎드려 절을 올렸다.

"아니, 무슨 일인가?"

"공자님께서는 조가에서 진상품을 바치고 유리의 전하를 뵙지도 못한 채 먼저 주왕을 알현했사옵니다. 그런데 어찌 된 일인지 주왕이 공자님을 죽여 살로 젓갈을 담갔다고 하옵니다!"

그 말을 들은 희발은 대전에서 숨이 넘어갈 듯 대성통곡했다. 잠시 후 문무백관들 가운데 대장군 남궁괄이 앞으로 나서며 고함을 질렀다.

"공자님은 우리 서기의 후계자이신데 주왕에게 진상품을 바치러 갔다가 오히려 죽임을 당해 젓갈로 담가졌습니다. 게다가 우리 주공께서는 아직 유리에 구금되어 계십니다. 비록 천자가 어리석 기는 하지만 우리는 그래도 군신 간의 예의를 지키며 선왕의 뜻을 저버리지 않기 위해 노력했습니다. 그런데 이제 공자님께서 무고 하게 죽임을 당하셨으니 원한과 슬픔이 골수에 사무칩니다! 군신 간의 예의는 이미 끊어졌고 윤리강상도 모두 무너졌습니다. 지금 동쪽과 남쪽에서 여러 해 동안 전쟁이 일어나고 있지만 우리는 국 법을 받들고 신하로서 도리를 잃지 않고 있었습니다. 이제 이렇게 된 이상 문무백관들과 온 나라의 군사를 이끌고 먼저 다섯 관문을 점령한 후 조가로 쳐들어가 저 어리석은 군주를 처단하고 다시 현 명한 군주를 세워야 합니다. 이야말로 재앙과 분란을 평정하여 태 평성대로 돌아가는 일이며 또한 신하로서 도리를 잃지 않는 일이 아니겠습니까!"

그 말을 들은 장수들과 신갑, 신면, 태전, 굉요, 기공祁公, 윤공尹公 등의 사현팔준 그리고 희숙도姬叔度를 비롯한 희창의 서른여섯 명 의 아들들이 일제히 소리쳤다.

"남 장군의 말씀이 옳소이다!"

문무백관들이 눈을 치뜨고 이를 갈며 일곱 칸 대전에서 연신 고 함을 지르자 희발조차 어떻게 해야 할지 몰랐다. 그때 산의생이 소 리쳤다.

"공자님, 고정하시고 제 말씀 좀 들어주십시오!"

"상대부, 무슨 하실 말씀이 있습니까?"

"호위병에게 먼저 남궁괄을 단문 밖으로 끌고 나가 목을 베게 한 뒤에 다시 대사를 논의하셔야 마땅하옵니다."

희발과 여러 장수들이 일제히 물었다.

"선생, 그것이 무슨 말씀이시오? 그러면 이 자리의 여러 장수들이 승복하겠습니까?"

그러자 산의생이 장수들을 향해 말했다.

"이렇게 반란을 조장하는 못된 신하는 주군을 불의에 빠뜨리기 때문에 당연히 먼저 목을 베고 나랏일을 다시 의논해야 하오. 여러분은 그저 강경책만 고집할 뿐 아무 계책이 없소이다. 우리 주군께서는 신하의 절개를 지키며 한 치의 흔들림도 없으시며 비록 유리에 구금되어 계시지만 결코 원망도 하지 않으시오. 그런데 그대들이 이렇게 경거망동하면 군대가 관문에 이르기도 전에 주공께서 먼저 의롭지 못하다는 죄명으로 처형당하시게 될 텐데 그러면 어찌 되겠소? 그러니 먼저 남궁괄의 목을 베고 나서 나랏일을 의논하자는 것이외다!"

이에 희발을 비롯한 모든 장수들은 아무 말도 하지 못했고 남궁괄도 말없이 고개를 숙였다. 산의생이 말을 이었다.

"애초에 큰 공자님께서는 제 말씀을 듣지 않으셔서 이렇게 죽음의 재앙을 당하신 것이 아니옵니까! 예전에 주공께서 조가로 가시는 날 하늘의 운수를 점쳐보시고는 '칠 년 재앙의 기한이 차면 자연히 영광스럽게 돌아올 테니 나를 데리러 사람을 보내지 마라'라고 말씀하시지 않으셨사옵니까? 그 말이 아직도 귓전에 울리고 있는데 큰 공자님께서 따르지 않으셔서 이런 재앙이 초래된 것이옵니다. 게다가 준비도 부족했사옵니다. 지금 주왕은 비중과 우혼이라는 두 간신을 총애하는데 공자님께서 조가로 가실 때 그 둘에게 줄 뇌물을 가져가시지 않았기 때문에 이런 재앙을 당하신 것이옵니다. 그러니 지금으로서는 먼저 관리들을 보내서 그 둘에게 넉넉하게 뇌물을 주어 구워삶아야 하옵니다. 그렇게 조정 안팎이 서로 호응하게 한 다음 제가 애절하게 청원하는 서신을 작성하겠사옵니다. 뇌물을 받은 간신들은 분명 주왕의 면전에서 좋은 말을 해줄 테니 연로하신 주공께서는 머지않아 자연히 고향으로 돌아오실 수 있게 될 것이옵니다. 그런 다음 덕을 쌓고 어진 정치를 행하다가 주왕의 죄가 극한을 넘어서면 다시 천하의 제후들을 회합하여 함께 무도한 군주를 토벌하기 위해 백성을 위로하고 죄인을 징벌하는 군대를 일으켜야 하옵니다. 그렇게 되면 자연히 천하가 호응할 것이고 무도한 군주를 폐위하고 덕망 높은 군주를 다시 세우면 백성도 흔쾌히 승복할 것이옵니다. 이런 방법이 아니면 공연히 패망을 자초하여 후세에 불미스러운 이름만 남겨 천하의 웃음거리가 될 뿐이옵니다."

그러자 희발이 말했다.

"선생, 제 막힌 생각을 확 뚫어주는 금옥 같은 말씀이십니다! 그런데 어떤 예물을 누구를 통해 보내야 할까요? 그것까지 마저 말씀해주십시오."

"기껏해야 진주와 백옥, 안팎의 옷감으로 쓸 채색 비단, 황금, 옥으로 만든 허리띠 정도인데 모두 두 몫으로 만들어야 하옵니다. 하나는 태전으로 하여금 비중에게 주게 하시고 다른 하나는 굉요로 하여금 우혼에게 주게 하시면 되옵니다. 두 장군은 밤중에 다섯 관

문을 지나 상인으로 변장해 몰래 조가로 들어가십시오. 그들 둘이
예물을 받으면 주공께서는 얼마 안 가서 아무 탈 없이 돌아오실 수
있을 것입니다."

희발은 무척 기뻐하며 서둘러 예물을 준비하게 하고 편지를 써서
두 장군으로 하여금 조가로 가져가게 했다.

진주와 백옥 그리고 황금을

은밀히 조가로 들어가 두 간신에게 주었지.

재신이 저승사자와 내통한다는 이야기일랑 그만두시게.

과연 세상의 재물로 사람의 마음 움직였구나.

성탕의 사직은 꺼져가는 촛불이 되었고

서백의 강산은 숲처럼 무성해졌지.

산의생의 오묘한 계책이 아니었다면

어떻게 주왕이 스스로 포로가 되게 만들 수 있었으랴?

明珠白璧共黃金　暗進朝歌賄佞臣
慢道財神通鬼使　果然世利動人心
成湯社稷成殘燭　西伯江山若茂林
不是宜生施妙策　怎敎殷紂自成擒

그러니까 태전과 굉요는 상인으로 변장해서 몰래 예물을 가지
고 밤중에 사수관으로 갔다. 관문에서는 간단한 조사만 하고 그들
을 들여보냈고 이후 계속해서 무사히 길을 갔다. 계패관을 지나 팔
십 리를 가서 천운관으로 들어갔고 또 동관潼關을 지나 백이십 리를

가서 임동관에 도착했다. 이어서 민지현을 지나 황하를 건넜고 맹진을 거쳐 조가에 이르러 감히 관역에 묵지 못하고 민간의 여관으로 가서 하룻밤을 묵었다. 그리고 두 장수는 암암리에 예물을 챙겨 태전은 비중의 저택으로 굉요는 우혼의 저택으로 가서 서신과 함께 들여보냈다.

비중은 저물녘에 조정에서 나와 별일 없이 자기 집으로 갔는데 문지기가 이렇게 보고했다.

"기주의 산의생이 관리를 시켜 편지를 보내왔사옵니다."

"하하, 늦었구먼! 들여보내라!"

태전이 대청 앞에 와서 절하자 비중이 물었다.

"그대는 누구인데 이 밤중에 찾아오신 겐가?"

"저는 기주의 신무장군神武將軍 태전입니다. 상대부 산의생의 분부에 따라 서신과 예물을 전하러 왔습니다. 나리께서 저희 주공의 목숨을 보전하게 해주시어 다시 크나큰 은혜를 베풀어주셨는데 조금도 보답하지 못하고 있어서 늘 마음에 걸렸습니다. 그래서 이번에 저로 하여금 서신을 전하게 하셨습니다."

비중이 태전을 일어나게 하고 나서 서신을 펼쳐보니 이렇게 적혀 있었다.

서기의 산의생이 삼가 머리를 숙여 절하며 은인이신 상대부 비중께 삼가 올립니다.

오랫동안 귀하의 크나큰 덕을 앙모해왔지만 여태 인사를 올리지 못했습니다. 부끄럽게도 제가 재능이 모자라 가르침을 받을 인연이 없었으니 꿈에서라도 뵙기를 갈망했습니다.

오늘 편지를 보낸 것은 이 일 때문입니다.

저희 지역의 제후인 서백후는 천자의 심기를 거스르는 간언을 했으니 그 죄를 용서받지 못할 것입니다. 하지만 대부께서 은혜를 베풀어주셔서 목숨을 보전할 수 있었습니다. 비록 유리에 구금되기는 했지만 사실 대부께서 주공의 남은 목숨을 다시 하사해주신 것과 마찬가지입니다. 이렇게 감당하기에도 벅찬 크나큰 행운을 입었으니 저희가 어찌 감히 다른 것을 더 바라겠습니까? 저희는 이런 외진 곳에 살고 있기 때문에 결초보은을 행할 여력이 없어서 그저 밤낮으로 경사를 바라보며 멀리서나마 만수무강을 기원했을 뿐입니다. 그러다가 이제 대부 태전으로 하여금 소략하나마 백옥 두 쌍과 황금 백 일鎰°, 속옷과 겉옷으로 쓸 옷감 네 단端을 준비해서 대부께 바치고자 합니다. 약소하나마 이것으로 서기 백성의 미천한 마음을 전하고자 하오니 부디 보잘것없는 물건이라고 불경으로 여기지 말아주십시오.

그런데 저희 주공은 이미 연세가 노쇠하신데 오랫동안 유리에 구금되어 계시니 마음이 정말 측은합니다. 게다가 집에 노모와 어린 자식들, 가신들이 날마다 밤낮으로 그리워하며 다시 만나기를 바라고 있습니다. 이 또한 어진 군자라면 누구나 가련하게 여길 일이 아니겠습니까? 이에 간절히 바라건대 은공께서 커다란 자비를 베푸시어 국법을 넘어서는 인자한 마음으로 천자께 한마디만 아뢰어주십시오. 그리하여 저희 주공이 고향으로 돌아올 수 있다면 은공의 하해와 같은 인덕에 서기의 백성이 모두 감격하여 대대로 보답하려고 노력할 것입니다.

송구한 마음으로 선처를 고대하며 이만 줄입니다.

강녕하십시오!

비중은 서신과 예물 목록을 보고 속으로 생각했다.

'이 예물은 만금의 값어치가 있는데 이를 어쩌지?'

그는 한참 동안 생각하다가 태전에게 말했다.

"돌아가서 대부께 이렇게 전하시게. '나는 답장을 써주기는 곤란하지만 조만간 방도를 취해서 그대의 주공을 귀향시키라는 어명이 내려지도록 해주겠소이다' 이렇게 말일세. 내 절대 자네 대부께서 청탁한 마음을 저버리지 않겠네!"

이에 태전은 작별 인사를 하고 거처로 돌아갔다. 잠시 후 굉요도 돌아와서 둘이 이야기를 나눠보니 양쪽 모두 똑같이 이야기했다는 것을 알 수 있었다. 두 장수는 무척 기뻐하며 서둘러 행장을 꾸려 기주로 돌아갔다.

한편 비중은 산의생의 뇌물을 받고도 우혼에게 아무 말도 하지 않았고 우혼 역시 마찬가지였다. 그러던 어느 날 주왕이 적성루에서 그들 둘과 바둑을 두었는데 주왕이 연달아 두 판을 이겼다. 이에 그는 무척 기뻐하며 잔칫상을 차리라고 분부했고 비중과 우혼도 시중을 들면서 함께 술을 마셨다. 그렇게 즐겁게 술을 마시고 있을 때 주왕이 갑자기 백읍고가 거문고를 연주한 일과 원숭이가 멋지게 노래를 부른 일을 떠올리고 이렇게 말했다.

"희창이 제 자식의 살을 먹었으니 그놈이 말한 하늘의 운수라는 것이 다 허무맹랑한 이야기가 아니겠소? 미리 정해진 운수라는 것이 어디 있겠소?"

그러자 비중이 그 틈을 이용해서 아뢰었다.

"듣자 하니 희창은 평소에 역심을 품고 있다고 해서 지금까지 제가 계속 방비하고 있었사옵니다. 그런데 며칠 전에 심복을 유리로 보내 탐문해보니 유리의 군인과 백성들이 모두 희창이 진정으로 충심을 가지고 있다고 말했다고 하옵니다. 매월 초하루와 보름이 되면 향을 사르고 폐하와 나라의 안녕과 사방 오랑캐의 복종을 염원하면서 나라가 태평하고 비바람이 순조로워 백성이 즐거이 생업에 임하고 사직이 길이 번창하여 황궁이 평안하게 해달라고 기도를 올린다고 하옵니다. 칠 년 동안 그곳에 갇혀 있으면서도 한마디 원망도 하지 않았다고 하오니 제가 보기에 아무래도 희창은 충신인 것이 분명하옵니다."

"저번에는 희창이 겉으로 충성하는 척하면서 안으로는 간사한 마음을 품고 있어서 재앙을 일으킬 뜻을 숨긴 나쁜 인간이라고 하더니 오늘은 어째서 거꾸로 이야기하는 것이오?"

"사람들 이야기가 희창이 충성스럽다고 하는 이들도 있고 간사하다고 하는 이들도 있어서 짧은 시간에 실상을 파악하기 어려웠사옵니다. 이 때문에 제가 심복을 시켜서 사실을 탐문하게 하고 나서야 비로소 그가 충성스럽고 올곧은 사람임을 알게 되었사옵니다. 이야말로 '먼 길을 가봐야 말의 힘을 알 수 있고 오랜 시간이 지나봐

야 사람의 마음을 알 수 있다[路遠知馬力 日久見人心]'라는 격이 아니겠
사옵니까?"

"그랬구려, 우 대부께서는 어떻게 생각하시오?"

그러자 우혼이 아뢰었다.

"비 대부의 말씀이 맞사옵니다. 제가 보기에 희창이 여러 해 동안
갇혀 지내면서도 유리의 백성을 교화하여 모두 그 덕에 감격하고
풍속이 훌륭해졌사옵니다. 백성은 충효를 실천하고 절개와 의리를
지킬 줄만 알지 함부로 못된 짓을 일삼지 않으니 그들도 희창을 성
인이라고 칭송하면서 날마다 선한 행동을 따르고 있사옵니다. 폐하
께서 하문하시니 저는 감히 사실대로 아뢰지 않을 수 없사옵니다.
조금 전에 비 대부께서 그에 대해 아뢰지 않았더라면 제가 아뢰려
고 생각하고 있었사옵니다."

"두 분 모두 같은 말씀을 하시니 희창은 분명 괜찮은 사람인 것 같
구려. 짐은 이제 그를 사면해주고자 하는데 두 분의 생각은 어떻소
이까?"

그러자 비중이 말했다.

"희창을 사면해줄지 말지는 제가 감히 주장할 수 없는 사안이옵
니다. 하지만 충효의 마음을 가진 희창은 오랫동안 유리에 갇혀 있
으면서도 전혀 원망하지 않았사옵니다. 폐하께서 이를 가련히 여기
신다면 사면하여 고향으로 돌려보내시옵소서. 그러면 희창은 죽음
에서 다시 살아나 잃었던 나라를 되찾게 될 것이니 영원히 폐하의
은덕에 감격하지 않겠사옵니까? 제 생각에는 이번에 희창이 돌아
가면 반드시 신하로서 최선의 노력을 다해 죽는 날까지 폐하께 충

성하며 은혜를 갚고자 할 것이옵니다."

비중이 그렇게 열심히 변호하는 모습을 본 우혼은 그도 역시 서기에서 보낸 뇌물을 받았을 것이라고 눈치챘다.

'저 작자만 인심을 쓰게 할 수 없지! 나는 더욱 희창이 감격하게 해줘야겠어.'

이에 우혼이 나서서 아뢰었다.

"폐하, 기왕 성은을 베푸셔서 희창을 사면해주셨으니 한 가지 은전을 더 베푸시면 그는 자연히 더욱 나라를 생각하게 될 것이옵니다. 게다가 지금은 동백후 강문환이 반란을 일으켜 유혼관을 공격하니 대장 두융이 칠 년 동안 악전고투하면서 승패를 가리지 못하고 있사옵니다. 그리고 남백후 악순이 역모를 꾸미고 삼산관을 공격하니 대장인 등구공 또한 칠 년 동안 악전고투 끝에 쌍방이 병사를 절반이나 잃었사옵니다. 이렇게 사방에서 전쟁이 일어나서 싸움이 그칠 날이 없으니 제 소견으로는 희창에게 왕의 봉호를 하사하고 하얀 깃대 장식[白旄]과 황금 도끼[黃鉞]를 하사하시어 천자를 대신하여 반란을 평정하고 서기 땅을 안정적으로 지키도록 해주시는 것이 좋을 듯하옵니다. 게다가 희창은 평소 현량하기로 명성이 높으니 천하의 제후들도 두려워 굴복할 것이고 이 사실을 동쪽과 남쪽에 알리면 저들 두 제후는 전투를 멈추고 스스로 물러갈 것이옵니다. 이야말로 현명한 사람 하나를 등용하고 못난이들을 멀리하는 처사가 아니겠사옵니까?"

주왕은 그 말을 듣고 무척 기뻐했다.

"우 대부는 재능과 지모를 겸비하고 있으니 짐이 더욱 총애할 만하고 비 대부는 현량한 인재를 잘 이끌어주니 일을 믿고 맡길 만하구려."

둘이 성은에 감사하자 주왕은 즉시 희창을 사면하여 속히 유리를 떠나라고 어명을 내렸다. 이를 묘사한 시가 있다.

천운의 순환은 너무도 달라져서
칠 년의 재앙 채우고 조롱을 벗어나게 되었구나.
비중과 우혼이 뇌물 받고 간언하니
성탕의 사직도 그림의 떡이 되었구나.
문왕의 봉호까지 더하여 고향으로 돌려보내니
다섯 관문에서 부자가 다시 상봉하게 되었구나.
영대°에서는 응당 나는 곰이 꿈속의 징조로 나타날 테고
위수 강가에서 강태공을 만나게 되리라!

天運循環大不同　七年方滿出雕籠
費尤受賄將言諫　社稷成湯畵餅中
加任文王歸故土　五關父子又重逢
靈臺應兆飛熊至　渭水溪邊遇太公

그러니까 사신이 사면장을 들고 조가를 출발하자 그 소식을 들은 문무백관들은 무척 기뻐했다.

한편 유리에 있는 희창은 주왕에게 해시형을 당한 큰아들 생각에 너무나 괴로웠다.

'그 아이가 서기에서 태어나 조가에서 죽었는데 아비 말을 듣지 않아서 이런 횡액을 당했구나. 성인은 자식의 살을 먹지 않는다는데 나는 아비 된 몸으로 어쩔 수 없이 먹어야 했으니 그 또한 임시방편의 계책이었지.'

그렇게 그가 생각에 잠겨 있을 때 갑자기 한 줄기 거센 바람이 불더니 처마에서 기왓장 두 개가 떨어져 조각조각 깨졌다.

'아니, 이것은 또 무슨 징조란 말인가?'

그는 곧 향을 사르고 동전으로 팔괘의 점을 쳐보았다. 그리고 내막을 알게 되자 고개를 끄덕이며 탄식했다.

"오늘 천자의 사면장이 도착하는구나. 여봐라, 곧 사면장이 도착할 테니 짐을 꾸려 떠날 준비를 해라!"

이에 시종들은 믿지 않는 표정이었다. 그런데 얼마 후 과연 사신이 사면장을 가지고 도착하자 희창이 절하고 어명을 받을 준비를 했다. 사신이 말했다.

"어명이오, 서백 희창의 죄를 사면하노라!"

희창은 즉시 북쪽을 향해 감사의 절을 올리고 나서 유리를 떠났다. 그때 유리의 원로들이 양을 끌고 술 단지를 지고 길가로 나와서 무릎을 꿇었다.

"전하, 오늘에야 용이 오색구름을 만나고 봉황이 오동나무에 앉고 호랑이가 산에 오르고 학이 소나무 잣나무에 깃들게 되었사옵니다. 칠 년 동안 저희를 교화해주시어 늙은이나 젊은이 할 것 없이 모두 충효를 알게 되었고 부녀자들도 정절을 알게 되어 풍속이 아름다워졌사옵니다. 남녀를 막론하고 모든 백성이 전하의 크나큰 은덕에 감격하고 있사온데 이제 떠나시면 저희는 다시 은택을 입기 어려우니 안타깝기 그지없사옵니다!"

좌우의 백성들이 모두 눈물을 흘리자 희창도 눈물을 머금고 말했다.

"내가 칠 년 동안 갇혀 지내며 여러분에게 조금도 잘해드린 게 없는데 또 이렇게 술까지 들고 와서 전송해주시니 마음이 편치 않소이다. 그저 평소 내가 가르쳐드린 대로 행하시면 자연히 모든 일이 잘 풀려서 폐하의 태평한 복을 함께 누릴 수 있을 것이외다."

이에 백성들은 더욱 슬퍼하면서 십 리까지 전송하고 눈물을 흘리며 작별했다.

서백후가 조가에 도착한 날 문무백관들이 오문 밖에 나와 영접했다. 잠시 후 미자와 기자, 비간, 미자계, 미자연, 맥운麥雲, 맥지麥智, 황비호까지 여덟 명의 간의대부들도 모두 와서 인사했다. 희창은 황망히 절하고 감사했다.

"죄인이 칠 년 동안 여러분을 뵙지 못했는데 오늘 성은을 입어 특별히 사면되었습니다. 모두 여러분께서 음덕蔭德을 나눠주신 덕분에 제가 이렇게 다시 해를 볼 수 있게 되었습니다."

문무백관들은 희창이 나이는 많지만 정신은 오히려 더욱 정정해진 것을 보고 서로 위로하며 기뻐했다. 한편 주왕은 용덕전에 있다가 사신의 보고를 받고 문무백관들과 희창을 대전으로 불렀다. 희창은 소복을 입고 엎드려 아뢰었다.

"죄인 희창은 죽어 마땅한 죄를 지었으나 성은을 입어 사면되었으니 남은 목숨은 모두 폐하께서 내려주신 것이옵니다. 그러니 비

록 뼈가 부서지고 몸이 가루가 되는 한이 있더라도 열심히 노력하
며 폐하의 만세를 기원하겠나이다!"

"경은 칠 년 동안 유리에 갇혀 지내면서도 한마디 원망도 하지 않
고 오히려 짐의 나라가 영원히 번창하고 천하가 태평하여 백성이
즐거이 생업에 임할 수 있게 되기를 기원했다고 하니 그 충정을 알
수 있었소. 이에 경의 마음을 저버리지 않기 위해 특별히 조서를 내
려 사면해준 것이오. 무고하게 칠 년 동안 갇혀 지낸 점을 참작하여
경을 현량하며 충성스러운 모든 제후의 수장으로 봉하여 잘못을 범
한 제후를 다스릴 수 있는 권한을 주겠소. 아울러 하얀 깃대 장식과
황금 도끼를 하사하니 서기 땅을 잘 다스려주기 바라오. 매월 봉록
으로 쌀 천 석을 더해 줄 것이며 문관 두 명과 무장 두 명으로 하여금
경의 고향까지 영예롭게 전송하게 해주겠소. 아울러 용덕전에서 연
회를 베풀어줄 터이니 사흘 동안 거리를 행차한 후에 궁에 들어와
작별하고 떠나도록 하시오."

희창은 성은에 감사하고 옷을 갈아입었고 문무백관들이 모두 축
하하며 용덕전에서 잔치를 즐겼다.

탁자와 의자 깨끗이 닦고
진수성찬과 화려한 방석 깔았구나.
왼쪽에는 꽃을 장식한 백옥병을 두고
오른쪽에는 마노와 산호로 장식했지.
술 따르는 궁녀는 쌍쌍이 선녀 같고
향 사르는 미녀는 나란히 항아 같았지.

황금 향로에서는 사향과 단향 피어나고
호박 술잔에는 진주 방울 술을 따랐지.
양쪽으로 수놓은 병풍을 펼쳐 세웠고
자리마다 금실로 엮은 대자리 겹겹이 깔았구나.
황금 쟁반에 물소 뿔로 만든 젓가락
용과 봉황으로 만든 진수성찬에 어울리고
가지런히 정돈되어
보통의 잔칫상과는 전혀 달랐지.
수놓은 병풍과 비단 휘장
온갖 꽃과 새 둘러싸고
차례차례 겹겹이
색채도 자연히 보기 드문 것이었지.
교리며 화조° 자랑하지 말지니
당연히 작설차처럼 고아한 차도 있었지.
물에 삶은 하얀 살구
장조림한 붉은 생강
아리°와 사과, 아삭한 청매실
용안과 비파, 주황색 금귤
석류는 대접만큼 크고
감은 둥근 공처럼 생겼지.
또 토끼 고기와 곰 발바닥
원숭이 입술과 낙타 발굽도 차려졌으니
봉황의 골수며 용의 간

사자 눈알과 기린 육포가 어찌 부러우랴?

요지의 옥액이니

자부의 경장 따위 집어치워라.

난새 통소와 봉황 피리 불고

상아 박판과 생황 울리는구나.

그야말로 서백이 벼슬 뽐내며 먼저 잔칫상 받으니

교룡이 물을 만나 진흙탕을 벗어난 격!

필요한 것은 모두 갖춰져서

온갖 희귀한 음식 다 차려졌고

풍악 소리 울려 퍼지니

이야말로 제왕의 잔치로다!

擦抹條檯桌椅　鋪設奇異華筵

左設妝花白玉瓶　右擺瑪瑙珊瑚樹

進酒宮娥雙洛浦　添香美女兩嫦娥

黃金爐內麝檀香　琥珀杯中珍珠滴

兩邊圍繞繡屛開　滿座重鋪銷金罩

金盤犀箸　掩映龍鳳珍珠饌

整整齊齊　另是一般氣象

繡屛錦帳　圍繞花卉翎毛

遮遮重重　自然彩色稀奇

休誇交梨火棗　自有崔舌牙茶

水泡白杏　醬芽紅薑

鵝梨蘋果青脆梅　龍眼枇杷金赤橘

石榴盞大　秋柿球圜

又擺列兎絲熊掌　猩脣駝蹄

誰羨他鳳髓龍肝　獅睛麟脯

漫斟那瑤池玉液　紫府瓊漿

且吹他鸞簫鳳笛　象板笙簧

正是　西伯誇官先飲宴　蛟龍得水離泥沙

要的盤盤有　珍饈百味全

一聲鼓樂動　正是帝王歡

　　그러니까 비간과 미자, 기자를 비롯해 크고 작은 벼슬아치들이
모두 희창의 사면을 기뻐하고 문무백관들이 모두 잔치에 참석하여
마음껏 즐겼다. 문왕은 성은에 감사한 다음 조정을 나와 사흘 동안
거리를 행차하며 벼슬을 과시했으니 그 모습이 이러했다.

앞뒤에서 호위하고
오색 깃발 펄럭인다.
자루 둥근 창에는 붉은 수실 휘날리고
높다란 걸상에서는 화려한 빛 눈부시다.
왼쪽에는 도끼 세우고 오른쪽에는 황금 갈고리
앞쪽에는 노란 깃발 뒤쪽에는 표미 장식한 깃발
칼 찬 장정 광채를 더하고
수레 뒤따르는 관리 기쁜 표정들이구나.
은으로 만든 의자에는 옥 부용을 장식했고

천리마에는 황금 고삐 장식했지.

용과 봉황 장식한 곤룡포를 입고

은근히 보이는 용무늬에 꽃을 수놓았으며

찬란한 옥 허리띠에는

팔보를 박아 장식했구나.

백성들은 다투어 서백의 행차 구경하고

만백성 성인이 왔다고 칭송했지.

그야말로 자욱한 향 연기 거리 가득 향기 퍼지고

겹겹의 상서로운 기운이 누대와 계단을 덮었구나!

前遮後擁　五色幡搖

桶子槍朱縷蕩蕩　朝天凳豔色輝輝

左邊鉞斧右金瓜　前擺黃旄後豹尾

帶刀力士增光彩　隨駕官員喜氣添

銀交椅襯玉芙容　逍遙馬飾黃金轡

走龍飛鳳大龍袍　暗隱團龍妝花繡

彩玉束帶　鑲成八寶

百姓爭看西伯駕　萬民稱賀聖人來

正是　藹藹香煙馨滿道　重重瑞氣罩臺階

　조가성의 백성들은 남녀노소를 막론하고 서로 부축하며 손을 잡고 일제히 몰려나와 문왕의 행차를 구경하며 축하했다.

　"충성스럽고 현량한 분이 이제 조롱에서 벗어났구나! 덕망 높은 훌륭한 제후에게 재앙의 기한이 다 찼구나!"

문왕은 성 안에서 이틀째 행차를 했다. 그런데 그날 미시(未時, 오후 1시~3시) 무렵에 앞쪽에서 쌍쌍이 깃발을 앞세우고 창칼을 삼엄하게 치켜든 일단의 군마들이 다가왔다.

"앞쪽에 오고 있는 것은 어디서 온 군마인가?"

"무성왕 전하께서 훈련을 감독하고 돌아오시는 길이옵니다."

문왕은 황급히 말에서 내려 길가에서 허리를 숙여 절을 올렸다.

"희창이 인사 올립니다."

무성왕은 그 모습을 보고 즉시 말에서 뛰어내려 말했다.

"전하, 행차가 오는 줄 모르고 미처 피해드리지 못했습니다. 용서해주십시오. 이제 영광스럽게 귀향하시게 되었으니 정말 기쁘기 그지없습니다. 그런데 제가 한 가지 쓸데없이 드릴 말씀이 있는데 들어주시겠습니까?"

"가르침을 받겠습니다."

"제 집이 여기서 멀지 않으니 조촐하나마 술이라도 한잔 대접하여 성의를 표할까 하온데 어떠십니까?"

문왕은 성실한 사람이라 평계를 대어 사양하지 않았다.

"제가 어찌 감히 사양하겠습니까?"

황비호는 문왕과 함께 왕부王府에 도착하여 즉시 수하에게 술상을 차리라고 분부했다. 그리고 두 왕은 함께 술을 마시며 충의가 담긴 이야기를 주고받았는데 그러다 보니 어느새 날이 저물어 등촉을 밝히게 되었다. 그러자 무성왕이 잠시 주위를 물리고 말했다.

"오늘 어르신의 경사는 정말 무한한 복이라고 할 수 있습니다. 하지만 지금 천자께서 간신을 총애하고 충신의 간언을 듣지 않으며 대신을 해치고 주색에 빠져 조정의 기강에는 신경조차 쓰지 않고 상소문도 쳐다보지 않습니다. 포락형으로 충신을 내치고 채분으로 간언하는 신하의 입을 막고 있으니 만백성은 두려움에 떨고 사방에서 반란이 일어나고 있지요. 동쪽과 남쪽에서는 이미 사백 명의 제후들이 반란을 일으켰고 덕망 높은 제후께서도 유리에 갇혀 고생하셔야 했습니다. 이번에 제후께서 특별히 사면받으셨으니 이는 용이 대해로 돌아가고 호랑이가 깊은 산중으로 들어가고 황금 거북이 낚싯바늘에서 벗어난 격입니다. 그런데 어째서 아직 깨닫지 못하고 계십니까! 천자의 칙령이 사흘이 넘도록 변하지 않는 경우가 없는데 무슨 벼슬을 과시하신다고 행차 따위를 하고 계십니까? 일찌감치 조롱에서 벗어나 고향으로 돌아가셔서 가족과 상봉하는 것이 좋지 않겠습니까? 무엇하러 굳이 이 그물 속에 머물면서 길흉을 알 수 없는 이런 일을 하고 계시느냐는 말씀입니다!"

무성왕의 말을 들은 문왕은 온몸의 맥이 탁 풀려버렸다. 그는 즉시 자리에서 일어나 감사했다.

"진정 금석 같은 말씀으로 저를 일깨워주셨습니다! 이 은혜를 어찌 갚을까요? 그런데 제가 떠나려 해도 다섯 관문에서 막으면 어찌합니까?"

"그야 어렵지 않습니다. 동부銅符가 모두 제게 있지 않습니까?"

황비호는 곧 동부와 영전令箭을 가져와 문왕에게 건네주며 정찰병의 복장으로 갈아입고 관문을 나가면 아무도 막지 않을 것이라고 알려주었다.

"감사합니다! 다시 태어나게 해주신 부모와 같은 은덕을 베풀어주셨는데 언제나 갚을 수 있을까요?"

이때는 밤이 깊어서 이경 무렵이 되어 있었다. 무성왕은 부장 용환과 오겸으로 하여금 조가성 서쪽 문을 열고 문왕을 전송하라고 분부했다. 이제 문왕의 목숨이 어찌 되는지는 다음 회를 보시라.

문왕, 거리를 행차하다가 관문 밖으로 도피하다
文王誇官逃五關

황비호가 은혜 베풀어 문왕을 구하려고
영전과 동부 주며 천자의 영지 빠져나가게 해주었지.
우혼과 비중이 음모 꾸며 성스러운 왕을 쫓아가니
운중자가 나타나 자비롭게 구제해주었지.
예로부터 큰 덕을 갖춘 이는 세상에 용납되기 어려웠지만
이로부터 용이 날아올라 상서로운 징조 나타났지.
자식의 살을 토하여 무덤 만들어 영예로운 이름 남기니
지금까지 입가에 향기가 남아 있구나!

> 黃公恩義救岐王　令箭銅符出帝疆
> 尤費讒謀追聖主　雲中顯化濟慈航
> 從來德大難容世　自此龍飛兆瑞祥
> 留有吐兒名譽在　至今齒角有餘芳

그러니까 문왕은 조가를 벗어나서 밤길을 달려 맹진을 지나 황하를 건너고 다시 민지현을 거쳐 임동관으로 갔다.

한편 조가 성내의 관역을 담당하는 역승은 문왕이 밤새 돌아오지 않자 몹시 당황하여 황급히 비중의 저택에 이 사실을 알렸다. 그러자 수하가 비중에게 보고했다.

"역승이 알려왔는데 서백후가 어디에 갔는지 밤새 돌아오지 않고 있어 중대한 일이라 미리 보고할 수밖에 없었다고 하옵니다."

"알았다, 역승은 물러가라고 해라."

그런 다음 비중은 고민에 빠졌다.

'이것은 내 목숨과도 관련된 일인데 어떻게 처리해야 하나?'

잠시 후 그가 시종을 불렀다.

"상의할 일이 있으니 가서 우 대부를 모셔 오너라."

잠시 후 우혼이 찾아와 서로 인사를 나누고 나서 비중이 말했다.

"아우가 폐하께 희창을 옹호하는 간언을 하여 왕으로 봉하게 한 것은 그렇다 치세. 폐하께서도 윤허하시고 희창에게 사흘 동안 벼슬을 과시하며 거리를 행차하라고 하시지 않았는가? 그런데 뜻밖에 겨우 이틀이 지나고 나서 희창이 천자의 명령도 기다리지 않고 몰래 돌아가버렸으니 이는 분명 좋지 않은 생각을 품은 것일 뿐만 아니라 아주 중대한 일이기도 하네. 게다가 동쪽과 남쪽에서 여러 해 동안 전쟁이 계속되는 마당에 희창까지 도주하여 폐하께 또 하나의 우환이 생기고 말았으니 이 책임을 누가 지고 이제 어찌하면 좋겠는가?"

"형님, 걱정 마십시오. 우리 둘이 한 일이니 실수는 없을 겁니다.

일단 조정으로 들어가 폐하를 알현하고 두 명의 장수로 하여금 잡아 오게 해서 군주를 기만한 죄로 즉시 목을 베어 저자에 효수하면 아무 걱정이 없지 않겠습니까?"

둘은 그렇게 의논하고 나서 서둘러 조회복을 차려입고 조정으로 들어갔다. 적성루에서 정원을 감상하던 주왕은 두 사람이 와서 하명을 기다린다는 보고를 받자 그들을 누각 위로 불렀다. 비중과 우혼이 절을 마치자 주왕이 물었다.

"두 분, 무슨 상주하실 일이 있소?"

이에 비중이 아뢰었다.

"희창이 폐하의 크나큰 은덕을 저버렸나이다. 사흘 동안 거리를 행차하라는 어명을 따르지 않고 폐하를 무시한 채 이틀 동안만 행차하고 왕에 봉해주신 성은에 감사하지도 않고 못된 마음을 품어 몰래 도망쳐버렸으니 분명 귀국하여 반역을 꾀하려는 의도가 있는 것 같사옵니다. 저희가 저번에 그를 천거했사온데 나중에 폐하께 죄를 짓게 되는 결과가 생기지 않을까 싶어서 미리 아뢰오니 처분을 내려주시옵소서."

"희창은 충성스럽고 의로워서 초하루와 보름이면 향을 사르고 절을 올리며 비바람이 순조롭고 나라와 백성이 태평하기를 기원한다고 하지 않았소? 경들이 그렇게 말씀하셨으니 희창을 사면해준 것이 아니오? 오늘 일이 이렇게 잘못된 것은 모두 경들이 함부로 사람을 천거한 데서 비롯된 것이니 그 책임을 면치 못할 것이오!"

그러자 우혼이 아뢰었다.

"예로부터 사람의 마음은 헤아리기 어려워 앞에서는 따르는 척

146

하면서 뒤로는 배신하며 겉은 알아도 속은 알 수 없고 속을 알더라도 마음은 알 수 없다고 하지 않았사옵니까? 그러니 '바다가 마르면 결국 바닥이 보이지만 사람은 죽어도 그 마음을 알 수 없다[海枯終見底 人死不知心]'라는 말이 있지 않사옵니까? 어쨌든 희창은 아직 멀리 가지 못했을 테니 어서 은파패와 뇌개에게 어명을 내리셔서 날랜 기마병 삼천 명을 거느리고 쫓아가 잡아 오게 하여 법으로 다스리시옵소서."

이에 주왕은 은파패와 뇌개로 하여금 군사를 선발하여 추격하라고 어명을 내렸다. 신무대장군神武大將軍 은파패와 뇌개는 무성왕에게 가서 기마병 삼천 명을 할당받아 조가성 서쪽 문을 나서 희창 일행을 쫓아갔다.

깃발 펼치니
봄날 버들가지 엇갈린 듯하고
신호기 펄럭이니
칠석의 오색구름 달을 가른 듯하구나.
창칼이 번쩍이니
삼동의 상서로운 눈이 하늘에 가득한 듯하고
창칼이 삼엄하니
9월 서리가 대지를 덮은 듯하구나.
둥둥 북소리
드넓은 바다에 봄날 우레가 치는 듯하고
대지를 흔드는 징 소리

산 앞에 이른 말이 날아가는 벼락처럼 치달리는구나.

군사는 남산에서 먹이를 다투는 호랑이 같고

말은 북해에서 파도 희롱하는 용 같구나!

幡幢招展　　三春楊柳交加

號帶飄揚　　七夕彩雲披月

刀槍閃灼　　三冬瑞雪彌天

劍戟森嚴　　九月秋霜蓋地

冬冬鼓響　　汪洋大海起春雷

振地鑼鳴　　馬到山前飛霹靂

人似南山爭食虎　　馬如北海戲波龍

　그렇게 추격병들이 번개를 쫓는 구름처럼 달려가고 있을 때 문왕 일행은 정찰병으로 가장하고 조가를 나와서 맹진을 지나 황하를 건너 민지현을 향해 큰길로 가고 있었다. 그들은 천천히 가고 은파패와 뇌개는 신속히 쫓아가니 어느새 금방 따라잡힐 것 같았다. 그때 문왕이 뒤를 돌아보자 흙먼지가 피어나면서 멀리 군마의 함성 소리가 들려오는 것이었다. 그는 이내 추격병이 쫓아온다는 사실을 눈치채고는 혼비백산하여 하늘을 우러르며 탄식했다.

　"무성왕이 나를 위해 안배해주었거늘 내가 한순간 대책도 없이 한밤중에 탈출했구나. 황제가 이를 알게 되면 틀림없이 측근의 참소를 듣고 내가 몰래 돌아가는 것을 이상히 여겨 당연히 추격병을 보내지 않았겠는가? 이번에 잡혀가면 살아날 길이 없으니 어쨌든 말을 달려 이 위기를 벗어나는 수밖에 없겠구나!"

문왕은 숲을 잃은 새처럼 그물에서 벗어난 물고기처럼 동서남북 방향도 가리지 않고 내달렸다. 그는 마음이 너무나 조급해서 그야 말로 '하늘을 우러러 하소연해도 하늘은 말이 없고 고개를 숙여 땅을 보며 호소해도 땅은 말이 없는' 상황이었다. 그래서 연달아 말을 채찍질하며 말이 구름을 탈 수도 몸통에 날개가 생겨날 수도 없는 것을 안타까워했다. 임동관을 이십 리 남짓 남겨놓았을 때는 이미 추격병이 아주 가까이 따라와 있었다.

그때 종남산의 운중자는 옥주동 벽유상에서 원신元神을 운용하여 음양을 지켜 갈무리하면서 내단을 수련하고 있었다. 그런데 갑자기 심장의 피가 세차게 흐르는지라 급히 손가락을 구부려 점을 쳐보더니 내막을 알게 되어 다급하게 탄식했다.

"이런, 서백의 재앙 기한이 이미 다 찼는데 지금 위기에 처해 있구나! 오늘은 부자가 상봉해야 하는 날이니 내가 연산에서 한 말을 지키지 않을 수 없지! 금하동자는 어디에 있느냐? 뒤쪽 복숭아밭에 가서 사형을 데려오너라!"

금하동자는 곧 뇌진자雷震子를 찾아갔다.

"사부님께서 부르십니다."

"사제, 먼저 가게. 금방 따라가겠네."

뇌진자는 곧 운중자를 찾아가 절을 올렸다.

"사부님, 무슨 분부가 있으십니까?"

"애야, 네 부친이 곤란에 처했으니 가서 구해드려라."

"제 부친이 누구입니까?"

"바로 서백후 희창으로 지금 임동관에서 위기에 처해 있구나. 호애 아래에 가서 무기를 하나 찾아오너라. 내가 비밀리에 몇 가지 병법을 전수해줄 테니 가서 네 부친을 구하도록 해라. 오늘은 부자가 상봉해야 하는 날로 훗날 다시 만나기로 했느니라."

이에 뇌진자는 동부를 나와 호아애로 가서 이곳저곳을 찾아보았다. 하지만 도무지 무기라고 할 만한 것이 보이지 않았다.

'내가 뭘 잘못 생각했나? 무기라고 하면 창이나 칼, 채찍이나 도끼, 갈고리, 추鎚 따위라고 들었는데 사부님께서 무기라고 하신 것이 어떤 것인지 모르겠구나. 다시 돌아가서 자세히 여쭤봐야겠구나.'

그러면서 그가 막 돌아서려 하는데 어디선가 기이한 향기가 스며들어 배 속까지 짜릿한 느낌이 전해져오는 것이었다. 다시 살펴보니 앞쪽에 물이 졸졸 흐르는 개울이 하나 있고 거기서 은은한 우렛소리가 들려왔다. 가까이 다가가자 그윽하고 우아한 경치가 펼쳐졌는데 노송나무와 측백나무에는 등나무 줄기가 휘감고 있고 대나무가 벼랑 꼭대기에서 자라고 있었다. 여우와 토끼가 마치 베틀 북처럼 오가고 앞뒤에서는 노루와 학이 울어댔다. 푸른 풀 사이에는 영지가 숨어 있고 나뭇가지에는 매실이 달려 있어 그야말로 산중의 절경이었다. 그는 푸른 나뭇잎 아래로 붉은 살구가 두 개나 달려 있기에 속으로 무척 기뻐하며 등나무와 칡넝쿨을 붙잡고 험준한 비탈을 올라가 그것을 땄다. 슬쩍 냄새를 맡아보니 기이한 향기가 마치 감로수가 가슴을 씻듯 콧속으로 스며들었다.

'하나는 내가 먹고 다른 하나는 사부님께 드려야지.'

그리고 살구를 하나 먹었는데 그렇게 향기롭고 맛이 좋을 수가 없었다. 그 바람에 자기도 모르게 나머지 하나까지 덥석 베어 물고 말았다.

"이런! 잇자국이 나버렸네. 차라리 다 먹어버리자!"

그는 살구를 먹고 나서 다시 무기를 찾았다. 그런데 갑자기 왼쪽 겨드랑이에서 '팍!' 하는 소리와 함께 날개가 자라나 땅에 끌리는 것이었다. 그는 혼백이 하늘 밖으로 날아간 듯이 놀랐다.

"큰일 났구나!"

뇌진자는 황급히 두 손으로 날개를 붙잡고 열심히 뽑으려고 했지만 뜻밖에도 오른쪽에서 또 날개가 생겨나는 것이었다. 그는 너무 놀라서 어쩔 줄 몰라 땅바닥에 털썩 주저앉아 바보처럼 멍하니 있었다. 그나마 양쪽 겨드랑이에서 날개가 난 것은 별것 아니었다. 이제는 얼굴까지 변해버렸으니 코는 높아지고 얼굴은 푸르뎅뎅해졌으며 머리카락은 주사를 바른 듯 붉어지고 눈동자는 툭 튀어나왔다. 이빨은 제멋대로 자라서 입술 밖으로 삐져나왔고 체구는 두 길이나 되게 커져버렸다. 그는 멍하니 아무 말도 못하고 있는데 금하동자가 찾아와서 소리쳤다.

"사형, 사부님께서 부르십니다!"

"사제, 이것 좀 보게. 내가 왜 이렇게 변해버렸지?"

"아니, 어떻게 된 일입니까?"

"사부님께서 호아애에 가서 무기를 찾아 내 아버님을 구해드리라고 하셨는데 아무리 찾아봐도 보이지 않았네. 그러다가 살구 두 개를 발견해서 따 먹었는데 이상하게도 푸르뎅뎅한 얼굴에 붉은 머리, 삐져나온 송곳니가 생기더니 양쪽에 날개까지 자라났네. 이 꼴로 어떻게 사부님을 뵌단 말인가?"

"그래도 어서 가셔요, 사부님께서 기다리고 계시잖아요."

뇌진자는 터벅터벅 걸으며 생각하니 아무래도 모양새가 좋지 않은 것 같았다. 두 날개를 땅에 끌고 가는 모습이 마치 싸움에서 진 닭과 같았던 것이다. 어느새 옥주동에 도착하니 운중자가 그 모습을 보고 손뼉을 치며 감탄했다.

"허허, 기이한 일이로다!"

그리고 그는 손가락으로 뇌진자를 가리키며 시를 읊었다.

신선 세계 살구 두 알로 천하를 안정시키고
황금 몽둥이 하나로 천지를 안정시키리라.
바람과 우레 일으키는 두 날개로 선배의 길을 열어주고
천만 가지 변신술로 자손을 일으키리라.
금방울 같은 눈으로 천하를 두루 보고
자초 같은 머리카락은 짤막하게 세 가닥으로 깎았구나.
현묘한 신선의 비결을 은밀히 전수받아
금강을 연마하여 육체가 피곤해지지 않으리라!

兩枚仙杏安天下　一條金棍定乾坤
風雷兩翅開先輩　變化千端起後昆
眼似金鈴通九地　髮如紫草短三髦
祕傳玄妙眞仙訣　煉就金鋼體不昏

그렇게 읊조리고 나서 운중자가 말했다.

"나를 따라오너라."

뇌진자가 사부를 따라 복숭아밭에 이르자 운중자가 황금 몽둥이를 하나 주며 사용법을 전수해주었다. 위아래로 날아오르며 휘돌리면 비바람이 치는 소리가 났고 나아가고 물러나는 것은 마치 용이나 뱀이 움직이는 듯한 기세였다. 사나운 호랑이가 고개를 돌리듯이 몸을 회전했고 교룡이 바다에서 나오듯이 몸을 솟구치기도 했다. 그럴 때마다 '휙! 휙!' 하는 소리와 함께 번쩍번쩍 눈부신 빛이 났다. 허공중에는 비단을 한 뭉치 깔아놓은 듯했고 좌우로는 수만 송이 꽃이 피어나는 듯했다.

운중자는 동부에서 뇌진자가 황금 몽둥이를 익숙하게 쓰게 되자 그의 왼쪽 날개에 바람 '풍風' 자를 오른쪽 날개에는 우레 '뇌雷' 자를 쓰고 나서 주문을 외었다. 그러자 뇌진자가 공중으로 날아올라 허공을 딛고 서서 아래를 내려다보며 두 날개를 펼치니 공중에서 바람 소리와 우렛소리가 울렸다. 뇌진자는 다시 땅에 내려와 스승에게 엎드려 절을 올렸다.

"사부님, 현묘한 도술을 전수해주셔서 부친의 재난을 구제하게 해주시니 그 은혜가 말로 다 할 수 없을 만큼 큽니다."

"어서 임동관으로 가서 서백후를 구해라. 그분이 바로 네 부친이시다. 어서 가라, 늦으면 큰일이다. 네 부친을 구해서 다섯 관문을 나가되 부친과 함께 서기로 가지 말고 주왕의 군사나 장수를 해쳐서도 안 된다. 일을 마친 후에는 종남산으로 돌아오도록 해라. 몇 가지 도술을 더 전수해줄 테니 말이다. 너희 형제와는 나중에 자연히 만날 날이 있을 것이다. 자, 이제 어서 가봐라!"

뇌진자는 동부를 나와 두 날개를 펼치고 날아올라 순식간에 임동관에 도착해서 어느 산언덕에 내려섰다. 그는 그곳에 서서 잠시 둘러보았으나 사람들의 흔적이 보이지 않았다.

"이런, 사부님께 한 가지를 여쭤보지 않았구나. 서백후 문왕의 생김새를 모르는데 어떻게 만나지?"

그의 중얼거림이 끝나기도 전에 저쪽에서 하늘색 융단으로 만든 삿갓을 쓰고 하급 관리가 입는 검은색 짧은 적삼을 입은 사람이 백마를 타고 나는 듯이 달려왔다.

'혹시 저 사람이 내 부친일까?'

그는 즉시 아래를 향해 소리쳤다.

"거기 오시는 분이 서백후 전하이십니까?"

문왕은 그 소리를 듣고 고삐를 당겨 말을 세운 다음 고개를 들어 살펴보니 사람은 보이지 않고 목소리만 들리는 것이었다.

"이런, 내 목숨도 이제 끝이로구나! 어떻게 목소리만 들리고 사람은 보이지 않는 것이지? 귀신이 농간을 부리는 모양이로구나."

알고 보니 뇌진자는 얼굴이 푸르뎅뎅한 데다가 초록색 옷을 입고 있어서 산 색깔과 뒤섞여 문왕이 분간하지 못했던 것이다. 문왕이 말을 멈추고 잠깐 살펴보더니 다시 떠나려 하자 얼른 뇌진자가 또 물었다.

"거기 계신 분, 혹시 서백후 희 나리가 아니십니까?"

문왕이 다시 고개를 들어 살펴보다가 푸르뎅뎅한 얼굴에 시뻘건 머리카락, 송곳니가 삐져나온 커다란 입, 퉁방울처럼 튀어나와 빛이 번들거리는 눈을 발견하고는 혼비백산 놀랐다.

'귀신이나 도깨비라면 사람의 목소리를 내지 못할 테지. 기왕 여

기까지 와버렸으니 피할 수도 없게 되었구나. 나를 불렀으니 일단 산으로 올라가보자.'

이렇게 생각하고 문왕은 산 위를 향해 말을 몰며 소리쳤다.

"그대는 어느 호걸이시기에 이 희창을 알아보시는 것이오?"

그러자 뇌진자가 황급히 엎드려 절을 올렸다.

"아바마마, 제가 늦게 오는 바람에 놀랄 일을 당하시게 만들었사옵니다. 불효를 용서해주시옵소서!"

"사람을 잘못 보신 모양이구려. 나는 그대를 전혀 모르겠는데 왜 나더러 아비라고 하시는 게요?"

"제가 바로 연산에서 거둬들이신 뇌진자이옵니다."

"아니, 애야! 그런데 생김새가 왜 이리 되었느냐? 종남산의 운중자가 너를 데려간 뒤로 이제 막 칠 년이 되었는데 네가 어떻게 여기에 온 것이냐?"

"사부님의 명에 따라 아바마마를 구해 추격병을 따돌리고 다섯 관문 밖으로 모셔다드리기 위해서 왔사옵니다."

문왕은 그 말을 듣고 깜짝 놀랐다.

'나는 도망치면서 이미 조정에 죄를 지었고 이 아이는 보아하니 착한 녀석은 아닌 것 같구나. 저 아이가 만약 추격병을 격퇴한다면 병사며 장수들을 모두 때려죽여서 내 죄만 더욱 무겁게 만들지 않겠는가? 일단 좋은 말로 달래서 포악한 성품을 드러내지 못하게 해야겠구나.'

그렇게 생각하며 그가 말했다.

"애야, 주왕의 병사와 장수를 해치면 안 된다. 그들은 천자의 어명

문왕, 거리를 행차하다가 다섯 관문 밖으로 도피하다.

을 받들어 온 것이고 나는 어명을 어기고 도망치는 몸이니 천자의 크나큰 은혜를 저버린 셈이 아니더냐? 그런데 네가 조정의 명을 받은 관리를 죽이면 그것은 아비를 구하는 것이 아니라 오히려 해치는 결과가 될 것이야!"

"사부님께서도 그렇게 분부하셨사옵니다. 군사와 장수들을 해치지 말고 오직 아바마마만 구해서 다섯 관문 밖으로 모시면 된다고 하셨사옵니다. 저들은 제가 잘 달래서 돌려보내겠사옵니다."

잠시 후 추격병이 깃발을 펼쳐 세우고 징과 북을 일제히 울리면서 함성을 지르며 우르르 달려왔다. 그들이 일으킨 먼지가 햇빛을 가릴 정도였다. 뇌진자는 그 모습을 보더니 두 날개를 척 펼치고 공중으로 날아올라 황금 몽둥이를 치켜들었다. 이에 깜짝 놀란 문왕은 땅바닥에 털썩 주저앉았다.

한편 뇌진자는 추격병의 앞으로 날아가 땅에 내려서 손에 황금 몽둥이를 들고 고함을 질렀다.

"멈춰라!"

병졸들은 뇌진자의 무시무시한 모습을 보고 깜짝 놀라 은파패와 뇌개에게 보고했다.

"장군님, 앞쪽에 못된 신이 나타나 길을 막고 있는데 아주 무시무시하게 생겼사옵니다!"

이에 두 장수는 병사들에게 물러나라고 명령하고 말을 몰아 뇌진자 앞으로 다가갔다. 그들의 운명이 어찌 되는지는 다음 회를 보시라.

문왕, 아들의 살을 토해내다
西伯侯文王吐子

치욕 참으며 돌아오니 그 마음 가련한데

다만 자식의 살을 먹어 눈물 마르기 어렵구나.

재난에서 벗어나려고 천성을 해친 것도 아니요

충성을 다하고자 사랑하는 자식을 해친 것도 아니라네.

하늘이 정한 운명이 다가오니 누가 옳은가?

재난이 갑자기 닥쳐서 잘못 저지른 것처럼 보일 뿐.

여태까지 인간사에 대해서는 말하지 말게

예로부터 헤어짐은 모두 하늘에 달려 있나니!

忍恥歸來意可憐　只因食子淚難乾

非求度難傷天性　不爲成忠賊愛緣

天數湊來誰個是　劫灰聚處若爲怨

從來莫道人間事　自古分離總在天

그러니까 은파패와 뇌개가 말을 몰아 앞으로 가니 뇌진자의 무시무시한 모습이 보였다. 이를 묘사한 노래가 있다.

하늘에서 우렛소리 울리더니 호랑이 같은 이가 나타났으니
연산에서 세상에 나와 무왕°을 보좌하라는 부탁 받았지.
서백은 분명 양자를 들였으니
신선의 집에는 세상에 없는 보물이 있다네.
칠 년 동안 현묘한 비결 은밀히 전수받았고
두 날개 자라나 바람과 번개 일으키게 되었지.
복숭아밭에서 황금 몽둥이 쓰는 법을 배우고
금계령에서 선봉에 나서 성스러운 군주 도왔지.
금빛으로 빛나는 눈은 번개가 치는 듯하고
푸르뎅뎅한 얼굴에 머리카락은 시뻘겋구나.
육신은 도를 이루어 신선의 몸이 되었고
하늘같은 공적으로 제왕을 세우려 하지.
희창의 아들이 백 명이라는 말은 하지 말게
이름이 뇌진자이니 어찌 보통 사람이겠는가!

天降雷鳴現虎軀　燕山出世托遺孤
姬侯應産螟蛉子　仙宅當藏不世珠
祕授七年玄妙訣　長生兩翅有風雷
桃園傳得黃金棍　雞嶺先將聖主扶
目似金光飛閃電　面如藍靛髮如朱
肉身成聖仙家體　功業齊天帝子圖

어쨌든 은파패와 뇌개는 자신들의 대담한 기세를 믿고 사납게 소리쳤다.

"네놈은 누구인데 감히 길을 막는 것이냐?"

"나는 서백후의 백 번째 아들 뇌진자다. 우리 부왕께서는 어진 군자요 현명하고 덕망 높은 대장부로서 군주를 섬기는 데 충성을 다하시고 부모님을 모시는 데 효성을 다하시며 믿음으로 벗을 사귀시고 의리로 신하를 대하시며 예의로 백성을 다스리시고 도리에 맞게 세상을 살아오셨다. 또한 공정하게 국법을 지키며 신하로서 도리를 다해오셨다. 그런데 아무 죄도 없이 유리에 구금되어 칠 년 동안이나 목숨을 보전하시며 때를 기다리셨지만 전혀 진노하지 않으셨다. 이제 겨우 석방되어 귀향하려 하시는데 왜 또 쫓아오는 게냐? 명령을 손바닥 뒤집듯이 하는 것이 어찌 천자가 할 짓이더냐? 그래서 내가 사부님의 분부에 따라 특별히 하산하여 귀향하시는 부왕을 맞이하여 우리 부자가 다시 상봉하게 되었다. 너희는 함부로 용맹을 내세우지 말고 얌전히 돌아가라. 내 사부님께서 인간 세계의 중생을 해치지 말라고 당부하셔서 이렇게 좋은 말로 권하는 것이다. 그러니 어서 돌아가라!"

은파패가 코웃음을 치며 말했다.

"가소로운 못난이 같으니라고! 감히 허풍으로 우리 군사들을 현혹하면서 우리의 용맹을 무시하는 것이냐?"

그러면서 그가 말을 몰아 칼을 휘두르자 뇌진자가 황금 몽둥이로

막으며 말했다.

"멈춰라! 네놈이 기어이 나와 자웅을 겨뤄보겠다면 상대해줄 수도 있다. 하지만 내 부왕과 사부님의 분부를 감히 어길 수 없어서 참는 것이니라. 일단 이것을 보고 다시 생각해봐라!"

그러면서 뇌진자는 날개를 펼쳐 공중으로 날아올라 바람과 우레를 일으켰다. 그가 공중에 서서 아래를 내려다보니 서쪽으로 삐져나온 산부리가 보였다.

"자, 내가 저 산부리에 이 몽둥이를 휘두를 테니 어찌 되는지 봐라!"

뇌진자가 산부리를 향해 몽둥이를 휘두르자 '꽝!' 하는 소리와 함께 절반이 무너져 내렸다. 그는 다시 땅으로 내려와서 두 장수에게 말했다.

"너희들 머리통이 저 산보다 단단하더냐?"

두 장수는 그 무시무시한 모습에 넋이 나갔다.

"뇌진자, 네 말대로 우리는 일단 조가로 돌아가서 보고할 테니 너도 돌아가라."

은파패와 뇌개는 도저히 그를 이길 수 없다고 판단하고 어쩔 수 없이 돌아갔으니 이를 묘사한 시가 있다.

한 번 노하여 구름처럼 허공에 날아올라
황금 몽둥이 휘두르니 기세가 무지개 같았지.
순식간에 바람 소리 천지를 휩쓸고
어느새 우렛소리 우주를 가득 채웠지.
날개 펼친 붕새처럼 사납고

귀산의 곰처럼 흉맹했지.
이때부터 은파패와 뇌개의 간담이 떨려
속수무책 조가로 돌아가니 기세가 이미 다했지.

$$一怒飛雲起在空 \quad 黃金棍擺氣如虹$$
$$霎時風響來天地 \quad 頃刻雷鳴遍宇中$$
$$猛烈怳如鵬翅鳥 \quad 猙獰渾似鬼山熊$$
$$從今喪却殷雷膽 \quad 束手歸商勢已窮$$

그러니까 은파패와 뇌개는 뇌진자의 이런 용맹함을 직접 목격했
을 뿐만 아니라 뇌진자가 날개를 펼치자 바람과 우레가 일어나니
도저히 이기지 못하고 부질없이 목숨만 잃게 될 것 같았다. 그래서
그들은 뇌진자의 권유를 따르는 척하며 군사를 이끌고 돌아갔던 것
이다.

한편 뇌진자가 다시 산으로 올라가니 문왕이 놀라서 멍한 표정을
짓고 있었다.

"아바마마의 분부에 따라 추격병을 돌려보냈사옵니다. 쫓아온
장수는 은파패와 뇌개인데 제가 좋은 말로 달랬사옵니다. 이제 아
바마마를 다섯 관문 밖으로 모셔다드리겠사옵니다."

"나에게 동부와 영전이 있으니 관문에서 그것을 보여주면 나갈
수 있느니라."

"그러실 필요 없사옵니다. 지금은 상황이 급박하니 동부를 대조
하다 보면 돌아가시는 시기가 늦어질 수 있고 뒤쪽에 또 쫓아오는
군대가 있으면 일이 언제 끝나게 될지 알 수 없사옵니다. 제가 아바

마마를 업고 날아가면 금방 다섯 관문 밖으로 나갈 수 있으니 또 다른 문제가 생길 여지를 없앨 수 있사옵니다."

"얘야, 괜찮은 생각이기는 하나 타고 온 말은 어찌한단 말이냐?"

"아바마마께서 나가시는 것이 중요하니 하찮은 말은 신경 쓰지 마시옵소서."

"이 말은 나와 칠 년 동안이나 재난을 함께했는데 하루아침에 버리려니 가슴이 아프구나."

"이런 상황이 되었으니 어쩔 수 없는 일이 아니옵니까? 군자는 작은 것을 버리고 큰 것을 이루어야 하지 않겠사옵니까?"

그러자 문왕이 손바닥으로 말을 두드리며 탄식했다.

"얘야, 내가 어질지 못해서 너를 버리고 떠나는구나. 하지만 추격병이 다시 오면 내 목숨조차 부지할 수 없으니 어쩔 수 없구나. 이제 너를 두고 떠날 테니 마음대로 가서 좋은 주인을 만나도록 해라."

그렇게 문왕은 눈물을 흘리며 말과 이별하게 되었으니 이를 묘사한 시가 있다.

칙명을 받고 군주에게 간언하러 조가로 왔다가
나와 함께 칠 년 동안 유리에 갇혀 있었지.
임동관에서 이별하고 서쪽 기주로 돌아가니
네 마음대로 돌아다니다가 좋은 주인을 만나려무나.

奉敕朝歌來諫主　同吾羑里七年囚

臨潼一別歸西地　任你逍遙擇主投

그러자 뇌진자가 재촉했다.

"아바마마, 서두르셔야 하옵니다! 너무 오래 지체하시면 아니 되옵니다."

"그럼 조심히 나를 업도록 해라."

문왕이 뇌진자의 등에 업혀 두 눈을 꼭 감으니 귓전으로 바람 소리만 들렸다. 그리고 얼마 지나지 않아서 그들은 다섯 관문 밖에 도착해 있었다. 뇌진자는 금계령에 이르러 땅에 내려와 말했다.

"아바마마, 다섯 관문 밖으로 나왔사옵니다."

문왕이 눈을 뜨고 살펴보니 고향 땅인지라 무척 기뻐했다.

"오늘에야 다시 고향 땅을 보는구나. 이것이 다 네 덕분이로구나."

"아바마마, 조심히 가시옵소서. 저는 여기서 작별 인사를 올리겠사옵니다."

"아니? 어째서 도중에 나를 두고 떠나려는 것이냐?"

"사부님께서 아바마마를 관문 밖까지만 모셔다드리고 바로 동부로 돌아오라고 분부하셨사옵니다. 그러니 사부님 말씀을 어길 수 없는 일이 아니옵니까? 아바마마, 먼저 돌아가시옵소서. 저는 나머지 도술을 모두 배운 다음에 다시 찾아뵙겠사옵니다. 그리 오래 걸리지는 않을 것이옵니다."

뇌진자는 고개를 숙여 절을 올리고 눈물을 흘리며 작별했다. 그야말로 이런 격이었다.

세상에 온갖 애달픈 일 많지만
사별과 생이별만큼 쓰라린 것은 없다네!

뇌진자가 종남산으로 돌아가자 말도 없이 혼자 남은 문왕은 어쩔 수 없이 걸어야 했다. 그는 이미 연로했기 때문에 걸어가기가 쉽지 않았다. 하루 종일 걷다가 날이 저물어 어느 여관에서 하룻밤을 묵고 이튿날 길을 떠나려는데 주머니에 돈이 한 푼도 없었다. 그러자 여관 점원이 말했다.

"방에서 잠도 자고 술과 밥까지 잡수셨으면서 왜 한 푼도 내지 않는 겁니까?"

"지금은 빈손이라 그러니 잠시 외상으로 해주시구려. 서기에 도착하면 사람을 보내 이자까지 드리겠소이다."

"여기는 다른 지방과는 달라요! 우리 서기 사람들은 폭력을 쓰지 않고 남을 속이지도 않으니 서백후 나리께서 인의로써 만백성을 교화했기 때문이지요. 행인은 서로 양보하고 길에 떨어진 물건을 주워 가지 않으며 밤에 개 짖는 소리도 들리지 않고 만백성이 즐겁게 생업에 열중하면서 요·순 시절 같은 태평성대를 누리고 있다 이겁니다. 당장 돈을 내고 정확히 계산하면 보내주겠지만 그렇지 않으면 단단히 맛을 보여주겠소! 서기의 관아로 끌고 가서 상대부 산의생 나리께 고발할 테니 그때는 후회해도 늦을 거요!"

"절대 허튼소리가 아니오."

그러자 여관 주인이 나와서 물었다.

"무슨 일인데 이리 소란스러우냐?"

점원이 자초지종을 이야기하자 주인은 나이가 많고 기품이 비범한 그를 알아보고 이렇게 물었다.

"서기에는 뭐 하러 오셨소? 어찌 여비조차 없이 와서 나와 아는 사이도 아닌데 외상을 바라는 것이오? 납득이 되게 설명하시면 외상으로 해주겠소."

"주인장, 내가 바로 서백후요. 칠 년 동안 유리에 갇혀 있다가 성은을 입고 사면되어 고향으로 돌아오는데 운 좋게 내 아들 뇌진자가 나를 다섯 관문 밖까지 데려다주었소. 그래서 호주머니가 비어 있는 것이니 며칠만 말미를 주시구려. 서기에 도착하면 관리를 보내 갚아드리겠소. 이건 절대 거짓말이 아니오!"

그러자 주인이 황망히 엎드려 절을 올렸다.

"전하, 용서하시옵소서! 이 어리석은 백성이 존안을 알아뵙지 못했사옵니다. 안으로 드시옵소서, 소인이 술이라도 한 병 올리고 나서 직접 궁까지 모셔다드리겠나이다."

"그대는 이름이 무엇이오?"

"오대째 여기서 살고 있는 신걸申傑이라 하옵나이다."

"오, 그렇구려. 나에게 말 한 필만 빌려주실 수 있겠소? 궁에 돌아가면 반드시 후하게 사례하겠소이다."

"저희 같은 가난뱅이에게 말이 어디 있겠사옵니까? 기껏해야 밀가루 빻는 데 부리는 나귀가 한 마리 있을 뿐이옵니다. 안장과 고삐를 마련해드릴 테니 나귀라도 타고 가시옵소서. 소인이 직접 고삐를 잡고 모시겠나이다."

문왕은 무척 기뻐하며 곧 금계령을 떠나 수양산을 지났다. 가다가 날이 저물면 노숙하고 다시 새벽같이 길을 떠났는데 때는 한가을이라 서늘한 바람이 불고 오동잎이 팔랑팔랑 나부꼈으며 단풍이 든 숲은 비취빛으로 아름다웠다. 하지만 풍경은 아름다워도 쓸쓸한 새가 바람에 슬피 울고 귀뚜라미 소리는 구슬프니 오랫동안 고향을 떠나 있었던 서백이 이런 풍경을 보고 어찌 마음이 평안했겠는가? 그는 그저 한시라도 빨리 궁에 도착해 가족을 만나 시름을 달래고 싶을 뿐이었다.

한편 문왕의 모친 태강은 궁중에서 희창을 그리워했는데 어느 날 갑자기 세 줄기 바람이 몰아치면서 '횡횡!' 소리를 내자 시녀에게 향을 사르게 하고 동전을 꺼내 점을 쳐보았다. 그리고 모일 모시에 희창이 이미 서기에 도착했다는 사실을 알게 되고는 무척 기뻐하며 문무백관들과 여러 공자들에게 어서 나가서 그를 맞이하라고 분부했다. 이에 문무백관들과 공자들은 모두 뛸 듯이 기뻐했다. 서기의 모든 백성들 또한 양을 끌고 술 단지를 짊어지고 밖으로 나왔으며 집집마다 향을 살라 향 연기가 길에 자욱했다. 문무백관들과 공자들은 경사를 나타내는 붉은 옷을 입고 마중을 나갔는데 이제 혈육이 다시 모이고 용과 호랑이가 다시 만나게 되었는지라 그 기쁨이 몇 배나 되었다. 이를 묘사한 시가 있다.

만백성 기뻐하며 서기를 나와
제왕을 영접하여 큰길을 지났지.
유리의 칠 년 재난은 이미 기한이 찼고
금계령에서 단번에 추격병도 끊어버렸지.
이제부터 성스러운 교화가 요·순을 넘어설지니

영대에는 곧 제왕의 기반이 세워지리라.

예로부터 현량한 이들『주역』에서도 드물었지만

신하는 충성스럽고 군주는 올곧아 태평성대 이루었지.

萬民歡忭出西岐　迎接龍車過九逵

羑里七年今已滿　金雞一戰斷窮追

從今聖化過堯舜　目下靈臺立帝基

自古賢良周易少　臣忠君正助雍熙

　한편 문왕은 신걸과 함께 서기산에 이르러 먼 길을 오면서 보니 고향의 모습이 예전 그대로였다. 이에 그는 자신도 모르게 처연한 기분이 들었다.

　'예전에 상나라에 조회하러 갔을 때 이런 큰 재난을 당했는데 오늘에야 돌아오게 될 줄은 생각지도 못했지. 게다가 칠 년이나 지났다니, 산천은 예전 그대로인데 사람들의 얼굴은 이미 옛날의 모습이 아니구나!'

　그가 이렇게 탄식하고 있을 때 갑자기 앞쪽에 두 개의 붉은 깃발이 보이는가 싶더니 대포 소리와 함께 한 무리의 인마가 우르르 몰려왔다. 문왕이 놀란 가슴을 가라앉히기도 전에 왼편에는 대장군 남궁괄이 오른편에는 상대부 산의생이 신갑과 신면, 태전, 굉요, 기공, 윤공 등 사현팔준과 서른여섯 명의 호걸을 이끌고 길 양쪽에 엎드렸다. 그때 둘째 아들 희발이 나귀 앞으로 다가와 엎드려 절을 올렸다.

　"아바마마, 오랜 세월을 타향에 묶여 계셨는데 자식 된 몸으로 고난을 함께 나누어 대신하지 못했사오니 정말 천지간의 큰 죄인이옵니다. 부디 용서하시옵소서! 오늘 다시 인자하신 존안을 뵙게 되어 너무나 기쁘고 안심이 되옵니다!"

문왕은 문무백관들과 여러 아들을 보자 자기도 모르게 눈물이 흘렀다.

"오늘은 너무나 마음이 아프구려! 가정을 잃었다가 다시 찾고 나라를 잃었다가 다시 찾고 신하를 잃었다가 다시 찾고 자식을 잃었다가 다시 찾았소이다. 칠 년 동안 유리에 갇혀 지내며 그대로 늙어 죽는 것을 감수하려 했는데 이제 다행히 하늘의 해를 보고 여러분과 다시 만나게 되었구려. 하지만 막상 이렇게 되고 보니 오히려 마음이 아프구려!"

그러자 상대부 산의생이 아뢰었다.

"옛날 성탕께서도 하대에 갇혀 계셨지만 어느 날 귀국하셔서 천하를 다스리게 되셨사옵니다. 이제 주공께서 귀국하셨으니 더욱 인덕으로 정치를 펼치시어 백성을 기르시다가 때를 기다려 움직이시옵소서. 오늘의 유리가 옛날의 하대와 같을 수도 있지 않사옵니까?"

"그것은 나를 위한 말도 아니고 또 주군을 섬기는 신하로서 할 말도 아니오. 내가 상나라 도읍에서 죄를 지었으나 성은을 입어 사형을 면제받고 그저 갇혀 있기만 했을 뿐이니 비록 그 기간이 칠 년이나 되었다 할지라도 그 역시 천자의 한없이 큰 은덕이 아니겠소? 그 은혜만 하더라도 온몸을 바쳐 노력해도 갚을 수 없는데 나중에는 또 문왕의 작위를 하사하시고 황금 도끼와 하얀 깃대 장식을 하사하시어 제후들의 잘못을 다스릴 권한까지 주셨고 사면령을 내리시어 고향으로 돌아오게 해주셨소. 이 얼마나 큰 은덕이오! 그러니 마 땅히 신하로서 도리를 다하여 혼신의 힘을 바쳐 나라에 보답하더라 도 그 한없는 은덕의 만분의 일도 갚지 못할 것이오. 대부께서는 어 찌 그런 말씀을 하셔서 문무백관들로 하여금 불충한 마음을 갖게 만드는 것이오!"

이에 모든 신하들이 기꺼워하며 승복했다. 잠시 후 희발이 다가 와서 아뢰었다.

"아바마마, 옷을 갈아입고 수레에 오르시옵소서."

문왕은 옷을 갈아입고 수레에 올라 신걸에게 궁까지 따라오라고 분부했다. 행차가 가는 도중에 내내 한호성이 길에 가득했고 풍악 이 끊이지 않았으며 집집마다 향을 사르고 오색 비단을 내걸어 축 하했다. 문왕은 수레에 단정히 앉아 있었고 좌우의 수하들이 줄지 어 따랐으며 깃발이 하늘의 해를 가릴 정도였다. 그 행렬을 본 백성 들이 크게 함성을 질렀다.

"칠 년 동안 용안을 뵙지 못했는데 이제야 돌아오셨군요! 만백성 이 우러르며 직접 용안을 뵙고자 하오니 어리석은 저희는 너무나 기쁘고 마음이 놓이옵니다!"

문왕이 그 환호성 속에서 다시 소요마에 오르자 기쁨에 찬 백성 들의 함성이 더 크게 울려 퍼졌다.

"이제 서기에도 주군이 다시 생겼구나!"

그렇게 모두들 기뻐할 때 문왕은 소룡산小龍山 어귀를 나오고 있 었다. 그러다가 양쪽에서 따라오는 문무대신들과 아흔여덟 명의 자 식들 가운데 유독 큰아들 백읍고만 보이지 않는지라 그가 비참하게 해시형을 당한 일과 유리에서 자신이 그 살을 먹은 일이 떠올랐다. 이에 그는 자신도 모르게 가슴이 너무나 아파서 눈물을 비 오듯 흘렸다. 그는 옷자락으로 얼굴을 가리고 노래를 불렀다.

신하의 절개 다해 어명 받고 조가로 가서
군주에게 직간하여 윤리강상 바로잡으려 했지.
간신의 참소로 유리에 갇혀 있었지만
감히 원망하지 않았으니 하늘이 그 재앙 내렸기 때문이지.
효성스러운 백읍고는 아비 위해 속죄하려 했고
거문고 타다가 충성스럽고 착한 그 아이 해를 당했지.
자식의 살을 먹으니 애통함이 뼈에 사무쳤는데
감격스럽게 성은을 입어 문왕의 지위에 올랐구나.
거리를 행차하다가 피난하여 도중에 뇌진자를 만났고
목숨이 끊어지지 않아 다행히 나를 구했구나.
이제 서기로 돌아와 모자가 상봉하게 되었건만
백읍고만 보이지 않으니 애간장 찢어지는구나!

盡臣節兮奉旨朝商　直諫君兮欲正綱常
讒臣陷兮囚於羑里　不敢怨兮天降其殃
邑考孝兮爲父贖罪　鼓琴音兮屈害忠良
啖子肉兮痛傷骨髓　感聖恩兮位至文王
誇官逃難兮路逢雷震　命不絕兮幸濟吾昌
今歸西土兮團圓母子　獨不見邑考兮碎裂肝腸

문왕, 아들의 살을 토해내다.

그는 그렇게 노래를 하고 나서 절규했다.

"아아, 너무나 애통하구나!"

그러더니 갑자기 얼굴이 백짓장처럼 하얗게 변해서 말에서 떨어지고 말았는데 공자와 문무백관들이 다급히 달려가 부축해 일으키고 연달아 찻물을 입에 흘려 넣자 잠시 후 목구멍에서 '컥!' 하는 소리가 나더니 고깃덩어리 하나가 튀어나왔다. 그 고깃덩어리는 땅바닥을 구르다가 사지와 두 개의 기다란 귀가 생겨나서 서쪽으로 뛰어갔는데 문왕이 연달아 세 번을 토하자 세 마리 토끼가 생겨났다. 이에 신하들은 문왕을 부축해 일으켜 수레에 태우고 궁으로 가서 대전으로 들어갔고 희발이 문왕을 부축하여 후궁으로 가서 여러 날 동안 탕약을 대령하고 나서야 그의 건강이 회복되었다.

어느 날 문왕은 대전에 올랐다. 문무백관들이 들어와 인사하자 그가 산의생을 불렀고 산의생이 반열에서 나와 엎드렸다.

"내가 천자를 알현하면 칠 년 동안 재난을 당할 것이라는 점괘가 나왔는데 뜻밖에 큰아들 백읍고가 나 때문에 도륙당하고 말았으니 이 또한 하늘이 정한 운수일 것이오. 성은을 입어 사면되어 문왕의 지위에 봉해졌으며 또 사흘 동안 거리를 행차하라고 하셨는데 진국 무성왕께서 크나큰 은덕을 베풀어 동부 다섯 개를 내주며 관문 밖으로 나갈 수 있게 해주셨소. 하지만 뜻밖에 은파패와 뇌개가 어명을 받고 추격해 오니 나는 도저히 어쩔 수 없는 궁지에 내몰리고 말았소. 그렇게 속수무책으로 죽음만 기다리고 있을 때 양아들이 나타나 나를 구해주었소. 예전에 조가로 가는 도중에 연산에서 거둬들인 아이가 하나 있는데 종남산의 운중자가 데려가 뇌진자라는 이름을 붙여주었소. 그것이 어느덧 칠 년 전의 일이구려. 추격병이 코앞에 닥쳤을 때 그 아이가 나타나 나를 구해 다섯 관문 밖까지 데려다주었소."

"관문마다 지키는 장수들이 있었을 텐데 어떻게 빠져나오셨사옵니까?"

"사실 뇌진자의 모습을 보고 나도 깜짝 놀랐소이다. 칠 년의 세월 동안 얼굴은 푸르뎅뎅하게 변하고 머리카락은 시뻘게졌으며 양쪽 겨드랑이에는 날개가 생겨 바람이 휘몰아쳐 우레가 치듯이 허공을 날 수 있었소. 게다가 황금으로 된 몽둥이를 휘두르는데 그 기세가 사나운 곰처럼 무시무시해서 한번 휘두르면 산꼭대기가 뭉텅 무너져 내렸소이다. 그 바람에 은파패와 뇌개는 감히 싸워볼 생각을 하지 못하고 순순히 물러설 수밖에 없었소. 그 아이가 나를 업고 날아서 다섯 관문을 지나왔는데 한 시간도 되지 않아 금계령에 도착해 거기에 나를 내려주고 다시 종남산으로 돌아가려 할 때 내가 차마 보내기 아쉬워하자 이렇게 말했소이다. '사부님의 분부를 어길 수 없어서 돌아가야 하옵니다. 조만간 하산하여 다시 찾아뵙겠사옵니다.' 그래서 그 아이가 돌아가고 나서 나는 혼자 하루 종일 걸어 신걸의 여관에서 하룻밤을 묵었고 고맙게도 신걸이 나를 나귀에 태워 여기까지 데려다주었소. 그러니 그에게 후한 상을 내려 집으로 돌려보내도록 하시오."

"주공의 은덕이 천하를 관통하고 어진 품성이 사방에 널리 알려져 천하의 삼분의 이가 주나라에 귀의했사옵니다. 이에 만백성이 평안하게 태평성대를 누리며 모두들 주공을 우러르고 있사옵니다.

옛말에 '욕망을 극복하면 온갖 복이 저절로 생겨나고 욕망을 일으키면 온갖 재앙이 저절로 생겨난다'라고 하지 않았사옵니까? 주공께서 서기로 돌아오셨으니 이야말로 용이 바다로 돌아온 것이요 호랑이가 산중으로 돌아온 셈이 아니겠사옵니까? 그러니 마땅히 거사를 일으킬 때를 기다리셔야 할 것이옵니다. 게다가 사백 명의 제후들이 이미 반란을 일으키고 있는 마당에 주왕은 무도한 짓을 자행하여 처자식을 죽이고 포락형과 채분을 만들어냈으며 대신을 해시형에 처하고 선왕의 법을 없애버리고 주지육림의 숲을 만들고 궁녀를 죽이고 달기의 참언만 듣고 원로를 내치고 죄인들을 가까이하며 충간하는 신하를 죽이고 주색에 빠져 있사옵니다. 그러면서 하늘도 두려워하지 않고 선행은 쓸데없다고 하면서 방탕하게 주색에만 몰두하며 회개할 기미조차 보이지 않으니 제가 보기에는 조만간 조가가 남의 손에 들어갈 것 같사옵니다!"

그 말이 끝나기도 전에 대전 서쪽에서 누군가 큰 소리로 외쳤다.

"이제 대왕께서 귀국하셨으니 마땅히 큰 공자님의 복수를 해야 하옵니다! 우리나라에는 정예병이 사십만 명이나 있고 장수가 예순 명이나 되니 다섯 관문을 쳐들어가 조가를 포위하여 비중과 달기를 저자에 끌어내 참수하고 어리석은 군주를 폐하여 영명한 군주를 세워 천하의 울분을 풀어야 하지 않겠사옵니까?"

그러자 문왕이 불쾌한 표정으로 말했다.

"두 분은 충성스럽고 의로운 분들이라 이 서기 땅이 두 분 덕분에 평안한 줄로 알았는데 지금 이렇게 불충한 말씀들을 하시는구려! 이는 우선 스스로 용서받지 못할 죄를 지은 것인데 오히려 감히 원수를 갚겠다느니 하는 말씀을 하실 수 있는 것이오? 천자는 온 나라의 우두머리이니 설사 잘못이 있다 하더라도 신하가 감히 입에 담을 수 없거늘 어찌 군주의 잘못을 바로잡으려 하는 것이오? 아비가 잘못을 저지르면 자식이 감히 말하지 못하는 법이거늘 하물며 아비의 잘못을 바로잡으려 할 수 있겠소? 그래서 '군주가 죽으라고 하면 신하는 죽지 않을 수 없고 아비가 죽으라고 하면 자식은 죽지 않을 수 없다'라는 것이 아니오. 신하이자 자식 된 몸으로 무엇보다 충효를 중시해야 하거늘 감히 군주와 아비의 뜻을 거스를 수 있겠소이까! 내가 군주에게 직간한 이유로 유리에 구금되어 칠 년이나 고생했지만 이는 내 잘못일 뿐 어찌 감히 군주를 원망하며 내가 잘했다고 주장할 수 있겠느냐는 말씀이오! 옛말에 '군자는 어려움을 보고도 피하지 않고 오직 천명을 따를 뿐'이라고 했소. 이제 내가 성은을 입어 문왕에 봉해져서 영광스럽게 고향으로 돌아왔으니 조만간 폐하를 위해 하늘에 기원할 생각이오. 그저 사방의 전쟁이 종식되어 만백성이 편히 생업에 임할 수 있게 되기만을 기원할 것이라는 말씀이오. 이것이 바로 신하의 도리가 아니겠소? 그러니 이제부터 두 분은 절대 도리에 어긋나고 윤리강상을 무너뜨려 만대의 비방을 들을 그런 말씀은 하지 마시오! 그게 어찌 어진 군자가 할 말이겠소!"

그러자 남궁괄이 말했다.

"공자님은 부왕을 위해 진상품을 바쳐 속죄하려던 것이지 역모를 꾸민 것도 아닌데 왜 그렇게 참혹하게 해시형을 당해야 한단 말씀이시옵니까? 이는 인정상으로도 법적으로도 용납될 수 없는 일

이옵니다! 그러니 무도한 군주를 없애서 천하를 바로잡는 것이야
말로 만백성이 바라는 바가 아니겠사옵니까!"

"경은 계속 순간적인 고집을 버리지 않는구려. 백읍고는 스스로
죽을 길로 들어간 것이외다. 내가 떠날 때 자식들과 문무백관들에
게 뭐라고 했소이까? 점을 쳐보니 칠 년 동안의 재앙을 겪게 되어
있으니 절대 내 안부를 묻는답시고 사람을 보내거나 하지 말고 기
다리되 칠 년의 기한이 차면 내가 자연히 영광스럽게 귀향할 것이
라고 하지 않았소이까? 그런데 그 아이는 아비의 말을 따르지 않고
건방지게 충효의 절개만 고집하여 임기응변의 도리를 따르지 않았
으며 나아가고 물러설 때를 신중히 생각하지 못했소이다. 덕이 부
족하고 재주도 보잘것없는 놈이 고집만 내세우며 하늘이 정한 때
를 따르지 않아서 결국 그런 재앙을 당하게 된 것이라는 말씀이외
다. 나는 이제 공정한 법을 지키면서 망령되게 덕을 무너뜨리는 짓
을 하지 않고 신하의 도리를 굳건히 지킬 것이오. 천자가 패악을 자
행하여 천하의 제후들 사이에 자연히 공론이 일어나고 있다 하더
라도 어찌 두 분이 군이 나서서 혼란을 조성하고 무력을 내세워 멸
망을 자초하는 데 앞장서려 하시는 게요! 옛말에 '오륜 가운데 군
주와 어버이의 은혜가 가장 중요하고 모든 행실 가운데 충효와 인
의를 최우선으로 삼아야 한다'라고 하지 않았소이까? 내가 이미 귀
국했으니 마땅히 백성의 풍속을 아름답게 교화하고 그들이 풍요롭
게 살게 해주는 것을 우선으로 해야 할 것이오. 그러면 백성들은 저
절로 평안해지고 나와 경들도 태평성대를 함께 누릴 수 있을 것이
오. 귀로는 병장기 부딪치는 소리를 듣지 않고 눈으로는 정벌과 관

련된 일을 보지 않으며 몸으로는 말을 달리는 수고를 하지 않고 마음으로는 승패의 감정에 휘둘리지 않아야 하오. 그저 병사들이 갑옷을 입고 전쟁터에 나가 고생하지 않고 백성이 놀라 두려움에 떠는 재난을 겪지 않게 되기만을 바랄 뿐이오. 이것이 바로 복이자 즐거움이 아니겠소? 그런데 왜 굳이 백성을 수고롭게 하고 재물을 손상시켜 그들을 도탄에 빠뜨리고 나서 공적을 세웠다고 여기려는 것이오!"

그렇게 일장 훈계를 듣고 나자 남궁괄과 산의생은 고개를 숙여 가르침에 감사할 수밖에 없었다. 문왕이 말을 이었다.

"그것은 그렇고 서기 남쪽에 영대靈臺라고 하는 누각을 하나 세우고 싶은데 제후가 토목공사를 일으키는 것은 백성을 수고롭게 하는 일이라서 바람직하지 않은 것 같소이다. 하지만 이 누각을 세우면 길흉의 징조를 살필 수 있으니 어쩌면 좋을지 모르겠소."

그러자 산의생이 아뢰었다.

"길흉의 징조를 살피시기 위해 누각을 짓는 것이라면 서기의 백성을 위한 것이지 유람하며 즐기기 위한 것이 아니지 않사옵니까? 그것이 어찌 백성을 수고롭게 하는 일이겠사옵니까? 주공의 어진 덕은 이미 곤충과 초목에까지 미치고 있으니 만백성이 모두 결초보은하려 하고 있사옵니다. 주공께서 그런 뜻을 알리시면 만백성이 자발적으로 기꺼이 노역에 나올 것이오니 백성의 노동력을 가벼이 쓰지 않고 임금賃金으로 은화를 한 냥씩 주시고 공사에 참여하는 것을 그들 스스로 편한 대로 하라고 하여 강요하지 않으신다면 공사를 진행하셔도 아무 문제가 없을 것이옵니다. 게다가 이 땅의 백성이 길흉의 징조를 알기 위해 누각을 짓는다고 하면 누군들 기꺼워 하지 않겠사옵니까?"

"하하! 내 생각도 바로 그렇소이다!"

이리하여 문왕은 사대문에 고루 방문을 내걸게 했는데 뒷일이 어찌 되는지는 다음 회를 보시라.

제23회

문왕, 나는 곰의 꿈을 꾸다
文王夜夢飛熊兆

문왕은 절개 지켜 신하의 충정 다하고

어진 덕을 더불어 베풀어 큰 공사 일으켰지.

백성 손발에 못 박여 힘들게 하지 않고

임금은 언제나 붉은 비단에 싸서 주었지.

기주의 사직은 반석처럼 튼튼한데

주왕의 강산은 파도에 휩쓸리는 듯했지.

맹진의 회합이 하늘의 뜻에 맞았다고 하지 말게

나는 곰이 꿈에 들어가 미리 알려주었기 때문이지.

文王守節盡臣忠　仁德兼施造大工

民力不敎胼胝碎　役錢常賜錦纏紅

西岐社稷如磐石　紂王江山若浪叢

慢道孟津天意合　飛熊入夢已先通

180

그러니까 문왕이 산의생의 말을 듣고 사대문에 각기 방문을 내걸자 군인과 백성들이 놀라서 무슨 일인지 다투어 보러 왔다. 방문에는 다음과 같이 적혀 있었다.

서백 문왕이 군인과 백성들에게 알리노라.

서기는 도덕이 시행되는 고을이라 전쟁의 소요도 없이 백성이 평안하고 물산이 풍부하며 소송도 줄어들고 관리도 청렴하도다. 짐이 유리에 구금되어 있다가 성은을 입고 사면되어 고향으로 돌아왔는데 근자에 들어 재앙이 빈번하고 비도 때맞춰 내리지 않는지라 나라 안을 조사하고 길흉을 점치려 했으나 제단이 없어서 안타까웠노라. 그러던 차에 어제 성 서쪽에 있는 관청 소유의 땅을 살펴보고 그곳에 영대라는 누대를 세워 기후를 점치고 백성에게 재앙이 생길 징조가 없는지 살피고자 하노라. 그러나 토목공사가 번거로워 군인과 백성을 수고롭게 할까 염려되어 이에 매일 은 한 냥을 노임으로 지불할까 하노라. 이 공사는 기일에 구애되지 않고 오직 백성의 편의에 따를 것인바 공사에 참여하고자 하는 이는 즉시 명부에 이름을 올려 노임을 지불하기 편하도록 해주고 참여하고 싶지 않은 이는 전혀 강제하지 않을 것이니 각자의 생업을 계속하기 바라노라. 이상과 같이 공지하노라.

군인과 백성들은 이 방문을 보고 기뻐하며 한목소리로 말했다.
"우리 대왕님의 은덕은 하늘과 같아서 도저히 갚을 수 없을 정도가 아닌가! 우리가 날이 밝으면 즐겁게 나들이 가고 저물면 돌아와 잠을 자면서 편안하게 태평성대의 복을 누리는 것도 모두 대왕님 덕분이 아니겠어? 그런데 영대를 지으려고 하시며 노임까지 준다고 하시니 우리가 길바닥에 쓰러져 죽고 손발에 못이 박여도 기꺼이 참여해야 하지 않겠어? 우리 백성의 재앙과 상서로운 징조를 점치기 위해 짓는데 어떻게 오히려 대왕님께 노임을 받을 수 있겠느냐 이 말이야!"

그들은 모두 기뻐하며 진심으로 공사에 참여하고자 했다. 산의생이 이러한 민심을 파악하고 상소문을 들고 조정으로 들어가 아뢰자 문왕이 말했다.

"군인과 백성들이 이렇게 좋은 일에 참여했으니 노임을 나눠주시구려."

백성들이 모두 노임을 수령하고 나자 문왕이 산의생에게 말했다.

"길일을 택해 공사를 시작하도록 하시오."

이렇게 해서 많은 백성들이 열심히 흙을 나르고 나무를 베어 영대를 지었으니 그야말로 이런 격이었다.

창밖의 햇빛은 순식간에 지나가고
술상 앞의 꽃 그림자도 마시다 보니 옮겨졌구나.

窗外日光彈指過　席前花影座間移

또한 그것은 이런 격이었다.

땅에 가득 떨어진 붉은 꽃잎을 보며 길을 가다 보니
어느새 동쪽 울타리에 국화꽃이 피었구나!

行見落花紅滿地　霎時黃菊綻東籬

그렇게 영대의 공사를 시작한 지 몇 달 되지 않아서 감독관이 누대가 완공되었다고 보고했다. 그러자 문왕은 무척 기뻐하며 문무백관들을 거느리고 수레에 올라 교외로 나가서 살펴보았다. 영대는 기둥과 들보가 아름답게 장식되고 건물이 대단히 웅장하여 그야말로 장관이었는데 이를 증명하는 부賦가 있다.

누각의 높이는 두 길이요
형세는 삼재에 맞추었도다.
위쪽은 팔괘에 따라 나누어 음양에 맞추었고
아래쪽은 구궁에 따라 용호°를 정했도다.
네 모퉁이에는 네 기둥의 형상 갖추었고
좌우에는 천지의 형상을 세웠도다.
앞뒤에는 군주와 신하 사이의 의리를 안배하고
주위에는 풍운의 기상을 담았도다.
이 누대는 위로 하늘의 마음에 부합하고 사계절에 호응하며
아래로 땅의 문에 부합하며 오행에 속하고
중앙은 사람의 뜻에 맞추니 비바람이 순조로우리라.
문왕은 덕이 있어
만백성을 더욱 빛나게 하고

성인이 세상을 다스리니

백성이 감격하여 거스르지 않으리라.

이로부터 영대는 문왕의 기반이 되리니

길흉의 징조를 나타내 제왕을 도우리라.

그야말로 나라를 다스리니 강산이 무성해져서

오늘의 영대는 녹대보다 훌륭하도다!

臺高二丈　勢按三才

上分八卦合陰陽　下屬九宮定龍虎

四角有四柱之形　左右立乾坤之象

前後配君臣之義　週圍有風雲之氣

此臺上合天心應四時　下合地戶屬五行

中合人意風調雨順

文王有德　使萬民而增輝

聖人治世　感百事而無逆

靈臺從此文王基　驗照災祥扶帝主

正是　治國江山茂　今日靈臺勝鹿臺

　　문왕은 문무백관들과 영대에 올라가 사방을 둘러보며 묵묵히 말이 없었다. 그때 상대부 산의생이 반열에서 나와 아뢰었다.

　　"영대가 완공되었는데 어찌 기쁜 표정이 아니시옵니까?"

　　"누각이 훌륭하기는 한데 아래쪽에 연못이 없는 게 아쉽구려. 그것이 있어야 물과 불이 어울리고 음양의 조화가 이루어지지 않겠소? 그렇다고 다시 연못을 만들자니 또 백성을 수고롭게 할 것 같아서 기분이 좀 울적한 것이오."

"이렇게 성대한 영대도 짧은 기간 안에 건축했는데 그까짓 연못쯤이야 무슨 문제이겠사옵니까?"

산의생은 즉시 문왕의 분부를 전했다.

"음양이 어울리도록[水火旣濟]° 누각 아래에 연못을 하나 만들라고 하셨소이다."

그 말이 끝나기도 전에 백성들이 환호성을 질렀다.

"그까짓 연못 하나 만드는 게 뭐가 어렵겠사옵니까? 대왕마마, 괜한 근심 하지 마시옵소서!"

그러면서 백성들은 즉시 삽과 호미를 가져와서 순식간에 구덩이를 팠는데 그 안에서 해골이 하나 나왔다. 그들이 아랑곳하지 않고 뼈를 여기저기 던져버리자 누대 위에서 그것을 본 문왕이 물었다.

"백성들이 던지는 것이 무엇인가?"

좌우의 시종이 보고했다.

"땅을 파다가 나온 해골이옵니다."

이에 문왕이 황급히 분부했다.

"뼈를 한곳에 모아서 상자에 담아 높다란 언덕에 묻어주라고 하라. 연못을 파느라 해골이 밖으로 드러났으니 이는 내 죄로구나!"

백성들은 그 말을 듣고 함성을 질렀다.

"주군의 성덕이 해골에까지 베풀어지는구나! 그러니 우리 같은 백성에게야 말할 필요도 없지! 정말 백성의 마음을 널리 헤아리시고 도리가 하늘의 뜻에 부합하니 우리 서기의 만백성은 진정한 부모를 만난 셈이 아니더냐!"

백성들이 환호하며 연못을 파는데 어느새 날이 저물어 문왕은 궁으로 돌아갈 시간을 놓치고 말았다. 이에 그날은 영대 위에 술상을 차리고 여러 신하들과 함께 흥겹게 즐겼다. 그리고 연회가 끝나자 문무백관들은 영대 아래에서 잠을 자고 문왕도 영대 위에 이불을 펴고 잠자리에 들었다. 깊은 잠에 빠진 문왕은 마침 꿈을 꾸었는데 문득 동남쪽에서 이마가 하얗고 두 날개가 달린 한 마리 호랑이가 휘장을 박차고 안으로 달려드는 것이었다. 이에 문왕이 다급히 호위병을 부르자 영대 뒤쪽에서 갑자기 '팟!' 하는 소리와 함께 불빛이 하늘 높이 치솟았다. 문왕은 깜짝 놀라 온몸이 식은땀에 젖어 잠에서 깨어났다. 그때 영대 아래에서 삼경을 알리는 북소리가 울렸다.

'이게 무슨 꿈이지? 길흉을 알 수 없으니 내일 날이 밝으면 다시 상의해봐야겠구나.'

이를 묘사한 시가 있다.

문왕이 나라 다스리며 영대를 세웠는데
문무백관들이 기세등등하게 호위하여 행차했지.
연못 파는데 갑자기 해골이 나와서
속히 높은 언덕에 묻어주라고 명령했지.
군주와 신하가 함께 잔치를 즐기고 난 뒤
밤중의 꿈속에 곰이 날아와 휘장을 박차고 달려들었지.
이로부터 용과 호랑이의 바람과 구름이 만나게 되니
서기는 비로소 나라의 기둥이 될 인재를 얻게 되었지.

186

문왕, 나는 곰의 꿈을 꾸다.

文王治國造靈臺　文武鏘鏘保駕來
忽見池沼枯骨現　命將高阜速藏埋
君臣共樂傳杯盞　夜夢飛熊撲帳開
龍虎風雲從此遇　西岐方得棟樑才

이튿날 아침 문왕은 문무백관들이 누각 위로 올라와 절하자 물었다.

"상대부 산의생은 어디에 계시오?"

산의생이 반열에서 나와 절을 올렸다.

"무슨 분부가 있으시옵니까?"

"간밤에 삼경 무렵에 이상한 꿈을 꾸었소이다. 동남쪽에서 이마가 하얗고 두 날개가 달린 호랑이 한 마리가 휘장을 박차고 안으로 달려들기에 다급히 호위병을 부르려는데 영대 뒤쪽에서 갑자기 '팟!' 하는 소리와 함께 불빛이 하늘 높이 치솟았소이다. 그 바람에 깜짝 놀라 깨어보니 한바탕 꿈이었소. 이것이 무슨 징조인지 모르겠구려."

그러자 산의생이 허리를 숙여 축하 인사를 올렸다.

"대단한 길몽이옵니다. 전하께서 곧 나라의 기둥이 될 만한 인재를 얻으실 것이니 그야말로 풍후風后˚와 이윤에 못지않은 훌륭한 분일 것이옵니다."

"어째서 그렇게 풀이할 수 있다는 말씀이오?"

"옛날 상나라 고종高宗 황제께서 꿈에 나는 곰을 보시고 공사판에서 부열傅說˚을 얻으셨사옵니다. 지금 주상께서 꾸신 꿈에 나타난 그 날개 달린 호랑이는 바로 곰이옵니다. 또 누각 뒤쪽에서 불빛이 나타났다고 하셨으니 이는 바로 불이 사물을 단련하는 형상이옵니다. 지금 서쪽은 금金에 속하는데 쇠에 불이 닿으면 반드시 단련되지 않겠사옵니까? 그리고 불이 차가운 쇠를 단련하면 틀림없이 큰 그릇이 만들어질 것이옵니다. 그러니 이 꿈은 주나라가 흥성할 대단히 길한 조짐인지라 제가 이렇게 특별히 축하 인사를 올리는 것이옵니다."

그 이야기를 들은 문무백관들은 모두 문왕에게 축하 인사를 올렸다. 이에 문왕은 궁으로 돌아가자고 명령을 내렸고 꿈의 징조에 들어맞도록 현량한 인재를 찾아봐야겠다고 결심했다.

한편 조가를 떠나 마씨와 헤어진 강상은 흙의 장막을 이용해 백성을 구해주고 반계에 은거하여 위수 강가에서 낚시질을 하고 있었다. 그는 오로지 때를 기다리면서 쓸데없는 시비에 휘말리지 않고 날마다 『황정경黃庭經』을 암송하며 도를 닦았다. 그러다가 답답할 때면 푸른 버드나무 그늘에서 낚시를 드리웠는데 그는 수시로 곤륜산의 추억이 떠올라 사부가 그리웠고 도덕을 수양하던 일을 잊기 어려워 하루 종일 마음이 무거웠다. 그래서 하루는 낚싯대를 들고 탄식하며 시를 지었다.

곤륜산을 떠나온 지
어느새 이십사 년
조가에서 반년의 영화를 누리다가

군주 앞에서 직간했지.
벼슬 버리고 서쪽 땅으로 와서
반계에 낚시 드리우고 있구나.
언제나 진정한 군주 만나
구름 걷고 다시 하늘을 볼까?

自別崑崙地　俄然二四年
商都榮半載　直諫在君前
棄却歸西土　磻溪執釣先
何日逢眞主　披雲再見天

　그렇게 읊조리고 나서 버드나무 그늘에 앉아 있노라니 도도히 흐
르는 물줄기가 밤낮으로 쉼 없이 동쪽으로 흘러 인간 세상의 모든
시름을 씻어 가는 것이 그야말로 '푸른 산 흐르는 물은 여전한데 고
금의 역사는 모두 덧없구나!'라는 탄식이 나올 만했다. 그때 저쪽에
서 누군가 노래를 부르며 다가왔다.

　산에 올라 고개 넘어
　쿵쿵 나무를 베지.
　도끼를 지니고
　마른 등나무 쪼개지.
　벼랑 앞에서는 토끼가 내달리고
　산 뒤에서는 사슴이 울어대지.
　나뭇가지에는 기이한 새 앉아 있고

버드나무 밖에는 꾀꼬리 울어대지.

푸른 소나무와 잣나무

하얀 자두꽃과 붉은 복사꽃

근심 없는 나무꾼은

높은 벼슬아치보다 낫다네!

나무 한 짐 지고 가서

쌀 석 되와 바꾸고

때에 맞는 나물과

술도 두어 병 사 와서

달을 벗 삼아 마시며

즐겁게 외로운 숲을 지킨다네.

깊고 외진 산중이라

모든 골짝 고요하기만 하고

온갖 기화이초 보면

날마다 가까이 다가오지.

느긋하게 홀로 즐기며

마음 내키는 대로 다니지!

	登山過嶺	伐木丁丁
	隨身板斧	斫劈枯藤
	崖前兎走	山後鹿鳴
	樹梢異鳥	柳外黃鶯
見了些靑松檜柏		李白桃紅
	無憂樵子	勝似腰金

擔柴一石　易米三升
隨時蔬菜　沽酒二瓶
對月邀飲　樂守孤林
深山幽僻　萬壑無聲
奇花異草　逐日相侵
逍遙自在　任意縱橫

　나무꾼은 노래를 마치고 짐을 내려놓더니 강상의 근처에서 잠시 쉬면서 물었다.

　"노인장, 늘 여기서 낚시하시는 모습을 보니 우리와 비슷한 이야기가 떠오르는구려."

　"무슨 이야기가 떠오른다는 건가?"

　"바로 '어부와 나무꾼의 대화'라는 것이지요."

　"하하, 그거 참 훌륭하구먼!"

　"노인장께서는 성함이 어찌 되시는지요? 여긴 어떻게 오셨습니까?"

　"나는 동해 허주 출신의 강상이라는 사람인데 자는 자아이고 도호道號는 비웅이라고 하네."

　그 말을 듣고 나무꾼이 큰 소리로 웃어대자 강상이 물었다.

　"자네는 이름이 뭔가?"

　"저는 무길武吉이라고 하는데 관적貫籍은 기주입니다."

　"조금 전에 내 이름을 듣고 왜 웃었는가?"

　"호가 나는 곰이라니 우습지 않습니까?"

192

"사람마다 호가 있는데 왜 우습다는 것인가?"

"옛날에 가슴속에 수만 말의 보물을 품고 배 속에 한없이 넓은 비단을 담은 고상한 선비나 현자, 성인들 그러니까 풍후나 역목力牧°, 이윤, 부열 같은 이들만이 호를 가지는 거 아닙니까? 그런데 노인장의 호는 명실상부하지 않으니 우스웠던 겁니다. 제가 보기에 노인장은 늘 버드나무 그늘에서 낚시나 하고 별다른 일도 하지 않으면서 그저 그루터기를 지키며 토끼가 와서 부딪혀 죽기만을 기다리고 강물만 구경하고 계십디다. 어디 고명한 데라고는 찾아볼 수 없는데 그런 분이 어떻게 도호를 갖고 계시느냐 이겁니다."

무길이 그렇게 말하고 나서 물가에 놓인 낚싯대를 들어 살펴보니 낚싯줄에 묶인 바늘이 반듯했다. 그것을 보자 그는 손뼉을 치며 껄껄 웃더니 강상을 향해 머리를 끄덕이며 탄식했다.

"나이가 많다고 해서 지혜로운 것이 아니요 아무 계책도 없이 부질없이 백 년의 인생을 이야기하는구나! 노인장, 이 낚싯바늘은 왜 반듯한 것이오? '향기로운 미끼로 황금 자라를 낚아야지!'라는 옛말도 있지 않소이까? 제가 한 가지 방법을 알려드리지요. 이 바늘을 불에 벌겋게 달구고 두드려서 갈고리 모양으로 만들고 좋은 미끼를 쓰시구려. 낚싯줄에는 찌를 달아야 물고기가 미끼를 삼키면 저절로 움직이지 않겠소이까? 그러다가 찌가 위로 올라오거든 낚싯대를 채서 바늘로 물고기 입에 걸어야 잉어 같은 물고기를 잡을 수 있는 겁니다. 노인장처럼 이런 바늘을 쓰다가는 삼 년이 아니라 백 년 평생을 담가놔도 물고기를 한 마리도 잡지 못할 겁니다. 이것만 보더라도 노인장이 어리석다는 것을 알 수 있는데 어떻게 감히 비웅이라는 호를 쓸 수 있소이까?"

"자네는 하나만 알고 둘은 모르는구먼. 내가 여기서 낚시를 담그고 있기는 하지만 고기를 잡으려는 게 아닐세. 나는 청운의 뜻을 지키며 길이 생기기를 기다리는 게지. 그러다가 날개에 얹힌 먼지를 털고 하늘 높이 날아오를 터인데 어찌 바늘을 구부려 물고기나 잡겠는가? 그건 대장부가 할 일이 아닐세. 나는 차라리 반듯한 것에서 구하지 굽은 곳에서 추구하지는 않겠네. 이건 물고기를 잡으려는 게 아니라 제왕이나 제후를 낚으려는 것일세. 이런 내 마음이 이 시에 들어 있으니 들어보시게."

낚싯대 드리우고 반계를 지키나니
이 오묘한 뜻을 누가 알랴?
군주 만나 재상이 되기 위해 낚시 드리우니
언제 물속의 물고기에 뜻이 있었으랴?

短竿長線守磻溪　這個機關那個知
只釣當朝君與相　何嘗意在水中魚

무길이 그 시를 듣고 큰 소리로 웃었다.

"노인장도 왕후장상이 되고 싶은 모양인데 얼굴을 봐서는 전혀 왕후장상 같지 않고 그냥 원숭이 같구려!"

"하하! 내 얼굴만 그런 게 아니라 자네 얼굴도 만만치 않네그려!"

"그래도 제 얼굴은 노인장보다는 낫지요. 비록 나무꾼일지라도 노인장보다는 즐겁게 살거든요. 봄이면 복사꽃과 살구꽃 구경하고

여름이면 붉은 연꽃을 감상하고 가을이면 국화를 겨울이면 매화와
소나무를 감상하거든요. 저도 시를 읊어볼 테니 들어보시구려."

장작 메고 큰길에 나가 팔고
술 사서 집에 돌아가면 모친께서 좋아하지.
나무하며 그저 즐겁게 먹고사니
천지를 뒤집어도 혼자 보며 즐기지!

担柴貨賣長街上　沽酒回家母子歡
伐木只知營運樂　放翻天地自家看

"그것은 아니고, 보아하니 자네 얼굴의 기색도 그다지 좋을 게 없
구먼."
"그게 무슨 소리시오?"
"왼쪽 눈은 푸르고 오른쪽 눈은 붉으니 오늘 성 안에 들어가면 사
람을 때려죽이겠구먼."
"농담 좀 한 것뿐인데 왜 그리 심한 말씀을 하시는 게요?"
무길은 다시 짐을 메고 서기성 안으로 나무를 팔러 갔고 그가 마
침 남쪽 성문에 이르렀을 때 문왕의 행차와 맞닥뜨렸다. 문왕은 재
앙의 징조가 있는지 살피러 영대로 가는 길이어서 문무백관들과 무
장한 호위병에 둘러싸여 행차하고 있었다. 이에 어림군의 병사가
길을 열며 소리쳤다.
"전하께서 행차하시니 길을 열어라!"
장작을 메고 남문으로 들어온 무길은 저자의 길이 좁아서 짐을

다른 쪽으로 바꿔 메려고 휙 돌리다가 그만 성문 수비병 왕상王相의 이문혈耳門穴°을 치고 말았다. 그 바람에 왕상이 즉사해버리자 양쪽에 있던 사람들이 고함을 질렀다.

"나무꾼이 성문 수비병을 죽였다!"

호위병들은 즉시 무길을 체포하여 문왕 앞에 무릎을 꿇렸다.

"이 사람은 누구인가?"

"전하, 이 나무꾼이 무슨 이유인지 성문 수비병 왕상을 때려죽였사옵니다."

문왕이 말에 탄 채 물었다.

"여봐라, 거기 나무꾼은 이름이 무엇인가? 왜 왕상을 때려죽였는가?"

"소인은 서기의 백성 무길이라고 하옵니다. 전하께서 행차하시는데 길이 좁아서 짐을 다른 어깨로 바꿔 메려다가 실수로 왕상을 쳤사옵니다."

"어쨌든 그대가 왕상을 죽였으니 목숨으로 갚아야 할 것이야!"

이에 문왕은 즉시 명령을 내려 남문의 땅바닥에 금을 그어 임시 뇌옥을 만들고 나무를 세워서 지키는 관리로 삼게 했다. 그리고 무길을 그 안에 가두게 한 다음 곧 영대로 떠났다. 주왕이 다스리던 시절에 땅바닥에 금을 그어 뇌옥을 만드는 일은 오직 서기에서만 행해졌는데 당시 중국의 동쪽과 남쪽, 북쪽 심지어 조가에서도 상시적으로 쓰는 뇌옥이 지어졌지만 서기에서는 문왕이 하늘의 운수를 틀림없이 점쳤기 때문에 죄를 지은 백성이 감히 도망치거나 숨을 수 없었다. 이 때문에 땅바닥에 금을 그어 뇌옥을 만들더라도 감히 도망치지 못했던 것이다. 혹시 범인이 도망치면 문왕이 점을 쳐서 행방을 알아내어 잡아들였고 그럴 경우 두 배로 처벌받았다. 그래서 성격이 사납고 고약한 백성도 모두 법을 잘 지킬 수밖에 없었다.

어쨌든 무길은 사흘 동안 갇혀 있느라 집에 돌아갈 수 없었다.

'의지할 데가 없어 이웃의 신세를 질 수밖에 없는 모친은 내가 이렇게 처형당할 처지에 놓인 줄도 모르고 계시겠지.'

이런 생각이 들자 그는 그만 대성통곡했다. 그러자 길을 가던 사람들이 주위에 몰려들어 구경했는데 마침 산의생이 남문을 지나다가 그의 통곡 소리를 들었다.

"너는 왕상을 때려죽인 자가 아니더냐? 사람을 죽였으면 목숨으로 갚아야 하는 것은 당연한 일이거늘 왜 그리 대성통곡하는 것이냐?"

"제가 불행하게도 실수로 왕상을 때려죽이고 말았으니 목숨으로 배상해야 하는 것은 당연합니다. 어찌 그걸 원망하겠습니까? 하지만 형제도 없고 처자식도 없는 제게는 일흔 살이 넘은 모친이 계십니다. 홀로 남은 그분은 틀림없이 굶어 죽어 시신이 묻히지도 못하고 도랑에 버려질 것인지라 비통한 마음을 금할 수 없습니다. 자식을 낳아 길러봤자 아무 도움도 되지 못하고 모자가 함께 죽게 생겼으니 뼈에 사무치는 걱정을 감히 말할 수 없어서 통곡하고 있었습니다. 그 바람에 대부 나리께서 오시는 줄도 모르고 소란을 피웠으니 부디 용서해주십시오!"

산의생은 그 말을 듣고 한참 생각했다.

'무길이 왕상을 죽인 것은 사적으로 싸우다가 그렇게 한 것이 아

니라 나뭇짐을 바꿔 메다가 실수한 것이니 굳이 목숨으로 갚을 이유는 없지 않은가?'

이에 그가 이렇게 말했다.

"그렇게 울 필요 없네. 내가 전하께 상소를 올려서 자네를 풀어주도록 하겠네. 그러니 자네는 모친의 옷과 이불, 관 그리고 여생을 살만한 땔감과 쌀을 준비해드리고 가을이 되면 다시 법에 따라 처벌받도록 하게."

그러자 무길이 엎드려 머리를 조아렸다.

"나리, 크나큰 은혜를 베풀어주셔서 감사합니다!"

산의생은 조정에 들어가 문왕을 알현하고 아뢰었다.

"전하, 저번에 왕상을 때려죽인 무길이 지금 남문에 감금되어 있사온데 제가 남문을 지나다가 그가 통곡하는 소리를 듣고 사연을 물어보니 형제도 처자식도 없는 그에게는 일흔 살이 넘은 노모만이 있다고 하옵니다. 그런데 무길이 법에 따라 처형되고 나면 그 모친은 틀림없이 도랑에 나뒹구는 시체로 변할 수밖에 없어서 그렇게 통곡했다고 하옵니다. 제 생각에는 왕상이 죽은 것은 싸우다가 그리 된 것이 아니라 실수 때문이고 무길에게는 자식이 옥에 갇힌 줄도 모르는 의지할 데 없는 노모가 있으니 일단 그를 석방해서 집으로 돌려보내는 것이 좋을 듯하옵니다. 모친을 봉양할 돈을 마련하고 관과 수의 등을 다 준비해놓은 다음에 다시 와서 왕상의 목숨에 대해 보상하라고 하는 것이 어떨까 하온데 전하께서 처분을 내려주시옵소서."

문왕은 그 간언을 듣고 즉시 윤허했다.

"속히 무길을 석방해서 집으로 돌아가게 하시오!"
이를 묘사한 시가 있다.

문왕이 교외로 나가 영대를 시험하는데
장작 메고 가던 무길이 재앙을 일으켰구나.
왕상이 나뭇짐에 맞아 죽으니
강상은 여든 살에야 비로소 운이 트였구나!

文王出郭驗靈臺　武吉擔柴惹禍胎
王相死於尖擔下　子牙八十運才來

옥에서 풀려난 무길은 집안을 생각하며 무거운 마음에 나는 듯이 달려 집으로 돌아갔다. 그러자 마을 어귀에 나와서 아들을 기다리고 있던 모친이 다급히 물었다.

"애야, 무슨 일이 있었기에 며칠 만에야 돌아오는 것이냐? 이 어미는 네가 깊은 산중에서 호랑이나 이리한테 해를 당한 건 아닌지 밤새 걱정스러워서 침식도 잊고 있었구나! 그런데 오늘에야 너를 보니 마음이 놓이는구나. 대체 무슨 일로 이제야 돌아온 게냐?"

무길이 통곡하며 땅바닥에 엎드려 절을 올리고 말했다.

"어머니, 불행히도 제가 며칠 전에 남문에 장작을 팔러 가서 문왕의 행차를 만나 길을 피하려다가 그만 나뭇짐으로 성문 수비병을 때리는 바람에 그가 죽고 말았습니다. 문왕께서 저를 옥에 가두셨고 저는 집에서 기다리는 어머님께 소식도 전하지 못하고 또 어머님께서 가족도 없이 혈혈단신으로 지내다가 도랑에 버려진 귀신이 되지 않을까 염려스러워 통곡했습니다. 다행히 상대부 산의생 나리께서 대왕께 아뢰어 제게 집에 돌아가 어머님의 여생을 보낼 수 있는 식량과 옷가지, 장례 준비를 하라고 윤허해주셨고 일을 마치면 죗값을 치르러 다시 가야 합니다. 어머니, 이 때문에 결국 저를 낳아 길러주신 게 죄다 헛수고가 되고 말았습니다!"

　무길은 그렇게 말하고 대성통곡했다. 그러자 그의 모친도 혼비백산 놀라서 그를 붙들고 구슬 같은 눈물을 흘리며 하늘을 향해 한탄했다.

　"여태 충직하게 살면서 남을 속이지 않고 어미에게 효도를 다한 이 아이가 이제 천지신명께 무슨 죄를 지었기에 이런 재앙에 빠지게 되었단 말입니까? 얘야, 네가 잘못되면 이 어미는 어찌 살라는 말이냐?"

　"저번에 제가 장작을 메고 반계를 지날 때 어느 노인이 낚시질을 하고 있었습니다. 그런데 그분이 낚싯줄에 반듯한 바늘을 달고 있기에 왜 그걸 굽혀서 미끼를 꿰지 않느냐고 물었더니 그 노인이 '나는 차라리 반듯한 것에서 구하지 굽은 곳에서 추구하지는 않겠네. 이건 물고기를 잡으려는 게 아니라 제왕이나 제후를 낚으려는 것일세'라고 말했습니다. 그래서 제가 비웃으며 이렇게 말했습니다. '노인장도 왕후장상이 되고 싶은 모양인데 얼굴을 봐서는 전혀 왕후장상 같지 않고 그냥 원숭이 같구려!' 그러자 노인이 저더러 '자네는 왼쪽 눈이 푸르고 오른쪽 눈은 붉으니 오늘 성 안에 들어가면 사람을 때려죽이겠구먼' 하고 말했는데 정말 그 말이 맞았습니다. 바로 그날 제가 왕상을 때려죽였으니까요. 아무리 생각해도 그 노인이

그런 지독한 말을 해서 이런 일이 생겨난 모양입니다. 생각할수록
괘씸합니다!"

"그 노인의 이름이 무엇이냐?"

"이름은 강상이고 자는 자아이며 도호는 비웅이라고 했습니다.
그 노인이 호를 이야기하기에 제가 비웃어주었더니 그런 험한 말을
했습니다."

"그 양반이 관상을 아주 잘 보는구나. 혹시 선견지명이 있는 건 아
닌지 모르겠구나. 얘야, 틀림없이 고명한 분 같으니 어서 그 노인한
테 가서 목숨을 구해달라고 간청해봐라!"

이에 무길은 짐을 꾸려 서둘러 반계로 갔는데 이후의 일이 어찌
되는지는 다음 회를 보시라.

문왕, 위수에서 강상을 초빙하다
渭水文王聘子牙

조가를 떠나 이곳에 은거하니

푸른 산에 둘러싸여 맑은 물 보니 좋아라!

『황정경』두 권으로 긴 낮을 보내고

세 마리 황금 잉어에 활짝 웃지.

버들 숲에 꾀꼬리 소리 짹짹 들려오고

바위 옆에 졸졸 흐르는 물소리 들려온다.

하늘 가득한 이슬 상서로운 징조 여니

문왕께서 등용의 손길 내밀어주셨구나!

別却朝歌隱此間　喜觀綠水繞靑山

黃庭兩卷消長晝　金鯉三條了笑顏

柳內鶯聲來嚦嚦　岸傍溜響聽潺湲

滿天華露開祥瑞　贏得文王仙駕扳

그러니까 무길이 계곡가로 가보니 강상은 수양버들 아래 홀로 앉아 파랗게 일렁이는 물결 위에 낚시를 드리우고 흥얼흥얼 노래를 부르며 즐기고 있었다. 무길은 강상의 뒤쪽으로 다가가서 간절히 불렀다.

"나리!"

강상이 뒤돌아보고 말했다.

"아, 저번의 그 나무꾼이로구먼!"

"예, 맞습니다!"

"그날 사람을 때려죽이지 않았던가?"

무길은 황급히 무릎을 꿇고 눈물을 흘리며 호소했다.

"산중에 사는 어리석은 저는 그저 도끼질이나 할 줄 알지 심오한 뜻을 어찌 알겠습니까? 어리석은 제가 고명한 은사이신 나리를 알아뵙지 못했습니다. 저번에 제가 나리의 심기를 거스르는 말을 했사온데 나리께서는 저 같은 소인배와는 다른 대인이시니 부디 마음에 담아두지 마시고 인자하신 마음으로 측은한 정을 베푸시어 중생을 널리 구제해주십시오. 그날 나리와 헤어지고 남문에 갔을 때 마침 문왕의 행차를 만났습니다. 그래서 장작을 짊어진 채 길을 피하려다가 실수로 나뭇짐으로 성문 수비병의 급소를 치는 바람에 그사람이 죽고 말았습니다. 문왕께서는 목숨으로 빚을 갚아야 한다고 판결을 내리셨는데 의지할 데 없이 홀로 계시는 노모께서 결국 도랑에 버려진 귀신이 될 것 같아 근심하던 차에 상대부 산의생 나리께서 저를 위해 간언해주셔서 임시로 풀려날 수 있었습니다. 하지만 모친의 여생과 장례 준비를 끝내고 나면 조만간 다시 돌아가 왕상의 목숨값을 치러야 합니다. 그렇게 되면 모자의 목숨은 여전히 보전하지 못하게 되지 않겠습니까? 그래서 오늘 나리를 뵈러 왔으니 제발 연민을 베푸시어 하찮은 저희 모자의 여생을 구해주십시오! 그렇게만 해주신다면 저는 미흡하나마 전심전력을 기울여 결초보은하겠습니다!"

"하늘이 정해놓은 운수는 바꾸기 어렵네. 자네는 사람을 때려죽였으니 당연히 목숨으로 빚을 갚아야 하거늘 내가 어떻게 구해줄 수 있겠는가?"

무길은 애절히 통곡하며 연신 절을 올리고 간청했다.

"나리께서는 곤충과 초목에 이르기까지 자비를 베풀지 않으신 곳이 없지 않습니까? 저희 모자의 생명을 구해주신다면 죽어도 잊지 않겠습니다!"

강상은 무길이 경건하고 정성스럽게 간청하는 것을 보고 또 그가 나중에 높이 출세할 사람이라는 것을 알았다.

"내가 자네를 구해주려면 자네가 나를 스승으로 모셔야 하네."

그러자 무길이 즉시 절을 올렸다. 이에 강상이 말했다.

"네가 이미 내 제자가 되었으니 구해주지 않을 수 없겠구나. 너는 얼른 집으로 돌아가 침상 앞에 네 키만한 길이에 깊이 네 자의 구덩이를 파라. 그리고 황혼 무렵에 구덩이에 누워서 모친에게 네 머리맡과 발 뒤쪽에 각기 등잔을 하나씩 밝혀달라고 해라. 또 쌀도 괜찮고 밥도 괜찮으니 두 줌을 네 몸에 뿌리고 그 위에 풀을 조금 흩트려서 덮어달라고 해라. 거기서 하룻밤을 자고 일어나거든 그냥 하던 일을 계속하며 생계를 꾸려가라. 그러면 아무 일도 없을 것이다."

"알겠습니다."

무길은 곧장 집으로 돌아가 강상이 시키는 대로 했으니 이를 묘사한 시가 있다.

문왕은 하늘의 운수 잘 점치고

강상은 별신에게 제사를 잘 지내지.

무길의 일이 아니었다면

어찌 제왕의 궁정에 들어갈 수 있었으랴?

반계에서 장수와 재상이 나오니

주나라 땅에서 하늘 병사가 나왔구나.

원래의 운명이 정해지게 만들려면

반드시 운수를 저승의 그것과 맞춰야 하리라!

文王先天數　子牙善厭星

不因武吉事　焉能涉帝廷

磻溪生將相　周土産天丁

大造原相定　須教數合冥

어쨌든 무길이 만면에 희색을 띠고 집으로 돌아오자 그의 모친이 물었다.

"애야, 나리께 도움을 청하러 간 일은 어찌 되었느냐?"

무길이 자초지종을 설명하자 그의 모친이 무척 기뻐하며 즉시 구덩이를 파도록 하고 등잔을 밝혀주었음은 당연하다.

한편 강상은 삼경 무렵이 되자 머리를 풀어 헤치고 칼을 든 채 별자리에 따라 걸음을 옮기면서 손가락을 구부려 결訣을 짚은 후 무길의 액운을 풀어주었다. 이튿날 무길이 찾아와 "사부님!" 하면서 절을 올리자 강상이 말했다.

"이제 내 제자가 되었으니 아침저녁으로 내게 와서 가르침을 받아라. 나무를 해서 파는 일은 네가 평생 할 일이 아니다. 아침에 일어나면 장작을 지고 가서 팔고 낮에는 내게 와서 병법을 배워라. 지금 주왕이 무도해서 천하의 제후 사백 명이 반란을 일으켰다."

"사부님, 어느 제후들이 반란을 일으켰습니까?"

"동백후 강문환이 군사 사십만 명을 거느리고 유혼관에서 엄청난 격전을 치렀다. 또 남백후 악순은 삼십만 명의 군사를 거느리고 삼산관을 공격했다. 며칠 전에 천문을 보니 서기 땅에도 조만간 전쟁이 일어날 것임을 알 수 있었다. 지금은 무력이 필요한 때이니 열심히 공부해라. 공을 세워 벼슬살이를 할 수 있으면 바로 천자의 신하가 되는 것이니 어찌 나무나 하고 있어서야 되겠느냐? 옛말에 '왕후장상은 본래 씨가 없고 사내라면 마땅히 스스로 강해야 한다'라고 했다. 그리고 '문무의 기예를 배우거든 제왕의 가문에 팔아라'라는 말도 있지 않느냐? 그렇게 되면 너도 내게 배운 보람이 있을 것이야."

그 말을 들은 무길은 아침저녁으로 강상의 곁에서 열심히 무예를 익히고 병법을 공부했다.

그러던 어느 날 산의생은 무길의 일이 떠올랐다. 생각해보니 어느덧 반년이 지났는지라 그는 조정에 들어가 문왕에게 아뢰었다.

"무길이 왕상을 때려죽였는데 집에 봉양할 사람도 없는 노모가 있어서 제가 주공께 그를 집으로 돌려보내 모친의 후사를 준비하도록 하지 않았사옵니까? 그런데 뜻밖에 그자가 국법을 무시하고 벌써 반년이나 지났는데도 처벌받으러 오지 않고 있사옵니다. 이자는 분명 교활한 백성인 것 같사오니 전하께서 하늘의 운수를 점쳐보시옵소서."

"알겠소이다."

이에 문왕은 동전을 가지고 길흉을 점쳐보더니 고개를 끄덕이며 탄식했다.

"무길은 교활한 백성이 아닐세. 다만 형벌이 무서워 스스로 만 길 깊이의 연못에 몸을 던져 죽었구려. 법으로 따지자면 사사로이 싸움을 하다가 살인한 것도 아니고 실수로 그렇게 된 것이니 굳이 사형에 처할 필요도 없소이다. 그런데 그가 법을 어긴 것이 두려워 스스로 목숨을 끊었으니 그에게는 정말 안된 일이구려."

그렇게 문왕이 한참 동안 탄식하니 신하들도 곧 물러났다.

한편 세월은 쏜살같이 흘러 문왕은 문무백관들과 함께 한가로이 봄날 경치를 구경하고 있었다. 버들솜이 피어나고 복사꽃과 살구꽃이 아름다움을 다투고 햇빛이 풍성하게 비치는 어느 날 문왕이 말했다.

"삼춘이라 풍경이 화려하고 만물이 피어나니 기분도 상쾌하구려. 왕자들과 문무백관들이 함께 남쪽 교외에 나들이를 가서 산수의 풍경을 감상하며 꽃놀이를 즐겨볼까 하오."

그러자 산의생이 나와서 아뢰었다.

"저번에 영대를 지으셨을 때 꿈에 나는 곰을 보셨으니 그것은 나라의 기둥이 되어 주공을 보좌할 훌륭한 인재를 얻을 징조가 아니옵니까? 게다가 지금은 봄볕이 따스하여 버드나무와 꽃이 아름다움을 다투고 있사오니 남쪽 교외로 나들이를 가시면서 겸사겸사 산야에 은거해 있는 현량한 인재를 찾아보시는 것이 좋을 듯하옵니다. 저희가 수행하여 모시고 남궁괄과 신갑이 호위하게 하면 요·순두 임금께서 백성과 즐거움을 함께 나눈 일을 재현하는 셈이 될 듯하옵니다."

이에 문왕이 무척 기뻐하며 어명을 내렸다.

"내일 아침 남쪽 교외로 나들이 행차를 하겠노라."

이튿날 남궁괄은 오백 명의 장수를 이끌고 남쪽 교외로 가서 문왕이 사냥할 곳을 정하여 경계를 서게 했다. 갑옷을 입고 무기를 든 무사들의 호위를 받으며 문왕의 행차가 성을 나서 남쪽 교외에 이르니 과연 봄날의 경치가 대단히 아름다웠다.

화창한 바람 산들산들 부는데
온갖 꽃이 화려함을 다툰다.
불꽃같은 복사꽃
금빛으로 변한 버들눈
땅에서는 싹이 막 돋아나고
온갖 풀은 벌써 새롭게 늘어섰다.

향긋한 풀이 수놓은 비단처럼 땅에 깔려 있고
아름다운 꽃은 봄바람에 자태를 뽐낸다.
숲에서는 새들의 노랫소리 맑게 울리고
숲 밖에는 아스라이 안개가 덮여 있다.
꾀꼬리와 뻐꾸기 봄이 돌아왔다고 소리칠 때
나들이 나온 사람들 두루 찾아가지.
버들솜 날리고 꽃잎 떨어져
맑은 물에 노 저어 돌아가니
수면에는 또 아름다운 무늬 더해진다.
목동은 소를 타고 피리를 불고
밭에서는 농부가 바삐 호미질하고
바구니에 뽕잎 따 넣으며 걸어가는 아낙
광주리에 찻잎 따 넣으며 노래하는 아낙
울긋
불긋
봄빛도 풍성하고
꽃밭과
버들 숲에서는
꽃과 버들 아름다움을 다투지.
아무리 구경해도 한없는 봄빛
골짜기 옆 물에서는 원앙이 노니는구나.

和風飄動　百蕊爭榮

桃紅似火　柳嫩成金

萌芽初出土　百草巳排新

芳草綿綿鋪錦繡　嬌花裊裊鬥春風

林內清奇鳥韻　樹外氤氳煙籠

聽黃鸝杜宇喚春回　遍訪游人行樂

絮飄花落　溶溶歸棹　又添水面文章

見幾個牧童短笛騎牛背　見幾個田下鋤人運手忙

見幾個摘桑摴著桑籃走　見幾個採茶歌罷入茶筐

一段青　一段紅　春光富貴

一園花　一園柳　花柳爭妍

無限春光觀不盡　溪邊春水戲鴛鴦

모두들 춘삼월을 좋아하여
봄빛 사랑스러워 마음이 들뜬다.
그대여, 삼춘의 풍경 놓치지 말게
시간은 금과 같나니!

人人貪戀春三月　留戀春光却動心

勸君休錯三春景　一寸光陰一寸金

　　그러니까 문왕은 문무백관들과 교외로 나들이를 가서 봄날의 풍경을 함께 감상했다. 행차가 어느 산에 이르니 그물을 둘러친 사냥터가 나타났는데 많은 장수들이 갑옷을 입고 무기를 든 채 노란 매와 커다란 사냥개를 거느리고 웅장한 위세를 자랑하고 있었다.

불꽃처럼 펄럭이는 깃발

눈부시게 하늘을 가린 검은 차양

수놓은 비단옷 입고 팔목에 매를 앉히고

꽃무늬 모자에 갑옷 입고 사냥개를 거느렸구나.

하늘색 융단으로 만든 삿갓 쓰고

붉은 시치미 바람에 나부낀다.

하늘색 융단으로 만든 삿갓

연못 가득한 연잎 바람에 춤추는 듯하고

바람에 나부끼는 붉은 시치미

피어난 복사꽃이 수면에 떠 있는 듯하구나.

노루 쫓는 사냥개도 보이고

붉은 시치미 달고 하늘로 치솟는 새매

토끼 잡는 매는

황금 표범 무늬 모자 쓰고 봉황 같은 날개 지녔지.

매가 날면

공중에서 옥 같은 백조를 쪼아 떨어뜨리고

사나운 개 달려들면

땅바닥에 꽃사슴 물어 자빠뜨리지.

푸른 새와 하얀 새

얼룩무늬 표범

푸른 새와 하얀 새

긴 장대에 맞아 온몸이 붉은 피에 젖고

얼룩무늬 표범

날카로운 칼에 맞아 산의 흙을 피로 적시지.

화살 맞은 꿩

두 날개가 꿰였으니 어찌 날 수 있으랴?

작살 맞은 가마우지

땅에 떨어져 날개를 펴지 못하는구나.

커다란 활 쏘니

푸른 노루 하얀 사슴 어찌 도망칠 수 있으랴?

독화살 날아가니

참새며 비둘기 피하기 어렵구나.

펼쳐진 깃발 어지러이 펄럭이고

북소리 징 소리 함성이 울린다.

포위한 이들 하나같이 마음 사납고

사냥에 나선 장수들 저마다 기뻐하는구나.

벼랑에 올라 산을 호령하는 호랑이 같은 기세 겨루고

계곡을 뛰어넘으니 바다를 나온 용 같구나.

대포와 강철 작살 연이어 땅에 구르고

매복한 이들의 활과 쇠뇌 공중을 날아다닌다.

높은 하늘에 백조가 울어대면

조롱을 열어 해동청을 날린다.

烈烈旌旗似火　輝輝皂蓋遮天

錦衣繡襖駕黃鷹　花帽征衣牽獵犬

粉青氈笠　打瀧朱纓

粉青氈笠　一池荷葉舞清風

打灑朱纓　開放桃花浮水面
只見趕獐獵犬　鑽天鷂子帶紅纓
捉兔黃鷹　拖帽金彪雙鳳翅
黃鷹起去　空中啄墜玉天鵝
惡犬來時　就地拖翻梅花鹿
青錦白吉　錦豹花彪
青錦白吉　遇長杆血濺滿身紅
錦豹花彪　逢利刃血淋山土赤
野雞着箭　穿住二翅怎能飛
鸕鷀遭叉　撲地翎毛難展挣
大弓射去　青獐白鹿怎逃生
藥箭來時　練雀班鳩難迴避
旌旗招展亂縱橫　鼓響鑼鳴聲吶喊
打圍人個個心猛　興獵將各各歡欣
登崖賽過搜山虎　跳澗猶如出海龍
火砲鋼叉連地滾　窩弓伏弩傍空行
長天聽有天鵝叫　開籠又放海東青

문왕은 그 광경을 보고 황급히 물었다.

"상대부, 왜 산에 사냥터를 만들었소?"

산의생이 허리를 조아리며 아뢰었다.

"오늘 전하께서 봄나들이를 나오신다 하시기에 대장군 남궁괄이
사냥터를 마련했사옵니다. 기왕 나오신 김에 사냥으로 기분을 풀어

신하들과 함께 즐겨보시는 것도 좋지 않겠사옵니까?"

그러자 문왕이 정색하고 말했다.

"그것이 무슨 말씀이오! 옛날 복희씨와 황제는 짐승을 날로 먹지 않아 지극한 성인으로 칭송받았소. 당시에 재상 풍후가 짐승의 날고기를 바치자 복희씨는 이렇게 말씀하셨소. '이 생고기는 모두 짐승의 살인데 우리가 배고프면 그 고기를 먹고 목마르면 그 피를 마시며 영양을 보충하는 것으로 여기고 있소. 하지만 이는 우리가 살려고 저들을 죽이는 짓이니 차마 어떻게 그런 짓을 하겠소? 짐은 이제 짐승의 고기를 먹지 않고 차라리 온갖 곡식을 먹겠소. 각기 생명을 보전하며 아무것도 해치지 않고 자연의 조화를 이루면 얼마나 좋겠소?' 이렇게 복희씨는 오곡백과가 없는 황량한 원시시대에 사시면서도 짐승의 날고기를 잡수지 않으셨소! 하물며 지금은 오곡백과가 풍성하여 잘 먹을 수 있는 시절이 아니오? 내가 여러분과 봄나들이를 나온 것은 이 아름다운 풍경을 감상하기 위함이오. 그런데 우리가 즐기자고 짐승을 쫓으며 누가 더 용맹한지 겨루려고 영웅을 사냥터로 부르다니 저 짐승들이 무슨 죄가 있다고 이렇게 무참하게 죽어야 한다는 말씀이오? 게다가 지금은 막 봄이 와서 만물이 생육하는 마당인데 이렇게 살생을 자행한다면 어진 사람들이 가슴 아파할 일이 아니겠소? 옛사람들은 살아 있는 생물에게는 칼질을 하지 않아 생명을 아끼는 천지의 어진 덕성을 실천했는데 우리가 어찌 이런 어질지 못한 일을 한단 말이오! 어서 남궁괄에게 사냥터를 없애라고 하시오!"

이에 장수들이 명령을 전하자 문왕이 말했다.

"자, 다 함께 말을 타고 나들이를 즐깁시다!"

그때 많은 남녀들이 나들이를 나와 풀밭에서 풀싸움을 하거나 술을 들고 개울가로 가서 노래를 부르며 푸른 들판을 거닐고 있었다. 그 모습을 보고 문왕과 신하들은 말에 탄 채 기뻐하며 탄성을 질렀다.

"그야말로 군주가 올바르고 신하가 현명하면 백성이 즐거워한다는 것이 아닌가!"

그러자 산의생이 말 위에서 허리를 숙이고 말했다.

"주공이 다스리시는 서기 땅은 요·순의 시대보다 낫사옵니다."

군주와 신하가 이처럼 줄줄이 말을 타고 나들이를 즐기는데 저쪽에서 한 무리 어부들이 노래를 부르며 다가왔다.

그 옛날 성탕이 걸왕을 소탕할 때

열한 번의 정벌을 갈葛°땅에서 시작했지.

정정당당하게 하늘이 내린 사람에 응하니

의로운 깃발 한 번 세워 백성이 평안해졌구나.

이제 육백여 년이 지나니

그물을 열어주며 축원한 성탕의 은혜도 여파가 멈추리라.

고기 걸어 숲을 만들고 술로 연못 만드니

녹대에 쌓인 피가 천 자나 고였지.

안으로는 주색에 빠지고 밖으로는 사냥에 빠져

시끌벅적 천하는 신음 소리에 가라앉는구나.

우리는 본래 드넓은 바다의 나그네라

귀를 씻고 망국의 음악 듣지 않지.

날마다 파도 따라 호탕하게 노래하고

밤이면 별을 보며 홀로 낚시를 드리우지.

홀로 낚시질하는 것은 천지가 넓은 것만 못하니

어느새 흰머리 되어 천지와 더불어 늙어가지!

憶昔成湯掃桀時　十一征兮自葛始

堂堂正大應天人　義旗一舉民安止

今經六百有餘年　祝網恩波將歇息

懸肉爲林酒爲池　鹿臺積血高千尺

內荒於色外荒禽　嘈嘈四海沈呻吟

我曹本是滄海客　洗耳不聽亡國音

日逐洪濤歌浩浩　夜視星斗垂孤釣

孤釣不如天地寬　白頭俯仰天地老

문왕이 그 노래를 듣고 산의생에게 말했다.

"노래가 아주 상큼한 운치를 담고 있으니 틀림없이 훌륭한 현자
가 이곳에 은거하고 있는 것 같소이다."

그리고 문왕은 신갑에게 분부했다.

"저 노래를 지은 현자를 모셔 오게."

신갑이 말을 달려 가서 어부들을 향해 소리쳤다.

"거기 현자가 계시는 모양인데 전하께서 뵙자고 하십니다."

그러자 어부들이 일제히 무릎을 꿇고 대답했다.

"저희는 모두 한가한°사람들이옵니다!"

"어째서 모두 현자라는 거요?"

"저희는 아침 일찍 나가서 물고기를 잡고 지금은 돌아와서 아무 일이 없으니 모두 한가하다는 말씀이옵니다."

잠시 후 문왕이 말을 타고 다가오자 신갑이 아뢰었다.

"이 어부들은 모두 현자가 아니옵니다."

그러자 문왕이 어부들에게 말했다.

"내가 듣기에 노래에 아주 상큼한 운치가 담겨 있으니 여러분 가운데 틀림없이 훌륭한 현자가 있을 것이오."

"이것은 저희가 지은 노래가 아니옵니다. 여기서 삼십오 리 떨어진 곳에 반계라는 계곡이 있는데 거기에 있는 어느 노인이 항상 이 노래를 불렀사옵니다. 자주 듣다 보니 귀에 익어 입에서 나오는 대로 부른 것뿐이지 저희가 직접 지은 것은 아니옵니다."

"그렇구려, 모두들 돌아가시구려."

어부들이 절을 올리고 떠나자 문왕이 말에 탄 채 노래의 뜻을 음미했다.

"'귀를 씻고 망국의 음악 듣지 않는다'라는 구절이 아주 훌륭하구먼!"

그러자 옆에 있던 산의생이 허리를 숙이고 아뢰었다.

"그것이 무슨 뜻이옵니까?"

"대부께서도 모르시나 보구려?"

"제가 어리석어서 깊은 뜻을 모르겠사옵니다."

"이 구절은 바로 요 임금이 순 임금을 찾아가셨을 때를 이야기하고 있소이다. 요 임금은 덕이 많으셨지만 아들은 변변치 못했소이다. 그래서 백성의 신망을 잃게 될까 염려하신 요 임금께서는 은밀히 현자를 찾아서 제위를 물려주려 하셨소이다. 하루는 어느 외진 산골에서 물속에 작은 표주박을 돌리고 있는 사람을 발견하고 물었지요. '그대는 왜 표주박을 물속에서 돌리고 계시오?' 그러니까 그 사람이 웃으면서 이렇게 대답했소이다. '나는 세상의 정리를 간파하고 명리와 가정, 처자를 버렸소이다. 애욕과 시비를 떠나 속세의 길을 버렸지요. 그리고 이렇게 외지고 깊은 산속에서 채소를 먹으며 산림의 생활을 즐기면서 천수를 누리고 싶은 것이 평생의 소원이라오.' 요 임금이 그 말을 듣고 무척 기뻐하셨소. '이 사람은 세상이 덧없음을 보고 부귀영화를 잊고 시비의 마당을 멀리 떠났으니 진정한 호걸이로다! 이 사람에게 왕위를 물려줘야겠구나.' 그래서 그분이 말씀하셨소. '현자시여, 짐은 바로 천자의 자리에 있는 요라는 사람이오. 이제 이렇게 덕이 있는 위대한 현자를 만났으니 천자의 자리를 그대에게 물려줄까 하는데 어떻소?' 그러자 그 사람이 표주박을 집어 들더니 단번에 밟아 부숴버리고는 두 손으로 귀를 가린 채 나는 듯이 강가로 달려가 귀를 씻었소이다. 마침 그때 또 어떤 사람이 소를 한 마리 끌고 와서 물을 먹이며 그 사람에게 이렇게 말했지요. '여보시오, 내 소에게 물 좀 먹이겠소.' 하지만 그 사람은 계속 귀를 씻었소이다. 그것을 보고 소를 끌고 온 사람이 물었지요. '귀가 얼마나 더럽기에 그렇게 계속 씻고 있소?' 그러자 그 사람이 비로소 귀를 다 씻고 이렇게 대답했소이다. '조금 전에 요 임금이 내게 천자의 자리를 물려준다는 말로 내 귀를 더럽혀서 이렇게 한참 동안 씻었던 것이오. 그런데 그 물을 소에게 먹였구려.' 그 말을 들은 상대가 소를 끌고 상류로 가려 하자 귀를 씻은 사람이 물었소이다. '왜 그냥 가시는 거요?' 그러니까 그 사람이 이렇게 대답했다고 하더이다. '당신이 귀를 씻어 물이 더러워졌는데 어떻게 또 내 소의 입까지 더럽힐 수 있겠소이까!' 옛날의 고결한 선비들은 이러했다오. 아까 그 구절이 바로 그것을 표현한 것이지요."

　지난 왕조의 흥망성쇠에 대한 이야기를 들은 문무백관들은 말에 탄 채 술잔을 돌리며 백성과 즐거움을 함께 나누었다. 그때 복사꽃과 살구꽃이 알록달록한 풍경 속에서 꾀꼬리와 제비가 지지배배 울며 날아다녔다. 바람이 피리를 부는 것도 아닌데 나들이 나온 이들은 술에 취했고 봄날 풍경만 새록새록 빛을 발했다. 그렇게 군주와 신하들이 길을 가는데 또 한 무리의 나무꾼이 노래를 부르며 다가왔다.

봉황이 없는 것도 기린이 없는 것도 아니건만
세상을 다스리는 데 잘하고 못하는 차이가 있구나!
용이 나타나면 구름이 피어나고 호랑이가 나타나면 바람이 이나니
세상 사람들이여, 현자 찾아가는 일 아끼지 말라!
보게나, 밭 가는 들판의 농부도
요·순이 함께 쟁기질 호미질 하는 것 좋아하지.
성탕이 세 번이나 초빙하지 않았더라면
가슴에 경륜을 품고도 굴원屈原을 따라했겠지.
또 보게나, 부암 땅의 역목은
초라하게 도롱이 걸치고 삿갓 쓰고도 가난을 기꺼워했지.

당시 고종의 꿈에 나타나지 않았더라면
평생 공사판에서 몸을 숨기고 지냈겠지.
예로부터 성현은 굴욕적으로 지내다가 영화를 누렸거늘
어찌 나만 혼자 산야에서 평생을 마치랴?
잠시 맑은 날 소 치며 피리 불고 노래하나니
소를 몰아 느긋하게 흰 구름 갈지.
왕후장상의 부귀영화도 저무는 석양 아래 있나니
하늘 우러러 한바탕 웃으며 현명한 군주 기다린다네!

鳳非乏兮麟非無	但嗟世治有隆汚
龍興雲出虎生風	世人謾惜尋賢路
君不見耕莘野夫	心樂堯舜與犁鋤
不遇成湯三使聘	懷抱經綸學左徒
又不見夫傅巖子	蕭蕭簑笠甘寒楚
當年不見高宗夢	霖雨終身藏版土
古來賢達辱而榮	豈特吾人終水滸
且橫牧笛歌清晝	慢叱犁牛耕白雲
王侯富貴斜暉下	仰天一笑俟明君

　문왕과 문무백관들은 그 노래가 대단히 특이한 것으로 보아 개
중에 틀림없이 훌륭한 현자가 있으리라고 생각해서 신갑으로 하여
금 모셔 오라고 했다. 이에 신갑이 나무꾼들에게 말을 달려 가서 말
했다.
　"여러분 가운데 현자가 계십니까? 우리 전하께서 뵙고자 하십

니다."

그러자 나무꾼들이 짐을 내려놓고 모두들 그런 사람은 없다고 했다. 잠시 후 문왕이 말을 타고 다가오자 신갑이 보고했다.

"현자는 없다고 하옵니다."

그러자 문왕이 나무꾼들에게 말했다.

"노래에 아주 상큼한 운치가 담겨 있는데 여러분 중에 어째서 훌륭한 현자가 없다는 것이오?"

그러자 나무꾼 가운데 하나가 말했다.

"이 노래는 저희가 지은 것이 아니옵니다. 저기 앞쪽으로 십 리쯤 가면 반계라는 곳이 있는데 거기에 사는 노인이 아침저녁으로 낚시를 드리우고 있사옵니다. 저희가 나무를 해서 돌아오다가 그곳에서 잠시 쉬면서 늘 이 노래를 들었기 때문에 귀에 익어서 그냥 입에서 나오는 대로 부른 것뿐이옵니다. 대왕마마께서 오신 줄도 모르고 미처 길을 피해드리지 못했사오니 용서해주시옵소서!"

"괜찮소, 여러분은 이만 물러가시구려."

나무꾼들이 떠나자 문왕은 말에 탄 채 생각에 잠겼다. 그렇게 한참 길을 가다가 다시 문무백관들과 술을 마셨지만 흥이 가시지 않았다. 밝고 따스한 봄 햇살 아래 꽃과 버들이 아름다움을 다투면서 알록달록 산하를 물들이고 있었다. 다시 길을 가는데 땔감을 멘 어떤 사람이 노래를 부르며 다가왔다.

봄날 강물 유유히 흐르고 풀은 신기한데
황금 물고기는 때를 만나지 못해 반계에 은거해 있지.

세상 사람들이 고상한 현자의 뜻을 알아주지 않으니
그저 강가의 노인으로 낚시나 하는 수밖에!

春水悠悠春草奇　金魚未遇隱磻溪
世人不識高賢志　只作溪邊老釣磯

문왕이 그 노래를 듣고 감탄했다.

"훌륭하도다! 여기에는 틀림없이 위대한 현자가 있겠구나!"

산의생이 말에 탄 채 그 나무꾼을 보니 교활한 백성 무길과 무척 닮아 있었다. 이에 그가 문왕에게 아뢰었다.

"주공, 조금 전에 노래를 부른 사람이 왕상을 때려죽인 무길과 무척 닮지 않았사옵니까?"

"그럴 리가 있소? 무길은 이미 만 길 연못에 빠져 죽었거늘! 저번에 하늘의 운수를 점쳐보았는데 어찌 무길이 지금까지 살아 있겠소이까?"

하지만 산의생은 자신이 제대로 본 것이 분명하다고 생각하고 신면에게 분부했다.

"가서 저자를 잡아 오시오."

신면이 말을 달려 다가가자 무길은 문왕의 행차를 발견하고는 미처 몸을 피할 겨를이 없어서 땔감을 내려놓고 땅바닥에 무릎을 꿇었다. 자세히 살펴보니 틀림없이 무길이라 이에 그가 돌아와서 문왕에게 아뢰었다.

"전하, 틀림없이 무길이옵니다."

그러자 문왕이 얼굴이 시뻘겋게 변해서 호통쳤다.

"하찮은 놈이 감히 나를 속였던 것이더냐?"

그리고 그는 산의생에게 말했다.

"대부, 이런 교활한 백성에게는 더욱 중하게 죄를 물어야 할 것이오. 다른 사람을 죽이고도 처벌을 피했으니 살인죄와 똑같이 다스려야 하오. 이것은 무길이 도망쳤기 때문이 아니라 그렇게 되면 내가 점친 하늘의 운수가 틀렸다는 것이니 어떻게 세상에 전할 수 있겠소이까?"

그러자 무길이 눈물을 흘리며 땅바닥에 엎드려 절을 올리고 아뢰었다.

"저는 법을 준수하는 백성이라 감히 함부로 어기지 않았사옵니다. 다만 실수로 사람을 죽였기 때문에 여기서 삼 리 떨어진 반계라는 곳에 있는 어느 노인에게 구해달라고 청했사옵니다. 그는 바로 동해 허주 출신의 강상으로 자는 자아이고 도호는 비웅이옵니다. 그가 저를 제자로 들이고 제게 집으로 돌아가 구덩이를 파고 거기누워서 몸에 풀을 덮고 머리맡과 발 뒤에 등잔을 밝히고 풀 위에 쌀을 한 줌 뿌리고 나서 그대로 하룻밤을 자고 나면 계속 나무를 하며 살아도 괜찮다고 했사옵니다. 전하, 하찮은 개미도 목숨을 아끼는데 하물며 사람이야 말할 필요도 없지 않겠사옵니까!"

그러자 산의생이 말에 탄 채 허리를 숙이며 축하 인사를 올렸다.

"전하, 축하드리옵니다! 조금 전에 무길이 말하기를 그 사람의 호가 비웅이라고 했으니 이것이야말로 영대에서 꾸신 꿈의 징조와 들어맞는 것이 아니겠사옵니까? 옛날 상나라 고종께서 꿈에 나는 곰을 보시고 부열을 얻으셨으니 이제 전하께서도 강상을 얻게 되신 것이옵니다. 지금 나들이를 나오셔서 현자를 구하게 되셨사오니 무길의 죄를 사면하시고 그에게 가서 그 현자를 모셔 오라고 하시옵소서!"

이에 무길은 큰절을 올리고 나는 듯이 숲 속으로 달려갔고 문왕과 신하들은 숲 근처에 이르러 현자에게 무례를 범하지 않기 위해 멀찍이서 대기했다. 문왕은 곧 말에서 내려 산의생과 함께 숲으로 들어갔다.

한편 무길은 숲으로 달려 들어갔는데 강상이 보이지 않자 마음이 조급해졌다. 잠시 후 문왕과 함께 숲으로 들어온 산의생이 물었다.

"현자께서는 어디에 계신가?"

"분명 조금 전까지 여기에 계셨는데 어디로 가셨는지 모르겠사옵니다."

그러자 문왕이 무길에게 물었다.

"그분께 다른 거처가 또 있는가?"

"앞쪽에 초가집이 하나 있사옵니다."

무길이 문왕을 그곳으로 안내하자 문왕은 무례를 범하지 않을까 염려하여 대문을 손으로 만지며 머뭇거렸다. 그때 안쪽에서 어린 하인이 대문을 열었다. 문왕이 웃는 얼굴로 물었다.

"사부님께서는 안에 계시는가?"

"안 계시옵니다, 도우와 함께 산책을 나가셨사옵니다."

"언제쯤 돌아오시는가?"

"알 수 없사옵니다, 금방 돌아오시기도 하고 하루 이틀 내지 사나흘이 걸리는 경우도 있사옵니다. 정처 없이 떠돌다가 명산이나 좋은 물을 만나거나 또는 스승이나 벗을 만나 현묘한 도에 대해 논하기도 하기 때문에 정해진 기약이 없사옵니다."

그러자 산의생이 아뢰었다.

"주공, 현자나 호걸을 초빙할 때는 마땅히 정성껏 예물을 준비해야 예법에 맞사옵니다. 오늘 만나지 못한 것은 아마도 정성이 부족해서 그분이 일부러 멀리 피하셨기 때문인 듯하옵니다. 옛날 신농씨께서 장상長桑°을 찾아갔을 때나 헌원씨께서 노팽老彭°를 찾아갔을 때, 황제께서 풍후를 찾아갔을 때, 성탕께서 이윤을 찾아갔을 때 모두 목욕재계하고 길일을 택해 예물을 갖춰서 초빙했사옵니다. 이것이 현자를 초빙하는 예법이옵니다. 그러니 일단 궁으로 돌아가셨다가 나중에 다시 오시옵소서."

"옳은 말씀이오, 무길도 짐을 따라 궁으로 오라고 하시오."

문왕 일행이 계곡가에 이르니 그윽한 숲 속에 인간 세상에서는 보기 드문 풍경이 펼쳐져 있기에 문왕은 다음과 같은 시를 지었다.

산하를 쪼개 원대한 계획 펼치나니
위대한 현자의 포부라면 함께 도모할 만하지.
이곳에 와서 낚시하는 노인 보지 못했으니
천하 백성의 근심 언제나 끝날까?

宰割山河布遠猷　大賢抱負可同謀
此來不見垂竿叟　天下人愁幾日休

그리고 푸른 녹음 아래 놓인 바위 옆에 낚싯대가 수면에 드리워

져 있는데 강상은 보이지 않는지라 기분이 무척 울적하여 다시 한
수를 읊었다.

현자를 찾아 멀리 계곡까지 왔건만
현자는 보이지 않고 낚싯대만 보이는구나.
대나무에 실 매달아 푸른 버드나무 그늘 아래 드리웠는데
온 강에 붉은 석양 비치고 강물만 덧없이 흐르는구나!

求賢遠出到溪頭　不見賢人只見釣

一竹青絲垂綠柳　滿江紅日水空流

문왕은 못내 아쉬워하며 떠나지 못하고 머뭇거리다가 산의생이
애써 간언하자 그제야 문무백관들을 거느리고 궁으로 돌아갔다. 날
이 저물 무렵에 궁에 도착한 문왕은 다음과 같이 분부했다.

"문무백관들은 각자의 거처로 돌아가지 말고 조정에서 사흘 동
안 재계하며 지내다가 나와 함께 현자를 맞이하러 가십시다."

그러자 남궁괄이 반열에서 나와 아뢰었다.

"반계에서 낚시하는 노인은 아무래도 이름뿐인 작자 같사옵니
다. 전하께서 진실을 모르신 채 분수에 넘치게 융숭한 예물을 갖춰
초빙하신다면 전하의 진심이 어리석은 필부에게 농락당하는 결과
만 생길 것이옵니다. 제 어리석은 소견으로는 전하께서 이렇게 마
음을 쓰실 필요가 없는 듯하옵니다. 그냥 제가 내일 가서 모셔 오겠
나이다. 정말 그 명성에 맞는 재능을 갖춘 이라면 그때 전하께서 융
숭한 예를 갖추셔도 늦지 않을 것이며 만약 헛된 명성만 날리는 사

람이라면 꾸짖어 등용하지 않으면 될 것이옵니다. 무엇하러 굳이
재계까지 하시면서 초빙하려 하시옵니까?"

그러자 산의생이 매서운 목소리로 꾸짖었다.

"장군, 이 일에 대해서는 그런 말씀을 하시는 게 아닙니다! 지금
은 천하가 어지럽게 들끓고 있어서 현명한 군자들은 대부분 산림에
은거하고 있소이다. 나는 곰의 징조는 하늘이 드리워주신 것으로
우리 왕업의 기초를 세우도록 위대한 현자를 특별히 하사해주신 것
이니 서기의 복이 아니겠소이까? 지금은 당연히 옛날에 현자를 구
하는 관례에 따라 위엄을 낮추고 겸손하게 모셔 와야 하오이다. 어
찌 요즘의 현자인 척하는 이들이 스스로 재능을 파는 것과 같이 취
급할 수 있겠소이까? 장군, 절대 그런 말씀으로 다른 신하들까지 나
태해지게 만들지 마시오!"

그 말에 문왕이 무척 기뻐하며 말했다.

"짐의 뜻도 대부의 말씀과 같소이다."

이리하여 문무백관들은 모두 대전에서 사흘 동안 재계한 뒤 강상
을 초빙하러 가게 되었으니 후세 사람이 이를 두고 다음과 같은 시
를 지었다.

서기성 안에 풍악 소리 요란하니
문왕이 현량한 강태공을 초빙한 것이라네.
주나라 왕실은 이로부터 기반이 튼튼해져서
천자의 자리에 올라 팔백 년 왕조를 이어갔지.

西岐城中鼓樂喧　文王聘請太公賢

　　문왕은 산의생의 간언에 따라 사흘 동안 재계하고 넷째 날 목욕
을 마친 뒤 옷차림을 단정히 하여 지극한 정성을 기울였다. 그리고
수레를 타고 예물을 준비해 군마를 줄지어 행군하게 하여 반계로
찾아갔으며 아울러 무길을 무덕장군武德將軍에 봉했다. 문왕 일행
이 길에 가득 풍악을 울리면서 궁을 나가니 수많은 백성들이 깜짝
놀라서 남녀노소 몰려나와 구경했다.

　　오색 깃발 세우고

　　창이 번쩍인다.

　　풍악이 거리를 휩쓰니

　　학과 난새가 함께 우는 듯하고

　　화려한 북 둥둥 울리니

　　우렛소리 우르릉 울리는 듯하다.

　　쌍쌍이 지나는 말과 사람 모두 기뻐하고

　　호위병도 모두 신이 났다.

　　문관은 동쪽에서

　　소매 넓은 도포를 입었고

　　무관은 서쪽에서

　　갑옷 입고 무기 들었다.

　　모공 수와 주공 단, 소공 석, 필공, 영공

　　네 현자는 주군을 보좌하고

백달과 백적, 숙야, 숙하 등

여덟 명의 준걸이 뒤를 따른다.

성 안에는 은은한 향기 길에 가득 풍기고

외곽에는 상서로운 비단 걸어 장식했다.

성스러운 군주 서쪽 땅에 강림하니

다섯 마리 봉황이 기산에 운 뜻을 저버리지 않는구나.

만백성이 일제히 태평성대를 누리니

천지의 평화와 번영 팔백 년을 이어갔지.

나는 곰의 아름다운 징조 주나라 왕실 일으키니

감격스럽게도 문왕이 위대한 현자를 초빙했구나!

旗分五彩　戈戟鏍鏍

笙簧拂道　猶如鶴唳鷺鳴

畵鼓冬冬　一似雷聲滾滾

對子馬人人喜悅　金吾士個個歡欣

文在東　寬袍大袖

武在西　貫甲披堅

毛公遂周公旦召公奭畢公榮　四賢佐主

伯達伯適叔夜叔夏等　八俊相隨

城內氤氳香滿道　郭外瑞彩結成祥

聖主降臨西土地　不負五鳳鳴岐山

萬民齊享昇平日　宇宙雍熙八百年

飛熊佳兆興周室　感得文王聘大賢

문왕은 문무백관들을 거느리고 성곽을 나와서 곧장 반계로 갔다. 삼십오 리를 가서 숲 근처에 이르자 문왕이 분부를 내렸다.

"병사들은 숲 밖에 주둔하되 소란을 피워 현자가 놀라시게 해서는 안 될 것이니라."

문왕이 곧 말에서 내려 산의생과 함께 숲 속으로 걸어 들어가니 저쪽에서 강상이 강가에 등을 돌리고 앉아 있었다. 문왕이 조용한 걸음으로 다가가 강상의 뒤에 서자 문왕이 찾아온 줄 알고 있는 강상은 일부러 다음과 같은 노래를 불렀다.

서풍이 일어나니 저절로 흰 구름 날아가는데
세월이 벌써 저물어가니 장차 어찌할까?
다섯 봉황이 울면 참된 군주가 나타난다는데
낚싯대 드리우고 있으나 나를 알아줄 이 드물구나!

西風起兮自雲飛　歲已暮兮將焉爲

五鳳鳴兮眞主現　垂絲釣兮知我稀

그가 노래를 마치자 문왕이 물었다.

"현자시여, 즐거우신 모양입니다."

강상은 고개를 돌려 문왕을 보고는 황급히 낚싯대를 내려놓고 땅바닥에 엎드려 절을 올렸다.

"전하께서 오신 줄 모르고 미처 맞이하지 못했사옵니다. 부디 용서하시옵소서!"

문왕은 얼른 그를 부축하여 일으키고 절하며 말했다.

渭水文王聘
子牙

문왕, 위수에서 강상을 초빙하다.

"오랫동안 앙모해왔으나 여태 뵙지 못했습니다. 저번에는 정성이 부족하여 불경을 저질렀으나 이제 재계하고 정성을 다해 이렇게 찾아뵈러 왔습니다. 선생의 존안을 뵙게 되었으니 저로서는 정말 행운입니다!"

문왕이 산의생으로 하여금 강상을 부축해 일으키게 하자 강상은 허리를 숙여 절을 올리고 일어섰다. 문왕은 웃는 얼굴로 강상의 손을 잡고 초가로 들어갔고 강상이 다시 절을 올리고 나서 문왕도 답례하며 말했다.

"고명하신 명성을 오래전부터 앙모하고 있었으나 여태 만나 뵙지 못했는데 이제 다행스럽게도 이렇게 빼어난 풍모를 뵙게 되었으니 가르쳐 일깨워주시면 삼생三生의 행운으로 여기겠습니다."

강상은 절을 올리며 말했다.

"늙고 재주도 없는 저를 이렇게 찾아와주시니 감당하기 어렵사옵니다. 학문은 나라를 다스리기에 부족하고 무예는 나라를 안정시키기에 부족하옵니다. 그런데도 현명하신 대왕께서 이렇게 왕림해주시니 실로 군주를 욕되게 하고 성덕에 죄를 지은 듯하옵니다."

그러자 산의생이 옆에서 말했다.

"선생, 너무 겸양하지 마십시오. 저희 군주와 신하들이 정성스럽게 목욕재계하고 특별히 선생을 초빙하려고 왔습니다. 지금 천하가 어지러워져서 잠시 안정되었다가 이내 다시 혼란에 빠졌습니다. 지금의 천자는 현자를 멀리하고 간신을 가까이하며 방탕하게 주색에 빠져 백성을 학대하고 있으니 제후들이 변란을 일으키고 백성은 살아가기조차 힘듭니다. 우리 주군께서는 밤낮으로 이를 걱정하시며 잠조차 편히 주무시지 못하십니다. 선생의 큰 덕을 오래전부터 흠모해왔는데 이렇게 산속에 은거해 지내시는지라 작으나마 예물을 준비하여 초빙하고자 하오니 물리치지 마시고 저희와 함께 현명한 군주를 보좌해주신다면 저희 주군뿐만 아니라 만백성의 행운이 아니겠습니까! 어찌하여 마음속에 기묘한 계책을 품으시고도 백성이 도탄에 빠지는 모습을 구경만 하려 하십니까? 의지할 데 없는 백성을 긍휼히 여기시어 넘치는 그 계책을 펼치심으로써 그들을 재앙에서 구해 태평성대를 누리게 해주시면 좋지 않겠습니까? 그렇게 하면 선생의 천지와 같은 덕과 세상 어디에도 비할 데 없는 인자함을 베푸시는 일이 아니겠습니까?"

산의생은 준비해 온 예물을 늘어놓았고 강상은 얼른 하인에게 받아 넣으라고 지시했다. 그리고 산의생이 문왕의 수레를 밀고 와서 타라고 권하자 강상이 무릎을 꿇고 문왕에게 아뢰었다.

"늙은 이 몸이 크나큰 은혜를 입어 이렇게 정중하게 초빙받았으니 이것만으로도 감격을 금치 못하겠사옵니다. 그런데 어찌 참람스럽게 전하의 수레를 탈 수 있겠사옵니까? 이것은 절대 감당할 수 없사옵니다!"

"짐이 선생을 맞이하려고 미리 준비한 것이니 이 마음을 저버리지 마시구려."

강상이 재삼 사양하며 한사코 수레에 오르려 하지 않자 산의생이 그 마음을 헤아리고 문왕에게 아뢰었다.

"선생께서는 수레를 타지 않으려 하시니 그 뜻대로 해주시옵소서. 선생은 전하의 소요마를 타게 하시고 전하께서는 수레에 오르시옵소서.”

“그렇게 되면 짐이 여러 날을 준비한 정성이 무색해지지 않겠소?”

그렇게 서로 몇 차례 양보하다가 문왕은 결국 수레에 올랐고 강상은 말을 탔다. 이에 환호성이 길을 가득 메웠고 병사들은 늠름하게 호위했다. 길일을 만나 강상이 문왕의 조정으로 찾아가게 되었을 때 그의 나이는 이미 여든 살에 가까워져 있었다.

위수 계곡에 낚싯대 하나 드리우니
서리 내린 살쩍 새하얗게 양쪽으로 세웠구나.
가슴에 품은 별빛 하늘을 찌르고
무지개처럼 뿜은 기개 싸늘하게 해를 쓸었지.
늙어서야 서백의 휘하로 귀의하니
위험을 피해 옛 벼슬을 버렸지.
꿈속에서 나는 곰으로 나타난 뒤로부터
팔백 년 남짓 왕조의 안정을 누리게 되었지.

渭水溪頭一釣竿　鬢霜皎皎兩雲鬈
胸橫星斗衝宵漢　氣吐虹霓掃日寒
養老來歸西伯下　避危拼棄舊王冠
自從夢入飛熊後　八百餘年享莫安

그러니까 문왕이 강상을 초빙하여 서기로 들어가자 만백성이 다투어 나와 구경하며 모두들 기뻐했다. 강상은 조정 대문 앞에 이르러 말에서 내렸고 곧 문왕이 대전에 오르자 절을 올렸다. 이에 문왕은 그를 우령대승상右靈臺丞相에 임명했고 강상은 성은에 감사하며 다시 절을 올렸다. 이어서 문왕은 편전에서 잔치를 벌였으니 문무 백관들이 서로 축하하며 술을 마셨다. 그제야 비로소 군주는 보좌 해줄 신하가 생겼고 용과 호랑이가 서로 기댈 곳을 갖게 되었던 것이다.

강상은 재상으로서 나라를 다스릴 방책과 백성을 평안하게 할 법도를 마련했고 모든 일이 조리에 따라 정성스럽게 집행되었다. 서기에서는 그를 위해 재상의 저택을 지어주었다. 이때 다섯 관문에도 소식이 보고되었는데 사수관을 담당한 장수 한영이 상세한 내용을 적어 조가의 주왕에게 보고했으니 이후에 강상이 어찌 되는지는 다음 회를 보시라.

제25회

달기, 요괴들을 초청해 잔치를 벌이다

蘇妲己請妖赴宴

녹대에서 오로지 신선 맞이하기만 바랐을 뿐인데
뜻밖에 요사한 여우 정령이 잔치에 찾아왔구나.
탁한 몸은 탁한 세상을 벗어날 수 없나니
평범한 마음으로 어찌 속세의 통발 벗어날 수 있으랴?
부질없이 교묘한 수작으로 명철한 지혜 기만하려 했지만
뜻밖에 우환 불러 지저분한 냄새 없앴구나.
다만 어리석은 상나라 주왕이 못나서
오히려 달기의 말만 듣고 훌륭한 신하를 죽였구나.

鹿臺只望接神仙　豈料妖狐降綺筵
濁骨不能超濁世　凡心怎得出凡筌
希徒弄巧欺明哲　孰意招尤翦穢膻
惟有昏庸殷紂拙　反聽蘇氏殺先賢

그러니까 한영은 문왕이 강상을 초빙하여 주나라의 재상으로 삼았다는 사실을 알고 황급히 상소문을 작성하여 관리를 조가로 보냈다. 그 관리는 며칠이 걸려 조가성으로 들어가 문서방에 상소문을 접수했다. 그날 문서방에서 서류 처리를 담당한 비간은 강상이 주나라의 재상이 되었다는 내용을 보고는 한참 동안 생각에 잠겼다가 이내 하늘을 우러르며 탄식했다.

"강상은 큰 뜻을 품은 사람인데 이제 주나라를 보좌하게 되었구나. 예사로운 일이 아니니 폐하께 아뢸 수밖에."

비간이 상소문을 들고 적성루로 가자 주왕이 불러들였다.

"황숙皇叔, 무슨 상소문입니까?"

"사수관의 사령관 한영이 올린 것이온데 희창이 강상을 초빙하여 재상으로 삼았다고 하니 예사로운 일이 아니옵니다. 동백후는 동로 땅에서 반란을 일으켰고 남백후는 삼산 땅에 군대를 주둔하고 있는 상황인데 만약 서백 희창이 반란을 일으키게 된다면 그야말로 사방에 전쟁이 일어나 백성이 혼란에 빠지게 되지 않겠사옵니까? 게다가 가뭄과 홍수가 수시로 일어나 군대와 백성이 빈곤에 시달리고 병사의 수도 모자라며 관청의 창고는 비어 있사옵니다. 또 북방을 정벌하러 나가신 태사께서는 아직 승패가 결정되지 않은 마당이라 진정 나라에 어려움이 많아 군주와 신하가 서로 보살펴주어야 할 때이옵니다. 바라옵건대 폐하께서 이 일을 어찌 처리할지 결정해주시옵소서."

"짐이 대전에 나가 여러 대신들과 상의해보겠소이다."

그렇게 주왕과 비간이 나랏일을 논의하고 있을 때 호위관이 보고

했다.

"북백후 숭후호가 하명을 기다리고 있사옵니다."

"들라 하라!"

숭후호가 들어오자 주왕이 물었다.

"무슨 상주할 일이 있소이까?"

"녹대를 세우라는 어명을 받들어 이 년하고도 넉 달 만에 공사가 끝났기에 이 사실을 보고하옵나이다."

"오, 그랬구려! 이 일은 경의 노력이 없었다면 이토록 빨리 끝나지 못했을 것이외다."

"감히 태만하지 못하고 주야로 감독한 결과 이렇게 빨리 끝낼 수 있었사옵니다."

"지금 강상이 주나라의 재상이 되었는데 사수관 사령관 한영이 이를 예사로운 일이 아니라고 여겨 보고해 왔소이다. 이를 어떻게 처리하면 좋겠소이까? 희창이라는 큰 근심을 없앨 만한 무슨 좋은 계책이 있소이까?"

"희창이 무슨 재능이 있고 강상 따위가 무엇이겠사옵니까? 그저 우물 안의 개구리처럼 식견이 좁고 반딧불처럼 빛이 미약하여 멀리 비치지 못하는 존재에 지나지 않사옵니다. 명색이 제후국의 재상이라 하지만 그것은 마른 나무를 부둥켜안은 매미에 지나지 않아서 얼마 가지 않아 모두 없어질 것이옵니다. 그러니 폐하께서 만약 군대를 보내 토벌하신다면 천하 제후들의 웃음거리만 될 것이옵니다. 제가 보기에 그들은 아무것도 할 수 없사오니 염두에 두실 필요가 없을 것 같사옵니다."

"아주 옳은 말씀이오, 그런데 녹대가 완공되었다니 짐이 한번 가 봐야 하지 않겠소?"

"그래서 이렇게 모시러 온 것이 아니겠사옵니까?"

"두 분은 잠시 내려가 계시구려. 짐이 곧 황후와 함께 내려가겠소 이다."

주왕은 곧 녹대를 구경하러 갈 채비를 하라고 분부했으니 이를 묘사한 시가 있다.

녹대는 하늘을 찌를 듯 높이 솟아
성탕 왕조의 뿌리와 싹을 잘라버렸지.
토목공사 일어나니 사람들은 실망하고
백성의 원망에 귀신과 요괴가 응답했지.
포악한 숭후호는 끝없이 백성을 수탈하고
간사한 비중은 아첨하여 비위를 맞추었지.
못된 정령들 끌어들여 달밤에 가무를 즐기니
상나라는 강 가운데서 폭풍을 만난 꼴이로구나!

鹿臺高聳透雲霄　斷送成湯根與苗
土木工興人失望　黎民怨氣鬼應妖
食人無厭崇侯惡　獻媚逢迎費仲梟
勾引狐狸歌夜月　商家一似水中飄

어쨌든 주왕은 달기와 함께 칠향거에 올라 궁중의 시종과 궁녀들 을 거느리고 녹대로 갔다. 누각은 과연 화려하기 그지없었으니 주왕과 달기는 수레에서 내려 궁녀들의 부축을 받으며 누각으로 올라 갔다. 녹대는 그야말로 신선 세계의 화려한 누각이어서 봉호산蓬壺 山과 방장산方丈山이라도 그에 비할 바가 아니었다. 곳곳에 온통 하얀 돌을 쌓아 계단을 만들고 주위는 모두 마노로 장식되어 있었다. 겹겹의 누각은 화려한 처마 위에 푸른 기와를 얹었고 첩첩이 들어선 정자와 누대에는 온갖 짐승과 황금 난새가 장식되어 있었다. 전각 안에는 몇 개의 야명주夜明珠가 박혀 있어서 밤중에도 환한 빛이 공중에 비추었고 좌우로 진열된 것은 모두 훌륭한 옥과 금으로 되어 있어서 현란하게 빛났다. 따라 나온 비간이 살펴보니 누대를 세우는 데 얼마나 많은 돈과 보물이 들었는지 알 수 없을 정도였다. 불쌍하게도 쥐어짠 백성의 피와 살이 쓸데없는 곳에 버려져 있는 것이었으니 이것을 짓느라고 얼마나 많은 이들이 억울하게 죽어 녹대 안에 귀신으로 머물고 있을까 생각하며 탄식을 금치 못했다. 주왕은 달기의 손을 잡고 누대 안으로 들어갔다.

하늘에 닿을 듯 높은 누대
구름보다 높이 치솟은 정자
아홉 굽이 난간에는
옥 장식 금 조각 광채도 아름답고
천 층 누각
일렁이는 달그림자 속에서 별빛 바라보네.
기이한 화초
사계절 내내 쉬지 않고 향기 풍기고

진귀한 새와 짐승

지저귀고 우는 소리 십 리 밖까지 들리지.

놀러 나와 잔치 벌이는 이들이야 마음껏 쾌락에 젖겠지만

짓느라 고생한 이들 모진 고생으로 초췌해졌지.

벽을 바른 기름은

모두 만백성의 고혈이요

화려한 건물의 채색은

죄다 백성의 정신을 뽑아 쓴 것

찬란한 비단 마련하느라

여린 여인네 길쌈한 것 모두 쏟았고

관악기 현악기의 풍악은

농부의 통곡으로 바뀌었구나.

그야말로 천하를 가지고 한 사람을 봉양한 꼴이니

독불장군 하나가 만백성을 해친다는 것을 믿겠구나!

臺高插漢　榭聳凌雲

九曲欄杆　飾玉雕金光彩彩

千層樓閣　朝星映月影溶溶

怪草奇花　香馥四時不卸

殊禽異獸　聲揚十里傳聞

遊宴者恣情歡樂　供力者勞瘁艱辛

塗壁脂泥　俱是萬民之膏血

花堂彩色　盡收百姓之精神

綺羅錦繡　空盡織女機杼

絲竹管弦　變作野夫啼哭
眞是以天下奉一人　須信獨夫殘萬姓

　주왕은 풍악을 연주하고 잔치를 벌이라고 분부한 뒤 비간과 숭후
호에게도 자리를 마련해주었다. 두 신하는 술을 몇 잔 마신 다음 성
은에 감사하고 누대를 내려갔다.

　주흥이 어느 정도 무르익자 주왕이 달기에게 말했다.

　"황후, 예전에 이야기하기를 녹대가 완공되고 나면 저절로 신선
과 선녀가 모두 놀러 올 것이라고 하지 않았소? 이제 녹대도 완공되
었는데 신선과 선녀는 언제 내려오는 것이오?"

　이 말은 원래 달기가 옥비파 정령의 복수를 위해 녹대의 설계도
를 바쳐 강상을 해치려고 달콤한 말로 주왕을 미혹하는 과정에서
한 것이었다. 그런데 뜻밖에 장난이 진짜가 되어 어느새 녹대가 완
성되어버렸고 주왕은 정말로 신선과 선녀를 만나고 싶어 했다. 그
렇게 되자 달기는 어쩔 수 없이 애매한 말로 얼버무렸다.

　"신선과 선녀는 청정하고 도덕을 닦은 분들이니 보름달이 환
히 비치고 하늘에 구름 한 점 없는 날이 되어야 내려오려 할 것이옵
니다."

　"오늘이 열흘이니 열나흘이나 보름이면 만월이 되어 밝게 빛날
것이오. 그때 짐이 신선과 선녀를 만나게 해줄 수 있겠소?"

　달기는 감히 안 된다고 말할 수 없어서 그저 입에서 나오는 대로
그러겠노라고 했다. 그러자 주왕은 녹대 위에서 마음껏 쾌락을 즐
기며 끝없이 질펀한 잔치를 벌였다. 예로부터 복이 있는 사람에게

는 저절로 복이 들어오는 법이고 박복한 사람에게는 요사한 것들이 모여드는 법이라 사치와 음탕함은 곧 신세를 망치는 쾌락일 뿐이었다. 그럼에도 주왕은 밤낮으로 방탕하게 즐기면서 아무 거리낌이 없었다.

한편 달기는 주왕이 신선과 선녀를 만나고 싶다고 할 때부터 줄곧 그 일이 마음에 걸려 밤낮으로 불안했다. 그날은 9월 13일 삼경 무렵으로 달기는 주왕이 잠들기를 기다렸다가 원래 모습으로 바꾸고 빠져나와서 한 줄기 바람 소리와 함께 조가 남쪽의 성문 밖 삼십 오 리 떨어진 헌원 무덤으로 갔다. 달기가 원래 모습으로 그곳에 이르자 여러 정령들이 일제히 몰려나와 맞이했다. 그때 머리가 아홉 개 달린 꿩 정령이 맞이하며 말했다.

"언니, 무슨 일로 오셨어요? 황궁 깊숙한 곳에서 무궁한 복을 누리고 계실 텐데 어떻게 이렇게 초라한 곳에서 지내는 저희를 생각하셨어요?"

"동생, 내가 너희들과 달리 밤낮으로 천자를 모시며 함께 지냈지만 너희들을 생각하지 않은 적이 없었어. 지금 천자가 녹대를 짓고 나서 선녀를 만나고 싶어 하셔. 내 생각에는 동생이 변신술을 잘 부리는 아이들과 함께 신선이나 선녀로 변해서 녹대로 찾아와 천자의 잔치를 즐겨보는 게 어떨까 싶어. 변신술을 쓰지 못하는 애들은 분수를 알고 그냥 집이나 지키라고 해. 그럼, 기다리고 있을 테니 그날 함께 오도록 해."

"저는 일이 있어서 가지 못할 것 같아요. 대신 변신술을 쓸 줄 아는 아이들이 서른아홉 명이니 그날 보낼게요."

달기는 모든 안배를 마치고 나서 다시 바람 소리와 함께 궁궐로 돌아와 사람의 몸뚱이 속으로 들어갔다. 당시 주왕은 술에 만취해 있어서 요괴가 드나든 사실을 전혀 알 리 없었다. 이튿날 날이 밝자 주왕이 달기에게 물었다.

"내일이 보름이라 보름달이 뜨는데 신선이 올 수 있겠소?"

"내일 녹대에 서른아홉 개의 잔치 자리를 마련하여 삼 층으로 배열하고 신선이 강림하기를 기다리시옵소서. 폐하께서 만약 신선을 만나실 수 있다면 헤아릴 수 없이 수명이 늘어날 것이옵니다."

주왕은 무척 기뻐했다.

"신선이 강림한다면 신하 한 명으로 하여금 술 시중을 들게 해야 겠구려."

"주량이 큰 대신이어야 할 것이옵니다."

"조정의 모든 문무백관들 가운데 주량이 크기로는 비간을 따라 올 사람이 없지."

그는 곧 아상 비간을 불러들여 이렇게 분부했다.

"내일 황숙께서 신선들의 연회에 시중을 들어야 할 테니 달이 뜨거든 녹대 아래에 대기하고 계시구려."

비간은 명을 받고 나와서 신선에게 어떻게 술 시중을 들어야 할지 몰라 하늘을 우러르며 탄식했다.

"어리석은 군주로다! 사직이 엉망이고 나랏일은 날마다 파탄이 나고 있는 마당에 또 무슨 신선을 만나려는 망상을 하고 그런 요사한 말을 한단 말인가? 이것이 어찌 나라에 대한 길조이겠는가!"

거처로 돌아온 비간은 도무지 어떻게 해야 할지 몰랐다.

한편 주왕은 이튿날 녹대에 각기 열세 자리씩 삼 층에 모두 서른 아홉 개의 자리를 마련하라고 분부했다. 그리고 잔치가 준비되자 어서 해가 지고 보름달이 동쪽에서 뜨기만을 학수고대했다. 마침내 9월 15일의 날이 저물자 비간이 조회복을 입고 녹대 아래에서 하명을 기다렸다.

주왕은 해가 지고 달이 뜨자 수백만 말의 진주를 얻은 것처럼 기뻐했다. 그가 달기를 데리고 녹대에 마련된 잔치 자리에 가보니 그야말로 용을 삶고 봉황을 찐 진수성찬과 온갖 산해진미가 두루 갖춰져 있었다. 주왕이 달기와 함께 자리에 앉아 즐겁게 술을 마시며 신선들이 강림하기를 기다리는데 달기가 아뢰었다.

"신선들이 오시면 폐하께서는 나와서 만나실 수 없사옵니다. 천기가 누설되면 나중에 신선들이 다시 강림하려 하지 않을 것이기 때문이옵니다."

"그렇겠구려."

그 말이 끝나기도 전에 시간이 일경에 가까워지자 갑자기 사방에서 바람이 일었으니 이를 묘사한 시가 있다.

요사한 구름 사방에서 일어나 천지를 덮고
차가운 안개와 음습한 흙비에 천지가 어둑해진다.
주왕은 누대 앞에서 가슴이 떨리고
달기는 이제 곧 자손들의 추앙을 받겠지.
잔치 벌이고 술 마시면 많은 복 받을 줄 알았을 뿐
술을 탐하다가 집안 멸망하게 될 줄 누가 알았으랴?

괴이한 기운이 이르니 왕의 기운은 흩어지고
지금까지 녹대의 혼령들에게 웃음거리가 되었지.

妖雲四起罩乾坤　冷霧陰霾天地昏
紂王臺前心膽戰　蘇妃目下子孫尊
只知飮宴多生福　孰料貪杯惹滅門
怪氣已隨王氣散　至今遺笑鹿臺魂

　한편 헌원 무덤에 있는 정령들은 일이 백년이나 삼사 백년 동안
천지의 신령한 기운을 모으고 해와 달의 정화를 받은 것들이었다.
그런 그들이 이제 모두 신선과 선녀의 모습으로 변신하여 찾아오니
그 요사한 기운에 보름달이 순식간에 안개에 가려지고 호랑이가 울
부짖듯 거센 바람이 일었다. 잠시 후 누대 위로 사람의 형상을 한 이
들이 표홀하게 내려오자 비로소 달빛도 점차 본래 모습을 드러냈
다. 이에 달기가 나직하게 아뢰었다.
　"선녀들이 왔사옵니다."
　주왕이 황급히 주렴 뒤에서 살펴보니 오색찬란한 옷을 입은 이들
이 모여 있었는데 개중에는 물고기 꼬리 모양을 장식한 모자를 쓴
이도 있고 구양건九揚巾이나 일자건一字巾을 쓴 이도 있었으며 행각
승[頭陀] 차림을 한 이, 머리에 두 개의 쪽을 얹은 이, 용이 똬리를 튼
듯한 머리 모양을 한 이, 선녀 같은 차림을 한 이도 있었다. 주렴 너
머로 그 모습을 본 주왕은 속으로 무척 기뻐했다. 그때 한 선녀가 다
른 이들을 향해 말했다.
　"여러분, 반갑습니다."

그러자 다른 이들이 답례하며 말했다.

"주왕께서 우리를 위해 녹대에 이렇게 잔치를 마련해주셨으니 정말 고마운 일입니다. 부디 이 나라가 천만 년을 이어가며 번창하기를 바랄 뿐입니다."

이때 달기가 주렴 안에서 분부했다.

"배석할 관리를 누대 위로 불러오도록 하라!"

잠시 후 비간이 누대에 올라와 달빛 속에서 살펴보니 모두들 불로장생하는 신선의 풍모를 띠고 있었다.

'대체 이것이 어찌 된 일이지? 보기에는 진짜 같으니 일단 인사는 해야겠구나.'

그가 그렇게 생각하고 있을 때 한 도사가 그에게 물었다.

"선생은 누구십니까?"

"저는 아상의 직책을 맡고 있는 비간이라고 하온데 오늘 잔치에 시중을 들라는 어명을 받았습니다."

"인연이 있어서 이 모임에 오게 되셨으니 천 년의 수명을 상으로 내리겠소이다."

그 말에 비간이 의아하게 생각하자 주렴 안쪽에서 술을 따르라는 어명이 내려왔다. 이에 비간은 황금 주전자를 들고 서른아홉 개의 자리에 놓인 술잔에 술을 따랐다.

재상의 자리에 있으면서
요사한 기운도 알아채지 못하고
황금 주전자 품에 안고

옆에서 시중을 드는구나!

身居相位　不識妖氣

懷抱金壺　侍於側畔

　　여우 정령들은 모두 변신술을 믿고 전혀 거리낌이 없었다. 하지만 차림새와 모습은 바뀌어도 여우의 추악한 노린내까지 숨기지는 못했기 때문에 이내 비간도 그 냄새를 맡을 수 있었다.

　　'신선은 육근六根°이 청정한 몸인데 어떻게 이렇게 고약한 냄새가 풍기지? 아! 지금 천자가 무도하여 요괴가 생겨났으니 나라에 불길한 징조임에 틀림없구나!'

　　그렇게 생각에 잠겨 있을 때 달기가 그에게 큰 잔을 받들어 바치라고 분부했다. 비간은 서른아홉 개의 자리마다 돌아가며 술을 올렸는데 그는 백 말의 술도 마실 수 있는 주량이었기 때문에 그 정도는 문제가 되지 않았다. 그렇게 그가 한 순배를 올리고 나자 달기가 다시 한 잔을 올리라고 분부했다. 비간이 다시 서른아홉 개의 자리를 돌며 술을 올리자 요괴들은 모두 연달아 두 잔을 마시게 되었다. 황실에 소장된 귀한 술을 마셔본 적이 없는 그들 중에 술이 센 놈은 그래도 제법 견딜 수 있었지만 주량이 적은 놈은 벌써 취해서 흐느적거리며 숨겨놓은 꼬리를 드러내고 말았다. 달기는 그저 제 자손들을 많이 먹이려는 생각뿐이었기 때문에 술기운이 오르면 모두 본색을 드러내게 될 줄은 몰랐다.

　　비간이 둘째 층에서 술을 따르고 있을 때 첫째 층에 있던 요괴들이 모두 꼬리를 드러내고 말았는데 알고 보니 모두 여우 꼬리였다.

248

달기, 요괴들을 초청해 잔치를 벌이다.

달빛이 환히 비추는 곳에서 단단히 정신을 추스르고 있던 비간은 그 모습을 똑똑히 보고 이미 후회해도 때는 늦었는지라 그저 속으로 비명을 지를 수밖에 없었다.

'재상의 몸으로 요괴에게 절을 올리다니 부끄럽기 그지없구나!'

비간은 추악한 여우 노린내를 참을 수 없어 속으로 이를 갈았다.

한편 주렴 안에 있던 달기는 비간이 세 번째 잔을 돌리자 요괴들이 취하기 시작하는 것을 보고는 본색이 드러나면 곤란하겠다 싶어 곧 분부를 내렸다.

"배석한 관리는 더 이상 술을 따르지 말고 누대 아래로 내려가고 여러 신선들은 이제 각자의 동부로 돌아가시기 바랍니다."

녹대 아래로 내려온 비간은 기분이 너무나 울적해서 곧 내궁을 나와 분궁루와 현경전, 가선전嘉善殿, 아홉 칸 대전을 지났는데 대전 안에는 숙직을 서는 관리가 보였다. 그는 곧 오문을 나와서 붉은 등롱을 앞세운 채 말을 타고 거처로 돌아갔다. 이 리쯤 갔을 때 앞쪽에 횃불과 등롱이 보이면서 일단의 병력이 나타나기에 자세히 보니 무성왕 황비호가 황성을 순찰하고 있었다. 이에 비간은 그들에게 다가갔고 황비호는 깜짝 놀라서 말에서 내렸다.

"승상, 무슨 급한 일이시기에 이 시간에야 오문을 나오시는 것입니까?"

비간은 발을 구르며 말했다.

"대인, 나라가 어지럽게 기울어 온갖 요괴가 조정을 혼탁하게 만들고 있으니 이를 어쩌면 좋겠소이까? 간밤에 천자께서 선녀들의 잔치에 배석하라고 하셔서 달이 뜨자 어명에 따라 녹대에 올라갔소이다. 거기에는 과연 울긋불긋 오색 옷을 차려입은 신선처럼 생긴 이들이 있더구려. 그런데 뜻밖에도 알고 보니 그것들은 모두 요사한 여우 정령이 아니겠습니까? 그것들이 큰 잔으로 연달아 두세 잔을 마시고는 모두 꼬리를 드러내는 것을 제가 달빛 아래에서 똑똑히 봤소이다. 대체 이 일을 어쩌면 좋겠소이까?"

"일단 댁으로 돌아가십시오. 제가 내일 알아서 처리하겠습니다."

이에 비간이 돌아가자 황비호는 황명과 주기, 용환, 오겸에게 분부했다.

"너희들은 각자 스무 명씩 병사를 거느리고 동서남북에서 대기하다가 그 도사들이 나오거든 미행해서 소굴을 알아내도록 해라. 반드시 확실하게 알아서 보고해야 한다, 알겠느냐?"

"예!"

네 장수가 명령을 받고 떠나자 황비호도 거처로 돌아갔다.

한편 술기가 오른 요괴들은 배 속이 부글거리는 바람에 요사한 바람이나 안개를 일으킬 기운도 없어서 간신히 오문을 나왔다. 그들은 더 이상 버티지 못하고 모조리 땅에 떨어져 삼삼오오 무리를 지어 서로 어깨동무를 하고 부축하며 비틀비틀 발을 끌며 걸어갔는데 남쪽 성문에 이르니 벌써 새벽이 되어 있었다. 주기는 멀찍이 그늘 속에 숨어 있다가 성문이 열리자 그들의 모습을 똑똑히 알아보고 미행했다. 성에서 삼십오 리 떨어진 헌원 무덤 옆에 바위 동굴이 하나 있고 도사와 선녀들은 모두 그 안으로 들어가는 것이었다.

이튿날 황비호가 청사에 오르자 네 장수를 대표해서 주기가 보고했다.

"어제 남쪽 성문에서 살펴보니 삼사십 명의 도사들이 헌원 무덤 근처의 바위 동굴로 들어갔습니다. 정확하게 탐문한 것이오니 어찌 할지 처분을 내려주십시오."

황비호는 즉시 주기로 하여금 삼백 명의 병사를 데리고 가서 동굴 입구를 땔감으로 막고 불을 지른 다음 오후에 와서 보고하라고 분부했다. 잠시 후 주기가 떠나자 대문을 지키는 관리가 와서 보고했다.

"아상께서 오셨사옵니다."

황비호는 뜰로 나가 그를 맞이하여 인사를 나누고 각기 자리에 앉아서 차를 마셨다. 황비호가 주기의 일에 대해 설명하자 비간이 무척 기뻐하며 감사했다. 두 사람은 나랏일에 대해 이야기를 나누 다가 술상을 마련하여 함께 마셨다.

어느새 오후가 되어 주기가 돌아와서 보고했다.

"분부하신 대로 정오까지 불을 피우고 왔습니다."

그러자 황비호가 비간에게 말했다.

"함께 가보지 않으시겠습니까?"

"바라는 바입니다."

두 사람은 곧 장수들을 거느리고 동굴을 살펴보러 떠났다.

한편 술을 얻어먹은 요괴들은 그나마 죽어도 여한이 없었지만 변 신술을 할 줄 모르는 요괴들은 아무 죄도 없이 동굴 속에서 함께 죽 음을 맞아야 했으니 이를 묘사한 시가 있다.

녹대에서 즐겁게 술을 마시는데

여우 정령은 왜 신선으로 변해 찾아갔는가?
추악한 기운 사람에게 간파되어
몸은 불타고 뼈는 재가 되는 재앙을 불렀구나!

歡飮傳杯在鹿臺　狐狸何事化仙來
只因穢氣人看破　惹下焦身粉骨災

　장수들이 바위 동굴을 뒤져보니 몇몇 여우가 기어 나왔는데 모두 털이 타고 살이 익어서 고약한 냄새를 풍겼다. 그러자 비간이 황비호에게 말했다.

　"여우들 가운데 아직 불에 타지 않은 것들이 있구려. 개중에 상태가 괜찮은 것을 골라 가죽을 벗겨 두루마기를 만들어 천자께 바치도록 합시다. 그러면 달기의 속을 뒤집어놓을 수 있지 않겠소이까? 그 요사한 것이 불안해지면 분명 내분이 생기게 되어 천자께서 정신을 차리게 될 것이고 그렇게 해서 혹시 달기를 내치시기라도 한다면 우리의 충성심을 보여드릴 수 있지 않겠소이까?"

　이에 둘은 기분 좋게 무성왕의 저택으로 돌아가 마음껏 술을 마시고 헤어졌다. 그런데 자기와 상관없는 일에 신경 쓰지 않으면 끝내 아무 일 없겠지만 괜한 계책을 세웠다가 재앙만 초래하게 된다는 속담도 있지 않은가? 어쨌든 나중 일이 어찌 되는지는 다음 회를 보시라.

제26회

달기, 음모를 꾸며 비간을 해치다
妲己設計害比干

밤새 삭풍 불어 옥을 부수니

승상이 기회를 틈 타 갖옷을 바쳤지.

한마음으로 못된 요괴 없애기를 바랐건만

뜻밖에 군주 모시는 요괴의 심기를 거슬렀지.

심장을 꺼내 보여 영원한 과업 이미 이루었으나

부끄러운 줄 모르고 총애하고 시샘하여 영원한 웃음거리 되었지.

애석하게도 현량하고 성스러운 성탕의 기업은

흐르는 물 되어 봄날 썰물을 따라갔구나!

朔風一夜碎瓊瑤　丞相乘機進錦貂

只望同心除惡孽　孰知觸忌作君妖

剜心已定千秋案　寵妬難羞萬載謠

可惜成湯賢聖業　化爲流水逐春潮

254

그러니까 비간은 여우 가죽을 무두질하여 두루마기를 만들어놓았다가 추운 겨울이 오면 주왕에게 바치기로 했다. 당시는 9월이었지만 시간은 순식간에 흘러 어느새 겨울이 가까워졌고 주왕은 여느 때와 마찬가지로 달기와 함께 녹대에서 잔치를 즐기고 있었다.

그날은 하늘에 발그레한 눈구름이 가득 덮이고 살을 에는 삭풍이 몰아치면서 배꽃 같은 눈송이가 어지럽게 날려 천지를 새하얗게 뒤덮었다. 그 눈은 조가성도 모두 하얗게 덮어버렸다.

허공에 은빛 진주 어지럽게 뿌려지고
공중에 버들솜 뒤얽힌다.
행인은 소매 털어 배꽃 춤추게 하고
나뭇가지에는 온통 하얀 은이 내리누른다.
귀족 자제들은 술독 둘러싸고 술을 마시고
신선은 눈을 쓸고 차를 끓이지.
밤사이 삭풍에 비단 창을 뚫고 들어오니
눈꽃인지 매화인지 모르겠구나.
쌩쌩 찬 기운이 몸을 파고들고
송이송이 꽃이 대지를 덮었지.
기와 모서리 원앙에게 가볍게 분가루 스치고
향로에서 타는 사향은 비단옷에 스며들지.
구름 자욱한 사방 들은 저녁 화장을 재촉하고
따뜻한 누각의 붉은 화로에 옥 그림자 비친다.
배꽃 같고

버들 꽃 같고

매화 같고

경화 같은 이 눈!

배꽃처럼 새하얗고

버들 꽃 같은 생김새에

매화 같지만 향이 없고

경화처럼 진귀하지.

눈에는 소리도 색깔도

기운도 맛도 있지.

누에가 뽕잎 갉아먹는 듯한 소리가 나고

심장과 뼛속을 파고드는 기운이 있지.

색깔은 티 없는 옥과 같고

맛을 보면 내년이 풍작일지 알 수 있지.

구르는 진주처럼 동글동글

옥가루처럼 잘게 잘려

한 송이는 봉황 깃털 같고

두 송이는 거위 깃털

세 송이는 셋으로

네 송이는 넷으로 모이고

다섯 송이는 매화 같고

여섯 송이는 꽃받침 같지.

눈이 빽빽하게 내리면

강과 호수만 한 줄기 푸른빛을 드러내지.

눈에는 부귀와

빈천도 있어

부귀하면 붉은 화로에 숯을 넣고

따뜻한 누각에서 양고기에 술을 마시지만

가난하면 주방에 쌀이 없고

부엌에 땔감도 없지.

하늘이 칙령을 내린 것도 아닌데

분명 사람 잡는 칼이 떨어지는구나.

空中銀珠亂灑　半天柳絮交加

行人拂袖舞梨花　滿樹是千枝銀壓

公子圍爐酌酒　仙翁掃雪烹茶

夜來朔風透窗紗　不知是雪是梅花

颼颼冷氣侵人　片片六花蓋地

瓦楞鴛鴦輕拂粉　爐焚蘭麝可添錦

雲迷四野催妝晚　煖閣紅爐玉影偏

此雪似梨花　似楊花

似梅花　似瓊花

似梨花白　似楊花容

似梅花無香　似瓊花珍貴

此雪乃有聲有色　有氣有味

有聲者如蠶食葉　有氣者冷侵心骨

有色者比美玉無瑕　有味者能識來年禾稼

團團如滾珠　碎剪如玉屑

一片似鳳羽　兩片似鵝毛

三片攢三　四片攢四

五片似梅花　六片如花萼

此雪下到稠密處　只見江湖一道青

此雪有富有貴　有貧有賤

富實者紅爐添壽炭　煖閣飮羊羔

貧賤者廚中無米　竈下無柴

非是老天傳敎旨　分明降下殺人刀

으슬으슬한 추위의 위력 속에 안개가 자욱하니
나라의 상서로운 징조 분분히 떨어지는구나.
순식간에 사방의 들은 구분하기 어려워지고
어느새 수많은 산이 죄다 구름에 덮였구나.
은빛 세상의 옥 같은 하늘과 땅
허공에 슬며시 뛰어올라 저절로 무리를 이루지.
삼경이 지난 밤중에 눈이 내리면
모두들 내년에는 분명 풍년이 들 것이라고 하지.

凜凜寒威霧氣芬　國家祥瑞落紛紜

須臾四野難分辨　頃刻千山盡是雲

銀世界上玉乾坤　空中隱躍自爲群

此雪落到三更後　盡道豐年已十分

그렇게 주왕이 달기와 함께 술을 마시며 눈을 감상하고 있을 때

258

시종이 보고했다.

"비간이 하명을 기다리고 있사옵니다."

"누대 위로 불러오라."

잠시 후 비간이 절을 올리자 주왕이 물었다.

"황숙, 이렇게 아름다운 함박눈이 내리는데 어째서 댁에서 술을 마시며 추위나 녹이지 않고 무슨 상주할 일이 있어서 눈길을 무릅쓰고 오셨소이까?"

"녹대는 하늘에 닿을 듯이 높은데 눈보라 몰아치는 엄동설한이라 폐하께서 감기라도 걸리지 않으실까 염려되옵니다. 이에 두루마기라도 바쳐서 추위를 막으시도록 하여 저의 보잘것없는 걱정을 덜까 하옵니다."

"연세도 많으신데 직접 입으시지 않고 짐에게 주신다니 그 충정을 알고도 남겠구려."

비간은 누대 아래로 내려가서 두루마기가 얹힌 붉은 쟁반을 높이 받들고 올라왔는데 그 두루마기는 겉은 붉은색이고 안쪽은 털이 나 있었다. 비간이 직접 두루마기를 펼쳐 주왕에게 입혀주자 주왕이 웃으며 말했다.

"짐은 천자의 몸이라 천하의 부를 다 갖고 있지만 추위를 막을 이런 두루마기는 없었소이다. 그런데 이제 황숙 덕분에 이런 것을 입게 되었으니 그 공로가 비할 데 없이 큽니다!"

주왕은 곧 그에게 술을 하사하고 함께 잔치를 즐겼다.

한편 달기가 비단 주렴 안에서 살펴보니 그 두루마기는 모두 자기 자손의 가죽으로 만든 것이라 그녀는 자기도 모르게 폐부를 칼로 도려내는 듯 간장이 불에 지져지는 듯 아픔이 몰려왔다.

'저런 쳐 죽일 영감 같으니! 내 자손이 천자의 술을 얻어먹은 게 너와 무슨 상관이더냐? 그런데도 분명 나를 멸시하려고 모피로 내 마음을 뒤흔들다니! 내가 네놈의 심장을 갈라 꺼내지 않으면 황후가 아니다!'

달기는 비간을 증오하며 눈물을 비 오듯 흘렸다.

한편 주왕이 잔을 권하자 비간은 사양하고 성은에 감사한 후 누대를 내려갔다. 주왕이 두루마기를 입고 안으로 들어가자 달기가 맞이했다.

"겨울이라 녹대가 춥다고 비간이 두루마기를 바쳤소이다. 정말 가상하지 않소이까?"

"제가 한 말씀 아뢰어도 되겠사옵니까? 폐하께서는 천자의 몸이신데 어찌 이런 여우 가죽으로 만든 옷을 입으실 수 있겠사옵니까? 그건 불편할 뿐만 아니라 존엄하신 폐하를 모독하는 일이옵니다."

"그렇겠구려."

주왕은 곧 두루마기를 벗어서 창고에 넣어두라고 했다. 달기는 그것을 보면 가슴이 너무 아팠기 때문에 그렇게 말한 것이었다. 그러면서 그녀는 속으로 생각했다.

'예전에 녹대를 지은 것은 비파 동생의 복수를 해주려고 한 것인데 뜻밖에 이런 말썽이 생겨나 내 자손이 모조리 멸살되게 만들 줄이야!'

그녀는 너무나 마음이 아파서 오로지 비간을 해치고 싶은 생각뿐이었다. 하지만 마땅한 계책이 떠오르지 않았다.

어쨌든 시간은 빨리 흘러갔고 어느 날 달기는 녹대에서 주왕의 잔치 시중을 들다가 한 가지 계책을 생각해냈다. 그녀는 얼굴에서 요사한 기운을 없애고 평소의 미색보다 훨씬 모자라게 만들었으니 갓 피어난 모란이요 바람에 하늘거리는 작약, 비를 맞은 배꽃, 햇살에 취한 해당화 같았던 얼굴이 차마 쳐다보기 어려울 정도로 변해버렸다. 그런 상태로 그녀가 주왕에게 물었다.

"폐하, 이렇게 저를 생각해주시는데 지금 제 치장이 어떠하온지요?"

이에 주왕이 웃으며 아무 말도 하지 않자 달기가 계속 대답을 재촉했다.

"그대 용모는 정말 꽃이나 옥처럼 아름다워서 곁에서 떼어놓기 어렵소."

"제 용모가 어떻다는 말씀이시옵니까? 그저 성은을 입어 이렇게 된 것일 뿐이옵니다. 제게는 호희미胡喜媚라는 의동생이 있사온데 지금은 도사가 되어 자소궁紫霄宮에 있사옵니다. 그 아이에 비하면 제 용모는 백분의 일도 되지 않사옵니다."

본래 주색을 좋아하는 주왕은 그 말을 듣자 자기도 모르게 기분이 좋아졌다.

"하하! 그런 동생이 있다면 짐에게도 한번 보여줘야 하는 게 아니오?"

"호희미는 대갓집 규수로서 어릴 때 출가하여 스승을 모시고 도를 배우면서 명산의 동부인 자소궁에서 수행하고 있는데 어떻게 갑자기 데려올 수 있겠사옵니까?"

"황후의 복에 힘입어 어떻게든 한번 만나게 해주지 않겠소? 그래야 황후가 동생 자랑을 한 보람이 있을 게 아니오?"

"예전에 저와 기주에 있을 때 한 방에서 함께 바느질을 하곤 했는데 출가하면서 작별할 때 눈물을 흘리며 이렇게 말했사옵니다. '이제 헤어지면 영원히 만나지 못할 거야!' 그러니까 동생이 이렇게 말했사옵니다. '사부님께 오행의 술법을 배우고 나면 언니에게 향을 보내드릴게요. 저를 만나고 싶으면 그 향을 태우셔요. 그러면 제가 즉시 달려갈게요.' 그리고 나중에 일 년쯤 지나서 과연 동생이 향을 보내왔는데 제가 두 달도 채 되지 않아서 조가로 불려와 폐하를 모시게 되는 바람에 줄곧 잊고 있었사옵니다. 조금 전에 폐하께서 말씀하지 않으셨다면 저도 감히 이런 말씀을 올리지 못했을 것이옵니다."

"오! 그렇다면 어서 향을 가져와 살라보시구려!"

"동생은 신선 세계에 몸담고 있어서 범속한 사람과는 다르오니 내일 달빛 아래에서 다과를 차려놓고 제가 목욕재계한 다음 향을 살라야 하옵니다."

"옳은 말씀이오, 신선을 모독할 수는 없으니 말이오."

주왕은 달기와 함께 잔치를 마저 즐기고 잠자리에 들었다.

삼경이 되자 달기는 본색을 드러내고 헌원 무덤으로 갔다. 그러자 꿩 정령이 그녀를 맞이하며 눈물을 머금고 말했다.

"언니가 마련한 잔치 때문에 자손들이 모두 멸살당하고 가죽이 벗겨졌는데 알고 계시나요?"

달기도 눈물을 흘리며 말했다.

"동생, 나 때문에 자손들이 그런 억울한 죽음을 당했는데 하소연

할 곳도 없구나! 내가 한 가지 계책을 생각했는데 여차여차해서 그 늙은이의 심장을 빼내면 내 소원을 이룰 수 있을 거야. 그러니 이제 동생이 도와준다면 서로 의지가 되지 않겠어? 동생 혼자 이 소굴을 지키는 것도 쓸쓸한 일일 테니 이 기회에 황실의 호사를 누려보는 게 어때? 아침저녁으로 함께 모여 있게 될 테니 얼마나 좋겠어?"

"언니가 이렇게 저를 추천해주는데 어떻게 거절할 수 있겠어요! 내일 당장 갈게요."

계책이 정해지자 달기는 다시 모습을 감추고 궁궐로 돌아와 육신으로 들어가서 주왕과 함께 잠을 잤다. 이튿날 자리에서 일어난 주왕은 너무나 기뻐하며 어서 밤이 되어 호희미가 강림하기만을 애타게 기다렸다. 마침내 밤이 되어 달이 떠오르고 온 하늘이 씻은 듯이 깨끗한 모습을 보이자 주왕은 흥에 겨워 시를 지었다.

동해에 황금 달빛 떠올라

드넓은 하늘 맑고 그윽하게 비추는구나.

푸른 하늘에 옥쟁반 걸려

고운 빛 피워내 오색 무지개처럼 퍼지는구나.

金運蟬光出海東　　淸幽宇宙徹長空

玉盤懸在碧天上　　展放光華散彩虹

주왕이 달기와 함께 누대에 올라 달을 감상하며 어서 향을 사르라고 재촉하자 달기가 말했다.

"폐하, 제가 향을 사르고 절을 올려도 동생이 오지 않을 수 있으니 잠시 자리를 피해주시옵소서. 동생이 속세가 불편하다고 여기고 돌아가버리면 금방 다시 오기 어렵지 않겠사옵니까? 제가 먼저 잘 이야기해놓은 다음에 폐하와 만나게 해드리겠사옵니다.”

“그저 당신 뜻대로 따를 테니 분부만 하시구려!”

달기는 손을 씻고 향을 사르면서 미리 짜놓은 수작을 부렸다. 그리고 일경이 가까워지자 공중에서 바람 소리가 일면서 음산한 구름이 가득 끼고 시커먼 흙비가 날려 달을 가려버렸다. 순식간에 천지가 어둑해지고 으스스한 기운이 퍼지니 주왕이 깜짝 놀라 달기에게 말했다.

“정말 엄청난 바람이구려. 어느새 천지를 뒤집어버렸지 뭐요.”

“틀림없이 동생이 바람과 구름을 타고 오는 모양이옵니다.”

그 말이 끝나기도 전에 허공중에 패옥이 짤랑거리는 소리가 들리는가 싶더니 은은하게 사람의 형체를 띤 것이 아래로 내려왔다. 달기가 황급히 주왕을 안으로 떠밀며 말했다.

“동생이 오고 있사옵니다. 제가 맞이해서 먼저 이야기해보겠사옵니다.”

주왕은 어쩔 수 없이 안으로 들어가 주렴 너머로 훔쳐보았다. 잠시 후 바람 소리가 그치자 달빛 아래에 도사 복장을 한 여자가 나타났는데 그녀는 팔괘 문양이 그려진 붉은 도포를 입고 명주 끈으로 허리를 맸으며 삼실로 엮은 신을 신고 있었다. 밝은 달빛이 아름답게 비추고 등불도 휘황찬란하게 그 모습을 비추었다. 등불이나 달빛 아래에서 미인을 보면 대낮보다 열 배나 아름답다고 하지 않던가! 그 여자는 눈처럼 하얀 살결에 아침노을 같은 얼굴이 해당화처럼 운치를 풍겼고 앵두 같은 작은 입과 복숭아같이 발그레한 볼은 아리땁기 그지없었다. 그때 달기가 다가가서 말했다.

"동생, 왔구먼!"

"언니, 오랜만이네요."

둘은 곧 내전으로 함께 들어가 인사를 나누고 자리에 앉았다. 차를 마시고 나자 달기가 말했다.

"예전에 동생이 그러지 않았어? 만나고 싶으면 향을 사르라고 말이야. 그러면 즉시 나타난다고 하더니 정말이구먼. 이렇게 만나게 되었으니 얼마나 다행인지 몰라."

"조금 전에 향냄새를 맡고 지난날의 약속을 어길 수 없어서 서둘러 왔는데 너무 급작스럽게 와서 죄송해요."

둘이 그렇게 겸양하고 있을 때 주왕은 호희미의 자태를 살펴보고 또 달기의 용모를 보았는데 그야말로 천양지차였다.

'저런 여자와 동침할 수 있다면 천자 노릇을 하지 않아도 좋겠구나!'

그렇게 그가 애태우고 있을 때 달기가 호희미에게 물었다.

"동생, 재계를 하는 거야? 아니면 고기도 먹어?"

"재계를 해요."

달기는 곧 정갈한 소찬을 준비하게 해서 둘이 함께 등불 아래 한담을 나누고 술을 마시면서 일부러 요사한 아리따움을 더욱 두드러지게 했다. 주왕은 그야말로 하늘나라 선녀이자 달나라 항아 같은 호희미의 모습을 보고 넋이 삼천 리 밖으로 나가 십만 리 산과 강을 떠돌았다. 그는 당장이라도 그녀와 함께하며 한입에 삼키고 싶어 안

달이 나서 스스로 귓불을 잡아당기고 뺨을 긁으며 좌불안석 어쩔 줄 몰라 하다가 그만 가슴이 답답해져서 정신없이 기침을 해댔다. 이미 그 속내를 간파하고 있던 달기가 호희미에게 슬쩍 눈짓하며 말했다.

"동생, 내가 한 가지 하고 싶은 말이 있는데 어떻게 생각할지 모르겠네?"

"무슨 일이든 말씀만 하셔요."

"예전에 천자 앞에서 내가 동생의 크나큰 덕성을 칭송했더니 천자께서 무척 기뻐하시며 한번 만나보고 싶다고 하셨어. 이제 나를 잊지 않고 찾아와주었으니 정말 다행이야. 그런데 우리 폐하께서 갈망을 헤아려서 잠시 만나는 복을 누리게 해준다면 얼마나 좋겠느냐고 하시더라고. 하지만 갑자기 그런 이야기를 하기 어려우니 나에게 먼저 부탁해보라고 하셨지. 동생 생각은 어때?"

"저는 여자이고 출가한 몸이니 낯선 속인은 만나기 곤란해요. 게다가 남녀가 유별한데 한자리에서 마주 보며 이야기하는 것은 예의에도 맞지 않잖아요?"

"그것은 아니지, 동생은 이미 출가한 몸이라 삼계를 초월해 오행 속에 있는 존재가 아닌데 어떻게 세속의 남녀유별이라는 기준으로 따질 수 있겠어? 게다가 천자는 하늘의 아들로서 천하 만백성을 다스리고 천하의 부를 모두 가진 존귀한 분으로 온 천하 사람이 모두 그분의 신하이니 신선이라도 당연히 양보해야 하지 않겠어? 나와 동생이 어려서 의자매를 맺었지만 사실 친자매나 다름없잖아? 그러니 자매의 정으로 따지자면 폐하께서 동생을 만나는 것도 친척을 만나는 셈이니 무슨 문제가 있겠어?"

"그렇게 말씀하시니 어쩔 수 없군요. 천자와 만나게 해주셔요."

그 말이 끝나기도 전에 주왕이 밖으로 나와서 호희미에게 허리를 숙여 절했고 그녀도 머리를 조아려 답례하며 자리를 권했다.

"폐하, 앉으시옵소서."

주왕이 옆에 놓인 자리에 앉으니 두 요괴가 오히려 위아래 자리를 차지한 꼴이 되었다. 호희미는 등불 아래에서 앵두같이 붉은 입술을 두어 차례 열어 달콤하고 따스한 입김을 토하며 가을 물결 같은 눈길을 돌려 교태가 철철 넘치는 매력을 풍겼다. 그 바람에 주왕은 마음이 걷잡을 수 없이 두근거려 그녀를 품어보고 싶어 안달이 나서 온몸이 땀으로 젖었다. 달기는 주왕이 정욕에 사로잡힌 것을 눈치채고 일부러 자리를 피해주었다.

"폐하, 잠시 동생과 말씀을 나누고 계시옵소서. 저는 옷을 갈아입고 오겠나이다."

주왕은 다시 자리에 앉아 호희미의 얼굴을 바라보며 잔을 권했다. 그가 등불 아래에서 은근한 눈길을 주자 호희미는 얼굴을 붉히며 살며시 웃었다. 주왕이 잔에 술을 따라 두 손으로 바치자 호희미가 받아 들며 나긋나긋한 목소리로 말했다.

"감사하옵니다, 폐하."

주왕이 그 틈을 이용해 호희미의 손목을 슬쩍 잡자 그녀는 아무 말도 하지 않았다. 그 바람에 주왕은 혼백이 하늘로 날아가는 듯한 기분이었다.

"함께 누대 앞으로 가서 달구경이나 하는 건 어떻소?"

"분부대로 하겠나이다."

주왕은 다시 호희미의 손을 잡고 누대를 나와 달구경을 했다. 호희미가 손을 뿌리치지 않자 마음이 동한 주왕은 곧 그녀의 어깨에 손을 얹고 달빛 아래에서 몸을 기대니 친근한 정이 무척 깊어졌다. 이에 주왕은 속으로 기뻐하며 은근한 말로 유혹했다.

"선녀, 그런 수행은 집어치우고 언니와 함께 이 황궁에서 사시는 것은 어떻소? 그렇게 쓸쓸하게 지내는 것보다 부귀를 누리며 아침저녁 사시사철 즐겁게 잔치를 벌이면 좋지 않겠소? 사람이 살면 얼마나 산다고 그런 고생을 사서 하시는 게요? 어떻게 생각하시오?"

하지만 호희미는 계속 아무 말도 하지 않았다. 주왕은 그녀가 그다지 심하게 거절하지 않자 곧 손으로 그녀의 가슴을 만졌고 다시 부드럽고 따스하고 매끈하기 그지없는 뱃살을 문질렀다. 호희미가 거부하는 척하며 은근히 응해주자 주왕은 그녀를 덥석 끌어안고 편전에서 몇 차례 운우지락을 나누었다. 마침 그들이 일어서서 옷을 입고 있는데 갑자기 달기가 밖으로 나왔다. 그녀는 호희미의 머리카락이 흐트러지고 숨결이 가쁜 것을 단번에 간파하고는 짐짓 이렇게 물었다.

"동생, 어쩌다가 차림새가 그렇게 되었어?"

그러자 주왕이 말했다.

"솔직히 이야기하리다. 조금 전에 이 사람과 부부의 인연을 맺었소. 하늘이 인연을 맺어주었으니 그대들 자매가 좌우에서 함께 시중들며 아침저녁으로 즐기면서 무궁한 복을 함께 누리도록 하십시다. 이 또한 당신이 동생을 천거해준 덕분이니 짐은 무척 기껍기도 하고 절대 이 은혜를 잊지 않겠소."

그는 즉시 술상을 다시 차리게 하여 셋이 함께 새벽까지 술을 마시고 녹대에서 함께 잠자리에 들었으니 이를 묘사한 시가 있다.

나라가 망하려고 요사한 기운 나타났으니
집안이 망한 것은 어리석은 주왕 때문이라.
군자의 간언은 듣지 않고
간신의 말만 들어주었지.
먼저 여우 정령이 변신한 여자와 사랑에 빠지고
또 꿩 정령을 총애하게 되었지.
비간이 이 요괴와 만나게 되니
조만간 죽음을 면치 못하겠구나!

國破妖氣現　家亡紂王昏
不聽君子諫　專納佞臣言
先愛狐狸女　又寵雉雞精
比干逢此怪　目下死無存

그런데 주왕이 호희미를 비빈으로 들인 사실을 바깥의 관리들은 알지 못했다. 천자는 나랏일을 팽개치고 내전에서 매일 황음무도한 쾌락을 탐닉했으니 바깥의 대전은 그야말로 군주의 방문과 만 리나 떨어져 있는 꼴이었다. 무성왕은 군대의 통수권을 쥐고 조가 안에서 사십팔만 명의 병력을 훈련시켜 도성을 지켰는데 비록 일편단심으로 나라를 위해 노력했건만 끝내 군주의 면전에서 간언할 수는 없었다. 서로 간에 소통이 단절되어 있었으니 그도 어찌지 못하고 그저 긴 한숨만 내쉴 뿐이었다. 그러던 어느 날 그에게 이런 보고가 올라왔다. 동백후 강문환이 병력을 나누어 야마령을 공격하여 진당 관을 점령하려 한다는 것이었다. 이에 황비호는 노웅으로 하여금 십만 명의 군사를 이끌고 가서 관문을 지키게 했다.

한편 주왕은 호희미를 얻은 뒤로 날마다 아침저녁으로 운우지락 을 나누고 술과 가무를 즐기느라 사직의 안위 따위에는 전혀 관심 이 없었다. 하루는 두 요녀가 누대 위에서 아침을 먹고 있는데 갑자 기 달기가 비명을 지르며 쓰러졌다. 그 바람에 주왕은 너무 놀라서 식은땀을 흘리며 얼굴이 흙빛이 되었고 달기는 입에서 피를 토하며 아무 말도 못하고 안색이 자줏빛으로 변했다.

"황후, 짐과 함께 지낸 몇 해 동안 이런 병이 없었는데 어떻게 오 늘 갑자기 불길한 증세가 나타나는 것이오?"

그러자 호희미가 짐짓 고개를 끄덕이며 탄식했다.

"언니의 고질병이 도졌군요!"

"아니, 그것을 어찌 아시는가?"

"옛날 기주에서 저희 둘은 모두 규방의 처녀들이었사옵니다. 그 런데 언니는 늘 가슴에 통증이 있어서 한 번 발작하면 거의 죽을 지 경에 이르렀사옵니다. 당시 기주에는 장원張元이라는 의사가 있어 서 오묘한 약방문을 써주었는데 영롱한 심장 한 조각을 탕으로 끓 여 마시자 병이 바로 나았사옵니다."

"그렇다면 기주에 사람을 보내 그 의사를 불러오겠소."

"그것은 아니 될 말씀이옵니다. 조가에서 기주까지가 얼마나 먼 길이옵니까? 다녀오는 데만 최소한 한 달은 넘게 걸릴 것이옵니다.

그러다가 시기를 놓쳐버리면 어떻게 치료할 수 있겠사옵니까? 그러니 차라리 조가 땅에서 영롱한 심장을 가진 이가 있다면 거기서 한 조각을 얻는 게 낫지 않겠사옵니까? 그러면 언니의 병은 금방 낫겠지만 그게 없다면 언니는 곧 죽을 것이옵니다."

"영롱한 심장이라는 것을 누가 알겠소?"

"제가 사부님께 배워서 점을 칠 수 있사옵니다."

주왕은 무척 기뻐하며 어서 점을 쳐보라고 했다. 그러자 그 요괴가 짐짓 손가락을 구부려 짚으며 이리저리 계산하는 척하더니 이렇게 아뢰었다.

"조정에 관직이 아주 높은 신하 한 사람만이 그것을 가지고 있사옵니다. 이 사람이 심장을 내놓지 않겠다고 하면 황후마마를 구할 수 없사옵니다."

"그게 누구요? 어서 말해보시오!"

"오직 아상 비간만이 영롱하게 일곱 개의 구멍이 있는 심장을 가지고 있사옵니다."

"비간은 황숙으로서 황실의 적통이니 설마 황후의 깊은 병을 치료한다는데 영롱한 심장 한 조각을 내놓지 않겠소? 여봐라, 어서 어명을 내려 비간을 불러오너라!"

이에 사신이 나는 듯이 비간의 거처로 달려갔다. 당시 비간은 기울어가는 나라를 구하기 위한 묘책을 고심하고 있었는데 갑자기 운판이 울리더니 시종이 달려와 즉시 입궁하라는 어명이 내려왔다고 전했다. 그는 예를 갖추고 어명을 받은 다음 사신에게 말했다.

"먼저 돌아가시구려, 오문 앞에서 만납시다."

사신이 돌아가자 비간은 의아한 생각이 들었다.

'조정에 별다른 일이 없는데 무슨 일로 이런 급한 어명이 내려왔을까?'

그런 생각이 끝나기도 전에 또 어명이 내려왔다는 보고가 들어와서 황급히 맞이하고 보니 같은 내용이었다. 이렇게 연달아 다섯 차례나 어명이 내려오자 그는 더욱 의아했다.

'대체 무슨 일이기에 연달아 다섯 차례나 어명이 내려오는 것이지?'

그가 생각에 잠겨 있을 때 또 어명이 내려왔다. 이번에 사신으로 온 이는 진청陳靑이었다. 비간은 그를 맞이하여 예를 올리고 나서 물었다.

"무슨 긴요한 일이기에 여섯 차례나 어명이 내려오는 것이외까?"

"승상님, 지금 나라가 기울어가고 있는데 녹대에 또 호희미라는 여자 도사 하나를 거둬들였습니다. 오늘 아침을 먹다가 갑자기 황후마마가 가슴 통증이 발작하여 혼절했는데 호희미가 영롱한 심장 한 조각을 탕으로 끓여 마시면 바로 낫는다고 했습니다. 이에 폐하께서 영롱한 심장을 어떻게 알아볼 수 있느냐고 물으니까 호희미가 점을 쳐보더니 승상께서 바로 그 영롱한 심장을 가지고 있다고 했습니다. 그래서 이렇게 여섯 차례나 다급하게 어명이 내려온 것입니다. 승상의 심장을 한 조각 잘라 황후마마의 병을 치료하려는 것이지요."

그 말을 들은 비간은 간이 덜컥 떨어질 정도로 놀랐다. 하지만 일이 이미 이 지경에 이르렀는지라 그는 어쩔 수 없이 진청에게 말했다.

"오문 앞에서 기다리시게, 내 금방 가겠네."

그리고 비간은 안으로 들어가 부인 맹씨孟氏에게 말했다.

"부인, 우리 아들 미자덕微子德을 잘 보살펴주시구려. 내가 죽고 나면 당신 모자는 우리 가훈을 잘 지키면서 경솔하게 행동하지 말길 바라오. 조정에는 결국 한 사람도 남아 있지 못하겠구려!"

그렇게 말하고 그가 눈물을 비 오듯 흘리자 부인이 깜짝 놀라서 물었다.

"대왕, 왜 그런 불길한 말씀을 하십니까?"

"달기가 병이 났는데 어리석은 군주가 요사한 말을 믿고 내 심장으로 탕을 끓이려 한다오. 그러니 내가 어찌 살아서 돌아올 수 있겠소?"

그러자 맹씨가 눈물을 흘리며 말했다.

"재상으로 계시면서 함부로 처신하지 않아서 위로 천자의 법을 어기지 않았고 아래로 백성과 병사들에게 각박하게 굴지도 않으셨지요. 대왕의 충성과 절개, 효성은 널리 명성이 자자한데 무슨 죄를 지었다고 갑자기 심장을 꺼내는 참혹한 형벌을 당해야 하는 것입니까?"

미자덕도 옆에서 울며 말했다.

"아바마마, 걱정 마시옵소서. 조금 전에 생각난 것인데 옛날 강상 어르신께서 아바마마의 관상을 봐주시면서 불길한 일이 생겼을 경우에 대비해 서재에 편지를 한 통 남겨두었다고 하시지 않았사옵니까? 그러면서 위급하여 진퇴양난에 처하였을 때 그 편지를 보면 벗어날 길이 보일 것이라고 하시지 않았사옵니까?"

"그래! 잠깐 그것을 잊고 있었구나!"

비간은 황급히 서재의 문을 열고 벼루 아래에 눌려 있는 편지를 꺼내 읽어보았다.

"어서 물을 가져오너라!"

미자덕이 물을 한 사발 가져오자 그는 강상이 남긴 부적을 태우고 물에 그 재를 풀어 벌컥벌컥 마셨다. 그리고 서둘러 조회복을 입고 말에 올라 오문으로 갔다.

한편 여섯 차례나 어명이 내려가고 나서 진청이 내전에서 있었던 일을 누설하자 온 성의 백성과 군인, 관리들은 비간의 심장을 꺼내서 탕을 끓이려 한다는 사실을 알고 깜짝 놀랐다. 이에 무성왕 황비호와 여러 대신들은 모두 오문 밖에서 기다렸다. 잠시 후 비간이 말을 타고 달려와 오문 앞에서 내리자 대신들이 황급히 어찌 된 사연인지 물었다. 이에 비간이 대답했다.

"진청이 했다는 이야기에 대해 저는 전혀 모르겠소이다."

문무백관들은 비간을 따라 대전으로 들어갔고 비간은 곧장 녹대 아래로 가서 하명을 기다렸다. 주왕은 서성거리며 소식을 기다리다가 비간이 도착했다는 보고를 받고 즉시 그를 녹대 위로 불렀다. 비간이 절을 마치자 주왕이 말했다.

"황후가 갑자기 심하게 가슴이 아픈데 영롱한 심장만이 그것을 치유할 수 있다고 하오. 황숙께서 그런 심장을 지니고 계신다고 하니 탕을 끓이도록 한 조각만 떼어주시구려. 그렇게 해서 병이 낫는다면 그 공이 막대할 것이외다."

"심장이란 것이 무엇입니까?"

"그야 황숙의 배 속에 들어 있는 것이지요."

그러자 비간이 진노하여 간언했다.

"심장은 육신의 주인으로 폐부 안쪽 허파 가운데 숨겨져 있는데 여섯 개의 잎[六葉]과 두 개의 귀[耳]를 가진 허파° 사이에 있어서 모든 사악한 것이 침입하지 못하옵니다. 하지만 일단 사악한 것이 침입하면 죽게 되니 심장이 올바르면 손발도 올바르고 그 반대도 마찬가지인 것이옵니다. 심장은 만물의 신령한 싹이자 사상四象°의 변화에서 근본이 되는 것인데 제 심장에 상처가 생긴다면 어찌 살 수 있겠사옵니까? 제가 죽는 것은 아깝지 않으나 사직에 어질고 유능한 인재가 모두 없어지게 되는 것이 안타깝사옵니다. 지금 어리석은 군주께서 요사한 아낙의 말을 듣고 제 심장을 떼어내겠다고 하시는데 제가 살면 강산도 살아남고 제가 죽으면 강산도 망할 것이외다!"

"그저 심장에서 한 조각만 떼어내는 것일 뿐 별 탈은 없을 것인데 무슨 말이 그리 많소이까?"

"뭐라? 어리석은 군주로다! 주색에 빠져서 개돼지보다 더 멍청해졌구나! 심장을 한 조각 떼어내면 나는 바로 죽게 될 것이다. 내가 심장을 도려내야 할 죄를 짓지도 않았거늘 어찌 무고한 내게 갑자기 이런 재앙을 내리려는 것이냐?"

"무엄하다! 군주가 죽으라면 신하는 죽어야 하지 않느냐? 거역하면 불충이 아니더냐! 면전에서 군주를 비방하고 신하의 도리를 어기다니! 여봐라, 당장 이자를 끌고 나가 심장을 떼어 오너라!"

"네 이년, 천박한 달기야! 나는 저승에 가더라도 선제를 뵙기에

달기, 음모를 꾸며 비간을 해치다.

부끄럽지 않다!"

그리고 비간은 좌우를 향해 소리쳤다.

"칼을 가져다 다오!"

시종이 칼을 건네주자 그가 칼을 받아 들고 태묘를 향해 여덟 번 절을 올리고 나서 눈물을 흘리며 말했다.

"성탕 선왕이시여! 은수殷受가 이 나라 천하를 28대에서 끝장 낼 줄 어찌 알았겠사옵니까? 이는 저의 불충 때문이 아니옵니다!"

그리고 그는 허리띠를 풀고 웃통을 벗더니 칼로 배꼽을 찔러 배를 갈랐다. 그런데 기이하게도 피가 흐르지 않았다. 비간은 손을 배속에 넣어 심장을 떼어내 땅바닥에 내던지고는 말없이 다시 옷차림을 가다듬었다. 그러고 나서 누렇게 변한 얼굴로 녹대 아래로 내려가버렸다.

한편 대전에서 비간의 일에 대한 소식을 알아보고 있던 대신들은 천자의 잘못된 정치에 대해 이런저런 비판이 분분했다. 그때 갑자기 대전 뒤쪽에서 발소리가 들려오자 황비호가 얼른 돌아보니 비간이 나오고 있었다. 그는 무척 기뻐하며 물었다.

"전하, 일은 어찌 되었사옵니까?"

하지만 비간은 아무 말도 하지 않았다. 문무백관들이 맞이하러 다가갔지만 그는 그저 고개를 숙인 채 잰걸음으로 걸어서 금박지처럼 누런 얼굴로 구룡교를 지나 오문 밖으로 나갔다. 그가 나오는 것을 발견한 시종이 말을 대령하자 비간은 말에 올라 북쪽 성문을 향해 갔으니 이후에 어찌 되는지는 다음 회를 보시라.

돌아온 태사, 열 가지 계책을 진술하다

太師回兵陳十策

하늘의 운수 순환하여 성쇠가 있으니

아무리 점을 잘 쳐도 소용이 없지.

조금 전에 화평의 계책 내놓았다가

다시 군대 일으켜 오랑캐를 치자고 했지.

운수는 정해져 있거늘 어찌 인력으로 바꿀 수 있으랴?

때가 되면 자연히 귀신과 같이 되리라.

예로부터 하늘 거슬러 죄를 지으면 결국 망하게 되었나니

하늘의 뜻 되돌리려 한들 역시 부질없는 짓이리니!

天運循環有替隆　任他勝算總無功

方纔少進和平策　又道提兵欲破戎

數定豈容人力轉　期逢自與鬼神同

從來逆孼終歸盡　縱是回天手亦空

그러니까 황비호는 비간이 그렇게 말도 없이 서둘러 오문을 나가자 수하 장수들을 불렀다.

"황명과 주기, 너희 둘은 전하가 어디로 가시는지 따라가보도록 해라."

"예!"

한편 비간은 나는 듯이 말을 달려 귓전에는 그저 바람 소리만 들릴 뿐이었다. 대략 오륙 리쯤 갔을 때 길가에 어느 아낙이 광주리를 들고 공심채空心菜를 팔고 있었다. 그 소리를 들은 비간은 말을 멈추고 물었다.

"어째서 공심채라는 것이오?"

"제가 파는 채소 이름이옵니다."

"사람에게 심장이 없으면 어찌 되오?"

"그럼 바로 죽지 않겠사옵니까?"

그러자 비간이 비명을 지르며 말에서 떨어져 울컥 피를 토했으니 이를 묘사한 시가 있다.

어명이 날아오니 정말 가슴 아프구나
달기가 음모 꾸며 충신을 해쳤구나.
비간은 곤륜의 신선술에 의지했지만
점괘가 길가에 있음을 어찌 알았으랴?

御札飛來實可傷　妲己設計害忠良
比干倚仗崑崙術　卜兆焉知在路旁

채소 파는 아낙은 비간이 말에서 떨어지자 무슨 영문인지 몰라 다급히 몸을 피해버렸다. 한편 황명과 주기는 북쪽 성문으로 나갔다가 비간이 말 아래에 쓰러져 있고 땅바닥에 피가 흥건한 것을 발견했다. 비간은 얼굴을 하늘로 향하고 눈을 감은 채 옷이 피에 젖어 아무 말이 없었는데 두 장수는 어찌 된 영문인지 알 수 없었다.

애초에 강상이 편지를 남겼을 때 거기에 부적을 그려주었는데 그 부적을 살라 재를 물에 타서 마시면 오장을 보호할 수 있었다. 그 때문에 비간은 말을 타고 북쪽 성문을 나갈 수 있었던 것이다. 그런데 공심채 파는 아낙을 보고 그 이유를 물었을 때 아낙이 사람은 심장이 없으면 죽는다고 했는데 만약 "사람은 무심無心해도 살 수 있다"라고 했다면 비간도 죽지 않았을 것이다. 그가 심장을 꺼내고 녹대를 내려왔을 때도 피가 흐르지 않았던 것은 바로 강상이 적어준 부적의 오묘한 효능 때문이었다.

어쨌든 황명과 주기는 말을 달려 북쪽 성문 밖으로 나갔다가 그런 모습을 보고 아홉 칸 대전으로 돌아와 황비호에게 보고했다. 그들의 이야기를 들은 미자 등 문무백관들은 모두 애도하며 슬퍼했다. 그때 어느 하대부가 매섭게 소리쳤다.

"어리석은 군주가 무고한 숙부를 죽여서 기강을 멸살해버렸구나! 내가 직접 알현하고 간언하겠소!"

그는 바로 하초夏招라는 인물로 곧장 녹대로 가서 어명을 기다리지도 않고 누대로 올라갔다. 한편 주왕은 비간의 심장으로 즉시 탕을 끓였는데 그때 갑자기 하초가 누대로 올라와서 눈썹을 추켜세우고 두 눈을 부릅뜬 채 군주를 대하고도 절조차 하지 않았다.

"대부 하초, 그대는 어찌 어명도 없이 짐을 찾아왔는가?"

"군주를 죽여버리려고 왔소!"

"하하! 예로부터 신하가 군주를 시해하는 법이 어디 있는가?"

"어리석은 군주가 그래도 그런 이치는 아는구나. 그렇다면 세상에 어느 조카가 무고한 숙부를 죽여도 된다는 법이 있더냐? 비간은 어리석은 그대의 숙부요 제을의 아우이거늘 이제 요사한 달기의 음모를 믿고 그의 심장으로 죽을 썼으니 그게 바로 숙부를 시해한 것이 아니고 무엇이더냐? 그러니 이제 신하가 군주를 죽여서 성탕의 법도를 다하고자 하노라!"

그러더니 그는 녹대에 걸려 있는 비운검飛雲劍을 뽑아 들고 주왕의 얼굴을 향해 내리쳤다. 하지만 주왕은 문무를 겸비한 인물이라 그런 선비 하나를 두려워할 리 없었다. 그가 슬쩍 옆으로 피하자 하초는 허공만 자르고 말았다. 이에 주왕이 버럭 화를 내며 소리쳤다.

"여봐라, 저놈을 잡아라!"

무사들이 일제히 달려들자 하초가 고함을 질렀다.

"다가오지 마라! 어리석은 군주가 숙부를 죽였으니 나도 군주를 죽이는 것이 당연한 일이 아니더냐?"

사람들이 달려들자 하초는 녹대 아래로 펄쩍 뛰어내려 온몸이 바스러져 비명에 죽고 말았으니 이를 묘사한 시가 있다.

하초가 분개하여 화를 터뜨린 것은
단지 군왕의 행실이 어질지 못했기 때문이지.
목숨을 아끼지 않고 직간했지만

가련하게도 피와 살이 이미 흙이 되었구나.

충성스러운 마음 저절로 천고에 길이 남을지니

일편단심의 무게는 응당 헤아리기 어려울 것.

지금은 비록 녹대 아래로 몸을 던져 죽었으나

향기로운 그 이름 언제나 해와 더불어 밝게 빛나리라!

夏招怒發氣生瞋　只爲君王行不仁

不惜殘軀抒直諫　可憐血肉已成塵

忠心自合留千古　赤膽應知重萬鈞

今日雖投臺下死　芳名常共日華新

하초가 녹대 아래로 몸을 던져 죽었다는 소식을 들은 문무백관들은 북쪽 성문 밖으로 나가 비간의 시신을 수습했다. 비간의 세자인 미자덕은 삼베옷을 입고 지팡이를 짚은 채 문무백관들에게 감사의 절을 올렸다. 조문객 가운데는 무성왕 황비호를 비롯해 미자와 기자 등이 있었다. 그들은 비간의 시신을 관에 안치하여 북쪽 성문 바깥에 두고 갈대로 시렁을 엮고 종이로 만든 만장을 내걸어 혼백을 위로했다. 그때 갑자기 정찰병이 달려와서 보고했다.

"태사께서 개선하시어 조정으로 돌아오고 계시옵니다!"

이에 문무백관들이 일제히 말을 타고 십 리 밖으로 영접하러 나갔다. 그러자 군정사의 관리가 태사의 분부를 전했다.

"여러분, 태사께서 오문으로 돌아가 계시라고 하셨습니다. 인사는 거기서 하자고 하십니다."

문무백관들은 서둘러 오문으로 가서 기다렸다. 한편 태사는 묵기린墨麒麟을 타고 북쪽 성문을 통해 들어오다가 문득 바람에 나부끼는 만장을 발견하고 좌우 수하들에게 물었다.

"저것은 누구의 영구이냐?"

"아상 비간의 영구이옵니다."

깜짝 놀란 태사는 성 안으로 들어갔는데 또 높다랗고 화려한 녹대가 눈에 들어왔다. 그가 오문에 도착하자 문무백관들이 좌우로 늘어서서 맞이했다. 태사는 말에서 내려 웃는 얼굴로 답례하고 물었다.

"여러분, 안녕하십니까? 제가 여러 해 동안 북해에 원정을 나가 있다 보니 그사이에 도성 안의 풍경이 죄다 바뀌었구려."

무성왕 황비호가 말했다.

"북쪽에 계시는 동안에도 천하가 어지러워지고 조정이 황폐해져 사방의 제후들이 반란을 일으켰다는 소식은 들으셨겠지요?"

"해마다 달마다 그런 보고를 받았소이다. 양쪽을 모두 걱정하는 바람에 북해의 반란을 평정하기도 어려웠지요. 다행히 천지신명의 은혜와 주상의 홍복 덕분에 겨우 북해의 요사한 것들을 없앨 수 있었소이다. 도성까지 날아올 날개가 없어서 속히 폐하의 용안을 뵙지 못한 것이 한스러울 따름이었지요."

문무백관들은 그를 따라 아홉 칸 대전으로 갔다. 태사는 고요하고 쓸쓸하게 먼지가 쌓인 천자의 탁자를 보았다. 그리고 대전 동쪽에 세워진 노랗고 커다란 기둥을 발견했다.

"저 누런 기둥은 왜 대전에 놓아두었소?"

대전을 관리하는 이가 무릎을 꿇고 대답했다.

"이것은 폐하께서 새로 만든 포락이라는 형벌을 시행하는 기구이옵니다."

"포락이라는 게 무엇인가?"

이번에는 황비호가 나아가 대답했다.

"이것은 구리로 만든 기둥으로 저기에 세 개의 구멍이 나 있지요. 간언하는 관리가 충심을 다해 오로지 나라를 위한 일편단심으로 공평무사하게 천자의 과오를 지적하거나 천자의 어질지 못한 행실을 이야기하여 바로잡으려 하면 저기에 붉게 달군 숯을 넣고 간언한 신하의 두 손으로 기둥을 안게 하여 쇠사슬로 묶습니다. 그러면 사지가 지져져 재가 되면서 대전 안에 참을 수 없이 고약한 냄새가 가득 퍼집니다. 이 형벌을 만들자 충성스럽고 현량한 인재는 숨어버리고 유능한 이는 나라를 떠났으며 충신은 절개를 지키다가 죽게 되었습니다."

그 말을 들은 태사는 진노하여 세 개의 눈을 부릅떴는데 개중에 신령한 눈 하나에서 한 자가 넘는 새하얀 광채가 피어났다. 그는 곧 대전을 담당하는 관리에게 분부했다.

"종과 북을 울려서 폐하를 대전으로 청하게!"

이에 문무백관들이 모두 기뻐했다.

한편 주왕은 직접 비간의 심장으로 탕을 끓여 달기에게 먹였다. 그러자 달기의 병은 금방 나아서 녹대 위에 편안히 앉아 있었다. 그때 시종이 아뢰었다.

"대전에서 종과 북이 울렸사온데 태사께서 귀환하셔서 폐하를 대전으로 청하고 계시옵니다."

284

주왕은 한참 동안 아무 말이 없다가 곧 분부를 내렸다.

"수레를 준비하라!"

호위병에게 둘러싸여 대전으로 간 그는 문무백관들이 절을 올리고 태사 문중이 만세삼창을 하자 규圭를 손에 들고 말했다.

"태사, 북해에 원정을 나가서서 많은 고생을 하며 군사를 운용하는 데 전혀 실수가 없어서 이렇게 기쁜 승전보를 알리시니 정말 큰 공을 세우셨소이다."

그러자 태사가 땅바닥에 엎드려 말했다.

"하늘의 위엄과 폐하의 홍복에 힘입어 요사한 것들을 없애고 역적을 소탕했사옵니다. 십오 년 동안 정벌하면서 몸을 바쳐 나라의 은혜에 보답함으로써 선왕의 유훈을 저버리지 않도록 노력했사옵니다. 그런데 밖에서 듣자 하니 조정이 혼탁하고 어지러워 각처의 제후가 반란을 일으켰다고 하는지라 저는 양쪽을 걱정하면서 날개가 없어 속히 폐하께 날아오지 못하는 것을 한스러워했사옵니다. 이제야 용안을 뵙게 되었는데 혹시 이것이 사실이옵니까?"

"강환초는 역모를 꾸며 짐을 시해하려 했고 악숭우는 못된 짓을 일삼다가 반란을 일으켰으므로 모두 처형했소이다. 그런데 그들의 자식이 방자하게 국법을 따르지 않고 각지에서 반란을 일으켜 관문을 소란스럽게 하면서 극심하게 법을 무시하니 참으로 가증스러운 일이외다!"

"강환초가 제위를 찬탈하려 했고 악숭우가 못된 짓을 일삼았다는 것을 증언할 사람이 누구이옵니까?"

주왕은 대답할 말이 없었다. 그러자 태사가 앞으로 나아가 다시 아뢰었다.

"제가 원정하느라 밖에서 여러 해 동안 고전하다가 왔사온데 폐하께서는 어진 정치를 하지 않으시고 방탕하게 주색에 빠져 지내시며 직간한 충신을 처형하시어 결국 제후들이 반란을 일으키게 만드셨사옵니다. 그리고 대전 동쪽에 세워두신 저 누런 것은 대체 무엇이옵니까?"

"간언하는 신하가 못된 말로 군주의 심기를 거스르면서 충성스럽고 강직하다는 명성을 얻으려고 수작을 피우기에 포락이라고 하는 형벌을 만들었소이다."

"도성에 들어설 때 하늘 높이 솟은 것이 보이던데 그것은 어디에 있는 것이옵니까?"

"더운 여름에 짐이 쉴 곳이 없어서 나들이라도 나가 눈앞에 가리는 것 없이 멀리까지 구경하려고 지은 녹대라는 누각이오."

태사가 그 말에 기분이 상해서 큰 소리로 말했다.

"지금 천하가 황폐하고 제후들이 일제히 반란을 일으키고 있으니 이는 모두 폐하께서 그들의 바람을 저버리셨기 때문이옵니다. 폐하께서 어진 정치를 펼쳐 은택을 내리지 않으시고 충성스러운 간언을 받아들이지 않으시면서 간신과 여색만 가까이하시고 어질고 훌륭한 신하를 멀리하시며 음주가무에 빠져 밤낮을 가리지 않으시고 엄청난 토목공사를 일으키시니 이에 연루된 백성들이 반감을 가지고 병사들은 곡식이 없어서 흩어져버리고 있사옵니다. 문무백관과 군대, 백성은 바로 군주의 팔다리와 같은 것인데 팔다리가 순조로워야 몸이 건강하지 않겠사옵니까? 팔다리가 순조롭지 않으면 몸이 불편한 법이옵니다. 군주는 예의에 맞게 신하를 대하고 신하는 충심으로 군주를 섬겨야 하옵니다. 선왕께서 다스리실 때는 사방 오랑캐가 순복하고 온 세상 현자들이 따랐으며 평안하게 즐기며 생업에 종사하여 황실의 기반을 복되고 단단하게 다졌사옵니다. 그런데 지금 폐하께서는 보좌에 등극하셔서 백성을 학대하시니 제후들이 반란을 일으키고 백성은 혼란에 빠지고 병사들은 원망을 품게 된 것이옵니다. 그 바람에 북해에서 전쟁이 일어나 제가 고심 끝에 겨우 요사한 무리를 소탕했사옵니다. 하지만 폐하께서는 덕으로 정치를 펴지 않으시고 오로지 방탕한 쾌락만 추구하시니 몇 해 동안 조정의 기강이 크게 변하고 나라의 체통이 모조리 없어진 것도 모르고 계시옵니다. 제가 변방에서 날마다 고생한 것이 마치 썩은 나뭇가지에 둥지를 만들려 하는 것과 마찬가지로 부질없는 짓이 되고 말았사옵니다. 폐하, 부디 통촉하시옵소서! 이제 제가 돌아왔으니 당연히 나라를 제대로 다스릴 방책을 마련하겠사옵니다. 이에 대해서는 다시 간언을 올릴 것이오니 폐하께서는 잠시 내전으로 돌아가 계시옵소서.”

주왕은 대꾸할 말이 없어서 어쩔 수 없이 내전으로 돌아갔다.

한편 태사는 대전에 서서 문무백관들에게 이렇게 말했다.

“여러분께서는 댁으로 돌아가지 마시고 제 거처로 함께 가서 상의를 좀 하도록 하십시다. 제게 나름대로 방책이 있소이다.”

문무백관들은 그를 따라 태사부의 은란전銀鑾殿으로 가서 서열에 따라 자리에 앉았다. 그러자 태사가 물었다.

“여러분, 제가 여러 해 동안 외지에 나가 북해를 원정하는 바람에 조정을 지키지 못했소이다. 하지만 이 몸 문중은 선왕으로부터 후손을 돌봐달라는 유언을 받았는지라 감히 저버릴 수 없소이다. 그런데 지금 법이 뒤집히고 도리에 어긋나는 일이 일어나고 있으니 모두들 상황을 날조하지 말고 공정한 논의를 제시해주시기 바라외다. 그러면 제가 공평하게 헤아리도록 하겠소이다."

그러자 대부 손용孫容이 허리를 숙여 예를 표하고 말했다.

"태사께 아룁니다. 폐하께서는 참소만 들으시고 현량한 신하를 멀리하시며 주색에 빠져 지내시면서 충신을 죽여 간언을 막으시고 윤리를 모두 망치고 나라의 정치를 소홀히 하여 갖은 사단을 일으키고 계십니다. 그런데 여러 관리들이 한꺼번에 이야기하면 태사님 귀만 더럽힐 것 같습니다. 차라리 다른 이들은 조용히 앉아 있고 무성왕께서 자초지종을 말씀드리시는 게 나을 것 같습니다. 그러면 태사님께서도 듣기 편하실 테고 다른 관리들도 무례를 범하지 않을 수 있지 않겠습니까?"

"아주 좋은 말씀이시오. 무성왕, 제가 귀를 씻고 들을 테니 자세한 정황을 말씀해주시구려."

황비호가 일어나서 허리를 숙여 절하고 말했다.

"그렇게 말씀하시니 자세한 사실을 말씀드리는 수밖에 없겠습니다. 폐하께서 소호의 딸을 궁으로 들이신 뒤로 조정이 날로 황폐해지고 어지러워졌습니다. 폐하께서는 정실이신 강 황후의 눈을 도려내고 손을 지지고 자식을 죽이려 하여 인륜을 없애버렸습니다. 그리고 제후를 속여 조가로 부른 다음 대신을 해시형에 처하였고 사천감의 태사 두원선을 함부로 죽였습니다. 달기의 꾐에 넘어가 포락형을 만들어 상대부 매백을 죽였고 아울러 희창을 유리에 칠 년 동안 구금했습니다. 게다가 적성루 안에 채분을 만들어 궁녀들을 참혹하게 죽였으며 주지육림을 만들어 내시들이 재앙을 당했습니다. 녹대를 만들면서 엄청난 토목공사를 일으켜 상대부 조계는 녹대에서 뛰어내려 죽었습니다. 그 공사의 감독으로 숭후호를 임명하니 뇌물이 오가면서 장정 셋 가운데 둘이 징발되고 심지어 장정이 하나밖에 없는 집에서도 그 장정을 징발했습니다. 하지만 돈 있는 자들은 뇌물을 바치고 집에서 편히 쉬고 애매한 백성만 죽어나가 녹대 아래에 묻혔습니다. 상대부 양임은 두 눈이 도려진 채 죽었는데 지금 그 시신이 어디에 있는지조차 알 수 없습니다. 저번에는 녹대에 사오십 마리의 여우 정령이 신선으로 변신해 잔칫상을 얻어먹다가 비간에게 들통이 났습니다. 그러자 달기가 그 일에 대해 원한을 품었고 어찌 된 일인지 폐하께서 사적으로 여자를 하나 들이셨는데 그 내력조차 알 수 없습니다. 어제 듣자 하니 달기가 가슴이 아프다고 거짓말을 하면서 영롱한 심장으로 탕을 끓여 먹어야 낫는다고 하여 결국 비간으로 하여금 배를 갈라 심장을 꺼내 비명에 죽도록 강요했는데 그 영구가 북문에 안치되어 있습니다. 나라가 흥성하려면 상서로운 징조가 저절로 나타나고 나라가 망하려면 요사한 것들이 자주 나타나기 마련이 아니겠습니까? 그런데 폐하께서는 참언을 일삼는 간사한 것들만 가까이하시면서 충성스럽고 어진 신하를 마치 원수 대하듯이 하고 계십니다. 참혹한 횡포는 도를 넘어섰고 황음무도한 짓을 전혀 거리끼는 바가 없습니다. 그래서 저희가 누차 상소를 올려 간언했지만 폐하께서는 썩은 종이 보듯 하셨고 심지어 군주와 신하 사이도 격절된 상태입니다. 이렇게 도저히 어찌할 방도가 없는 상황에 마침 태사께서 개선하여 돌아오셨으니 사직을 위해서도 만백성을 위해서도 정말 다행이 아닐 수 없습니다!"

황비호의 자세한 이야기를 들은 태사가 버럭 고함을 질렀다.

"이런 말도 안 되는 일이! 북해의 전란 때문에 천자가 윤리강상을 어지럽히게 되었으니 제가 선왕의 유지를 저버리고 나랏일을 망친 셈이로구려! 이 모두가 저의 죄이외다! 여러분, 먼저 돌아가십시오. 제가 사흘 후에 대전에 나아가 조목조목 간언을 올리겠소이다."

태사는 문무백관들을 전송하고 서급우徐急雨를 불러 대문을 닫아걸게 한 뒤 일체의 공문을 받지 않았다. 나흘째가 되어 천자를 알현하고 나면 그 뒤에야 대문을 열어 손님을 맞이하고 공문을 처리하라고 했다. 이에 서급우가 즉시 대문을 닫았으니 이를 묘사한 시가 있다.

태사가 회군하며 개선가 울렸는데
나라 안에 간사한 일 많을 줄 어찌 알았으랴?
군주는 정치를 어그러뜨려 천지가 어지러워졌고
천하가 갈라져 무너지니 다스리기 어려워졌지.
열 가지 책략 간언하여 사직을 안정시키고
구중궁궐에서 간사한 무리 없애려 했지.
산천의 왕성한 기운은 응당 이러해야 하거늘
온 마음 다 썼건만 그저 등한시해버렸지.

太師兵回奏凱還　豈知國內事多姦
君王失政乾坤亂　海宇分崩國政艱
十道條陳安社稷　九重金闕削奸頑
山河旺氣該如此　總用心機只等閒

그러니까 태사 문중은 사흘 동안 열 가지 책략을 담은 상소문을 작성하고 나흘째 되는 날 조정으로 들어가 천자를 알현했다. 그 소식을 들은 문무백관들은 그날 아침 일찍 조정에 들어가 반열을 나누어 시립했다. 신하들이 절을 올리고 나자 주왕이 말했다.

"상주할 일이 있는 분은 반열에서 나오시고 별일 없으면 조회를 마치겠소."

그러자 왼쪽 반열에서 태사가 나와서 절을 올리고 말했다.

"제가 상소문을 준비하였나이다."

그가 주왕 앞에 있는 탁자에 상소문을 펼쳐놓자 주왕이 그것을 읽었다.

나라의 정치에 큰 변고가 생겨 교화를 해치고 천자께서 여색에 빠져 간신을 가까이하면서 귀에 거슬리는 간언을 한 신하에게 혹독한 형벌을 시행함으로써 하늘의 변고보다 중대한 영향을 초래하여 나라가 헤아릴 수 없는 위험에 빠져 있는 상황에 관하여 태사 문중이 아뢰옵나이다.

듣자 하니 요 임금은 천명에 따라 천자가 되신 뒤로 천하를 자기 몸처럼 걱정하시되 그 지위를 이용하여 쾌락을 일삼지 않으셨으며 나라를 어지럽히는 신하를 처벌하고 내치시며 어질고 훌륭한 인재를 구하는 데 힘쓰셨사옵니다. 그 결과 순舜과 우禹, 직稷, 설契, 구요咎繇°를 얻으심으로써 여러 훌륭한 인재가 덕정德政을 시행하도록 보좌했고 현명하고 유능한 이를 등용하여 널리 교화를 펼치심으로써 천하가 화합하였사옵니다. 이에 만백성이 모두 평안하게 인의仁義를 즐겼고 모든 일이 적절하게 이루어져 모든 행실이 예법에 맞았고 차분하게 중용中庸의 도리를 지켰사옵니다. 이것이 바로 '어진 이가 왕이 되면 반드시 한 세대가 지난 후에 어진 정치가 이루어져 백성이 귀의한다'°라는 것이옵니다. 요 임금께서는 칠십 년 동안 천자의 자리에 계시다가 순 임금에게 제위를 선양하셨사옵니다. 요 임금이 돌아가시자 천하는 그의 아들 단주丹朱가 아니라 순 임금에게 돌아갔는데 순 임금은 그것을 사양할 수 없음을 아시고 천자의 자리에 오르시고 나서 우禹를 재상으로 삼으셨사옵니다. 순 임금은 요 임금을 보좌하다가 그 정통을 계승하셨기에 별다른 일을 하지 않아도 천하가 법도에 맞게 다스려졌고 그분이 지으신 음악인 「소韶」는 너무나 선하고 아름다웠사옵니다.

그러니 이제 폐하께서도 천자의 지위를 계승하셨으니 마땅히 인의를 행하고 널리 은택을 베푸시면서 군사와 백성을 아끼시고 문무백관에게 예법에 맞게 공경하셔서 천지의 뜻에 따라 화목한 분위기를 조성하셨어야 하옵니다. 그렇게 되면 사직이 안정되고 백성이 즐겁게 생업에 임할 수 있었을 것이옵니다.

그런데 뜻밖에도 폐하께서는 주색을 가까이하시고 간사하고 못난 자를 곁에 두시어 부부 간의 은애를 망각하고 황후마마의 손을 지지고 눈을 도려냈으며 자식을 죽여 스스로 후사를 끊어 없애셨사옵니다. 이는 모두 무도한 군주가 스스로 멸망의 재앙을 자초하는 행위이옵니다.

바라옵건대 이전의 과오를 통렬히 바로잡으시고 인의를 행하시며 소인을 속히 멀리하시고 어진 이를 가까이하시옵소서. 그렇게 되면 사직이 안정되고 만백성이 기꺼이 복종하며 하늘의 마음도 순조롭게 움직여 나라의 복이 길이 늘어나고 비바람도 순조로워져서 천하가 태평을 누리게 될 것이옵니다. 이를 위해 저는 감히 무례를 무릅쓰고 다음과 같은 항목을 진언하는 바이옵니다.

첫째, 녹대를 철거하여 민심이 어지러워지지 않도록 안정시킬 것.

둘째, 포락형을 폐지하여 간언하는 신하가 충심을 다할 수 있게 할 것.

셋째, 채분을 메워서 궁궐의 근심이 저절로 없어지게 할 것.

넷째, 주지를 메우고 육림을 없애서 제후들의 비난을 불식시킬 것.

다섯째, 달기를 폐위하고 황후를 다시 세워 내궁에 미혹의 걱정이 없게 할 것.

여섯째, 아첨하는 간신을 가려내고 속히 비중과 우혼의 목을 베어 백성의 마음을 후련하게 하고 못난 자들이 스스로 떠나도록 할 것.

일곱째, 관청의 창고를 열어 기근에 시달리는 백성을 구휼할 것.

여덟째, 사신을 파견하여 동쪽과 남쪽의 제후를 초안할 것.

아홉째, 강호에 은거한 현자를 찾아가 등용함으로써 천하에 의심하는 이들의 마음을 풀어줄 것.

열째, 충성스러운 간언을 받아들이고 간언의 길을 크게 열어 천하에 언로가 막히는 폐단을 없앨 것.

태사는 황제의 탁자 옆에 서서 먹을 갈아 붓에 적셔 주왕에게 건네면서 아뢰었다.

"폐하, 속히 비준하여 시행해주시옵소서!"

주왕은 열 가지 항목 가운데 첫 번째가 녹대를 철거하라는 내용인지라 이렇게 말했다.

"녹대는 엄청난 비용을 들여 어렵게 지었는데 갑자기 철거하는 것은 정말 아까운 일이오. 그러니 이것은 나중에 다시 논의하도록 하겠소. 포락형과 채분에 관한 건의는 이대로 받아들이겠소. 황후를 폐위하는 문제는 다시 논의해야 하오. 달기는 덕성이 깊고 그윽하여 덕을 잃는 행위를 전혀 저지르지 않았는데 어떻게 갑자기 내칠 수 있겠소? 그리고 중대부 비중과 우혼은 공을 세웠으되 아무 잘못도 저지르지 않았는데 어째서 그들에게 간사한 참언을 일삼았다는 죄목을 씌워 처형할 수 있겠소? 이렇게 세 가지만 제외하고 나머지는 이대로 시행하도록 하시오."

太師回兵陳十宗

돌아온 태사, 열 가지 계책을 진술하다.

"녹대는 공사 규모가 엄청나서 백성을 고생시키고 재물을 손상시켰으니 그것을 철거하는 것은 천하 백성이 품은 원한을 씻어주기 위해서이옵니다. 황후께서는 폐하를 미혹하여 이런 참혹한 형벌을 만들게 함으로써 귀신마저 분노하여 원한을 품게 했사오니 속히 폐위하셔야 하옵니다. 그래야 귀신들도 마음이 풀어져 원한을 품은 이들이 저승에서 편히 눈을 감고 원망을 씻을 것이옵니다. 비중과 우혼을 속히 처형하라고 말씀드린 것은 조정의 기강을 바로잡아 나라 안에 참소하는 기풍을 없애기 위해서이옵니다. 폐하께서 미혹당하실 여지를 없애면 조정은 일부러 애쓰지 않아도 조만간 저절로 깨끗해질 것이옵니다. 바라옵건대 속히 시행하시옵소서! 더 이상 결단을 내리지 못하시고 머뭇거리시면 나랏일을 그르치게 될 것이옵니다. 이렇게만 해주신다면 저는 한없는 다행으로 여기겠사옵니다!"

주왕은 어쩔 도리가 없어서 일어서며 말했다.

"태사의 건의 가운데 짐은 일단 일곱 건만 비준하겠소. 나머지 세 건은 이후에 다시 논의하여 결정하도록 하겠소."

"폐하께서는 그 세 가지를 대수롭지 않게 여기시지만 그것들은 혼란을 다스리는 근원과 관계된 문제이오니 통촉하시옵소서. 대충 넘어가셔서는 아니 되옵니다!"

그때 제 주제를 모르는 중대부 비중이 반열에서 나와서 대전으로 올라와 주왕을 알현하려 했다. 태사가 그를 알아보지 못하고 물었다.

"그대는 누구인가?"

"제가 바로 비중이옵니다."

"그대가 바로 그 양반이시구려! 그런데 무슨 일로 대전에 올라오셨소이까?"

"태사께서 비록 신하들 가운데 지위가 가장 높으신 분이라 하더라도 나라의 체통을 고려하지 않으시면 아니 되옵니다. 붓을 들고 군주께 상소를 비준하라고 핍박하시는 것은 예의에 맞지 않는 일이옵니다. 상소를 올려 황후를 탄핵하시는 것도 신하의 도리가 아니요 무고한 신하를 처형하라 하시는 것도 법에 맞지 않사옵니다. 태사께서는 군주를 무시하고 자신의 위세를 내세우시니 이는 신하의 몸으로 군주를 능멸하고 조정을 함부로 농단함으로써 신하로서 지켜야 할 도리를 잃는 행위이옵니다. 이야말로 말할 수 없이 큰 불경이 아니옵니까?"

그 말을 들은 태사는 이마에 있는 신령한 눈을 부릅뜨고 수염을 곧추세우며 버럭 고함을 질렀다.

"네 이놈, 비중! 감히 내 앞에서 교묘한 말로 군주를 미혹하려 하느냐? 참으로 괘씸하구나!"

그러면서 주먹을 내질러 비중의 얼굴을 시퍼렇게 만들어 섬돌 아래로 떨어뜨려버렸다. 그러자 우혼이 화가 치밀어 대전으로 올라와서 말했다.

"태사, 대전에서 대신을 구타하는 것은 중대부 비중이 아니라 폐하께 주먹을 휘두르시는 것과 마찬가지가 아닙니까?"

"그대는 또 누구인가?"

"저는 우혼입니다."

"허허! 알고 보니 너희 두 놈이 안팎에서 농간을 부리며 서로 비호해주는 사이였구나!"

그리고 재빨리 달려들어 주먹을 한 방 날리니 그 간신은 섬돌에서 한 길 남짓 떨어진 곳으로 벌러덩 자빠져버렸다. 그러자 태사가 좌우의 무사들에게 명령했다.

"당장 저 비중과 우혼을 오문 밖으로 끌고 나가 목을 베라!"

조정을 호위하는 무사들은 그렇지 않아도 그 둘을 무척 싫어하고 있던 차에 태사가 진노하여 호통치자 즉시 둘을 붙잡아 오문 밖으로 끌고 나갔다. 그렇게 태사의 진노가 하늘을 찌를 듯하자 주왕은 아무 말도 못하고 속으로 생각했다.

'비중과 우혼이 조심하지 않고 화를 자초했구먼.'

태사는 다시 처형을 시행하라는 어명을 내려달라고 청했고 주왕은 둘을 죽이고 싶지 않아서 이렇게 말했다.

"태사의 상소는 모두 지당하지만 이 세 가지는 짐이 다시 상의한 뒤에 한꺼번에 시행하도록 하겠소이다. 비중과 우혼이 비록 주제넘게 경을 비판했으나 마땅한 증거가 없으니 일단 옥에 가두어 문초하도록 하십시다. 그리고 죄상이 분명히 밝혀지면 저들도 원망하지 않을 것이 아니겠소이까?"

주왕이 이렇게 재삼 말을 돌리며 못마땅한 표정을 보이자 태사는 낙심하고 말았다.

'비록 나라를 위해 충심을 다해 바른말로 간언했지만 군주가 신하를 두려워하게 만들었으니 내가 먼저 군주를 기만한 죄를 지은 셈이구나!'

이에 그는 무릎을 꿇고 아뢰었다.

"저는 그저 사방의 난리가 평정되어 백성이 편안하고 제후들이 폐하께 순복하기만을 바랄 뿐 어찌 다른 것을 바라겠나이까?"

"비중과 우혼은 담당 관리에게 보내 문초하게 하고 일곱 가지 사항은 즉시 시행하도록 하시오. 나머지 세 가지는 다시 논의한 뒤에 결정하도록 하겠소이다."

그렇게 말하고 주왕이 내전으로 돌아가자 문무백관들도 자리를 떠났다.

천하가 흥성하려면 좋은 일이 일어나고 망하려면 재앙의 씨앗이 내려오는 법. 태사가 막 열 가지 책략을 간언함으로써 좋은 일이 일어나려 하는데 뜻밖에 동해 지역의 평령왕平靈王이 반란을 일으켰다는 소식이 전해졌다. 그 소식을 들은 황비호는 탄식을 금치 못했다.

"그렇지 않아도 사방에서 반란이 일어나 천하가 평안하지 않은데 이번에는 또 평령왕까지 반란을 일으켰구나! 대체 언제나 이 혼란이 종식될 수 있을꼬?"

그는 즉시 전령을 보내 태사에게 이 사실을 알렸다. 태사는 대청에 앉아 공무를 보고 있었는데 시종이 들어와서 보고했다.

"무성왕께서 전령을 보내왔사옵니다."

"들라 하라."

전령은 문서를 바쳤고 태사는 그것을 읽고 나서 즉시 행차를 준비하게 하여 황비호를 찾아갔다. 잠시 후 황비호가 태사를 맞이하여 대전으로 가서 인사를 나눈 후 자리에 앉았다.

"사령관, 동해의 평령왕이 반란을 일으켰다고 하여 상의하러 왔소이다. 이번 정벌에는 제가 나갈까요, 아니면 사령관께서 다녀오시겠소?"

"누가 가도 상관없으니 태사님 뜻대로 하시지요."

태사가 잠시 생각해보고 말했다.

"사령관께서는 폐하를 보필하여 정무를 살펴주시구려. 제가 군사 이십만 명을 거느리고 동해로 가서 반란을 평정하겠소이다. 정무는 돌아와서 의논하도록 하십시다."

이튿날 태사는 조회에서 주왕을 알현하고 출사표를 바쳤다. 주왕은 그것을 보고 깜짝 놀라며 물었다.

"평령왕이 또 반란을 일으켰으니 이를 어쩌면 좋겠소이까?"

"저는 오로지 나라와 백성을 걱정하는 마음뿐이니 다녀올 수밖에 없사옵니다. 황비호로 하여금 도성을 지키도록 할 것이오니 부디 폐하께서도 사직의 안녕을 위해 힘써주시옵소서. 전에 말씀드린 세 가지는 제가 돌아온 뒤에 다시 의논할 수밖에 없겠사옵니다."

그 말을 들은 주왕은 무척 기뻐하며 어서 태사가 출정해서 눈앞에 어른거리지 않으면 마음이 아주 개운할 것 같았다. 이에 그는 즉시 어명을 내렸다.

"여봐라, 어서 황색 깃대 장식[黃旄]과 은 도끼[白鉞]를 가져와 태사께 전하고 출병하는 태사를 전송하도록 하라!"

그리고 주왕은 몸소 동쪽 성문 밖까지 행차했고 태사는 그를 맞이했다. 주왕이 술을 하사하자 태사 문중이 술잔을 받아 들고 돌아서서 황비호에게 건네주며 이렇게 말했다.

"사령관께서 먼저 드시지요."

황비호는 허리를 숙여 절하며 말했다.

"원정을 나가시는 태사님을 위해 폐하께서 하사하신 술인데 제가 어찌 감히 먼저 마시겠사옵니까?"

"일단 받으시구려, 제가 드릴 말씀이 있소이다."

태사는 황비호가 술잔을 받아 들자 이렇게 말했다.

"조정에 사람이 없으니 만사를 사령관께 맡기겠소이다. 폐하께서 만약 불공정한 일을 하시거든 당연히 직간하여 바로잡으셔야지 입에 발린 말씀은 하지 마시구려. 그것은 군주를 사랑하는 신하의 도리가 아니지 않겠소이까?"

그리고 그는 다시 돌아서서 주왕에게 말했다.

"이제 떠나는 마당에 저는 다른 걱정은 없사오나 부디 폐하께서 충성스러운 간언에 귀를 기울여주시기 바라나이다. 사직을 중히 여기시고 옛 법을 바꾸거나 어지럽혀서 군주의 도리에서 벗어나는 일을 하시면 아니 될 것이옵니다. 저는 늦어도 일 년이요, 빠르면 반년 안에 돌아오겠나이다."

이어서 태사는 술을 마시고 나서 포성을 울리고 병력을 출발시켜 곧장 동해로 떠났다. 눈앞에 곤란한 일이 벌어져서 무장한 병사들이 우르르 몰려가게 되었으니 과연 승부가 어찌 되는지는 다음 회를 보시라.

서백 희창, 숭후호를 정벌하다
西伯兵伐崇侯虎

탐욕스럽고 잔인한 숭후호 성격도 사납고
백성의 살과 골수 수탈하여 제 살만 잔뜩 찌웠지.
군주 앞에서는 영원히 권세 누리려고 아부하고
도망칠 곳 만들어놓으려 온갖 계책 모두 썼지.
어명 받아 공사 감독하며 백성의 힘을 소진하고
기회를 틈타 사달 일으키니 황제의 판도 스러지겠구나.
도리를 아는 강상이 무도한 자를 정벌하니
나라는 망하고 몸은 죽어 만사가 쇠락해버렸지.

崇虎貪殘氣更梟　剝民膏髓自肥饒
逢君欲作千年調　買窟惟知百計要
奉命督工人力盡　乘機起釁帝圖消
子牙有道征無道　國敗人亡事事凋

그러니까 주왕은 문무백관들과 함께 기분 좋게 대전으로 돌아왔다. 문무백관들이 시립하자 그가 어명을 내렸다.

"비중과 우혼을 석방하라."

그러자 미자가 반열에서 나와 아뢰었다.

"그들 두 사람은 태사의 간언에 따라 옥에 가두고 죄상을 문책하는 중인데 이제 태사께서 출병하신 지 얼마 되지도 않은 마당에 당장 그들을 석방하는 것은 옳지 않은 듯하옵니다."

"그들 둘은 원래 죄가 없는데 태사가 상소를 올려서 억울하게 갇힌 것이오. 내 어찌 그것을 모르겠소이까? 황백께서는 괜한 비방으로 충성스럽고 어진 신하를 모함하지 마시구려."

미자가 아무 말도 하지 않고 대전을 내려오자 주왕은 곧 비중과 우혼을 석방하고 원래의 벼슬을 회복시켜 자신을 보필하게 했다. 그는 기분이 아주 좋았고 또 태사가 원정을 나갔는지라 마음 놓고 쾌락을 즐기며 아무 거리낌이 없었다.

당시는 봄이 한창이라 만물이 화사하게 피어나서 궁궐 정원에도 모란이 무성하게 피어 있었다. 이에 주왕이 어명을 내렸다.

"문무백관들과 함께 모란을 감상하면서 군주와 신하가 함께 즐거움을 나누는 전통을 계승하고 우 임금이 있었던 것처럼 정원에서 잔치를 열어 좋은 계절을 노래하고자 하노라!"

문무백관들이 어명에 따라 정원으로 가니 그야말로 '천상의 사계절 가운데 봄이 최고요 인간 세상의 부귀한 이들 가운데는 제왕이 최고'라는 말을 실감할 수 있었다. 그 정원은 얼마나 아름다웠을까?

봉래도의 신선 세계인 듯

아련한 천상의 뜰인 듯

온갖 화초와 나무 무리를 이루었고

옥 같은 바위 쌓여 경치의 아름다움 더해준다.

붉은 복사꽃 하얀 자두꽃 향기 풍기고

초록 버들 푸른 담쟁이 하늘하늘 늘어졌다.

황금 대문 밖에는 군자의 상징 대나무 몇 그루

옥 창호 아래에는 대부송大夫松°이 두 줄로 늘어섰다.

자줏빛 높다란 건물은 기둥과 들보가 화려하게 장식되었고

짙푸른 누각은 아름다운 처마를 자랑한다.

축구장은 비스듬히 계수나무 우거진 뜰로 통하고

그네는 꽃 시렁에서 멀리 떨어져 걸려 있다.

모란 가득한 정자에는 비빈들이 오가고

작약 핀 뜰에는 화사한 여인들이 한가로이 거닌다.

황금 다리 아래에는 푸른 물 흐르고

해당화는 산들바람에 취한 듯 흔들린다.

벽돌로 담을 쌓고

오솔길에는 흰 돌을 깔았다.

황제가 다니는 두 길에는

여의주 물고 노는 두 마리 용이 조각되었고

난간 좌우에는

해를 바라보는 붉은 봉황을 장식했다.

비취정에서는 만 줄기 금빛 피어나고

어서각에는 상서로운 광채 겹겹이 감싸고 있다.

상서로운 구름 햇빛을 받아

제왕의 영화를 드러내고

상서로운 공기 눈에 비쳐

지극히 고귀한 황실의 모습 보여준다.

봉미죽에는 온갖 새가 날아오고

용조화에는 오색 구름이 덮여 있구나.

울긋불긋 꽃이 누대를 비추고

내닫는 짐승과 나는 새가 안뜰에서 울어댄다.

구관조가 말을 하니

주왕은 껄껄 웃음을 참지 못하고

앵무새 소리 높여 노래하니

천자는 기꺼운 표정으로 손뼉을 친다.

푸른 연못에서는 금빛 물고기가 뛰어 오르고

하얀 담장 안에서는 학과 사슴이 함께 봄을 즐긴다.

파초 잎 팔랑이며 바람의 위세 보여주고

향기 뿜어내며 모든 꽃의 주인 노릇을 한다.

높고 낮은 산호수

구불구불 신선의 동굴

완월대는 층층이 솟았고

석화정은 멀찍이 서 있다.

물가 누각 아래에는 갈매기가 상큼하게 노래하고

서늘한 정자 위에는 거문고 소리 그윽하다.

야합화가 피어나니

깊은 정원에 향기 사라지지 않고

목련꽃 피어나니

정원 가득한 맑은 운치 사라지기 어렵구나.

훌륭한 꽃의 온갖 자태는

화가라도 묘사하기 어렵고

겹겹이 솟은 누각은

아무리 솜씨 좋은 이라 한들 어찌 흉내 낼 수 있으랴?

궁궐 정원은 과연 풍경이 빼어나고

황궁 안은 정말 번화하구나!

꽃 사이로 나비가 팔랑거리고

정원 안에는 벌집이 숨어 있구나.

정자의 처마는 제비 꼬리처럼 치솟았고

못가 누각에서는 개구리 소리 들려온다.

봄 새는 온갖 소리로 지저귀고

까마귀는 자애로운 새일세.

그야말로 궁궐 정원은 수놓은 비단 같나니

신선 세계야 말한들 무엇하랴!

쪽빛 물들여 수많은 옥이 되었고

푸른 망사가 수많은 노을을 덮었구나!

彷佛蓬萊仙境　依希天上仙圃

諸般花木結成攢　疊石琳琅就景

桃紅李白芬芳　綠柳靑蘿搖拽

金門外幾株君子竹　玉户下兩行大夫松

紫巍巍錦堂畫棟　碧沈沈彩閣雕檐

蹴球場斜通桂院　鞦韆架遠離花篷

牡丹亭嬪妃來往　芍藥院彩女閒遊

金橋流綠水　海棠醉輕風

磨磚砌就蕭牆　白石鋪成路徑

紫街兩道　現出龍戲珠

闌干左右　雕成朝陽丹鳳

翡翠亭萬道金光　御書閣千層瑞彩

祥雲映日　顯帝王之榮華

瑞氣迎眸　見皇家之極貴

鳳尾竹百鳥來朝　龍爪花五雲相罩

千紅萬紫映樓臺　走獸飛禽鳴內院

八哥說話　紂王喜笑欲狂

鸚鵡高歌　天子歡容鼓掌

碧池內金魚躍水　粉牆內鶴鹿同春

芭蕉影動逞風威　逼射香爲百花主

珊瑚樹高高下下　神仙洞曲曲彎彎

玩月臺層層疊疊　惜花亭繞繞迢迢

水閣下鷗鳴和暢　涼亭上琴韻清幽

夜合花開　深院奇香不散

木蘭放花　滿園清味難消

名花萬色　丹青難畫難描

樓閣重重　妙手能工焉仿

御園中果然異景　皇宮內眞是繁華

花間翻蝶翅　禁院隱蜂衙

亭檐飛紫燕　池閣聽鳴蛙

春禽啼百舌　反哺是慈烏

正是　御園如錦繡　何用說仙家

藍靛染成千塊玉　碧紗籠罩萬堆霞

이런 시가 있다.

상서로운 기운 무성히 피어나 태화산을 가두고
상서로운 빛 자욱하게 높은 하늘을 비춘다.
용과 봉황 장식한 누각은 하늘에 닿을 듯하고
금과 옥으로 장식한 창과 문에는 푸른 망사 비친다.
사계절 내내 기이한 풍경 끊이지 않나니
절기마다 늘 진귀한 꽃이 핀다.
몇 차례 비가 지나고 봄바람 불어오면
성 안 수백만 가구에 향기 가득 퍼진다.

瑞氣騰騰鎖太華　祥光靄靄照雲霞

龍樓鳳閣侵霄漢　玉戶金門映翠紗

四時不絕稀奇景　八節常開罕見花

幾番雨過春風至　香滿城中百萬家

308

그러니까 문무백관들이 천자의 행차를 따라 궁궐 정원으로 들어가니 모란정에는 황제가 준비한 잔칫상이 마련되어 있었다. 그들은 서열에 따라 정해진 자리에 앉아 인사를 나누었고 주왕은 어서각御書閣에서 달기, 호희미와 함께 술을 마셨다.

황비호는 미자와 기자에게 이렇게 말했다.

"잔치도 모임도 좋을 게 없군요. 지금 사방에 전쟁이 일어나 어지러운데 무슨 마음으로 모란을 감상하겠습니까? 폐하께서 개과천선하신다면 혹시 변방의 전쟁이 종식되고 역적이 소탕되어 요·순 시절의 태평성대를 기대할 수 있겠지만 여전히 미혹에 빠져 헤어날 줄 모르신다면 이런 날은 오래가지 못하고 근심할 날만 늘어나겠지요."

미자와 기자는 고개를 끄덕이며 탄식했다. 한편 문무백관들은 해가 중천에 뜰 때까지 술을 마시고 나서 성은에 감사하기 위해 어서각으로 갔다. 내관이 주왕에게 보고했다.

"관리들이 감사하러 왔사옵니다."

"봄날 풍경도 아름답고 꽃과 버들이 아름다우니 즐겁게 술을 마시기에 딱 좋은데 굳이 감사할 까닭이 있는가? 다들 짐과 함께 연회를 즐기자고 전하라!"

주왕이 누각에서 내려와 몸소 연회에 참석한다는 소식을 들은 문무백관들은 감히 물러가지 못하고 공손히 대기할 수밖에 없었다. 잠시 후 주왕이 친히 모란정에 와서 상석에 자리를 하나 더 마련하여 신하들과 함께 즐겁게 술을 마시니 풍악이 일제히 울리는 가운데 술잔이 돌았다. 그러다가 어느새 날이 저물자 주왕이 등촉을 밝히고 풍악을 더욱 크게 울리게 하니 그 즐거움이 훨씬 더했다. 시간은 어느새 이경 무렵이 되고 있었다.

한편 어서각의 달기와 호희미는 술이 얼큰하게 올라서 침상에 누워 잠이 들었다. 그러다가 삼경 무렵이 되자 달기가 본색을 드러내고 잡아먹을 사람을 찾아다니기 시작했으니 그때 한 줄기 괴이한 바람이 일었다.

꽃을 꺾고 나무 쓰러뜨리니 예사롭지 않구나!
무정하게 촛불도 꺼버려서 모든 빛을 없애버렸지.
창을 뚫고 주렴 사이로 들어와 병든 몸에 스머드는데
요사하고 괴이한 기운을 그 속에 품고 있었지.

推花倒樹異尋常　滅燭無情盡絕光
穿戶透簾侵病骨　妖氣怪氣此中藏

그렇게 한 줄기 바람이 몰아쳐 흙먼지를 일으키자 모란정까지 뒤흔들렸고 문무백관들은 무슨 일인가 싶어 놀랐다. 그때 술을 따르던 내관들이 일제히 비명을 질렀다.

"요괴가 나타났다!"

취기가 반쯤 올라 있던 황비호는 그 소리를 듣고 황급히 자리에서 일어나 주위를 살펴보았는데 차가운 이슬 속에서 괴물 하나가 다가오고 있었다.

황금 등잔 같은 눈에 몸뚱이도 특이해서

긴 꼬리와 날카로운 발톱, 체구는 조그맣다.

달려드는 모습은 마치 산을 오르는 호랑이 같고

고개를 두리번거리는 것은 사냥감 찾는 맹수 같다.

요사한 정령은 사람의 혼백에 침입하는 데 익숙하고

마귀는 늘 피와 뇌수를 빨아 먹지.

그 모습 자세히 살펴보니

다름 아니라 산중의 늙은 여우로구나!

眼似金燈體態殊　尾長爪利短身軀

撲來恍似登山虎　轉面渾如捕物貙

妖孽慣侵人氣魄　怪魔常噬血頭顱

凝眸仔細觀形象　却是中山一老狐

황비호는 자리에서 일어나 요괴가 달려드는 모습을 발견했는데 술김이라 그놈을 막을 만한 물건이 없어서 모란정 난간을 손으로 부러뜨려 한 조각을 집어 들고 여우를 향해 내리쳤다. 이에 여우가 재빨리 피하더니 다시 그에게 달려들자 황비호가 수하들에게 소리쳤다.

"어서 북해에서 바친 금안신앵金眼神鷹을 데려와라!"

수하들은 황급히 붉은 조롱을 열어 그 새를 날려 보냈는데 그놈은 등잔 같은 두 눈을 부릅뜨고 요사한 정령을 잡는 솜씨가 뛰어났다. 금안신앵이 강철 갈고리 같은 발톱을 좍 펼쳐 아래로 내리꽂히며 여우를 낚아채려 하자 여우는 비명을 질러대며 재빨리 태호석 아래로 숨어버렸다. 이를 본 주왕이 즉시 좌우의 신하들을 불렀다.

"삽과 괭이를 가져와서 땅을 파라!"

신하들이 땅을 두세 자쯤 파자 무더기로 쌓인 수많은 사람들의 해골이 나타났고 이를 본 주왕은 깜짝 놀랐다.

'간언하는 신하들의 상소문에서 늘 요사한 기운이 궁궐을 덮고 있어 재앙의 별이 천하를 비춘다고 하더니 과연 사실이었구나!'

그런 생각이 들자 그는 기분이 몹시 언짢아졌다. 잠시 후 문무백관들은 자리에서 일어나 성은에 감사하고 조정을 나가 각자의 거처로 돌아갔다.

한편 술에 취해 본색을 드러냈다가 뜻밖에 금안신앵의 공격을 받은 달기는 발톱에 긁혀 피부에 상처가 나고 말았다. 그녀는 깜짝 놀라 술이 깨서 돌아갔지만 이미 후회해도 늦어버린 상황이었다. 주왕은 어서각에서 달기와 함께 잠을 자고 나서 이튿날 날이 밝자 달기의 얼굴에 난 상처를 발견하고 다급히 물었다.

"아니, 얼굴에 이게 무슨 상처요?"

달기가 베갯머리에서 대답했다.

"간밤에 폐하께서 문무백관들에게 연회를 베푸시는 동안 정원에 산책을 나갔다가 해당화 밑을 지나는데 갑자기 가지가 떨어지면서 가시에 얼굴이 긁혀버렸사옵니다."

"이후로는 정원에 나가지 마시오. 알고 보니 그곳에 정말 요괴가 있습디다. 짐이 문무백관들과 술을 마시다가 삼경 무렵이 되었는데 과연 여우 정령 하나가 나타나 사람들에게 달려들었소이다. 마침 무성왕 황비호가 난간을 꺾어 공격했지만 물리치지 못했고 나중에 외국에서 진상한 금안신앵을 풀어놓자 그 매가 여우를 공격했소. 발톱으로 낚아채려 하자 요괴는 상처를 입고 도망쳤는데 그 새의 발톱에 아직도 그 여우의 피와 터럭이 묻어 있소이다."

그렇게 말하면서도 그는 정작 자신이 그 여우와 잠자리를 같이한다는 사실을 몰랐다.

한편 달기는 속으로 황비호에게 원한을 품었다.

'내가 너에게 아무 짓도 하지 않았는데 감히 나를 해쳐? 언젠가는 외나무다리에서 만나 네놈이 도망칠 곳도 없는 상황이 오게 될 것이다!'

어쨌든 이를 묘사한 시가 있다.

주왕이 흥겹게 모란을 감상하는데
군주와 신하가 삼경까지 즐겁게 술을 마셨지.
여우가 모습 드러내자 많은 이들이 두려워했고
괴수는 위세 떨치며 더욱 의기양양했지.
금안신앵은 정말 훌륭하구나!
꼬리 늘어뜨린 사악한 마귀 상처를 입었지.
사사로운 원한으로 정결한 부인 죽이니
비로소 충성스럽고 어진 신하는 낚싯대 들고 은거했지.

紂王欣然賞牡丹　君臣歡飮鼓三攢

狐狸形現人多怕　怪獸施威氣更歡

金眼神鶯眞可羨　綏尾邪魔已帶殘

私仇斷送貞潔婦　纔得忠良逐釣竿

금안신앵을 풀어 자신을 해친 것에 달기가 원한을 품고 복수할 날만을 기다리고 있는 줄을 황비호가 어찌 알 수 있었겠는가?

여기서 이야기는 둘로 갈라지는데, 우선 서기의 강상에 대해 이야기해보겠다. 하루는 그가 조정에서 공무를 보고 있는데 변경에서 보고가 들어왔다.

주왕이 황음무도하게 주색에 빠져 있고 간사한 신하만 총애하고 신임하는지라 또 동해의 평령왕이 반란을 일으켜서 태사가 토벌하러 갔습니다.

숭후호가 폐하를 미혹하여 거대한 토목공사를 일으키면서 대신을 음해하고 백성을 학대했습니다. 또 비중, 우혼과 안팎으로 밀통하여 조정의 권력을 쥐고 당파를 이루어 무도한 짓을 자행하면서 바른말로 간언하는 신하를 억압하고 있습니다.

이런 정황을 파악한 강상은 머리카락이 곤두서도록 분개했다.
'이 못된 놈들을 먼저 제거하지 않으면 후환이 생기겠구나!'
이튿날 그가 조회에 들어가자 문왕이 물었다.
"승상, 어제 변방에서 들어온 보고를 보셨을 텐데 조가에 무슨 변고가 있소이까?"
강상이 반열에서 나와 아뢰었다.
"어제 보고를 보니 주왕이 달기의 병을 치료한답시고 비간의 배

를 갈라 심장을 꺼내 탕을 끓였다고 하옵니다. 또 숭후호는 조정의
기강을 어지럽히며 대신에게 횡포를 부리고 천자를 미혹하여 못하
는 짓이 없다고 하옵니다. 그자들이 백성을 해치지만 아무도 감히
이야기하지 못하고 살육을 일삼으나 감히 원망조차 못하고 있다고
하옵니다. 수많은 죄악을 저질러 조가의 백성은 살아가기조차 힘들
지경인데 저들의 탐욕과 잔혹함은 끝이 없사옵니다. 이런 간악한
무리가 호랑이의 위세를 빌려 천하에 큰 해를 끼치면서 주왕의 잔
악한 짓을 부추기며 천자의 측근으로 있으니 나중에 어찌 될지 모
르겠사옵니다. 이제 백성이 물과 불의 재앙에 빠져 있는 지경이오
니 전하께서 널리 인의를 베푸시옵소서. 제 생각에는 우선 나라를
어지럽히는 저 못된 작자들을 토벌하여 제거하면 천자의 주위에 간
신이 없어질 테니 그렇게 되면 천자도 개과천선할 기회가 생길 것
같사옵니다. 그것이 또한 천자가 전하께 부절符節과 도끼를 하사하
신 뜻을 저버리지 않는 처사일 것이옵니다."

"옳은 말씀이기는 하지만 나는 숭후호와 작위가 같은 처지인데
어찌 함부로 정벌할 수 있겠소?"

"천하의 병을 치유하는 데 도움이 되려면 신하에게 아무 기탄없
이 직간하도록 해야 하옵니다. 하물며 주공께서는 천자로부터 하얀
깃대 장식과 황금 도끼를 하사받으셨으니 포악하고 간사한 자를 정
벌하여 제거할 권한이 있지 않사옵니까? 이렇게 나라를 좀먹는 간
신들이 안팎으로 결당하여 백성을 괴롭히고 흑백을 뒤바꾸어서 충
성스럽고 어진 이를 해치고 있으니 그야말로 나라의 큰 우환이옵니
다. 전하, 이제 어진 마음을 발휘하셔서 백성을 재난에서 구해주시

옵소서. 혹시 이로 인해 천자가 개과천선하여 요·순을 본받으려 하면 전하의 공적은 만고에 길이 남을 것이옵니다."

문왕은 주왕으로 하여금 요·순을 본받도록 권하자는 강상의 말에 마음이 아주 기꺼웠다.

"승상, 그렇다면 누구를 사령관으로 삼아 숭후호를 정벌하는 것이 좋겠소이까?"

"제가 견마지로犬馬之勞를 다해보겠나이다."

문왕은 강상에게 정벌을 맡기는 것이 너무 무거운 임무라고 생각했다.

'내가 가면 그래도 함께 상의할 수는 있겠지.'

이렇게 생각하고 문왕이 말했다.

"짐이 승상과 함께 가겠소이다. 그러면 무슨 일이 생기더라도 함께 상의할 수 있지 않겠소이까?"

"전하께서 몸소 정벌에 나서신다면 온 천하가 환호하며 호응할 것이옵니다."

문왕은 하얀 깃대 장식과 황금 도끼를 꺼내 앞세우고 십만 명의 군사를 선발하여 길일을 택해 보독번寶纛幡°에 제사를 올렸다. 그리고 남궁괄을 선봉장으로 세우고 신갑을 부장으로, 사현팔준으로 하여금 그 뒤를 따르게 했다. 문왕 자신도 강상과 함께 포성을 울리며 출정하니 그들이 행군하는 길에 원로들이 나와 맞이하고 개나 닭도 놀라지 않았으며 백성은 숭후호를 정벌한다는 소식에 무척 기뻐했다.

그 군대의 위용은 정말 엄청났다.

깃발은 오색으로 나뉘고

살기가 허공을 가득 채운다.

눈부시게 빛나는 창칼

번쩍거리는 쇠스랑과 추, 도끼, 곤봉

삼군이 도약하니

마치 높은 산을 내려온 맹호 같고

전투마가 길게 우니

마치 바다를 떠나온 교룡 같다.

영채 순찰하는 장교 이리 같고

망을 보는 젊은 병사 씩씩하기 그지없다.

선봉은 길을 인도하며

산을 만나면 길을 내고 강에는 다리를 놓고

중군의 사령관은

목을 벨 것인지 살려둘 것인지 호령을 내리지.

방패 든 병사는 무리 지어 군량을 지키고

강한 쇠뇌와 활을 든 병사는 적진을 쏘지.

이번에 가면 간사한 무리를 제거하여 천하를 안정시킬 테니

비로소 반계를 떠나 첫 번째 공을 세우리라!

幡分五色　殺氣迷空

明晃晃劍戟槍刀　光燦燦叉錘斧棒

三軍跳躍　猶如猛虎下高山

戰馬長嘶　一似蛟龍離海島

巡營小校似獲狼　瞭哨兒郎雄赳赳

先行引道　逢山開路架橋梁
元帥中軍　殺斬存留施號令
圍圍牌手護軍糧　硬弩強弓射陣脚
此一去　除奸削黨安天下　纔離磻溪第一功

　그러니까 강상이 이끄는 군대가 고을을 지날 때에도 백성들은 즐겁게 생업에 임하고 개나 닭도 놀라지 않았으며 가는 길 내내 많은 원로들이 나와서 맞이했다.

　하루는 정찰병이 이렇게 보고했다.

　"병력이 숭성崇城에 도착했사옵니다."

　강상은 영채를 차리고 원문에 깃발을 세우게 했다. 그리고 중군 막사로 들어가 여러 장수들의 인사를 받았다.

　한편 숭후호의 진영에도 정찰병의 보고가 전달되었다. 그런데 당시 숭후호는 조가에서 공무를 보느라 성 안에는 그의 아들 숭응표가 있었다. 숭응표는 정찰병의 보고를 받고 버럭 화를 내며 서둘러 대전으로 들어가 장수들을 소집했다. 장수들이 은안전에 들어와서 절을 마치자 숭응표가 말했다.

　"희창이 분수를 모르고 함부로 굴고 있소! 저번에는 관문 밖으로 도망쳐 폐하께서 몇 번이나 군대를 일으켜 정벌하려 한 적이 있소. 그런데 그자가 뉘우치지 않고 오히려 이렇게 명분도 없이 군대를 일으켰으니 정말 가증스럽구려! 우리는 변방을 지키면서 전혀 그자의 영역을 침범한 적도 없는데 이제 제 발로 죽으려고 찾아왔으니 어찌 가벼이 용서할 수 있겠소이까!"

그는 즉시 명령을 내려 군사를 점검하게 하고 대장 황원제와 진계정, 매덕梅德, 김성金成과 함께 성 밖으로 나갔다. 이번에야말로 기필코 희창을 체포하여 조가로 압송해 법에 따라 처형당하게 할 작정이었다.

한편 이튿날 막사에 들어간 강상은 첫 번째 군령을 내렸다.

"남궁괄, 성 앞으로 가서 적의 선봉 진영을 살펴보고 오라!"

"예!"

남궁괄은 휘하의 군사들을 이끌고 진세를 펼치며 밖으로 나가 사나운 목소리로 고함쳤다.

"역적 숭후호는 당장 앞으로 나와 목을 바쳐라!"

그 말이 끝나기도 전에 성 안에서 포성이 울리며 성문이 활짝 열리더니 한 무리 군마가 쇄도해 왔다. 선두에 선 장수는 바로 비호대장飛虎大將 황원제였다. 남궁괄이 그를 보고 말했다.

"황원제, 너는 필요 없으니 숭후호에게 나와서 첫값을 치르라고 해라! 역적을 죽이고 신과 백성의 분노를 씻으면 모든 일이 끝날 것이다."

황원제는 격노하여 말을 박차고 달려들며 칼을 휘둘렀고 남궁괄도 칼을 들고 맞섰다. 두 장수가 말을 타고 마주 본 채 빙빙 돌면서 칼을 휘두르니 한바탕 격전이 벌어졌다.

안장에 앉은 두 장수
전투의 먼지가 하늘을 뚫고 들어간다.

이쪽에서 황급히 전통 속의 화살을 꺼내면

저쪽에서 서둘러 자금 표창을 날린다.

이쪽에서는 적의 장수를 베려 하고

저쪽에서는 영웅호걸의 목을 베려 한다.

이쪽은 평생 대범한 기세로 천하를 안정시키려 하고

저쪽에서는 기개도 드높게 준마를 제압하려 한다.

二將坐鞍韉　征雲透九霄

這一個急取壺中箭　那一個忙按紫金標

這將刀欲誅軍將　那將刀直取英豪

這一個平生膽壯安天下　那一個氣槪軒昂壓俊髦

　　남궁괄과 황원제가 서른 판도 채 맞붙지 않았을 때 이미 적수가 되지 않는 황원제는 더 이상 버티기 어려워졌다. 남궁괄은 서기의 명장이니 어찌 감당할 수 있었겠는가? 황원제는 패하여 도주하려 했지만 남궁괄이 칼을 휘둘러 가로막으니 도망칠 수 없었다. 마침내 남궁괄이 단칼에 황원제의 목을 베자 병사들이 수급을 장대에 꽂고 승전가를 부르며 진영으로 돌아왔다. 남궁괄은 원문으로 들어가 강상에게 황원제의 수급을 바치며 보고했고 강상은 무척 기뻐했다.

　　한편 숭후호의 진영에서는 패잔병들이 돌아와서 보고했다.

　　"황 장군이 남궁괄에게 목이 잘려 원문 앞에 효수되었사옵니다."

　　그러자 숭응표가 탁자를 후려치며 고함을 질렀다.

　　"희창, 이 역적 놈! 반역을 저지른 것도 모자라 조정에서 임명한 관리를 죽이다니! 네놈의 죄가 태산 같으니 내 기필코 네놈의 목을 베어 황 장군의 복수를 하고야 말겠다! 여봐라, 내일은 대군을 출병하여 희창과 자웅을 결판 지을 테니 준비하도록 하라!"

이튿날 해가 떠오르자 세 발의 포성과 함께 성문이 열리더니 대군이 몰려 나와 주나라 진영으로 돌진하여 희창과 강상에게 나오라고 요구했다. 강상은 막사에 앉아 있었는데 정찰병이 들어와서 보고했다.

"승상, 숭응표가 불경스러운 말을 지껄이고 있사옵니다."

이에 강상은 문왕에게 몸소 진영 앞으로 나가서 숭성 앞에서 전투를 치르라고 청했다. 그러자 문왕이 말에 올라 사현의 호위를 받으며 팔준을 따르게 하여 출전 준비를 마쳤고 잠시 후 주나라 영채에서 포성이 울리면서 깃발이 펄럭였다. 숭응표가 유심히 보니 적진에서 도사 복장을 한 사람이 말을 타고 나오는데 양쪽으로 여러 장수들을 쌍쌍이 기러기 날개 모양으로 거느리고 있었다. 이를 묘사한 「서강월西江月」 곡조의 노래가 있다.

물고기 꼬리 모양 장식된 황금 모자에 학창의 입고
허리띠 쌍으로 매듭 지어 건곤을 엮었구나.
암수 보검을 손에 들고 있으니
팔괘 문양 수놓은 신선의 옷과 어울리는구나.

魚尾金冠鶴氅　絲縧雙結乾坤

雌雄寶劍手中擎　八卦仙衣可襯

옥허궁 원시천존의 제자로서

천문과 지리에 모두 통달하고

은빛 수염과 하얀 머리에 기백이 넘쳐

흡사 인간 세계에 강림한 신선 같구나!

元始玉盧門下　包含地理天文

銀鬚白髮氣精神　却似神仙臨陣

강상은 말을 몰고 진영 앞으로 나가서 말했다.

"숭성의 사령관은 앞으로 나서라!"

그러자 저쪽에서 숭응표가 나는 듯이 말을 달려 앞으로 나왔다.

똬리 튼 용을 장식한 모자

나는 봉황 모양의 허리띠 매듭

붉은 전포는

비린내 나는 핏빛

황금 등자는 사슬로 엮었고

호심경은 밝은 달처럼 걸렸구나.

허리띠에는 양지처럼 하얀 옥 박아 넣었고

아홉 개 짐승 머리 장식한 단단한 갑옷 정말 훌륭하구나!

안장 옆에는 황금으로 장식한 굴대를 걸고

호랑이 꼬리 같은 강철 채찍 대나무 마디에 걸렸구나.

자루에는 석 자 다섯 치의 활을 꽂았고

주머니의 화살은 빈주에서 난 쇠로 만들었구나.

子牙又五伐崇侯虎

강상과 문왕, 숭후호를 정벌하다.

진지 휘젓는 명마를 타고

한 길 여덟 자의 창은 귀신도 울게 만들지.

아비는 조정의 총애받는 신하요

아들은 숭성을 지키는 진정한 영웅이지.

盤龍冠　飛鳳結

大紅袍　猩猩血

黃金鎧甲套連環　護心寶鏡懸明月

腰束羊脂白玉鑲　九吞八紮眞奇絶

金妝鋼掛馬鞍傍　虎尾鋼鞭懸竹節

袋內弓彎三尺五　囊中箭插賓州鐵

坐下走陣衝營馬　丈八蛇矛神鬼泣

父在當朝一寵臣　子鎭崇城眞英傑

숭웅표는 단숨에 앞으로 다가가 강상에게 물었다.

"너는 누구이기에 감히 우리 영토를 침범했느냐?"

"나는 문왕을 모시는 승상 강상이니라. 네 아비의 죄악이 바다보다 깊고 쌓인 병폐가 산악보다 크다. 백성의 재물을 탐하여 굶주린 호랑이처럼 잔혹한 표범이나 늑대처럼 사람을 해쳤다. 또한 천자를 미혹하여 충성심이 없고 어진 신하를 해쳤으니 잔인하기 그지없다. 그러니 온 천하에서 삼척동자라 하더라도 네 아비의 살을 생으로 씹어 삼키지 못해 안타까워하고 있을 지경이다! 이제 우리 주군께서 인의의 군대를 일으켜 이 땅에서 잔인하고 포악한 자를 없애고 악당의 무리를 제거하여 백성과 신을 모두 후련하게 해주고자 하니 이는 바로 천자께서 부절과 도끼를 하사하시어 못된 자들을 정벌하라고 하신 뜻에 부응하는 일이기도 하다!"

"뭣이! 반계의 쓸모없는 늙은이에 지나지 않는 작자가 감히 그런 큰소리를 치다니! 여봐라, 누가 나가 저놈을 잡아 오겠느냐?"

그 말이 끝나기도 전에 주나라 진영에서 문왕이 말을 타고 나와서 크게 소리쳤다.

"숭응표, 함부로 설치지 마라! 짐이 왔노라!"

숭응표는 문왕까지 나타나자 화가 치밀어 그에게 손가락질하며 욕을 퍼부었다.

"희창, 네 이놈! 폐하께 죄를 지었으면 인의를 행할 생각을 해야 하거늘 오히려 우리 영토를 침범하다니!"

"너희 부자는 죄가 차고 넘치니 여러 말 할 것 없다. 일찌감치 말에서 내려 포박을 받아라. 네놈을 서기로 끌고 가서 제단에 올려 하늘에 죄상을 고할 것이다. 흉악한 너희 부자만 없애면 되니 숭성의 선량한 백성은 끌어들이지 마라!"

"뭐라고? 여봐라, 누가 나가서 저 역도를 잡아 오겠느냐?"

그러자 한 장수가 "예!" 하고 나섰으니 바로 진계정이었다. 이때 주나라 진영에서 신갑이 말을 달려 나오더니 도끼를 휘두르며 고함쳤다.

"진계정, 멈춰라! 감히 우리 진영을 공격하다니!"

두 사람은 말을 달리며 서로 창과 도끼를 휘두르면서 뒤엉켜 싸웠다. 그렇게 스무 판 남짓 맞붙었지만 승부가 나지 않자 숭응표는 김성과 매덕에게 진계정을 도우라고 했고 상대방에서 조력자가 나오자 강상도 모공 수와 주공 단, 소공 석, 윤공, 신면, 남궁괄까지 여섯 장수를 일제히 출전시켜 공격하게 했다. 이에 숭응표는 대군을 진격시키며 자신도 말을 몰아 겹겹의 방어막을 향해 돌진했는데 이처럼 격전이 벌어지자 참담한 먼지가 안개처럼 피어나고 함성과 북소리, 뿔피리 소리가 일제히 울려댔다. 그렇게 한참 동안 혼전이 벌어지는 사이에 윤공은 창을 내질러 매덕을 쓰러뜨렸고 신갑은 도끼로 김성의 머리를 쪼개버렸다. 강상은 숭응표의 군대가 대패하여 성으로 들어가버리자 징을 울리게 하여 여러 장수들과 함께 승전고를 울리며 진영으로 돌아왔다.

한편 숭응표는 네 개의 성문을 단단히 걸어 잠그고 대전으로 가서 장수들과 함께 적을 물리칠 방책을 논의했다. 하지만 서기의 군대가 워낙 용맹해서 장수들은 도무지 아무 대책도 내놓지 못했다.

승전하여 진영으로 돌아온 강상은 성을 공격하라는 명령을 내리려고 했다. 그러자 문왕이 말했다.

"숭씨 부자가 악행을 저지른 것은 백성과 상관없는 일인데 지금 성을 공격하면 옥석을 가리지 않고 공격하게 되어 무고한 이들이 액을 당하지 않겠소이까? 게다가 짐이 여기에 온 것은 오로지 백성을 구제해주려는 이유 때문인데 어떻게 오히려 어질지 못한 일을 할 수 있겠소이까? 그러니 성을 공격하는 것은 절대 안 되오!"

강상은 인의를 중시하는 문왕의 뜻을 감히 어기지 못했다.

'주군께서는 요·순과 같은 덕을 지니셨으니 어떻게 빠른 시간 안에 저 성을 함락한단 말인가? 어쩔 수 없이 은밀히 편지를 한 통 써서 남궁괄로 하여금 조주의 숭흑호에게 전하게 해야겠구나. 그러면

자연히 저 성을 취할 수 있을 테지.'

　그는 남궁괄에게 속히 조주에 다녀오라고 지시하고 나서 병사들을 그대로 영채에 주둔시킨 채 답장을 기다렸으니 이제 숭후호의 목숨이 어찌 되는지는 다음 회를 보시라.

제29회

문왕, 승후호의 목을 벤 후 후사를 부탁하다
斬侯虎文王託孤

무모한 승후호가 함부로 죄를 자초했으니

군주를 기만하고 나라에 도적질하며 어찌 오래갈 수 있었으랴?

원문에 참수당해 부질없이 한탄하는 날이면

자식 데리고 효수되어도 원망하며 슬퍼하지 못하리라!

주나라의 용이 일어나는 것은 응당 무력에 달렸는데

숭씨 가문은 승후호가 패했는데도 숭응표를 따랐지.

누가 알았으랴, 문왕의 유언 저버리지 않고

팔백 년의 역사를 무오년에 거두었음을?

崇虎無謀枉自尤　欺君盜國豈常留

轅門斬首空嗟日　孝子懸頭莫怨愁

周室龍興應在武　崇家虎敗却從彪

孰知不負文王託　八百年來戊午收

그러니까 남궁괄은 주나라 영채를 나와서 서둘러 조주로 갔다. 그는 새벽이면 길을 떠나고 밤이면 노숙하며 여러 날을 가서야 비로소 조주 역관에 도착해 하룻밤을 묵었다. 그리고 이튿날 숭흑호의 저택으로 가서 편지를 전했는데 마침 청사에 앉아 있던 숭흑호에게 수하 장수가 보고했다.

"전하, 서기에서 남궁괄을 통해 서신을 보내왔사옵니다."

숭흑호는 즉시 계단에서 내려와 환히 웃는 얼굴로 남궁괄을 맞이하여 대전으로 안내하고 서로 인사를 나눈 후 자리에 앉았다. 숭흑호가 허리를 숙여 예를 표하며 말했다.

"장군, 무슨 일로 이 누추한 곳까지 오셨소이까?"

"제 주군이신 문왕 전하와 승상이신 강상 어른의 분부를 받들어 전하께 서신을 전하러 왔사옵니다."

숭흑호가 남궁괄이 건네준 편지를 받아 펼쳐보니 이렇게 적혀 있었다.

서기 주나라의 승상 강상이 삼가 머리를 조아려 위대하신 군후君侯 숭 장군님께 올립니다.

무릇 신하가 군주를 섬길 때에는 군주를 올바른 길로 인도하는 데 힘쓰고 언행에 대해 간언하여 그 은택이 백성에게 미침으로써 백성이 즐겁게 생업에 임할 수 있어야 천하가 평안한 법입니다. 대신의 몸으로 군주의 악행을 돕고 천자를 미혹하여 만백성을 학대한 일은 여태 없었습니다. 그런데 전하의 형님께서는 천자의 명령을 빙자하여 백성의 골수를 갈취하고 자기 집안만 윤택하게 살찌움으로써 군주를 불의에 빠뜨리고 절개를 잃는 행위를 하셨으니 그야말로 '쌓인 죄가 산과 같고 흉악하기는 호랑이 같다'라고 할 수 있습니다. 이에 백성과 신이 모두 분노하여 온 천하가 그 생살을 씹어 삼키고 그 가죽을 벗겨 이 불로 삼지 못하는 것을 한스러워하니 제후들도 모두 그를 버렸습니다!

이제 제 주군께서 정벌의 권한을 가지고 계신지라 어명을 받들어 도리에 맞지 않는 행위를 저지른 자를 토벌하고자 나섰습니다. 하지만 어질고 현명하신 우리 주군께서 어찌 한 가문이라고 싸잡아 의롭지 못하다는 죄명을 씌우려 하시겠사옵니까? 그래서 제가 이 상황을 좌시하지 못하고 특별히 장수를 파견하여 전하께 서신을 올리나니 반역도를 체포하여 주나라 영채로 압송함으로써 천하에 사죄하게 하시옵소서. 그러면 전하께서도 스스로 청결한 몸을 지키시고 현명함과 어리석음의 차이가 있음을 보여주실 수 있을 것이옵니다. 그렇지 않으면 온 세상 사람들의 구설수에 오를 것이요 또 곤륜산의 화염이 옥석을 가리지 않게 될 것이오니 저는 전하를 위하여 그 점을 심히 애석하게 여기는 바이옵니다.

제 말씀이 틀리지 않다고 여기시거든 속히 한 말씀을 내려주시기 바라옵니다. 그러면 저뿐만 아니라 만백성이 다행으로 여길 것이옵니다!

깊이 통촉하시기를 간절히 바라며 강상이 삼가 재배하고 올리나이다.

숭흑호는 편지를 연달아 서너 번이나 읽어보고는 고개를 끄덕였다.

'강상의 말이 극히 지당하구나. 내 설령 조상에게 죄를 지을지언정 어찌 천하에 죄를 지어 영원토록 백성이 이를 가는 원수가 되겠는가? 효자와 귀여운 손자라 할지라도 잘못을 덮어줄 수는 없지. 저승에 가서 부모님께 잘못을 비는 한이 있더라도 어쨌든 숭씨 가문의 일맥을 남겨두어 가문의 대가 끊어지지 않게 해야겠구나.'

남궁괄은 숭흑호가 혼자 중얼거리며 암암리에 고개를 끄덕이는 모습을 보고도 감히 무슨 일인지 물어보지 못했다. 그때 숭흑호가 말했다.

"장군, 나는 승상의 가르침에 따르겠소이다. 답장은 굳이 필요 없으니 장군께서는 먼저 돌아가셔서 전하와 승상께 깊은 감사의 마음을 전해주시구려. 다른 말은 필요 없고 그저 내가 형님을 주나라 원문으로 압송하여 죗값을 치르도록 하겠노라고 전하시면 되오."

그리고 그는 술상을 마련하여 남궁괄과 거나하게 마셨다.

이튿날 남궁괄이 돌아가자 숭흑호는 부장인 고정高定과 심강沈岡으로 하여금 삼천 명의 비호병을 선발하게 하여 그날로 숭성을 향해 출발했다. 조주의 수비는 자신의 아들 숭응란崇應鸞에게 맡기고 그는 며칠 동안 별일 없이 행군하여 숭성에 도착했다. 정찰병의 보고를 받은 숭응표는 장수들을 거느리고 성 밖으로 나와서 숭흑호를 맞이하고 말 위에서 허리를 숙여 절하며 말했다.

"숙부님, 제가 무장을 하고 있어서 제대로 예를 갖춰 인사를 올리지 못하겠습니다."

"조카, 들자 하니 희창이 이곳을 정벌한다고 하기에 도와주려고 왔네."

숭응표는 무척 감사하며 나란히 말을 타고 성 안으로 들어가 대전에서 정중하게 인사를 올렸다. 이에 숭흑호가 물었다.

"그런데 희창이 왜 이곳을 정벌하러 온 것인가?"

"도무지 이유를 모르겠습니다. 저번에 희창의 군대와 전투하다가 저희 군사와 장수를 잃었는데 이제 숙부님께서 도와주러 오셨으니 숭씨 가문을 위해서도 다행입니다."

그리고 그는 잔칫상을 마련하여 정성껏 대접했다.

이튿날 숭흑호는 삼천 명의 비호병을 거느리고 성 밖으로 나가 주나라 진영에 싸움을 걸었다. 이미 남궁괄로부터 보고를 받은 강상은 숭흑호가 싸움을 걸어오자 곧 남궁괄을 내보냈다. 남궁괄이 무장을 하고 나가보니 숭흑호는 이런 차림이었다.

구름무늬 장식한 모자는
정말 위풍당당하고
황금 갑옷은
노을빛 토해낸다.
붉은 전포에는 용무늬 선명하고
털실로 엮은 갑옷은 온몸을 감쌌다.
표범 가죽 자루에는 낭아봉狼牙棒을 꽂았고
용 뿔로 만든 활은 길이가 넉 자 다섯 치
화안금정수를 타고

안장에는 두 자루 도끼를 얹어놓았다.

조주에서 여러 제후들을 위세로 누르나니

남악의 신에 봉해진 숭흑호지!

九雲冠　眞武威

黃金甲　霞光吐

大紅袍上現團龍　勒甲絨繩攢九股

豹花囊內插狼牙　龍角弓彎四尺五

坐下火眼金睛獸　鞍上橫拖兩柄斧

曹州威鎭列諸侯　封神南嶽崇黑虎

솥단지 밑바닥처럼 시커먼 얼굴의 숭흑호는 볼에 시뻘건 수염을 기르고 누런 눈썹 아래 황금색 눈동자를 이글거리면서 주나라 진영 앞으로 다가가 사납게 고함을 질렀다.

"아무 이유도 없이 무력만 믿고 남의 영토를 침범하여 멋대로 구는 것은 왕자王者의 군대로서 할 일이 아니지 않은가!"

이에 남궁괄이 맞받았다.

"숭흑호, 네 형의 죄악은 천하를 뒤덮어 충성스럽고 어진 신하를 해치고 선한 이를 잔혹하게 대했다. '난신적자亂臣賊子는 누구라도 처벌할 수 있다'라는 옛말도 있지 않더냐?"

그렇게 말하면서 그가 칼을 들어 내리치자 숭흑호도 황급히 도끼를 들어 맞섰다. 숭흑호의 화안금정수와 남궁괄의 말이 이리저리 엇갈리며 스무 판쯤 맞붙었을 때 숭흑호가 은밀히 말했다.

"이번 한 판만 대충 겨루는 척하고 내가 형님을 그쪽 영채로 압송할 테니 그때 보십시다. 이쯤에서 병사를 거두어 돌아가시구려."

"분부대로 하겠습니다."

남궁괄은 일부러 허공에 칼질을 하고 나서 재빨리 말머리를 돌려 고함을 질렀다.

"숭흑호, 나는 너를 당해내지 못하겠구나. 쫓아오지 마라!"

그러자 숭흑호도 더 이상 쫓아가지 않고 그대로 승전고를 울리며 성으로 돌아왔다. 성 위의 누대에서 전투를 구경하던 숭응표는 남궁괄이 패해 도망치는데 숭흑호가 추격하지 않자 황급히 성에서 내려와 숭흑호를 맞이하며 말했다.

"숙부님, 왜 신응神鷹을 풀어 남궁괄을 사로잡지 않으셨습니까?"

"조카, 자네는 어려서 세상 물정을 잘 모르는구면. 강상이 곤륜산에서 도술을 배운 사람이라는 소문도 못 들었는가? 내가 그 술법을 쓰면 그 사람이 간파해서 오히려 손해만 보게 될 걸세. 일단 그자를 물리쳤으니 다시 대책을 찾아보세."

두 사람은 함께 대전으로 가서 적을 물리칠 방책을 의논했다. 그 자리에서 숭흑호가 말했다.

"상소문을 하나 써서 관리를 통해 조가의 천자께 올리게. 나도 자네 부친께 여기로 와서 적을 격파할 계책을 세우자고 편지를 쓰겠네. 그러면 문왕을 사로잡고 이 일을 마무리 지을 수 있을 걸세."

숭응표는 곧 상소문을 써서 관리를 통해 조가로 보냈고 숭흑호의 편지도 함께 보냈다. 관리는 무사히 황하를 건너 맹진을 거쳐 조가로 가서 성 안으로 들어가 먼저 숭후호를 찾아갔다. 그러자 하인이 안쪽에 보고했다.

"전하, 성에서 장수 손영孫榮이 왔사옵니다."

"들라 하라!"

손영이 절을 올리자 숭후호가 물었다.

"무슨 일로 왔느냐?"

숭후호는 손영이 바친 숭흑호의 편지를 펼쳐 읽었다.

아우 흑호가 형님께 올립니다.

천하의 제후는 서로가 모두 형제의 나라라고 들었는데 뜻밖에 서백 희창이 도리를 지키지 않고 강상의 음모에 따라 아무 이유 없이 핑계를 만들어 형님의 죄가 너무 크다고 하면서 함부로 군대를 일으키고 명분도 없는 비방을 하며 숭성을 공격하여 대단히 위급한 상황이 되었습니다. 조카가 나가서 대적했지만 군사와 장수만 잃고 말았기에 제가 소식을 듣고 밤낮으로 달려와 연달아 세 차례나 격전을 벌였으나 아직 승부를 내지 못하고 있습니다. 이에 사람을 보내 형님께 알리오니 이 사실을 천자께 아뢰어 군대를 파견해 간악한 역적을 소탕하여 서쪽 지역을 안정시키도록 해주십시오. 지금 사정이 너무 촉박하여 머뭇거릴 틈이 없습니다. 저는 군대가 오기를 기다렸다가 함께 저 무리를 소탕하겠습니다. 그러면 숭씨 가문에도 커다란 복이 아니겠습니까?

아우 흑호가 재배하며 올립니다.

숭후호는 편지를 읽더니 탁자를 내리치며 소리쳤다.

"희창, 이 못된 놈! 벼슬을 얻고도 군주를 기만하고 도주했으니 그 죄는 죽어 마땅하지. 폐하께서 몇 번이나 정벌하려 하시는 것을 그래도 내가 무슨 곡절이 있으려니 생각하고 막아주었는데 이제 오히려 나를 무시하여 은혜를 원수로 갚으려 하는구나. 내 기필코 네 놈을 죽이고야 말겠다!"

그는 즉시 조회복을 입고 내전으로 들어가 주왕을 알현했다.

"무슨 상주할 일이 있소이까?"

"역적 희창이 분수를 지키지 않고 함부로 평계를 만들어 공격하면서 오히려 제가 악행을 저질렀다고 떠들어대고 있사옵니다. 폐하, 부디 저를 위해 선처를 내려주시옵소서!"

"그자는 원래 큰 죄를 지었다가 벼슬을 버리고 도망쳐서 짐의 뜻을 저버렸는데 또 감히 대신을 능멸하다니 진정 괘씸하구려. 경은 먼저 고향으로 돌아가시구려, 짐이 다시 논의해서 군사를 파견할 테니 협력해서 역도를 소탕하도록 하시오."

"예!"

이에 숭후호는 어명을 받들고 먼저 돌아갔다. 그는 삼천 명의 병력을 거느리고 조가를 떠나 곧장 성으로 달려갔으니 이를 묘사한 시가 있다.

삼천 군마가 질풍처럼 달려가니
후호는 위엄 부리며 스스로 성을 숭씨라 했지.
쌓인 죄악이 산처럼 커서 귀신도 분노하고
군주 꾀어 공사 일으켜 백성을 곤궁하게 했지.

집안의 친동생이 계책을 세워

붙잡아 문왕의 진영에 바치며 공을 세우려 했지.

선악은 결국 보응을 받기 마련이라

옷자락이 피에 젖어도 이미 부질없게 되어버렸구나!

三千人馬疾如風　侯虎威嚴自姓崇

積惡如山神鬼怒　誘君土木士民窮

一家嫡弟施謀略　拏解行營請建功

善惡到頭終有報　衣襟血染已成空

숭후호가 이끄는 병력은 며칠 만에야 숭성에 도착했다. 보고를 받은 숭흑호는 은밀히 고정에게 이렇게 분부했다.

"검사 스무 명을 데리고 성문 안에 매복해 있다가 내가 허리에 찬 칼을 울리거든 형님을 붙잡아 주나라 진영으로 압송해라. 그쪽 원문에서 만나자."

그리고 심강에게도 분부했다.

"우리가 성 밖으로 나가 형님을 맞이할 때 너는 형님의 가족을 붙잡아 주나라 진영으로 가서 그쪽 원문 밖에 대기하고 있어라."

그런 다음 그는 숭응표와 함께 성 밖으로 마중을 나갔다. 삼 리 정도 나가보니 숭후호의 병력이 이미 도착해 있었다. 그때 정찰병이 영채로 들어가 숭후호에게 보고했다.

"둘째 전하께서 공자님과 함께 영접하러 원문에 오셨사옵니다."

숭후호는 말을 타고 원문으로 나가 웃으며 말했다.

"동생, 이렇게 와주니 정말 안심이 되는구먼!"

그리고 숭응표와도 인사를 나누고 셋이서 성문으로 들어갔다. 그 때 숭흑호가 갑자기 허리에 찬 칼집을 뽑아 탁 치자 양쪽에서 장수들이 우르르 달려들어 숭후호 부자를 붙잡아 밧줄로 팔을 결박해버렸다. 그러자 숭후호가 고함을 질렀다.

"아니, 아우! 이게 어찌 된 일인가?"

"형님은 신하들 가운데 가장 높은 지위에 계시면서 인덕을 쌓지 않고 조정을 어지럽혔으며 만백성에게 해를 끼치며 뇌물을 받고 가혹한 형벌을 남용하면서 녹대의 공사를 감독하여 천하에 악명을 떨치셨소이다. 그래서 사방의 제후들이 한마음으로 우리 숭씨를 쓸어버리려는 실정이오. 그런데 마침 문왕께서 편지를 보내서 나를 위해 숭씨 가문의 사람들 가운데 현명한 자와 어리석은 자를 가려주셨으니 내 어찌 감히 천자의 뜻을 저버리겠소? 차라리 형님을 주나라 영채로 압송하여 처벌받게 하는 것이 낫지 않겠소? 나야 기껏 조상에게 죄를 짓는 정도지만 형님처럼 천하에 죄를 지어 멸문의 재앙을 자초할 수는 없는 일이 아니오? 그래서 형님을 주나라 영채로 압송하려는 것이니 더 이상 다른 말씀은 하지 마시오!"

이에 숭후호는 한숨을 쉬며 더 이상 아무 말도 하지 않았다.

숭흑호는 곧 숭후호 부자를 주나라 영채로 압송했고 원문에는 숭후호의 부인 이씨가 딸과 함께 있었다. 숭후호 부자는 그들을 보고 대성통곡했다.

"친동생이 형을 함정에 빠뜨려서 가문이 멸절하게 될 줄이야!"

숭흑호가 원문 앞에 이르러 말에서 내리자 정찰병이 즉시 중군에 보고했다. 강상은 숭흑호를 막사로 맞이하여 인사를 나누었다.

"큰 덕을 베푸시어 악당을 소탕하셨으니 전하야말로 천하의 대장부이십니다!"

숭흑호가 허리를 숙여 절하며 말했다.

"승상의 은혜에 감사합니다. 친히 편지를 보내시어 기탄없이 속내를 말씀해주시니 분부하신 대로 행했을 뿐입니다. 지금 못난 제 형을 붙잡아 군령에 따라 처분하시도록 원문 앞에 대기시켜놓았습니다."

이에 강상이 수하에게 분부했다.

"문왕 전하를 모셔 오너라."

잠시 후 문왕이 도착하자 숭흑호가 "대왕마마!" 하면서 절을 올렸다.

"어허! 알고 보니 아우님이셨구먼. 여기는 무슨 일로 오셨는가?"

"못난 제 형이 천명을 거스르고 악행을 저지르며 어질지 못한 행동으로 수많은 선량한 이들을 잔혹하게 해쳤습니다. 이제 제가 그 못난 형을 붙잡아 원문으로 끌고 왔으니 처벌을 내려주십시오."

문왕은 그 이야기를 듣고 기분이 언짢았다.

'그래도 친형제인데 가족을 함정에 빠뜨리는 것은 의롭지 못한 일이 아닌가?'

그때 강상이 옆에서 말했다.

"숭후호가 어질지 못해서 숭흑호가 어명을 받고 반역도를 토벌하며 혈육이라고 해서 그냥 넘어가지 않았으니 진정 충성스럽고 어진 군자요 기개 넘치는 장부가 아니겠사옵니까! 옛말에 '선한 사람은 복을 받고 악한 사람을 재앙을 당한다'라고 했는데 천하가 숭후호의 생살을 씹어 먹지 못해 원통해하고 삼척동자까지 그 이름을 들으면 이를 가는 상황이니 이제 숭흑호가 현명한 인물이라는 것을 누구나 알고 기뻐할 것이옵니다. 그러니 현명한 이와 어리석은 자를 싸잡아서 논하지 말라고 하는 것이 아니겠사옵니까?"

그렇게 말하고 나서 강상이 수하에게 지시했다.

"숭후호 부자를 끌고 와라!"

병사들은 그들 부자를 중군으로 끌고 들어가 나란히 무릎을 꿇렸다. 중앙에는 문왕이 서 있고 왼쪽에는 강상이, 오른쪽에는 숭흑호가 서 있었다. 강상이 말했다.

"숭후호, 그대의 악명이 천하에 가득 넘쳐서 이제 하늘의 징벌을 자초했는데 이에 대해 할 말이 있는가?"

그런데 문왕은 차마 그를 처형하고 싶지 않았다. 그때 강상이 수하에게 분부했다.

"당장 목을 베고 결과를 보고하라!"

잠시 후 병사들이 두 사람을 끌고 나갔고 보독번이 한 번 펄럭이더니 곧 그들 부자의 목이 베여 중군에 바쳐졌다. 사람의 수급을 본 적이 없는 문왕은 갑자기 그것을 보게 되자 혼비백산 놀라서 황급히 소매로 얼굴을 가렸다.

"아이고, 깜짝이야!"

강상이 다시 명령을 내렸다.

"수급을 원문 밖에 효수하라!"

이를 묘사한 시가 있다.

조가를 혼자 주무르며 자기 힘을 믿고

군주 미혹하며 잔혹하게 탐욕 부려 충신을 해쳤지.

누가 알았으랴, 죄악을 저지르면 결국 응보를 받는 것을!

원문에 효수되어 이미 죽음을 자초했구나!

獨霸朝歌恃己强　惑君貪酷害忠良

誰知惡孽終須報　梟首轅門已自亡

숭후호 부자의 목을 베고 나서 이씨와 그의 딸이 남아 있었다. 숭흑호가 강상에게 처분을 내려달라고 청하자 강상이 말했다.

"전하의 형님께서 죄를 지은 것은 부인과는 무관한 일이옵니다. 따님은 다른 가문으로 출가할 몸인데 무슨 죄가 있겠사옵니까? 전하, 형수님과 조카를 따로 별채에 모시고 옷가지며 입을 것이 부족하지 않게 잘 챙겨주시옵소서. 그 일은 전하의 처분에 맡기겠습니다. 이제 조주는 휘하의 장수들에게 지키게 하시고 이곳 숭성 또한 하나의 나라이니 전하께서 잘 다스려주십시오."

이에 숭흑호는 강상의 말에 따라 형수와 조카를 풀어주고 문왕과 함께 성으로 들어가 창고를 점검하고 백성의 명부를 정리했다. 그때 문왕이 말했다.

"아우님, 형님이 돌아가셨으니 이 일은 아우님께서 알아서 하시면 되지 굳이 내가 갈 필요가 있겠는가? 나는 여기서 이만 작별을 고하겠네."

숭흑호는 몇 번이나 만류했지만 소용없었다. 이를 묘사한 시가 있다.

반계에서 나와 승상이 된 후로

포악한 숭후호 제거하여 은혜를 갚았구나.

한 통의 편지로 숭후호를 붙잡아

비로소 나는 곰의 명성을 널리 드러냈구나.

自出磻溪爲首相　酬恩除暴伐崇侯

一封書信擒侯虎　方顯飛熊素著名

　그러니까 문왕과 강상은 숭흑호와 작별하고 나서 함께 군사를 이끌고 서기로 돌아왔다. 그런데 문왕은 숭후호의 수급을 본 뒤로 심신이 평안하지 못하여 기분이 울적했다. 그 바람에 돌아오는 길에 밥도 제대로 먹지 못하고 잠을 편히 자지 못했다. 눈을 감으면 숭후호가 앞에 서 있는 것 같아서 놀라 정신을 차리지 못했다. 문왕은 서기에 도착하여 문무백관들의 영접을 받으며 궁으로 들어갔지만 도중에 생긴 병은 의사들이 약을 써도 다스리지 못했다.

　한편 숭후호를 주나라 영채에 바치고 문왕이 그들 부자를 효수한 뒤로 숭성은 숭흑호가 다스리게 되었다. 또한 북방 지역은 모두 조가의 주왕을 따르지 않게 되었다. 당시 조가의 문서방에서 일을 보던 미자는 보고서를 읽고 한편으로 기쁘면서도 다른 한편으로 걱정되었다. 기쁜 것은 숭후호의 죄가 죽어 마땅한 것이었기 때문이고 걱정스러운 것은 숭흑호가 숭성을 혼자 다스리게 되면 결국 끝이 좋지 않을 것 같았기 때문이다. 게다가 희창은 정벌의 권한을 가지고 있으니 결국에는 상나라 도읍을 쳐서 왕조의 맥을 잘라버릴 것이 분명해 보였다.

'이것은 중대한 사건이니 폐하께 아뢰지 않을 수 없구나.'

이에 그가 상소문을 들고 주왕을 알현하자 주왕이 그것을 보고 버럭 화를 냈다.

"숭후호는 여러 차례 큰 공을 세웠는데 하루아침에 역적에게 살해당하다니 정말 통한이로구나! 여봐라, 군사를 선발해서 먼저 서기를 토벌하고 조후曹侯 숭흑호 등을 체포하여 신하로서 도리를 지키지 못한 죄를 다스리도록 하라!"

그러자 중대부 이인李仁이 앞으로 나와 절을 올리며 간언했다.

"숭후호가 비록 폐하께는 큰 공을 세웠지만 만백성에게 해독을 끼쳤고 제후들에게 많은 원한을 사서 모두 그에게 이를 갈고 있었사옵니다. 그러다가 이제 서백에게 처형당하니 온 세상 사람들이 이를 기뻐하고 있사옵니다. 게다가 신하들도 지위 고하를 막론하고 폐하께서 참소를 일삼는 간사한 신하만 총애하신다고 말들이 많았사옵니다. 그런데 이제 그 때문에 또 문제를 일으키신다면 제후들의 입방아에 오르게 될 것이니 이 일은 천천히 도모하시옵소서. 너무 서두르시면 문무백관들이 폐하께서 측근만 총애하시고 제후들은 경시하신다고 여길 것이옵니다. 숭후호가 죽었지만 그것은 작은 부스럼 하나가 없어진 것과 마찬가지일 뿐이고 진짜 중요한 것은 중원 천하의 동쪽과 남쪽이 아니옵니까? 부디 통촉하시옵소서!"

그 말에 주왕은 한참 동안 생각하더니 비로소 화를 가라앉혔다.

한편 문왕의 병세는 나날이 악화되어 점점 위독해졌다. 문무대신들은 여러 날 문안했고 이에 문왕이 분부했다.

"승상을 모셔 오시오."

강상은 내전으로 들어가 침상 앞에 무릎을 꿇었다.

"전하, 어명을 받고 왔사옵니다. 용체는 어떠하시옵니까?"

"짐이 서북쪽에서 서쪽을 다스리면서 이백 명의 제후를 통솔하였으니 대단히 깊은 성은을 입었소이다. 지금 비록 나라가 어지럽다고는 하나 군주와 신하 사이의 명분이 어그러지는 지경에까지는 이르지 않았소. 숭후호를 정벌하여 역적을 참수하고 돌아오기는 했지만 겉은 평온해 보여도 마음이 무척 불편했소이다. 난신적자는 누구라도 처벌할 수 있다고 하나 지금 현명한 천자가 계신데도 아뢰지 않고 마음대로 죄인을 처벌해버린 것이외다. 게다가 짐은 숭후호와 작위가 동등한데 마음대로 처리했으니 그야말로 큰 죄가 아니겠소? 숭후호를 처형한 뒤로 매일 밤 구슬피 흐느끼는 소리가 들리고 눈만 감으면 그 사람이 침상 앞에 서 있으니 아무래도 짐이 이승에 오래 머물 수 없을 것 같소. 오늘 경을 부른 것은 한 가지 당부를 하고자 하는 것이니 절대 잊어서는 아니 될 것이오. 짐이 죽은 뒤에는 설사 폐하의 악행이 넘쳐서 제후들이 토벌하자고 사주하더라도 절대 따라서는 아니 되오. 승상, 짐의 유언을 저버리신다면 저승에서도 반갑게 만나지 못할 것이오."

문왕이 그렇게 말하고 눈물을 펑펑 흘리자 강상이 무릎을 꿇고 아뢰었다.

"전하의 은총을 입어 재상의 자리에 올랐으니 어찌 감히 분부를

文王托孤于武王

문왕, 강상에게 무왕을 보필해달라고 유언을 남기다.

거역하는 불충을 저지르겠사옵니까?"

그들이 그렇게 이야기를 나누고 있을 때 희발이 문안하러 들어왔다.

"애야, 마침 잘 왔구나."

희발이 절을 올리자 문왕이 말했다.

"짐이 죽으면 나이 어린 네가 남의 말만 듣고 함부로 정벌을 행할까 걱정이구나. 설사 천자가 부덕하더라도 경솔하게 움직여 군주를 시해한 신하라는 오명을 얻지 말기를 바란다. 이리 오너라, 이제부터 승상을 상보尙父로 모시고 아침저녁으로 가르침을 받도록 해라. 저분 말씀을 짐의 말처럼 여기고 따라야 하느니라, 알겠느냐? 어서 승상을 자리에 모시고 절을 올리도록 해라."

이에 희발은 즉시 강상을 윗자리에 앉히고 절을 올렸다. 그러자 강상이 침상 옆에서 머리를 조아리고 흐느끼며 말했다.

"전하의 막중한 은혜를 입었사오니 이 몸이 가루가 되더라도 그 은혜의 만분의 일도 갚기 어렵사옵니다. 제 걱정은 하지 마시고 용체를 보중하시는 데 힘쓰시옵소서. 병은 조만간 나을 것이옵니다."

그러자 문왕이 희발에게 말했다.

"주왕이 무도하기는 하지만 우리는 신하의 몸이니 마땅히 직분을 지켜야 할 것이다. 참람스러운 일을 저질러 후세의 비웃음을 사지 않도록 해야 하느니라, 알겠느냐? 그리고 형제간에 화목하게 지내면서 만백성을 긍휼히 여기도록 해라. 그래야 짐이 죽어서도 한이 없을 것이니라. 선한 이를 만나기를 게을리하지 말고 의로운 일을 행할 때는 의심하지 말 것이며 잘못된 일은 하지 말고 그곳을 떠나야 하느니라. 이 세 가지는 바로 자신을 수양하는 도리이자 나라를 다스리고 백성을 평안하게 만드는 중대한 방략이니라."

희발은 재배하며 분부를 받들었다. 그러자 문왕이 다시 말했다.

"짐이 비록 주왕 폐하께 한없는 성은을 입었지만 이제 더 이상 용안을 뵙고 직간하지 못하고 또 유리에서처럼 팔괘를 풀이하여 백성을 교화할 수도 없게 되었구나!"

이렇게 말을 마치고 마침내 숨을 거두니 그의 나이 아흔일곱 살이었다. 훗날 주나라에서 시호를 문왕이라고 했으며 그때는 주왕이 등극한 지 이십 년째 되는 해의 한겨울이었다.

아름답도다, 문왕의 덕이여!
여러 제후들 가운데서도 으뜸이로다.
어리석은 군주의 때를 만나
조심스럽게 안녕을 추구했지.
세 차례 상나라 도읍에서 간언했지만
칠 년 동안 유리에 구금되었지.
괘를 풀어 하늘의 비밀 밝혀내고
『주역』해설하여 주나라를 부흥시켰지.
꿈속에 나는 곰이 찾아왔고
붉은 봉황이 나타나 울었지.
어진 기풍으로 후직을 빛나게 하고
덕으로 다스리는 희유姬劉°를 계승했지.
끝내 신하로서 절개를 지키며

상나라 정벌하려는 생각 드러내지 않았지.
만고의 세월을 기산 아래 묻혀 있나니
서백에 견줄 사람 나오기 어렵다네!

奐美文王德　巍然甲眾侯

際遇昏君時　小心翼翼求

商都三道諫　羑里七年囚

卦發先天祕　易傳起後周

飛熊來入夢　丹鳳出鳴州

仁風光后稷　德業繼公劉

終守人臣節　不逞伐商謀

萬古岐山下　難爲西伯儔

    문왕이 세상을 떠나자 문무백관들은 그의 영구를 백호전에 모시고 후사를 논의했다. 강상은 여러 신하들을 이끌고 희발을 주나라의 제후로 추대했으니 그가 바로 훗날 무왕武王으로 불리게 되는 사람이다. 무왕은 부친의 장례를 마치고 나서 강상을 상보로 모시고 다른 문무백관들의 관직을 한 등급씩 올려주었다. 군주와 신하가 마음을 모아 무왕의 뜻을 계승하여 그의 다스림을 그대로 따라 시행하니 사방의 속국이 모두 서기로 와서 조공을 바쳤다. 또한 이백 명의 제후들도 모두 희발을 서백으로 받들며 교화를 받았다.

    한편 사수관의 사령관 한영은 문왕이 사망하고 희발이 왕위를 계승했다는 소식을 듣고 깜짝 놀라서 황급히 상소문을 작성하여 관리를 통해 조가에 보고했다. 관리가 조가에 들어가 문서방에 보고서를 올리자 마침 그곳에 있던 상대부 요중姚中이 미자와 상의했다.

"희발이 스스로 문왕의 뒤를 계승하여 무왕이 되었는데 그가 품은 뜻이 작지 않아서 모반을 꾀할 테니 이 일을 폐하께 아뢰지 않을 수 없습니다."

그러자 미자가 말했다.

"선생, 지금 천자가 이처럼 황음무도하여 간신만 등용하고 충신을 내치는 상황인지라 천하의 제후들이 저마다 군주가 없는 셈으로 치고 있소이다. 이제 희발이 스스로 부친의 자리를 계승하여 무왕이 되었으니 조만간 천하가 가마솥에 물이 끓듯 불안해져서 천지가 뒤흔들리는 사태가 일어날 것이외다. 그런데 이 상소문을 가져가서 주왕을 알현한다 해도 저 어리석은 군주는 전혀 걱정하지 않을 테니 결국 아무 도움도 되지 않을 것이외다."

"전하께서는 그리 말씀하시지만 저로서는 신하의 도리를 다할 수밖에 없습니다."

결국 요중은 상소문을 들고 적성루로 찾아가 무왕을 알현했는데 그 결과가 어찌 되는지는 다음 회를 보시라.

제30회

주기, 무성왕에게 반역을 하도록 자극하다
周紀激反武成王

군주가 신하의 아내 희롱한 것은 당연히 나쁜 일이라

윤리강상 모독하며 무성왕을 멸시했구나.

달기의 요사한 말에 미혹될 줄만 알 뿐

황비를 믿지 않고 직간해도 고치지 않았지.

열부는 맑은 정절로 올바로 행했건만

어리석은 군주는 우매하여 재앙만 초래했구나.

오늘 아침 하늘 받치는 기둥에게 반기 들도록 핍박했으니

주나라 왕실 대대로 번창하도록 은근히 도운 셈이지.

君戲臣妻自不良　綱常汚衊枉成王

只知蘇后妖言惑　不信黃妃直諫匡

烈婦淸貞成個是　昏君愚昧落場映

今朝逼反擎天柱　穩助周家世世昌

그러니까 요중이 적성루로 찾아가 알현하자 주왕이 물었다.

"무슨 상주할 일이 있소이까?"

"서백 희창이 죽고 희발이 스스로 무왕으로 즉위하여 사방에 공표했는데 제후들 가운데 그에게 마음을 주는 이가 아주 많아서 장래에 적지 않은 재앙이 될 것 같사옵니다. 변방의 보고를 받고 무척 걱정스럽고 두려워 아뢰는 바이오니 속히 군대를 일으켜 그 죄를 문책하시고 나라의 법도를 바로잡으시옵소서. 늦어지면 관망하던 다른 제후들도 모두 그런 잘못된 행위를 따라하지 않을까 염려스럽사옵니다."

"희발은 기껏 젖비린내도 가시지 않은 어린아이일 뿐인데 무슨 일을 할 수 있겠소이까?"

"희발은 어리지만 강상은 모략에 뛰어나고 남궁괄과 산의생 같은 무리는 지모와 용맹을 겸비했으니 미리 방비하지 않으면 아니 되옵니다."

"일리 있는 말씀이기는 하나 강상은 일개 술사에 불과한데 무슨 일을 할 수 있겠소이까?"

그러면서 끝내 간언을 들어주지 않자 요중은 어쩔 수 없이 적성루를 내려오며 탄식을 금치 못했다.

"상나라는 분명 희발에게 멸망할 게야!"

세월은 쏜살같이 흘러 어느새 연말이 되었다. 이듬해는 바로 주왕이 등극한 지 이십일 년이 되는 정월 설날이어서 문무백관들이 조회에서 축하 인사를 올렸고 주왕은 곧 내전으로 돌아갔다. 무릇 설날이 되면 왕공과 대신의 부인들이 모두 내전으로 들어와서 황후인 달기에게 축하 인사를 해야 했는데 친왕들의 부인이 인사를 마치고 궁궐을 나갈 때 이로 인해 재앙이 일어나게 되었다.

무성왕 황비호의 정실부인 가씨賈氏 또한 하례를 하기 위해 궁궐에 들어왔다. 그녀는 황비호의 여동생이자 서궁인 황비와 시누이 올케 사이여서 일 년에 단 한 차례 바로 이날에만 만날 수 있었으니 한참 동안 다정히 이야기를 나누었다. 가 부인은 궁궐로 들어가서 먼저 황후를 찾아갔다.

"마마, 가 부인이 찾아와 분부를 기다리고 있사옵니다."

"어느 가 부인을 말하는 게냐?"

"황비호의 정실부인이옵니다."

달기는 그 말을 듣고 속으로 머리를 끄덕였다.

'황비호, 네놈이 힘을 믿고 신앵을 풀어 내 얼굴에 상처를 입혔지. 오늘은 네 마누라가 내 올가미에 들어오고야 말았구나!'

그렇게 속으로 이를 갈며 달기가 말했다.

"들라 하라!"

가 부인은 들어가서 절을 올렸고 달기는 그녀에게 자리를 권했다. 가 부인이 감사하며 자리에 앉자 달기가 물었다.

"올해 연세가 어찌 되시나요?"

"부질없이 서른여섯 해를 허비했사옵니다."

"저보다 여덟 살 많으시니 언니로군요. 저와 의자매를 맺는 게 어때요?"

"마마께서는 황후의 신분이고 저는 일개 신하의 아낙일 뿐인데 봉황이 어찌 꿩과 어울릴 수 있겠나이까?"

"너무 겸손하시군요, 제가 비록 황후라고는 하나 원래는 제후의 딸에 지나지 않았어요. 부인께서는 무성왕의 정실이자 황실의 인척이시니 어찌 신분이 낮다고 할 수 있겠어요?"

그러면서 달기는 잔칫상을 준비하게 해서 가 부인을 접대했다. 달기가 윗자리에 앉고 가 부인이 아랫자리에 앉아 함께 술을 마시다가 서너 순배가 돌았을 때 환관이 들어와 보고했다.

"황제 폐하 납시오!"

그러자 가 부인이 황급히 아뢰었다.

"마마, 저는 어디로 몸을 피해야 하옵니까?"

"언니, 걱정 마시고 후궁에 가 계셔요."

가 부인이 후궁으로 피신하자 달기가 주왕을 맞이하여 대전으로 올라갔다. 주왕은 잔칫상을 보고 물었다.

"누구와 술을 마셨소?"

"무성왕의 부인 가씨와 함께 있었사옵니다."

"훌륭하구려!"

달기는 술상을 바꾸어 차리라고 분부하고 주왕과 함께 술을 마셨다. 잠시 후 달기가 말했다.

"폐하께서는 가씨의 용모를 보신 적이 있사옵니까?"

"그것이 무슨 말씀이시오? 군주는 신하의 아내를 만나지 않는 것이 예의가 아니오?"

"그야 그렇지만 가씨는 폐하의 인척이 아니옵니까? 무성왕의 여동생이 지금 서궁에 있으니까요. 친척끼리 만나는 게 무슨 문제가 있겠사옵니까? 바깥 백성들 사이에서는 고모부와 외숙모가 함께 술을 마시는 게 일상적인 일이옵니다. 폐하, 잠시 별궁에 가서 쉬고 계시옵소서. 제가 가씨를 속여서 적성루로 가겠나이다. 그때 폐하께서 행차하시면 피할 곳이 없지 않겠사옵니까? 가씨는 과연 경국지색이라 너무나 아름다웠사옵니다."

주왕은 무척 기뻐하며 편전으로 물러갔다.

한편 달기가 가 부인을 불러오자 가 부인은 작별 인사를 하고 떠나려 했다. 그때 달기가 말했다.

"언니, 우리는 일 년에 한 번밖에 만나지 못하니 잠시 적성루에 올라가 구경이라도 하고 가시는 게 어때요?"

이에 가 부인은 감히 황후의 분부를 거절하지 못하고 적성루로 따라갈 수밖에 없었으니 이를 묘사한 시가 있다.

달기가 충신을 해치려고 함정을 파니
적성루 앞에서 가씨의 목숨 저절로 스러졌지.
명예와 절개 모두 결백하게 지켜냈으니
역사에 빛나는 명성 누가 비견할 수 있으랴?

妲己設計陷忠良　賈氏樓前命自湮
名節已全淸白信　簡編凜烈有誰倫

달기가 가 부인을 재촉하여 적성루로 올라가 아홉 굽이 난간에서 아래를 내려다보니 채분 안에는 뱀과 전갈이 우글거리고 새하얀 해골이 겹겹이 쌓여 있어서 차마 눈 뜨고 보기 어려웠다. 주지에는 슬

푼 바람이 횡횡 불고 육림 아래에는 싸늘한 기운이 가득했다. 이에 가 부인이 달기에게 물었다.

"마마, 누각 아래 저 연못과 구덩이는 무엇 때문에 만들어놓은 것이옵니까?"

"궁중에 큰 폐단이 있는데 없애기 어려워서 채분이라는 형벌을 만들었어요. 법을 어기는 관리는 옷을 벗기고 오랏줄로 묶어서 저 구덩이에 던져 뱀과 전갈의 먹이로 주지요."

가 부인은 그 말에 혼비백산 놀랐다. 그때 달기가 궁녀에게 분부했다.

"술상을 차려 오너라!"

그러자 가 부인이 작별 인사를 했다.

"그런 과분한 대접은 감히 받을 수 없사옵니다."

"서궁으로 가실 생각이라는 건 알고 있어요. 그래도 몇 잔만이라도 마시고 가셔야 여기까지 오신 보람이 있을 거 아니에요?"

그러니 가 부인은 그대로 따를 수밖에 없었다.

한편 서궁의 황비는 사람을 보내서 가 부인이 궁궐에 들어왔는지 알아보라고 했다. 가족끼리 만나는 것도 일 년에 이번 한 차례밖에 없었기 때문이다. 황비가 문간에 기대어 기다리고 있는데 심부름을 갔던 내관이 돌아와서 보고했다.

"황후마마를 따라 적성루에 가셨다고 하옵니다."

"아니, 뭐라고! 달기는 질투가 많은 여자인데 올케언니가 왜 그런 천한 것을 따라갔단 말이냐?"

그녀는 급히 적성루로 내관을 보내 상황을 알아보게 했다.

그 무렵 달기와 가 부인은 한창 술을 마시고 있었다. 그때 궁녀가 와서 보고했다.

"황제 폐하께서 납시었사옵니다."

가 부인이 당황해서 어쩔 줄 몰라 하자 달기가 말했다.

"언니, 당황하실 필요 없어요. 난간 바깥에 서 계시다가 폐하를 알현하고 나서 내려가시면 되잖아요?"

가 부인은 난간 밖에 서 있었고 곧 주왕이 적성루로 올라왔다. 달기는 주왕을 맞이하여 절을 올렸다. 그러자 주왕이 자리에 앉아 짐짓 물었다.

"난간 밖에 서 있는 사람은 누구요?"

"무성왕의 부인 가씨이옵니다."

이에 가 부인이 홀을 높이 받들고 나와서 주왕에게 절을 올렸다. 달기가 말했다.

"편히 서셔요."

가 부인이 옆쪽에 서자 주왕이 곁눈질로 그녀의 용모를 훔쳐보았는데 과연 단아하고 아름다웠다. 이에 그는 주위의 시종에게 "자리를 마련해드려라!" 하고 분부했다. 그때 가 부인이 말했다.

"폐하와 황후마마는 천하의 주인이신데 제가 어찌 감히 함께 앉겠사옵니까? 그것은 죽어 마땅한 죄이옵니다!"

달기가 말했다.

"언니, 괜찮으니까 앉으셔요."

주왕이 달기에게 물었다.

"황후, 어째서 가씨를 언니라고 부르시오?"

"저와 의자매를 맺었으니까 그렇게 부르는 것이옵니다. 언니는 황실의 인척이니 이 자리에 함께 앉아도 괜찮지 않겠사옵니까?"

그 말을 들은 가 부인은 비로소 사태를 깨달았다.

'내가 오늘 달기의 함정에 빠졌구나!'

그녀는 얼른 엎드려 아뢰었다.

"제가 궁궐에 들어온 것은 상전을 공경하여 하례를 올리기 위한 것이오니 폐하께서도 예의에 맞게 아랫사람을 대해주시옵소서. 옛 말에 군주는 신하의 아내를 만나지 않는 것이 예의라고 하였사옵니다. 폐하, 제가 이만 누각 아래로 내려가도록 한없는 성은을 베풀어 주시옵소서!"

그러자 주왕이 말했다.

"황이皇姨께서 그렇게 겸양하며 자리에 앉지 않으니 그렇다면 짐이 일어서서 한 잔 드리겠소이다."

이에 가 부인은 화가 치밀어 얼굴이 새빨갛게 변하고 머리카락이 곤두서서 하늘을 찌를 것 같았다.

'내 남편이 누구인데 오늘 내가 이런 모욕을 견뎌야 한단 말이냐!'

가 부인은 아무래도 오늘 목숨을 부지하기 힘들겠다고 생각했다. 그때 주왕이 웃는 얼굴로 술잔을 들고 가 부인에게 주려고 다가왔다. 가 부인은 더 이상 물러날 곳이 없어지자 술잔을 움켜쥐고 주왕의 얼굴을 향해 내리치며 욕을 퍼부었다.

"어리석은 군주 같으니! 내 남편은 네게 강산을 지켜주며 서른 번이 넘는 뛰어난 공을 세웠다. 그런데 그 공적에 보답할 생각은 하지 않고 달기의 말에 넘어가 신하의 아내를 능욕하려 하다니! 어리석은 군주여! 너와 달기가 어디서 죽을지 모르겠구나!"

주왕은 버럭 화를 내며 좌우의 수하들에게 가 부인을 붙잡으라고 했다. 그러자 가 부인이 호통쳤다.

"누가 감히 나를 잡으려는 것이냐?"

그리고 그녀는 돌아서서 난간 쪽으로 한 걸음 다가가 고함쳤다.

"여보! 저는 당신을 위해 명예와 절개를 지키겠어요! 다만 불쌍한 우리 세 아이를 돌봐줄 사람이 없어졌군요!"

가 부인은 그대로 적성루 아래로 뛰어내려 온몸이 바스러져 죽어버렸으니 이를 묘사한 시가 있다.

궁중에 하례하러 들어갔다가 재앙이 생기니
가 부인은 정절 지켜 적성루 아래로 떨어져 죽었지.
주왕이 정치를 망치고 군주의 도리조차 잊으니
열부는 간절한 정성으로 과감하게 자진을 택했지.
서백은 부질없이 나라의 상서로움 불러들이려 했건만
상나라의 도道는 또 견고한 성을 잃게 되었구나.
삼삼오오 무기를 들고 일어나
팔백 제후들이 전쟁을 일으키는구나!

朝賀中宮起禍殃　夫人貞潔墜樓亡

紂王失政忘君道　烈婦存誠敢自涼

西伯慢言招國瑞　殷商又道失金湯

　가 부인이 적성루에서 뛰어내려 죽어버리는 것을 본 주왕은 괜한 평지풍파를 일으켰다는 생각에 마음이 몹시 괴로웠다. 하지만 이미 후회해도 때는 늦어버린 상황이었다.

　한편 황비의 분부를 받고 사정을 알아보러 왔던 내관은 황급히 서궁으로 돌아가서 보고했다.

　"마마, 큰일 났사옵니다!"

　"무슨 일이더냐?"

　"가 부인께서 적성루에서 떨어져 돌아가셨는데 어찌 된 일인지 모르겠사옵니다."

　그러자 황비가 대성통곡하며 이를 갈았다.

　"달기 그 천한 년이 내 오라비와 사이가 나빠서 무고한 올케언니를 함정에 빠뜨려 해쳤구나!"

　황비는 가마도 대령하지 않고 걸어서 적성루로 갔다. 그리고 곧장 위로 올라가 주왕에게 손가락질하며 꾸짖었다.

　"어리석은 군주여! 이 성탕의 사직이 누구 덕분에 유지되고 있소? 내 오라비가 그대를 위해 동쪽으로는 해적을 막아주고 남쪽으로는 오랑캐와 싸우지 않았소? 병권을 장악하고도 일편단심으로 나라를 생각하느라 잠도 편히 주무시지 못하고 내 부친이신 황곤黃滾께서는 계패관을 지키시며 병사를 훈련시키느라 밤낮으로 고생하고 계시오. 이렇게 온 가문이 충정을 바치며 나라의 은혜에 보답하고 백성을 염려했소. 오늘은 설날이라 나라의 예법을 지키기 위해 하례를 올리려 조정에 들어왔으니 이 역시 군주를 공경하고 법을 잘 지키는 신하의 도리를 다하기 위한 것이 아니오? 그런데 저 천한 것을 믿고 속임수를 써서 올케언니를 이 적성루 위로 올라오게 하다니! 어리석은 군주여, 그대가 여색만 밝히면서 윤리강상조차 구분하지 못하고 멸절시켜버렸구려! 그대는 선왕을 모독하여 역사에 길이 오명을 남기게 되었소이다!"

황비의 질책에 주왕이 아무 말도 못하자 이번에는 그 옆에 비스듬히 앉아 있는 달기를 향해 손가락질하며 꾸짖었다.

"너 이 천한 년! 궁중에서 음란한 짓을 벌이고 천자를 미혹하더니 결국 내 올케언니를 함정에 빠뜨려 골수에 사무치는 원한을 품고 죽게 만들었구나!"

황비는 달기에게 달려들어 단숨에 멱살을 덥석 움켜쥐었다. 장군 가문의 딸로서 원래 힘이 센 그녀는 즉시 달기를 땅바닥에 자빠뜨리고 주먹으로 연달아 이삼십 번이나 후려쳤다. 그러자 달기는 비록 요괴일지라도 주왕이 윗자리에 앉아 있으니 감히 재간을 쓸 수 없어서 비명만 질러댈 뿐이었다.

"폐하, 살려주시옵소서!"

이에 주왕이 황급히 달려들어 황비를 만류했다.

"달기와는 상관없는 일이오. 가 부인은 짐과 만나게 된 것을 스스로 부끄럽게 여겨서 누각 아래로 뛰어내린 것이지 달기와는 아무 상관이 없소!"

황비는 화가 치밀어 이것저것 따질 겨를이 없었다. 그녀는 주먹을 거둬들이다가 실수로 주왕의 얼굴을 치고 말았다.

"어리석은 군주여! 아직도 이 천한 것을 두둔하시오? 내 기필코 이년을 때려죽여 올케언니의 목숨값을 받아내고야 말겠소!"

그러자 주왕이 벼락같이 화냈다.

"이 천한 것이 오히려 짐에게 주먹질을 하다니!"

원래 힘이 장사인 그는 한 손으로 황비의 뒤쪽 머리카락을 붙잡고 다른 한 손으로 옷자락을 잡아 번쩍 치켜들더니 그대로 적성루 아래로 내던져버렸다. 불쌍하게도 황비는 뼈가 부스러지고 살이 터져 옷을 피로 물들인 채 죽고 말았고 황비를 내던진 주왕은 무척 괴로운 심정에 말없이 혼자 앉아 있었다. 그렇다고 그 일을 초래한 달기를 원망하기도 곤란했다.

한편 가 부인을 따라 궁궐에 들어온 시녀들은 날이 저물도록 부인이 돌아오지 않자 아홉 칸 대전에서 줄곧 그녀를 기다렸다. 잠시 후 내시 하나가 와서 그녀들에게 물었다.

"자네들은 어느 댁 시녀인가?"

"무성왕 전하의 시녀들이에요. 마마를 따라 입궁했다가 여기서 기다리고 있어요."

"가 부인은 적성루에서 떨어져 돌아가셨다네. 황비마마께서도 가 부인을 위해 변호하시다가 오히려 폐하의 손에 적성루 아래로 떨어져서 온몸이 바스러져 돌아가셨네. 그러니 자네들은 어서 돌아가시게!"

시녀들은 황급히 처소로 돌아갔다. 당시 무성왕은 내전에서 아우인 황비표黃飛彪와 황비표黃飛豹, 의형제인 황명과 주기, 용환, 오겸 그리고 아들인 황천록黃天祿과 황천작黃天爵, 황천상黃天祥 등과 함께 설날을 기념하여 즐겁게 술을 마시고 있었다. 그런데 갑자기 시녀들이 허둥지둥 달려와서 이렇게 보고하는 것이었다.

"전하, 큰일 났사옵니다!"

"무슨 일이기에 이리 난리를 피우느냐?"

시녀들이 무릎을 꿇고 아뢰었다.

"마마께서 입궁하셨다가 무슨 이유인지 적성루 아래로 떨어져 돌아가셨사옵니다! 그리고 황비마마께서도 주왕에 의해 적성루 아래로 내던져져서 돌아가셨사옵니다!"

당시 황천록은 열네 살, 황천작은 열두 살, 황천상은 일곱 살이었다. 이들은 모친이 돌아가셨다는 이야기를 듣고 대성통곡했으니 이를 묘사한 시가 있다.

갑작스러운 흉보에 온 집안이 놀라고
아이들은 통곡하며 눈물 펑펑 흘렸지.
열부는 남편의 사랑 저버리지 않았고
군주에게 부끄러움 없이 더욱 충성을 바쳤지.
왼쪽으로 네 벗 돌아보니 모두 분개하고
오른쪽으로 세 아들 바라보니 너무 가슴 아팠지.
고개 돌리니 한없는 근심과 원망 억누를 수 없어
슬픔 속에서 그저 밤중의 원숭이 울음소리만 들려왔지.

忽聞凶報滿門驚　子哭兒啼淚若傾
烈婦有恩雖莫負　忠君無愧更當誠
左觀四友俱懷忿　右視三男苦痛心

한편 그 소식을 들은 황비호는 아무 말 없이 생각에 잠겼고 세 아들은 너무나 애절하게 통곡했다. 그 모습을 보다 못해 황명이 나섰다.

"형님, 주저하실 필요 없습니다. 주왕이 정치를 망치고 인륜을 그르쳤으니 분명 형수님께서 입궁하셨을 때 저 어리석은 군주가 형수님의 아리따운 자태에 혹해서 신하의 아내를 능욕하려 했을 것입니다. 여장부이신 형수님께서는 영웅호걸이신 형님을 생각하시고 정절을 지켜 남편의 명예와 자식을 위한 윤리강상을 해치지 않으려고 스스로 누각 아래로 몸을 던지셨을 것입니다. 황비마마께서는 형수님이 그렇게 처참하게 돌아가신 것을 보고 저 어리석은 군주에게 따지셨을 테고 달기에게 빠져 있던 주왕은 마마를 누각 아래로 내던져버렸을 것입니다. 이건 의심할 여지도 없습니다. 형님, 머뭇거리실 필요 없습니다. 군주가 올바르지 않으면 신하는 다른 나라에 몸을 맡기는 게 당연합니다. 저희가 남북으로 정벌을 다니면서 말안장을 벗겨본 적이 없고 동서를 오가며 전투에 임하느라 갑옷조차 벗어보지 못했습니다. 그런데 이렇게 되었으니 천하의 영웅들에게 부끄러울 뿐만 아니라 무슨 면목으로 세상을 살아가겠습니까! 신하를 저버린 군주 밑에서 어떻게 계속 벼슬살이를 할 수 있겠습니까? 당장 거사를 일으켜야 마땅합니다!"

황명과 주기, 용환, 오겸은 즉시 말에 올라 칼을 들고 대문 밖으로 달려 나갔다. 그 모습을 보고 황비호는 생각에 잠겼다.

'아내 때문에 나라의 은혜를 저버릴 수는 없지 않은가? 저들이 반란을 일으킨다는 소문이 나면 나도 오명을 쓸 수밖에 없어!'

그는 황급히 대문 밖으로 달려 나가 고함쳤다.

"아우들, 당장 돌아오시게! 반란을 일으키더라도 어디로 가서 누구에게 의탁할 것인지 상의부터 하고 수레를 준비해 짐을 꾸려 함께 조가를 떠나야 하지 않겠는가? 자네들만 그렇게 먼저 가버리면 어쩌란 말인가?"

그 소리를 듣고 네 사람은 말머리를 돌렸다. 그들이 다시 내전으로 들어오자 황비호가 손에 칼을 들고 호통쳤다.

"못된 놈들 같으니라고! 은혜를 갚을 생각은 하지 않고 오히려 우리 가문 전체를 재앙에 빠뜨리려 하느냐? 내 아내가 적성루에서 죽은 게 너희와 무슨 상관이란 말이냐? 너희는 반란이니 어쩌니 하는 말을 함부로 떠들어대는데 일곱 세대 동안 나라에 충성하면서 이백 년이 넘도록 은혜를 입은 우리 가문이 여자 하나 때문에 반란을 일으킨다면 그게 말이 되겠느냐? 이번 기회를 빌미로 반란을 일으켜 약탈을 자행할 모양인데 무장으로서 신무장군의 벼슬을 하면서도 나라에 충성을 다해 보답할 생각은 하지 않고 끝내 사나운 늑대의 습성을 버리지 못하고 산적의 본성을 버리지 못했구나!"

그 말에 네 사람은 할 말이 없어졌다. 잠시 후 황명이 웃으며 말했다.

"형님 말씀도 일리가 있습니다. 우리 일도 아닌데 그놈한테 화풀이를 해봐야 무슨 소용이랍니까!"

네 사람은 술상을 들고 와서 껄껄 웃으며 술을 마셨다. 황비호는 속이 부글부글 끓는 차에 한쪽에서는 세 아들이 계속해서 통곡하고 다른 한쪽에서는 네 의형제가 손뼉을 치면서 즐겁게 술을 마시자 어이가 없어서 물었다.

"자네들은 뭐가 그리 즐거운가?"

그러자 황명이 대답했다.

"형님이야 집안일로 걱정이 많으시겠지만 저희야 아무 일도 없지 않습니까? 오늘은 설날이라서 즐겁게 술을 마시는데 형님과는 아무 상관없는 일이 아닙니까?"

"나에게 일이 생긴 것을 보고도 오히려 그렇게 껄껄 웃어대는 것은 무엇 때문인가?"

그러자 주기가 말했다.

"솔직히 말씀드리자면 형님을 비웃은 겁니다."

"어째서? 나는 제후의 신분으로 신하들 가운데 가장 높은 지위에 있으며 조정의 대신들 가운데 수장으로서 망포蟒袍를 입고 옥 허리띠를 두르고 있는데 대체 자네들은 왜 비웃는 것인가?"

"형님은 그저 높은 관직에 계시면서 망포를 입고 옥 허리띠를 두르고 있는 것만 내세우시는군요. 사정을 아는 사람이야 형님이 평소 올곧은 마음을 지니고 있어서 그렇게 높은 자리에 올랐다고 하겠지만 모르는 사람은 형수님의 미모로 군주를 즐겁게 해준 덕분에 부귀영화를 누렸다고 하지 않겠습니까?"

"뭐라고! 그게 말이나 되는가!"

그러더니 수하에게 분부했다.

"짐을 꾸려라, 조가를 떠나겠다!"

황비표는 형이 조가를 등지겠다고 하자 천 명의 병사를 선발하고 사백 대의 수레를 준비하게 해서 금은보화를 모두 챙겨 수레에 실었다. 황비호는 세 아들과 두 동생, 네 명의 벗과 함께 길을 떠나려 했다.

"자, 이제 어디로 가면 좋겠는가?"

그러자 황명이 대답했다.

"현명한 신하는 군주를 골라서 벼슬살이를 한다고 하지 않습니까? 서기의 무왕은 천하의 삼분의 이를 차지하고 있으니 거기서 함께 태평성대를 즐기면 되지 않겠습니까?"

그 말을 듣고 주기가 속으로 생각했다.

'조금 전에 형님이 조가를 등지겠다고 하신 것은 내가 계책을 써서 감정을 자극했기 때문인데 만약 그것을 눈치챈다면 마음을 돌릴 수도 있어. 그러니 아예 뒷일을 생각하지 못하게 만들어서 돌아오지 못하게 해야겠구나.'

이렇게 작정하고 그가 말했다.

"지금 다섯 관문을 나가 서기로 가서 군대를 빌려 조가를 치고 형수님과 마마의 복수를 하려고 해도 너무 늦습니다. 제 생각에는 오늘 바로 오문에서 주왕과 결전을 벌여 승부를 보는 게 좋을 것 같은데 형님 생각은 어떻습니까?"

황비호는 마음이 혼란스러운 상태인지라 입에서 나오는 대로 대답했다.

"그것도 괜찮지!"

하늘이 정한 이치가 이러했기 때문에 황비호는 황금으로 장식한

주기, 무성왕에게 반역을 하도록 자극하다.

투구를 쓰고 오색신우에 올라탔다. 황비표 형제는 세 조카와 용환, 오겸 그리고 집안의 여러 장수들과 함께 수레를 호위하여 서쪽 성문을 나갔다. 황명과 주기는 황비호와 함께 오문으로 갔는데 이때는 이미 날이 밝아오고 있었다. 오문에 도착하여 주기가 크게 고함을 질렀다.

"주왕에게 당장 나와서 해명하라고 해라. 그러지 않으면 궁으로 쳐들어갈 테니 그때는 후회해도 늦을 것이다!"

주왕은 가 부인과 황비가 죽은 뒤로 그것을 후회하면서도 누구에게 말을 붙일 수도 없어서 용덕전에서 혼자 시름에 잠겨 있었다. 그런데 날이 밝자 시종이 와서 아뢰었다.

"황비호가 반란을 일으켜 지금 오문 밖에서 싸움을 걸고 있사옵니다."

주왕은 이를 핑계로 화풀이를 했다.

"같잖은 놈! 감이 이렇게 짐을 모욕할 수 있단 말이냐! 여봐라, 갑옷을 가져와라!"

그는 갑옷을 단단히 차려입고 황궁 호위병을 점검한 뒤 소요마에 올라 참장도를 들고 오문 밖으로 나갔다.

높은 투구에는 용이 똬리 틀고 봉황이 춤추며
황금 갑옷은 줄줄이 사슬로 엮었다.
구룡포의 황금 무늬는 눈부시게 빛나고
호심경은 앞뒤로 단단히 묶었다.
붉은 허리띠에는 팔보를 박아 장식했고

안장 발치에는 대나무처럼 마디가 있는 강철 채찍을 걸었다.
소요마는 바람을 타고 해를 쫓는 명마이고
참장도는 나라를 안정시키는 뛰어난 칼이지.
하늘이 정한 도리가 이와 같았기에
군주와 신하가 전쟁터에서 만나게 했지.

衝天盔龍蟠鳳舞　金鎖甲叩就連環
九龍袍金光晃目　護心鏡前後牢拴
紅挺帶攢成八寶　鞍轎掛竹節鋼鞭
逍遙馬追風逐日　斬將刀定國安邦
只因天道該如此　至使君臣會戰場

황비호는 비록 반란을 일으켰지만 막상 군주의 얼굴을 보자 스스로가 부끄러워졌다. 주기는 그런 기색을 간파하고 말에 탄 채 고함을 질렀다.

"이놈, 주왕! 너는 정치를 그르치고 군주의 몸으로 신하의 아내를 능욕하는 미친 짓을 저질렀으니 마땅히 응징을 받아야 할 것이다!"

그가 말을 박차고 달려들어 도끼를 휘두르자 주왕이 버럭 화를 내며 들고 있던 참장도로 맞섰다. 황명도 말을 달려 공격에 가세하자 황비호는 비록 말은 하지 않았지만 속으로 무척 괴로웠다.

'내가 흑백을 분명하게 가리기도 전에 먼저 저 둘이 공격을 시작했구나!'

그는 어쩔 수 없이 오색신우를 몰아 가세했고 이렇게 해서 한 마리 용과 세 마리 호랑이가 오문 앞에서 격전을 벌였으니 이를 묘사한 시가 있다.

　용과 호랑이가 오문 앞에서 싸우니
　무도한 주왕이 인륜을 망쳤기 때문이지.
　눈앞의 인재는 현명한 군주에게 귀의하고
　당장 백성은 그를 등지고 먼 고을로 떠나버렸지.
　온갖 책략을 지니고 있다 한들 부질없이 법을 집행하니
　다섯 관문에는 문을 지킬 사람조차 없어졌지.
　충효의 인재들은 지금까지 명성이 남아 있으나
　외고집의 주왕은 악명만 남기고 그릇되게 천자임을 내세웠지.

虎鬪龍爭在午門　紂王無道敗彝倫
眼前賢士歸明主　目下黎民叛遠村
三略有人空執法　五關無路可留閣
忠孝至今傳萬載　獨夫遺臭枉稱尊

　그렇게 넷이서 어울려 싸우는데 주왕은 마치 호랑이와 늑대가 날뛰는 것처럼 칼을 휘둘렀다. 하지만 세 장수가 각기 칼과 창, 도끼를 휘두르며 달려드니 도저히 당해낼 수 없었다. 이에 그의 말이 뒤로 주저앉자 주왕은 칼로 허공을 휙 긋더니 오문 안으로 달아나버렸다. 황명이 쫓아가려 하자 황비호가 저지했다.
　"쫓지 마라!"
　결국 세 장수는 서쪽 성문 밖으로 나가 수레를 몰고 가는 일행과 만나서 맹진을 건넜다.

한편 패전하여 대전으로 돌아온 주왕은 후회막급하며 괴로워했다. 도성의 백성과 관리들도 이미 무성왕이 반란을 일으켰다는 소식을 듣고 집집마다 문을 닫아걸고 거리에 행인이 드물었다. 천자가 황비호와 격전을 벌였다는 소식을 들은 문무백관들은 황급히 조정으로 들어가 문안했다.

"황비호가 왜 반란을 일으켰다고 하옵니까?"

주왕은 자신의 잘못을 인정하기 싫어서 거짓으로 둘러댔다.

"가씨가 하례를 하러 입궁했다가 황후의 심기를 거스르는 바람에 스스로 누각에서 뛰어내려 죽었소. 황비는 제 오라비를 믿고 황후에게 행패를 부리다가 발을 헛디뎌 누각에서 떨어지는 바람에 역시 실수로 죽고 말았소. 황비호가 대체 왜 반란을 일으켰는지 모르겠는데 아무튼 오문으로 쳐들어와서 무례하기 짝이 없는 짓을 저질렀소. 그러니 여러분은 속히 대책을 의논해보도록 하시오!"

문무백관들은 그 말을 듣고 모두 묵묵부답으로 입을 다문 채 아무도 나서서 의견을 제시하지 않았다. 그렇게 대전이 고요한 상태로 한참 시간이 지났는데 갑자기 정찰병이 오문 안으로 보고를 전했다.

"태사께서 동해를 정벌하고 개선하셨사옵니다."

이에 문무백관들은 무척 기뻐하며 일제히 말을 타고 교외로 나가 태사를 영접했다. 잠시 후 멀리서 군대가 행군을 멈추고 중군의 장교가 막사로 들어가서 보고했다.

"태사님, 문무백관들이 원문으로 마중을 나왔사옵니다."

"그냥 돌아가시고 오문에서 만나자고 하게."

문무백관들은 성으로 들어가 궁궐 대문에서 대기했다. 잠시 후 태사가 묵기린을 타고 도착하자 문무백관들이 허리를 숙여 절을 올렸다. 태사가 말했다.

　　"여러분, 안녕하셨소이까!"

　　태사는 문무백관들과 함께 대전으로 들어가 천자에게 절했다. 그런데 허리를 펴고 살펴보니 무성왕이 보이지 않는지라 이상한 생각이 들었다.

　　"폐하, 무성왕은 왜 조정에 나오지 않았사옵니까?"

　　"황비호는 반란을 일으켰소이다."

　　"아니, 무엇 때문이옵니까?"

　　"설날에 가씨가 하례를 하러 입궁했다가 황후의 심기를 거스르자 스스로 죄를 알고 창피하여 적성루에서 뛰어내려 죽어버렸소. 이것은 가씨 스스로가 자초한 일인데 서궁 황비는 그 소식을 듣고 적성루로 찾아와 황후를 구타하고 짐을 능멸했소. 이에 짐이 분노하여 따지려 했는데 황비가 그만 발을 헛디뎌 누각에서 떨어져 죽어버렸으니 그 또한 짐의 뜻이 아니었소. 그런데 황비호가 갑자기 군사를 이끌고 오문으로 쳐들어와서 짐이 나가 싸웠는데 다행히 독수毒手를 피했고 그자는 지금 반란군을 이끌고 서쪽 성문 밖으로 나간 상태라오. 짐이 그 일 때문에 고심하고 있던 차에 마침 태사께서 개선하셨으니 부디 그자를 사로잡아 국법을 바로 세워주시기 바라오!"

　　태사는 그 말을 듣더니 매섭게 질책했다.

　　"제가 보기에 이 일 또한 폐하께서 신하를 저버리는 일을 저지르셨기 때문인 것 같사옵니다. 황비호는 평소 군주에게 충성하고 나라를 사랑하는 마음을 가지고 있었는데 가 부인이 하례를 하러 입궁한 것은 신하로서 예의를 지키기 위해서가 아니겠사옵니까? 그런데 아무 이유 없이 죽었을 리 있사옵니까? 게다가 적성루는 폐하의 거처인지라 황후가 계신 중궁과는 거리가 떨어져 있는데 가 부인이 어떻게 그곳에 갈 수 있었겠사옵니까? 틀림없이 누군가 거기로 유인하여 일부러 폐하를 불의에 빠뜨렸기 때문일 것이옵니다. 그런데 폐하께서는 자세히 살피지 않으셔서 그 정결한 부인에게 욕을 보인 결과를 초래했겠지요. 황비마마께서도 올케언니가 무고한 죽음을 당하자 누각으로 찾아가 직간했을 테고 폐하께서는 또 그것을 받아들이지 못하고 황후 편만 들어주셨을 테니 그로 인해 황비마마께서 실족하시는 일이 일어나지 않았겠사옵니까? 결국 가 부인은 분노와 원망 속에 죽었고 황비마마 또한 억울하게 돌아가셨군요. 이는 폐하께서 신하를 저버린 결과인데 신하에게 무슨 잘못이 있겠사옵니까! 게다가 '군주가 올바르지 않으면 다른 나라에 투신하라'라는 말도 있지 않사옵니까? 황비호는 일편단심으로 나라의 은혜에 보답하여 사직에 큰 공을 세웠는데 자식에게 영광을 잇게 하고 그 아내에게 작위를 봉해 길이 부귀영화를 누리게 해주지는 못할망정 오히려 무고한 혈육이 참혹하게 죽는 일을 당하게 했으니 당연히 상심하지 않았겠사옵니까? 폐하, 황비호의 모든 죄를 사면해주시옵소서. 그러면 제가 쫓아가서 그를 데려와 사직을 보전하고 나라를 평안하게 만들 수 있도록 하겠사옵니다."

그러자 문무백관들이 일제히 아뢰었다.

"태사님의 처분이 아주 현명하니 저희 모두 감복했사옵니다! 폐하, 속히 어명을 내리셔서 사면하시옵소서. 그러면 만사가 해결될 것이옵니다."

태사가 다시 아뢰었다.

"이 일은 천자가 신하를 저버려서 생긴 것이니 당연히 사면해야 하옵니다. 만약 황비호가 군주를 저버리는 처사를 했다면 제가 일시적으로 잘못 생각한 것일 수도 있으니 예법에 따라 논의해야 할 점이 있을 것이옵니다. 그렇다면 당장 논의에 붙여서 결정해야지 자칫하다가는 나랏일을 그르치게 될 것이옵니다."

그러자 반열 가운데 한 사람이 앞으로 나섰는데 그는 바로 하대부 서영徐榮이었다. 태사가 그를 보고 물었다.

"대부께서는 무슨 하실 말씀이 있으시오?"

"태사님 말씀대로 비록 폐하께서 신하를 저버리는 일을 하셨다 하더라도 황비호 역시 군주의 심기를 거스르는 죄를 저지른 것은 분명하옵니다."

"좀 더 자세히 말씀해주시겠소이까?"

"군주가 신하의 아내를 능멸한 것은 천자가 신하를 저버린 행위라고 할 수 있사옵니다. 부부 간의 사랑을 생각하지 않고 황비마마를 내던져버린 것 또한 천자께서 잘못하신 일이옵니다. 그렇다 하더라도 황비호가 어찌 군대를 거느리고 오문을 쳐들어와서 천자의 죄를 운운하며 오문 밖에서 천자와 격전을 벌일 수 있겠사옵니까? 이는 신하로서 도리를 전혀 지키지 않은 행위이니 무성왕에게도 잘못이 있다는 말씀이옵니다."

태사는 그 말을 듣고 여러 신하들을 향해 말했다.

"지금 모든 신하들이 정신이 흐려져 천자의 과오만 이야기하고 황비호가 반역을 저지른 일에 대해서는 아무도 이야기하지 않았구려."

그리고 그는 수하에게 명령을 내렸다.

"길립吉立과 여경余慶,° 너희는 즉시 임동관과 가몽관佳夢關, 청룡관靑龍關에 격문을 보내서 그곳 사령관에게 반역자를 놓치지 말라고 전하라. 내가 직접 쫓아가 잡아 와서 국법을 바로 세우겠다!"

이후의 일이 어찌 되는지는 다음 회를 보시라.

제15회

1) 반계磻溪는 지금의 산시성 바오지시[寶鷄市] 동남쪽에 있는 계곡으로 강태공이 낚시질하던 곳이라고 한다. 옛날 시사詩詞에서는 종종 강태공 즉 강상을 가리키는 뜻으로 쓰이곤 했다.

2) 소식素食은 동물성 재료와 마늘, 파, 생강, 겨자, 후추와 같이 매운 맛을 내는 다섯 가지 양념인 '오신五辛' 및 부추, 자총이, 마늘, 평지, 무릇과 같이 자극성 있는 다섯 가지 채소류인 '오훈五葷'이 섞여 있지 않은 음식을 가리킨다. 이것은 대개 불교나 도교의 사원에서 먹는 식사에 해당한다. '오신'과 '오훈'의 종류에 대해서는 불교와 도교에서 규정하는 것이 약간 다르다.

제17회

1) 『상서尙書』 「태서상泰誓上」: "亶聰明作元后 元后作民父母".

제19회

1) 십이중루十二重樓는 도교에서 목구멍을 가리키는 말로 『금단원오金丹元奧』에 따르면 목구멍에는 열두 개의 마디가 있다고 한다.

2) 횡골橫骨은 혀뿌리 근처에 있는 작은 뼈인 설골舌骨을 가리킨다.

3) 화안금정火眼金睛은 『서유기』에서 손오공이 태상노군의 팔괘로八 卦爐에서 단련하는 과정에 생긴 것으로 눈자위가 불꽃처럼 붉고 눈동자에서 금빛이 나는 상태를 가리키며 일반적으로 사물의 진 위를 분별하는 예리한 눈을 의미한다.

4) 거교鉅橋는 주왕이 식량을 저장하기 위해 만든 창고로 지금의 허 베이성[河北省] 취저우현[曲周縣] 동북쪽에 있었다.

제20회

1) 본문의 오구吳鉤는 춘추시대에 유행한 굽은 칼[彎刀]로 청동으로 만든 것이다. 대개 문학작품에서는 변방을 종횡무진 치달리며 나 라의 은혜에 보답하려는 용맹한 장수를 상징하는 물건으로 활용 되며 종종 날카로운 칼을 대표하는 뜻으로도 쓰인다.

2) 지금의 허난성 안양시[安陽市]에 속한다.

3) 기공祁公과 윤공尹公은 작자가 설정한 가상의 인물이다.

4) 일鑑은 무게의 단위로 1일은 대개 스무 냥兩이나 스물네 냥을 가리 킨다.

5) 영대靈臺는 문왕이 세운 누각으로 『시경』「대아」「영대靈臺」에는 이런 구절이 있다. "영대를 짓기 시작하여 짓고 가꾸었지. 백성들 이 달려드니 금방 완성되었지[經始靈臺經之營之 庶民攻之 不日成之]".

6) 교리交梨와 화조火棗는 모두 도교에서 신선 세계의 과일이라고 이 야기하는 것들이다. 『진고眞誥』「운상運象·2」에 따르면 이것들은 금단金丹보다도 뛰어난 영약으로 먹으면 신선이 되어 하늘나라로 올라갈 수 있다고 했다.

7) 아리鵝梨는 배의 일종으로 껍질이 얇고 과즙이 많으며 짙은 향이 나는 과일이다.

8) 동부銅符는 동호부銅虎符 또는 호부虎符라고도 하며 옛날에 명령을 전달하거나 군대를 지휘하는 장수의 증빙으로 쓰였다.

제22회

1) 문왕은 구해 준 뇌진자가 연산으로 돌아갔다가 다시 하산했을 때에 문왕은 이미 죽고 무왕이 뒤를 이은 상황이었다. 이후 그는 무왕을 보좌하여 상나라 주왕을 정벌하는 데에 공을 세우게 된다. 물론 문왕이 뇌진자에게 직접 그런 유언을 내린 적은 없지만, 상황이 이렇게 되었기 때문에 작자가 지어 넣은 시에서 이렇게 표현했던 것이다.

제23회

1) 도교에서 용호龍虎는 음양과 같은 뜻으로 쓰인다.

2) 『주역』에서 '수화기제水火旣濟'는 이괘[離卦, ☲] 위에 감괘[坎卦, ☵]가 없힌 모양으로 음양의 조화를 이룬 상태를 가리킨다.

3) 풍후風后는 황제黃帝의 신하 가운데 하나이다. 『운급칠첨雲笈七籤』권100에 따르면 황제가 바닷가에서 풍후를 얻고 대택大澤에서 역목力牧을 얻어 풍후로 하여금 백성을 다스리게 했는데 처음에는 시중侍中으로 삼았다가 나중에 재상까지 오르게 했다고 한다.

4) 부열傳說은 상나라 무정武丁 때의 현명한 재상으로 이윤과 함께 명성을 날렸다. 무정이 꿈을 꾸고 부암(傳巖, 지금의 산시성 핑루[平

陸])에 은거하여 공사판의 일을 하던 그를 재상으로 발탁했다고
한다.

5) 역목力牧은 황제를 모시던 장수이다. 진晉나라 때 황보밀皇甫謐이
편찬한『제왕세기帝王世紀』에 따르면 황제는 꿈에 천 균鈞의 힘으
로 당길 수 있는 쇠뇌[弩]를 들고 수만 마리 양을 모는 사람을 보고
깨어나 그렇게 힘이 세고 백성을 잘 기르는 역목이라는 이름을 가
진 사람이 세상에 어디에 있을까 하고 탄식하다가 점을 쳐보고 나
서 결국 대택에서 그를 찾아 장수로 등용했다고 한다.

6) 이문혈耳門穴은 수소양삼초경手少陽三焦經에 해당하는 경혈經穴로
귀 앞쪽에 위치해 있다.

제24회

1) 갈葛은 지금의 허난성 쉐이현[睢縣] 북쪽(일설에는 허난성 옌청[郾
城] 북쪽)에 있었던 옛 나라 이름이다.『상서』「중훼지고仲虺之誥」
에는 "갈나라 왕이 음식을 주는 사람을 죽여서 음식을 빼앗으니 처
음 정벌을 갈나라에서 시작했다[葛伯仇餉 初征自葛]"라고 기록되어
있다.

2) 현인을 가리키는 '현賢, xián'과 한가하다는 뜻의 '한閑, xián'의
발음이 같은 점을 이용한 말장난이다.

3) 장상長桑은 원래 전국시대의 명의로 편작扁鵲에게 비전의 약방문
을 전수해주고 홀연히 사라졌다고 한다. 여기서는 저자가 착오를
일으킨 듯하지만 어쨌든 장상도 어떤 명의를 지칭하는 듯하다.

4) 노팽老彭은 원래 상나라 때 현대부賢大夫를 지냈다는 인물인데 역

시 저자가 착오를 일으킨 듯하다.

제25회

1)   육근六根은 범어 ṣaḍ indriyāṇi의 번역으로 육정六情이라고도 한
     다. 이것은 눈[眼]과 귀[耳], 코[鼻], 혀[舌], 몸[身], 생각[意]을 가리키
     는데 이 가운데 앞의 다섯 가지는 물질적으로 존재하기 때문에 색
     근色根이라고 하며 마지막의 생각은 무색근無色根이라고 한다. 결
     국 육근은 우리의 심신 전체를 가리킨다고 할 수 있다.

제26회

1)   『난경難經』「42난四十二難」에 따르면 "허파는 무게가 세 근 세 냥이
     고 여섯 개의 잎과 두 개의 귀가 있어서 모두 여덟 개의 잎을 가지
     고 있다[肺重三斤三兩 六葉兩耳 凡八葉]"라고 해서 전통적인 중국 의
     학계에서는 줄곧 그렇게 여겨왔다. 그러나 훗날 청나라 때의 왕청
     임(王淸任 : 1768~1831)이 『의림개착醫林改錯』에서 이것이 잘못된
     설명이라고 지적하면서 "폐는 좌우에 두 개의 큰 잎을 가지고 있으
     며 겉에는 구멍이 없고 또 기氣가 운행하는 스물네 개의 구멍[孔]도
     없다"라고 밝혔다.
2)   한의학에서 사상四象이란 태양太陽과 태음太陰, 소양少陽, 소음少陰
     의 네 가지 체질을 가리킨다.

제27회

1)   순 임금의 신하로 고요皐陶라고도 한다. 고皐는 그의 봉지封地로 지

금의 안훼이성 류안시[六安市]에 해당한다.

2) 『논어』「자로子路」: "王者必世而後仁".

제28회

1) 기원전 219년에 진시황이 산동山東 땅을 순시한 뒤 태산泰山에서 봉선封禪 의식을 치르고 내려오다가 비를 만나서 마침 그곳에 우산처럼 높이 솟은 다섯 그루 소나무를 발견하고 그 아래에서 비를 피했다. 잠시 후 비가 그치고 날이 개어서 무사히 산을 내려온 그는 곧 그 다섯 그루 소나무에게 대부大夫의 벼슬을 내렸다고 한다.

2) 보독번寶纛幡은 깃대에 꿩의 깃털을 장식한 보배로운 깃발이다.

제29회

1) 희유姬劉는 고대 주나라의 뛰어난 조상으로 문왕의 선조이다. 일반적으로 그의 이름 앞에 공경의 뜻으로 '공公'자를 붙여서 '공유公劉'라고 부른다.

제30회

1) 상해고적본에는 서경徐慶이라고 잘못 표기되어 있으나 뒤쪽에는 모두 여경余慶으로 표기되어 있기 때문에 수정하여 번역했다.

강상

강자아, 태공망. 원시천존의 제자로 곤륜산에서 수행한 도사이나 하산하여 곤륜산 선인계의 지시에 따라 봉신 계획과 은주 역성혁명을 수행한다. 주나라 문왕을 보좌하고 무왕을 도와 상나라를 멸망시킨 다음 그간 목숨을 잃은 이들을 봉신방에 따라 신으로 봉한다.

남극선옹

곤륜산 옥허궁의 주석 선인으로 원시천존을 보좌하는 선인의 우두머리 역할을 하며 원시천존의 명을 받아 천교의 임무를 수행한다.

뇌진자

서백후 희창의 백 번째 아들로 천둥과 벼락의 기운을 타고나 뇌진자라는 이름을 가진 그는 등에 풍뢰시라는 날개를 달고 바람과 번개를 일으킨다. 유리에서 돌아오는 아버지 희창을 돕고 무왕을 도와 강상 부대에서 활약한다.

무왕

주나라 문왕 희창의 아들 희발로 아버지가 사망한 후에 주 왕조를 세우고 강상을 중용하여 상나라를 격파한다. 맹진에서 800명의 제후들을 회합하고 중국 천하를 통일한다.

문중

상나라의 태사太師로 주왕의 아버지인 제을 때부터 상나라를 섬겼으며 곤륜산에서 수련하다가 선골仙骨이 없다는 이유로 하산하여 절교의 금오도에서 수행을 쌓아 도술과 무술에 뛰어난 능력을 지니게 되었다. 상왕조의 충신으로 끝까지 주왕에게 간언하며 무왕을 막기 위하여 전력을 다하지만 결국 다섯 차례의 전투 끝에 절룡령에서 전사한다.

백읍고

주나라 문왕의 장남으로 유리에 갇힌 아버지를 구하기 위해 주왕을 찾아가지만 달기의 모함에 의해 살해된다. 주왕은 문왕을 모욕하기 위해 백읍고의 살로 만든 음식을 먹도록 하고 문왕은 그 사실을 알면서도 황제의 명을 거역할 수 없어서 아들의 고기를 먹는다.

비간

상나라의 충신으로 주왕의 숙부인 그는 달기의 정체를 알아채고 죽일 계획을 세우지만 실패로 돌아간다. 후에 주왕은 달기의 꾐에 넘어가서 그녀의 병을 고치기 위해 영롱심玲瓏心이 필요하다며 그에게 심장을 요구하고 비간은 주왕을 꾸중하며 스스로 배를 갈라 심장을 내준다.

양임

상나라의 상대부上大夫로 녹대 건설 중지를 간언하다가 두 눈알이 뽑히는 형벌에 처해졌다가 청허도덕진군에 의해 죽음을 모면하고 선계로 올라가 두 눈 대신 손바닥에 난 눈으로 하늘과 땅속과 인간 세상의 천 리 밖까지 볼 수 있는 능력을 가지게 된다. 이후 강상을 도와 오화신염선으로 온황진을 격파하고 지행술에 뛰어난 장규를 사로잡는 것을 돕는 등 공을 세우지만 맹진의 전투에서 득도한 원숭이 원홍에게 목숨을 잃는다.

원시천존

도교에는 태초의 지고한 존재인 홍균도조 문하에 세 제자가 있는데 첫째는 태상노군, 둘째는 원시천존, 셋째는 통천교주이다. 이 가운데 태상노군은 인도교人道敎를 창시했고 원시천존은 천교闡敎, 통천교주는 절교截敎를 창시했다. 원시천존은 천교를 총괄하는 장교掌敎로 상나라의 천수가 다하는 시기를 이용해서 신계 창설 계획을 세워 강상에게 봉신 계획을 수행하도록 한다.

청허도덕진군

곤륜산 12대선 중 한 명으로 청봉산 자양동에 동부를 열고 황비호의 아들 황천화를 제자로 삼아 훈련시킨다.